冬天的柳叶

冬天的柳叶 著

上 册

图书在版编目（CIP）数据

辞金枝 / 冬天的柳叶著. -- 青岛 ：青岛出版社，2025. -- ISBN 978-7-5736-3190-9

Ⅰ．I247.5

中国国家版本馆CIP数据核字第2025XH4939号

CI JINZHI

书　　名	辞金枝
作　　者	冬天的柳叶
出版发行	青岛出版社（青岛市崂山区海尔路182号）
本社网址	http://www.qdpub.com
邮购电话	18613853563
责任编辑	郭红霞
校　　对	王子璠
装帧设计	千　千
照　　排	梁　霞
印　　刷	三河市良远印务有限公司
出版日期	2025年5月第1版　2025年5月第1次印刷
开　　本	16开（710mm×980mm）
印　　张	32.5
字　　数	692千
书　　号	ISBN 978-7-5736-3190-9
定　　价	69.80元（全2册）

编校印装质量、盗版监督服务电话 4006532017　0532-68068050

目录

上 册

第一章 阴错阳差 1

第二章 初遇 24

第三章 真凶 49

第四章 买下书局 73

第五章 《画皮》 99

第六章 钓鱼 125

第七章 刺杀 151

第八章 怀疑 177

第九章 女肖其父 202

第十章 重阳踏秋 229

I

目录

下册

第十一章 风波起 253

第十二章 水落石出 279

第十三章 酥黄独 302

第十四章 讨家财 329

第十五章 动心 353

第十六章 你是谁 378

第十七章 醉酒 404

第十八章 预见 431

第十九章 父女相见 458

第二十章 正旦 485

番外 擦肩缘 511

第一章　阴错阳差

炊烟袅袅，阡陌人家，偏僻祥和的小山村被一阵急促的马蹄声打破了宁静。

那是一群外来者，为首的中年男子散了一把铜板，轻易地打听到想要的信息，直奔村尾一户人家而去。百无聊赖的村民见状赶忙跟上，一边走一边猜测。

"是那小娘子的家人寻来了吧？我早就说那小娘子定是大户人家的姑娘，果然没错！"

"啧啧，这下老王头儿老两口日子有着落了。"

…………

那群外来者顾不得村民的跟随与议论，匆忙敲开一户人家的院门，道明来意。

"叨扰了，敢问老伯，前两日是否救了一个小姑娘？"中年男子冲开门的老汉拱了拱手，神色间难掩急切。

老汉一愣，见中年男子一行人的气势、穿着，不敢怠慢，忙点点头："老汉前两日去捡柴，是救了一个小姑娘，您是——？"

中年男子微松一口气，目光一边往院中扫一边解释："我家丫头前两日登山游玩，意外坠崖。家人一直四处寻找，今日听闻贵村一位老伯进山时救了个小姑娘回来，便寻了来……"

中年男子名叫段文柏，乃是少卿府的二老爷。他口中的丫头并不是他的女儿，而是他的外甥女，姓寇，闺名青青。

寇青青两日前与少卿府的三位姑娘登山玩耍，不料失足坠崖，才有了今日之事。

老汉把人请进堂屋，一指挂着破旧门帘的西屋："那孩子在里边——"

跟随段文柏来的人中有一位丫鬟打扮的少女，听了这话飞一般冲进去，一见躺靠在炕上的少女，扑过去眼泪簌簌而落："呜呜呜，姑娘，您吓死婢子了……"

听到婢女的哭喊声，段文柏抬脚跟进去，等见到少女后彻底放心："太好了，青青你没事……"

　　靠坐着的少女青丝如瀑，衬得脸色苍白如雪，一双墨眸微起涟漪，心头生出几分疑惑之意。

　　眼前自称婢子的女孩儿，她不认识；唤她"青青"的中年男子，她亦不认识。

　　她哀恸娘亲的死，赶路时一个失神滑落山坡陷入昏迷，再醒来就在这对老夫妇的家中了。老夫妇心善，把她照顾得很好，本来再养两日她便会辞行，没想到冒出了这些奇怪的人。

　　他们把她认成了一个名叫"青青"的女孩儿，如果不是确认自己没有变化，她甚至以为娘亲口中那些借尸还魂的离奇故事成真了。

　　见少女不语，婢女慌了神："姑娘，您怎么了？是不是哪里受伤了？"

　　段文柏亦面露关切之色地问询。

　　无论是婢女，还是中年男子，神情皆不似作伪。少女略一犹豫，开了口："你们认错人了。"

　　"姑娘，您说什么啊？"婢女先是一怔，而后似是想到什么，神色骤变，"姑娘，您该不是像话本子中说的那样，碰到头失忆了吧？"

　　大夏朝安定已久，京城尤其太平。上至勋贵下至百姓，消遣之物中少不了话本子这一物事，近两年更是有全民痴迷之势。

　　"我不是你家姑娘。"少女心中疑窦丛生，语气却很平静。

　　段文柏仔仔细细地打量少女，确信是外甥女无疑。不管是这丫头脑袋摔出了问题，还是闹起了脾气，都不宜在这小山村久待下去。他叹了口气劝道："青青，随舅舅先回府看过大夫再说，你外祖母这两日因为惦记你，饭都吃不下几口。"

　　少女摇头："你们真的认错人了……"

　　"那你说你是谁？"段文柏打断她的话。

　　"我是——"少女一顿。

　　满地尸体的画面在眼前浮现，令她不觉闭了眼，再睁开时那双眼宛若深潭，透不进一丝光亮。

　　她是为了找出杀害娘亲的凶手进京来的辛柚，却不能说。

　　"青青，脑袋被磕碰到了一时记忆混乱不是稀奇事，你不要觉得难为情。"段文柏眼风一扫，沉声道，"还不扶表姑娘起来。"

　　一个身材壮实的婆子上前来，在婢女的帮忙下把辛柚背起。

　　辛柚身体还没恢复，微微垂眸，暂且接受了这容不得拒绝的现实。

　　段文柏从钱袋子中取出两锭银元宝，答谢老夫妇。

　　老汉连忙推辞："使不得，使不得……"

　　一直局促不语的老妇人亦摆手拒绝。

　　"老伯若不收，倒显得我们不知恩了。"段文柏把银元宝强塞入老汉手里，抬脚往外走去。

院外站了不少看热闹的人，视线纷纷落在被仆妇背着的辛柚身上。

"也不知是哪家的姑娘，让老王头儿给救了。"

"老王头儿运气好啊。"

村人的想法很简单：老王头儿救了富贵人家的姑娘，姑娘的家人随便给点儿酬谢都够老王头儿过几年好日子了。

这些低声议论传入辛柚耳中，令她转了头。

"王爷爷、王奶奶，等我养好身体，就回来看你们。"

娘亲说害人之心不可有，防人之心不可无，这对心善的老夫妇若是因她惹来歹人眼红，便是她的罪过了。

老夫妇连声道："姑娘安心回家去吧。"

一辆青帷马车静静地停在村口，随着辛柚被扶入车中，马车缓缓驶离了小村庄。

沿路遥山叠翠、奇花绽锦绣铺林的风光渐渐转为商铺林立，人流如织，等到马车停下时，托婢女坚定地认为自家姑娘失忆的福，辛柚知道了青青的大致情况。

这位叫寇青青的女孩儿是知府独女，四年前父亲意外死于调任途中，本就生病的母亲听闻噩耗病情恶化，拼着一口气安排人把年仅十二岁的女儿送去京城娘家便撒手人寰。知府爱女成了少卿府上的表姑娘，这一住快要四年了。

婢女名叫小莲，是寇青青从家中带来的丫鬟。带人寻找外甥女的段文柏是寇青青外祖母的庶子，支撑少卿府的是寇青青的大舅，太仆寺少卿段文松。

"可担心死外祖母了，我的青青啊……"辛柚进了一处屋子，还没看清屋中众人，就被一个衣着富贵的老太太揽入了怀里。

这里都是陌生的气味，陌生的人。

辛柚不适地动了动，总算被老夫人放开。

"青青，你没事吧？有没有哪里不舒服？"开口的是位不到四十岁的妇人，穿一件浅咖撒花褙子，面上挂着关切的笑。辛柚猜测这应该是寇青青的大舅母乔氏。

另一位妇人看起来比乔氏年轻些，碰上辛柚的视线，冲她点了点头以示安慰，这应该是寇青青的二舅母朱氏了。

再远处站着四个女孩儿，没等辛柚一一打量，老夫人就发了话："小莲，先扶姑娘回房，大夫这就过去。"

"是。"小莲屈了屈膝，来扶辛柚。

辛柚目光下意识地落在小莲面上，忽地抬手，遮住眼睛。

先前还没有异样的，可就在刚刚，她看到一双手抓着软枕用力地压在一名女子头上，等那女子停止挣扎，枕头移开，露出一张脸来。

那是……小莲的脸。

"姑娘，您怎么了？"小莲关切的声音把辛柚从那幅虚空画面中拉回。她没有回答小莲的话，而是微微转头，视线一一扫过屋中人。

眼圈泛红的老夫人，面带关切之色的大太太乔氏，目露怜惜之意的二太太朱氏，蹙着眉头的红裙少女，垂眸抿唇的杏衫少女，神色难辨的粉衣少女，以及站在朱氏身边带着一脸好奇之色的女童。

辛柚又看了一眼自进了屋禀明大致情况后就没怎么开口的二老爷段文柏，一阵寒意袭上心头：寇青青的坠崖，或许不是意外。

"青青？"老夫人疑惑地喊了一声。

辛柚揉了揉眉心，随口解释："刚刚突然觉得眼睛刺痛。"

很小的时候她就知道，她的这双眼与旁人的不一样。她会毫无征兆地看到一个人将会发生的倒霉事，或是崴了脚，或是碰了头，或是……意外身亡。当然，对同一个人她不是次次都能看到，可当见到的人多了，这种总是突然出现的骇人画面就不稀奇了，足够使她从一开始的惊慌失措到后来的不动声色。

"这两日苦了你了。"老夫人轻轻地拍了拍辛柚的手背，示意小莲把人扶起，仍由那壮实的婆子背着前往寇青青的住处。

素纹细布青帘晃了晃，渐渐归于平静。

老夫人这才看向庶子段文柏，沉声问："青青真的失忆了？"

段文柏带着辛柚回来时就打发人先一步回府报信，这也是府上主人都聚在老夫人这里的原因。

"可能是碰到了头，不认识人了。"

老夫人的神情难辨喜怒，她沉默片刻后，叹口气："人没事就好。乔氏，青青那边你就多费心了，大夫看诊后有什么情况及时和我说。"

乔氏微微欠身："儿媳知道，您放心吧。"

老夫人露出乏色，摆摆手让众人散了。

辛柚静静地伏在婆子背上，打量着周围的环境。

她们正行走在抄手游廊上，四周是假山翠竹，她们穿过两道月洞门就到了一处小小院落，这便是寇青青的住处，题名"晚晴居"。

晚晴居的下人迎出来，拥着辛柚进了屋。

雕花精美的架子床挂着素色纱帐，床边摆着一个白底蓝花绣墩，靠墙的梳妆台上略显空荡，窗前青花矮瓶中插满了栀子花。许是这两日寇青青出事侍女无心更换，洁白的栀子花已发蔫泛黄。

辛柚的第一感受是，这寝居对一个十六岁的少女来说，太素净了。

没等她观察更多，大太太就带着大夫走了进来。

那大夫是一名四十来岁的女医，仔细检查过辛柚的伤情后，向乔氏说明情况："姑娘的身上有多处擦伤，好在不算严重，按时敷药不会留下疤痕。不过姑娘的肺腑受了震荡，需要好生静养……"

乔氏边听边点头："有劳大夫了。"

女医写下药方交代小莲如何熬药。乔氏在绣墩上坐下，柔声宽慰辛柚："听大夫的话按时吃药，有什么需要就和舅母说……"

等乔氏带着女医离开，没有了旁人在，辛柚问小莲："刚刚大太太与我说话，你为何看了她好几眼？"

那时女医正交代事情，小莲分心看大太太乔氏，必然有缘由。

果然她就听小莲小声道："大太太一贯严肃，婢子还是头一次看大太太与姑娘这么亲近。"

辛柚微微挑眉："这么说，大太太以往待我不好？"

小莲语气有些迟疑之意："也不是不好，就是……比较客气吧。"

辛柚点了点头，指向梳妆台："拿镜子来。"

小莲走过去拉开抽屉，取出一个巴掌大的镜子回到辛柚身边。那竟是一面能把人照得清清楚楚的琉璃镜，虽然小小的，但价值定然不菲。

辛柚的目光落在镜子的手柄上，从雕着花鸟的花梨木手柄能看出这面镜子已有了岁月的痕迹。

小莲知道姑娘什么都不记得了，主动道："这镜子还是您十岁生辰时，老爷特意托人从京城买来的，那时您可喜欢了，天天拿在手中把玩……"

"是吗？"辛柚喃喃，目不转睛地盯着镜中的容颜。

眉目如画，琼鼻朱唇，这分明是她的眉眼。

"小莲姐，药熬好了。"一个小丫鬟站在门口喊道。

小莲快步出去，很快端了一碗药进来。

浓浓的药香把室中残留的栀子花香彻底冲散，辛柚轻吸了一口气，低头喝了药。

不管这些人为何认错了人，寇青青又有什么危机，她都要先养好身体，才有精力应对。

倦意袭来，等辛柚再醒来，已是夜色沉沉。

小莲把从大厨房取来的饭菜在小炉子上热了，服侍辛柚吃下，又指挥小丫鬟打来一盆热水："姑娘，您身上还有伤，不能沐浴，婢子先给您擦擦身吧。"

辛柚自然没有拒绝。

几日没有沐浴，她早就觉得身上黏腻腻地难受了。

小莲伸手解开辛柚的外衣，纳闷儿道："这衣裳不是您那日穿的。"

"衣裳刮破了，身上这件是王爷爷早年出嫁的女儿留下的。"

"姑娘当时该多疼啊，早知道就不去登山了……"小莲心疼地碎碎念着，轻柔擦拭的动作突然一顿，眼睛一眨不眨地盯着辛柚的肩头。

少女的肩圆润雪白，一颗红色水滴分外显眼。

小莲用力眨了眨眼，拿温热的手巾来回擦拭那颗水滴，可那肩头上的红色被揉搓后似乎越发鲜艳。

手巾掉进脸盆里，溅起一片水花，小莲猛然退了一步，一脸惊骇之色。

不是她眼花，那是一个水滴形的胎记！

辛柚察觉有异，侧头看向小莲。

小莲眼中的惊恐之色几乎溢出来,她抖着唇质问:"你……你是谁?"

她家姑娘的肩头根本没有胎记!

"你为何与我家姑娘长得一样?我家姑娘呢?"小莲心慌意乱,转身就跑。

一只微凉的手握住她的手腕,背后传来的声音亦是凉的:"你去哪儿?"

小莲惨白着脸缓缓回头,看着那张与自家姑娘一模一样的脸宛如见到厉鬼,声音颤抖着道:"我……我要去告诉老夫人!"

"然后呢?"辛柚平静地问。

"然后?"小莲方寸大乱,语无伦次地说,"然后把你这妖孽抓起来,找回我家姑娘!"

那只握着小莲手腕的手松开。

"你去吧。"

小莲看着少女默默地拉过薄被遮住身体,脚下反而不动了。

"你为何假冒我家姑娘?"她上前一步,绣鞋踩在湿漉漉的地面上却毫无察觉。

辛柚抬眸,眼神沉静:"我没有。当时我便说了,我不认识你们,你们认错了人。"

小莲柳眉竖起,有些气恼:"那你为何又跟着我们走了?"

辛柚看着她,面露嘲弄之色:"我能反抗吗?"

小莲想到当时的情景,不禁一滞。

那时,这位姑娘算是被二老爷强行带回来的。

一阵沉默后,小莲咬咬唇:"先休息一晚,等明日一早,你就随我去向老夫人说清楚。"

夜渐深,虫鸣声透过如意窗棂传进来,清晰连绵。辛柚看着小莲,确定这是个忠心护主的婢女,且算心善。

她有了好好谈谈的心思。

见辛柚不说话,小莲犹豫了一下,跺跺脚:"算了,等你养好身体就去说!"

辛柚牵牵唇角,浮现出一抹浅淡的笑:"你觉得他们会信吗?"

"当然——"小莲脱口而出,可看着那张与自家姑娘几乎一模一样的脸,说不下去了。

此时小莲仔细看来,这位姑娘与自家姑娘的五官脸型还是稍有区别的,只是她白日找到人太过激动,且披头散发没有梳妆与装扮好本就有些区别,小莲便没多想。

"你与我家姑娘声音也有区别……"小莲的声音低了下去。

区别是有,却不大,至少她虽听出了些许不同,却以为是姑娘身体不适的缘故。至于老夫人等人,不比她与姑娘朝夕相处,恐怕更难察觉了。

辛柚把薄被拢紧了些,语气微凉:"他们若是不信,'寇姑娘'的身边恐怕就不能留下你了。"

小莲脸色一白,想到了姑娘的乳母方嬷嬷。当年方嬷嬷与她一起陪姑娘进京来,方嬷嬷犯了错后被发落到了庄子上。

老夫人若是不信她的话，定会以为她发了癔症，她的下场恐怕还不如方嬷嬷。

"他们若是信了……"辛柚一顿。

小莲不觉睁大眼睛，盯着那张熟悉的脸。

辛柚定定地看着小莲，一字一顿地问："你确定，他们希望你家姑娘还活着吗？"

小莲脸上的血色瞬间褪个干净："你……你这是什么意思？"

比起小莲的惊骇，烛光下的少女显得分外从容："少卿府三位姑娘与寇姑娘一同登山，只有寇姑娘失足坠崖，哪怕只有万分之一的可能不是意外，也值得多想一想。你说呢？"

"不可能，我家姑娘是老夫人唯一的外孙女，老夫人很疼姑娘的。老夫人还说要把姑娘许配给大公子，亲上加亲……"小莲下意识地反驳着，脸色却越来越难看。

是啊，明明四位姑娘一起登山，为何只有她家姑娘坠了崖？这真的是姑娘运气不好吗？

少卿府这么多人，真正的外人说起来就只有寇青青主仆。疑心一起，便如雨后春笋，肆意生长。

"做个交易如何？"少女拥着素花锦被靠在床头上，神色平静。

小莲的心无端地跟着静了下来："什么交易？"

"等我养好身体，便以探望王爷爷的由头陪你去寻找寇姑娘，而后无论何时找到你家姑娘，我都会配合她悄悄地把身份换回来。"

小莲不由得点头。

比起现在闹开来而结果未知，这样自然更稳妥。

"那你想要什么？"小莲提着心问。

辛柚弯了弯唇，明明在笑，却让人觉得苦涩："我孤身进京，正好需要个落脚处，在寻到寇姑娘之前，容我在此暂住就好。"

她不知道杀害娘亲的凶手是谁，在这人生地不熟的京城追凶寻仇，与其说需要一个落脚处，不如说需要一个安全的身份。

还有什么比成为另一个人更好的掩护呢？

小莲的神色不断变化，她抿唇说出了决定："如果……如果我家姑娘不在了，你可以以姑娘的身份继续在这儿生活，但我有一个条件。"

小莲冷静地想想，姑娘从那么高的山崖摔下去，生还的可能性能有多少呢？

小莲噙着泪，哽咽道："请你帮我查一查，我家姑娘的坠崖到底是不是意外！"

如果只剩她一个小丫鬟，别说暗中调查，能不能留在少卿府都是主人一句话的事。这位姑娘想暂时以姑娘的身份立足，她又何尝不需要"姑娘"在身边。

辛柚颔首："好。"

小莲神色一松，问道："不知姑娘如何称呼？"

辛柚垂眸："本就借了寇姑娘的身份，我的名字有什么紧要的。"

小莲沉默片刻，屈了屈膝："姑娘，婢子继续给您擦身吧。"

辛柚点点头，轻声道："多谢了。"

"应当的。"小莲走到门口，喊小丫鬟重新换了一盆热水，拧干手巾替辛柚擦拭身体。

如今刚进了五月，这个夜晚却有些闷热，忽然凉意打在肩头上，辛柚怔了一瞬才反应过来，那是小莲的眼泪。

擦过身，换上寇姑娘尚未上过身的中衣，辛柚顿觉清爽许多。

"婢子就歇在外间，您有事尽管吩咐。"小莲熄了烛火，脚步轻轻地走了出去。

辛柚今日虽睡过了，可很快困意袭来，迷迷糊糊地进入了梦乡。

梦里，一双手因为用力而青筋凸起，绣着兰花的软枕被移开，露出小莲已然气绝的脸。

一声巨响声传来，辛柚猛然睁开眼，坐了起来。

窗外惊雷滚滚，落雨了。

夏日骤雨，总是来得这么猝不及防。雨急促地敲打着窗棂，辛柚侧耳聆听，隐约听到了压抑的抽泣声。

原来小莲一直没有睡。

辛柚瞥了一眼门口，想到了刚才的梦。

那不是预知的梦，而是白日见到的画面太过深刻，而在梦中重现。

因为重现，她注意到了更多细节，比如小莲的穿着。画面里，她只看到了小莲的上半身，小莲发间簪着白色绒花，衣衫也是一片白色。

比如——辛柚目光下移，落在床头的软枕上。

那软枕还沾着她的体温，有她枕过的痕迹，杏色缎面的枕巾一角兰叶葳蕤，幽幽绽放。

原来就是这个枕头啊。

辛柚伸手，把那绣着幽兰的软枕拿了起来。

雨急风骤，小莲的抽泣声在风雨声的遮掩下大了起来。

纤纤玉指摩挲着软枕上的幽兰，辛柚心头一沉：小莲出事时戴白花穿白衣，是不是因为寇姑娘死了？

而她现在……是"寇姑娘"。

寒意爬满脊背，辛柚感觉不到怕，而是觉得冷。

她外出归来，目睹娘亲和看着她长大的姨姨们惨死，再没有什么能令她感到害怕了。

"小莲。"

外边的动静有些慌乱，过了一会儿小莲低着头走进来："姑娘有什么吩咐？"

室内黑沉，忽而一道闪电划破浓郁夜色，给屋中带来瞬间光亮。小莲看到少女散发而坐，眸若点漆，黑得惊人。

这位姑娘明明与自家姑娘那般相像的一双眼，却无端令她心惊。

"小莲，再给我说说寇姑娘的事吧。"不比窗外的风雨如磐，辛柚的声音依然是冷静的。

小莲定了定神，轻声道："是。"

翌日辛柚起得有些迟，刚刚洗漱过还没来得及用早饭，小丫鬟就禀报说三位姑娘来了。

辛柚算算时间，她们应该是给老夫人请过早安后直接过来的，辛柚示意小莲把人请进来。

帘子被挑起来，进来三位少女。

打头的少女着一条石榴裙，肤白唇朱，如一朵盛开的蔷薇。辛柚从小莲口中得知段少卿有三女，唯有二姑娘段云华是大太太乔氏所出，应是这位红裙少女了。

稍稍落后的两个少女，年长些的少女细眉如烟，清秀可人，应是大姑娘段云婉，另一个杏眼少女应是三姑娘段云灵。

寇青青就是与这三个表姐妹登山游玩，至于府上四姑娘段云雁，她年纪尚幼，那日并不曾与姐姐们一同出门。

在辛柚看来，若寇青青坠崖不是意外，动手之人必在这三人之中。

段云华在床边站定，居高临下地看着倚枕而坐的辛柚，审视的目光不加掩饰："青表妹，你真的失忆了？"

"碰到了头，是有些记不大清楚了。"辛柚老实回答，暗暗留意段云华的神色，竟从对方眼中看到了一闪而逝的喜悦之色。

段云华在绣墩上坐下，微微笑着："青表妹不要着急，慢慢养着就是了。即便是什么都想不起来，也不影响以后的生活。"

"华表姐说得是。"

一旁的大姑娘段云婉诧异地开口："青表妹不是失忆了吗？怎么会……"

她看向段云华，言下之意就是既然辛柚失忆了，为何认得段云华？

辛柚把注意力放在段云婉身上，随口解释："我问了小莲姐妹们的长相。"

段云婉看小莲一眼，欣慰地笑了："还好有小莲在，以后青表妹有不清楚的也可以随时问我。"

"多谢婉表姐。"辛柚颔首，看向三姑娘段云灵。

段云灵自进了屋一直没开口，此时辛柚看过来，她居然还在出神。

"三妹——"段云婉轻轻地碰了碰段云灵。

段云灵一个激灵回过神儿来，眼神闪了闪："青表姐，你感觉怎么样，好点儿了吗？"

"昨日喝了药，觉得好多了。"辛柚有问必答，一副好脾气的样子。

段云灵的视线在她白瓷般的面上停留，眼神有些复杂："那表姐好好养身体……"

段云华站了起来："表妹好好养着吧，我们就不打扰你休息了。"

"小莲，替我送三位姑娘。"

辛柚目送三人离去，微微扬了扬眉。

二姑娘段云华对寇姑娘的失忆目露喜色，大姑娘段云婉对寇姑娘的失忆也颇为在意，三姑娘段云灵的反应就更耐人寻味了。

初次与少卿府的三位姑娘打交道，辛柚越发觉得寇姑娘的坠崖不简单。

小莲回了屋，见辛柚垂眸沉思，道："婢子给您端早饭来。"

辛柚抬眼看着小莲走到门口，险些与人撞上。

"三姑娘——"

"没撞着吧？"去而复返的段云灵冲小莲歉然地笑笑，边往里走边解释，"走在路上我发现丢了个耳坠子，可能是落在青表姐这里了……"

"那婢子帮您找找……"

段云灵摆手："不用，你去忙吧。"

小莲看向辛柚，见她点头，默默地退了出去。

段云灵弯腰找了找，眼睛一亮："果然落在这儿了！"

"找到就好。"辛柚将视线从段云灵空荡的右耳垂移到她手中的珍珠耳坠上，不动声色地开口。

"那我就不打扰表姐了。"

"灵表妹慢走。"

段云灵握着珍珠耳坠将要转身，突然又停下了："能不能劳烦表姐帮我戴上？"

辛柚微怔，而后弯唇："当然可以。"

段云灵在床边绣墩上坐下，微微倾身。

辛柚还是头一次帮人戴耳饰，好在她手稳，轻轻松松就帮段云灵戴好了。

"多谢表姐。"段云灵摸着垂下的温润珍珠，看着笑意浅浅的辛柚迟疑了一下，"青表姐，开春时咱们一同去上香，道长说你时犯岁君，易有灾殃，果不其然就应在前几日了。之后你也小心些吧，尽量少出门，便是在家中……也多留意。"

"我知道了，多谢表妹提醒。"

"那表姐好好歇着吧。"段云灵起身告辞，走到外间遇到了端着饭菜进来的小莲。

小莲端着托盘侧身避让："三姑娘慢走。"

段云灵点点头，快步离开了晚晴居。

辛柚琢磨着段云灵的话，见小莲进来便问："开春时寇姑娘去上香，有道长给她批过命？"

小莲面露茫然之色："开春时几位姑娘是一起去上过香，但见道长时婢子们都在旁处候着，并不知道道长说过什么。"

"这样呀。"辛柚接过小莲递来的瓷勺，慢慢喝粥。

也就是说，失了忆的"寇姑娘"并不能从小莲这里判断三姑娘这番话的真假。但三姑娘话中提醒之意很明显，她是单纯的表姐妹间的关心，还是知道些什么，抑或是贼喊捉贼、混淆视听？

今日要来探望的定然不只这姐妹三人，辛柚并不急着下判断。

辛柚用过饭，汤药也被熬好了。

辛柚想到昨日那碗药的苦涩味道不由得皱眉，却没多说，从小莲手中接过药碗抿了一口，脸色微变，赶紧把药吐在了帕子上。

"姑娘，怎么了？"

辛柚盯着药碗，眉敛得更紧了。

这碗药，与昨日的似乎有些不一样。

辛柚擦了擦唇角的药汁，不动声色地问："今日的药，是谁熬的？"

"婢子熬上的，后来就让绛霜守着了……"小莲神色一变，"这药有问题？"

辛柚摇摇头："有没有问题不知道，只是觉得味道有些不一样。"

夏姨是伺候娘亲饮食的，烧得一手好菜，把她的舌头也养刁了。味道有区别不一定就是药有问题，可在这处处充满杀机的少卿府，她不得不谨慎些。

"药渣还在吧？"

"昨日的药渣让绛霜倒在墙根花丛里了，今日的还没收拾。"小莲的神色越发紧张，已经认定药有问题。

辛柚想了想问："寇姑娘有积蓄吗？"

"有的。"

辛柚轻声交代："悄悄把药渣收拾了，以给我买蜜饯的由头去一家离少卿府远些的小医馆，拿些银钱请大夫掌掌眼……"

小莲边听边点头，先处理了药汁，再给晚晴居的下人都安排上差事，趁这些人忙时收好药渣，往府外走去。

小莲出门没多久，小丫鬟便来禀报说二太太带着四姑娘来了。

"青青今日可好些了？"比之昨日在老夫人屋中的低调，今日朱氏唇边含笑，多了几分亲切之意。

四姑娘段云雁立在母亲身边，自进屋只喊了一声青表姐便不吭声了。

辛柚心头一动。

段云雁不过十岁，正是活泼多话的年纪，却与在少卿府住了四年的表姐如此生疏。辛柚不知是她们年龄差比较多玩不到一起去，还是大人的叮嘱。

"劳二舅母惦记，我刚刚吃了药，觉得好多了。"

"那就好。按时用饭服药，很快就能大好了……"朱氏温柔地叮嘱，略坐了坐便带着女儿离去了。

辛柚示意小丫鬟把朱氏带来的礼品打开，除了几样寻常补品，竟还有一根老山参。

少卿府书香门第，说白了就是不够有钱，而二太太朱氏身为庶媳可摸不着管家的门，这份探望礼可谓贵重。

生长环境使然，辛柚本活得自在洒脱，这时却不得不多寻思。

接下来老夫人与大太太那边陆续来人探望，临近晌午时小莲回来了。

"怎样？"问出这话时，辛柚心中已有了数。

没了旁人在，小莲不再掩饰心中的惊恐，颤抖着道："姑娘，药……有问题！"

"喝口水，慢慢说。"

小莲抓起杯子灌了几口水，握着杯身的指尖控制不住地颤抖："大夫查了药渣，今日的药中多了一味药，虽也有止痛作用，却与这服调气养血的方子相克，体弱者服用轻则腹痛呕吐，重则昏迷致死……"

辛柚默默地听完，神色并没什么变化："把晚晴居的人都叫来。"

"姑娘——"小莲面上有不解之意，亦有愤恨之色。

少卿府上竟然真的有人想害姑娘！

"去吧。"

对上那双墨眸，小莲心神一清，屈了屈膝："是。"

不多时，两名仆妇、两个小丫鬟出现在辛柚的面前。

"你们应该都听说了，我坠崖后摔到了头，有些事一时想不起来了。昨日回来没顾上，今日就介绍一下自己吧。"辛柚先看向叫绛霜的小丫鬟。

绛霜屈膝："婢子叫绛霜，平时主要负责收拾屋里，做一些小莲姐吩咐的杂事。"

另一个小丫鬟道："婢子叫含雪，给姑娘守门跑腿的。"

年轻些的仆妇道："老奴负责院中的洒扫，姑娘以前叫老奴王妈妈。"

最后开口的仆妇五十来岁的模样，神色拘谨，瞧着老实本分："老奴夫家姓李，在院中做粗活儿的。"

辛柚眼神一定，温和地道："李嬷嬷年事已高，做粗活儿岂不辛苦？"

李嬷嬷忙道："姑娘折杀老奴了，这些活计都是老奴做惯了的，姑娘不嫌老奴笨手笨脚就好。"

"怎么会？"辛柚眼风一扫小莲："小莲，把那枚银戒指拿来。"

小莲一愣，快步走到柜边打开箱笼，略一犹豫，从十数枚材质、大小不一的戒指中取了个素面银圈出来。

"李嬷嬷辛苦了。"

李嬷嬷一脸震惊之色："姑娘，使不得，使不得……"

小莲虽不解辛柚对李嬷嬷的另眼相待，动作却利落，拉着李嬷嬷的手亲自替她戴上："既是姑娘赏的，李嬷嬷就不要推辞了，快试试合不合适。"

"这……这怎么使得。"李嬷嬷仍推拒着，一副无所适从的样子。

辛柚冷眼旁观，两个小丫鬟且不说，王妈妈盯着李嬷嬷的眼神明显露出妒羡之色。

等四人退下，小莲不解地问："姑娘为何独赏李嬷嬷？"

姑娘便是笼络人心，也犯不着笼络一个粗使婆子。

"就是觉得李嬷嬷的手挺适合戴戒指。"辛柚抚了抚手指。

少女指若春葱，白皙修长，却空荡荡的没有任何饰物。小莲再一想李嬷嬷的粗胖手指，不由得露出一言难尽的神色。

辛柚却觉得心情不错。

那双手的主人原来远在天边，近在眼前。

"姑娘，您怎么知道有银戒指？"小莲问出另一个疑问。

那些装着金银首饰的匣子箱笼，钥匙一直在她手里。

辛柚闻言笑笑："我是觉得，寇姑娘不会连一个银戒指都没有。"

小莲哑然，心中挣扎一会儿，先把梳妆台上摆着的匣子抱过来，又从柜中搬来两个箱笼，一一打开。

匣子中都是些适合少女戴的精巧饰物，而箱笼中的簪钗玉饰一看便价值不菲。

"这些都是姑娘的。"小莲面上难掩自得之色，"还有几箱好料子，都在西屋放着。"

总有人认为她家姑娘寄人篱下，实际上姑娘的家底可比府上几个姑娘丰厚太多了。

辛柚沉默片刻后，问："只有这些吗？"

小莲不由得愣了，看着满箱珍宝迟疑："这些……很少吗？"

"你曾说过，寇姑娘的祖父乱世经商积攒下万贯家财，却只有一子，寇姑娘的父亲读书入仕官至知府，又只有寇姑娘一女。四年前寇姑娘的母亲临终托孤，送寇姑娘进京，那寇家两代人的家财哪里去了？"

小莲呆了呆，神情由茫然渐渐转为惊骇，喃喃地道："我……我不知道……"

辛柚见此，不由得叹气。

四年前陪寇青青进京的小莲不过十一岁，对这些一无所知也不奇怪。

不过，总有人知道这些事。

小莲并不笨，只是随自家姑娘进京时年纪太小，一些事无人提点就不会去想。而今她听辛柚这么一说，便如捅破了那层窗户纸，让她窥见了温情和睦的少卿府不堪的一面。

此刻她脸色煞白，眼神亮得惊人，是被怒火烧亮的："您是说，那些家财……那些家财——"

"究竟如何还不好下结论，只是如今确定了有人算计寇姑娘，我才往最坏处猜测罢了。"

"定是冲着姑娘的家财来的！"小莲红着眼圈，情绪激动，"姑娘进京三年都没出过门，也就是这一年来老爷夫人孝期过了才出去几次。平日在府中不多话，不惹事，只与二姑娘起过两次争执……"

"与二姑娘起过争执？"辛柚眉梢微扬，看着小莲。

先前小莲说起二姑娘时可没提到这个。

小莲面上露出几分尴尬之色，声音也低了下去："也算不上争执，是二姑娘挤对姑娘，姑娘都没回嘴。"

"仔细说说。"

"去年冬天的时候姑娘给老夫人做了一条抹额，老夫人很高兴，说让姑娘以后给她当长孙媳妇，亲上加亲。这话被二姑娘听说了，就跑到姑娘面前说'别惦记不该惦记的'这些混账话。婢子没和您提，是觉得这事关系到大公子，不大好看……"

小莲想到自家姑娘被二姑娘挤对得夜里伏枕痛哭，不禁落泪。

辛柚等小莲平静了些，问起寇青青的乳母："方嬷嬷待的庄子离这里不远吧？"

"不远，坐马车也就个把时辰。"

"那就等方嬷嬷来吧。"辛柚指了指箱笼，示意小莲收起来。

陪寇青青留在少卿府的只有小莲与方嬷嬷二人，寇母对女儿大事上的安排方嬷嬷定然清楚。而方嬷嬷在少卿府不过一年就因犯错被打发走，此时看来便有些微妙了。

小莲一脸震惊之色："方嬷嬷怎么会回来？"

"方嬷嬷走后，寇姑娘没有提过让她回来吗？"

连段云华与寇青青的争执都说了，小莲就不觉得有什么还需要对辛柚遮掩了："没有。姑娘好脸面，觉得方嬷嬷害她丢了脸，哪怕明明很想方嬷嬷，也从不曾提过让方嬷嬷回来。"

辛柚一笑："我脸皮厚，我让方嬷嬷回来就是了。"

听辛柚交代一番，小莲不觉捂了嘴。

"怎么了？"

"您不但能尝出药有问题，还会装病，您会的可真多啊。"小莲语气中满是惊叹之意。

辛柚："……"这种夸赞倒也不必。

午后小憩，等辛柚醒来望着窗外雨后翠绿的芭蕉打发时间，小丫鬟含雪禀报说两位公子来了。

少卿府上总共两位公子，大公子段云辰是段少卿与乔氏所出，二公子段云朗是段文柏与朱氏所出。二人都在国子监读书，这时候能来应该是特意请了假。

段云辰——辛柚默念这个名字。

这个使得段云华对寇姑娘口出恶言的人，确实该早早见一见。

含雪打着门帘，让两名男子走进来。不，走在前头的人应该说是一个少年。

"表妹，你好些了吗？"二公子段云朗今年十六岁，比寇青青大不了多少，快步走到床边大马金刀地坐下，一双眼睛清亮有神地打量着辛柚。

"好多了，表哥这时该在读书吧——"

段云朗忙摆手："表妹出了事，我和大哥哪儿有心思读书？父亲他们嫌我们添乱，非不许我们跟着去找……"

段云朗话很多，辛柚含笑听着，眸光微转看向站在半丈开外的青年。

段云辰身穿蓝衫，头戴儒巾，明明与段云朗差不多穿戴，却因卓然的气质显出了几分风流。

这是一个单凭相貌就能吸引女孩子的男子。

辛柚这般想着，停留在段云辰面上的视线不觉久了些。

"表妹没事我们就放心了。你好好养身体，过两日我与二弟再来看你。"段云辰开了口，语气温和，微微朝外的脚尖却让辛柚觉得他挺着急离开的。

听小莲的描述，寇姑娘不是个惹人讨厌的女孩儿，段云辰如此避之，恐怕也与老夫人亲上加亲的玩笑话有关。

他不愿意与表妹结亲。

这门亲事，段云华不愿意，段云辰不愿意，大太太乔氏又是怎么想的呢？

辛柚想到小莲说乔氏以往对寇青青的客气，这个答案并不难猜。

辛柚一直盯着段云辰不语，显然令他误会了。气质温润的青年敛了眉，声音也冷了些："我和二弟还要赶回国子监，就不打扰表妹休息了。"

比之段云辰的避之不及，段云朗显然没待够，人都走到门口了又回来，指着自己的脑袋好奇地问："表妹，你真的失忆了？"

"嗯。"

"也好——"

"嗯？"这次出声的是小莲，小丫鬟鼓着脸脆生生地指责，"二公子，您怎么能这么说？是不是以为姑娘什么都不记得了，欠我家姑娘的银钱就不用还了？"

段云朗慌忙瞅门口一眼，捂住小莲的嘴："小莲姑奶奶，你可小点儿声，让大哥知道我找表妹借钱买话本子就惨了。你先去外间啊，我有话对表妹说。"

小莲见辛柚微微点头，任由段云朗推着去了外间。

"二表哥有什么话对我说？"面对返回来坐在绣墩上的少年，辛柚语气轻柔。

辛柚一看这位二公子还是孩子，能问出不少话来。

"表妹不气我刚才说的话？"段云朗迟疑地问。

他心里想着，谁知道怎么就脱口而出了。

"表哥乐见我失忆的话？"辛柚扬眉，"表哥若能说出缘由，我就不气了。"

段云朗眼神闪烁，好一会儿道："表妹先前一直为姑母、姑父的离世郁郁寡欢，我觉得忘记了伤心事也好。"

"这样啊。"辛柚笑笑。

刚刚若不是瞧着段云朗绞尽脑汁的样子，她也许就信了。

段云朗以为蒙混过关，闲聊几句，貌似无意地问起："表妹也不记得我和大哥了吧？"

辛柚垂眸："不记得了。不过今日与二表哥一见就不觉得陌生，倒是对大表哥，感到很生疏。"

段云朗神色不觉放松："大哥那么严肃板正，表妹觉得生疏是正常的。表妹，我跟你说，别看大哥温润如玉的样子，实际上他打鼾、抠脚，十几天不洗澡……"

辛柚听段云朗说完，笑问："二表哥要说的就是这些？"

"啊，闲聊，闲聊罢了。表妹你好好养着啊，过两日我再来看你。"段云朗含糊过去，快步走了。

段云辰在院子里等段云朗出来，走出晚晴居后低声提醒："二弟，你也大了，与表妹来往该注意分寸了。"

段云朗一脸不解之色："青表妹出了这么大的事，咱们来探望不是应该的吗？哪里没分寸了？"

"表妹的闺房怎好久留？"

段云朗下意识地反驳："我看竹表姐每次来咱们家小住，与大哥不也挺亲近吗？"

"二弟！"

见段云辰沉了脸，段云朗忙道："知道了，知道了，以后弟弟注意。"

段云朗虽一直崇拜这位很会读书的兄长，此刻心里却为表妹生出一丝不平。

大哥分明就是区别对待青表妹和竹表姐嘛。还好青表妹什么都不记得了，今日听了他那番话应该不会稀罕大哥了。

晚晴居里，辛柚不动声色地问小莲："二公子说的话，你可听见了？"

小莲点头，一时犹豫要不要拆穿二公子的胡话。

辛柚抱着软枕，指尖轻抚枕巾上的那丛兰花："小莲，寇姑娘是不是心悦大公子？"

这话太突然，令小莲张着嘴忘了回答。

辛柚也不急着听到答案，把软枕往背后一放，靠了上去。

"没有的事，姑娘从来都是听长辈的……"迎上那双沉沉的黑眸，小莲一顿，讷讷地道，"姑娘一直为老爷、夫人守孝呢，怎么会有这些心思……是老夫人说了那话后，姑娘才对大公子上了心……"

辛柚从小莲磕磕巴巴的解释中厘清了一些信息。

不管寇青青何时开始心悦段云辰，总之她与老夫人愿意这门亲事，而长房一家不愿意。

寇青青的杀身之祸是因为这门亲事，还是那万贯家财，抑或是兼有之？

"除了这些，寇姑娘与旁人再没什么特别的事情了吧？"

"真的没有了。"小莲尴尬地答道。

"那好，准备一下先前商量的事吧。"

夜里，辛柚突然腹痛不止，这么熬到天色将明，竟然陷入了昏迷。

整个晚晴居都乱了，绛霜与含雪两个小丫鬟吓得直哭："小莲姐，这可怎么办呀？"

"含雪，你去老夫人那里……"小莲惨白着脸一跺脚，"罢了，我亲自去，你们照顾好姑娘！"

天色还是暗的，晨风已苏醒，吹拂在奔跑的小丫鬟面上，带来丝丝沁凉之意。

老夫人的住处名为如意堂，此时已开了院门，丫鬟婆子们开始了一日的忙碌。小莲风一般跑进来，气喘吁吁："我……我要见老夫人！"

"小莲妹妹，你这是怎么了？"一名婢女诧异地问。

小莲抓住婢女的手："我们姑娘病了，我要见老夫人！"

婢女被小莲脸上的焦急之色和手上的力气骇住，忙去禀报。

"表姑娘病了？"上了年纪的人醒得早，此时老夫人已经洗漱过，正端着一杯温水慢慢喝着，听了婢女禀报忙让小莲进来。

小莲"扑通"一声跪在老夫人面前，满脸是泪："老夫人，快救救我们姑娘吧，姑娘不好了……"

"姑娘怎么不好了？昨日不是还好端端的？"老夫人喝问。

小莲把头埋得低低的："姑娘白日还好好的，半夜却腹痛起来，这么熬到快天亮突然就昏迷不醒了……"

"混账，既然半夜就开始腹痛，为何拖到现在才禀报？"老夫人一边交代婢女去请大夫，一边往外走。

小莲紧紧跟上，哭着解释："姑娘拦着不许禀报，说怕影响了您睡觉，等天亮再说。"

一群人浩浩荡荡地赶到晚晴居，老夫人见到了面色苍白、双目紧闭的外孙女。

"青青——"老夫人喊了一声，握住辛柚的手。

那只手很凉，似是感觉到什么，辛柚下意识地把老夫人的手抓紧，呢喃声从口中传出："奶娘——"

老夫人一时没听清："青青，你说什么？"

"奶娘，奶娘——"昏迷不醒的少女一声声唤着。

老夫人绷着脸看向小莲。

小莲抹了抹眼，哽咽道："姑娘昏迷后就一直这么喊……"

老夫人听了神情不断变化，等女医匆匆赶来给辛柚检查过，忙问："大夫，如何？"

女医斟酌道："姑娘脉象凶险，许是内伤突然恶化造成的。我再开一服药试一试，如若不成，老夫人还是另请名医。"

老夫人的脸色越发难看，好在等小莲小心把熬好的药给辛柚灌下，女医再一把脉竟平缓许多，只是人始终没有清醒，口中不时唤着奶娘。

小莲"砰砰"磕头："老夫人，求您叫方嬷嬷回来吧，姑娘听到方嬷嬷的声音许就醒来了……"

老夫人沉默半晌，点了头。

临近傍晚，一辆不起眼的马车在少卿府停下，下来一个四十来岁的秀丽妇人。妇人脚下生风，随着领路的婆子一路到了晚晴居，看到躺在床榻上的少女跪着扑了过去："姑娘，姑娘您醒醒啊，老奴来看您了……"

说来也奇，闭目不醒的少女似是听到了呼喊声，蝶翼般的睫毛轻轻颤动，挣扎着似乎要醒来。

小莲一脸惊喜之色:"方嬷嬷,姑娘听到了,你再大声些喊她啊!"

方嬷嬷忙点头,喊声越发大了。

少女的眼帘颤了颤,她终于睁开了眼睛。

"姑娘!"方嬷嬷大喜,用力握着辛柚的手。

辛柚眨了眨眼,目光由茫然转为清明。

老夫人上前来:"青青,你觉得怎么样?"

"外祖母,您怎么在这儿?"辛柚目露疑惑之色,余光扫到方嬷嬷突然愣住,眼泪簌簌而落:"奶娘,是你吗?"

"是老奴,姑娘您还记着老奴……"

老夫人听着方嬷嬷的哭声,眸光沉了沉。

青青失忆了,竟还记得她的乳母。

"外祖母——"

老夫人换上温和的神色:"青青你说。"

少女飞快地扫了一眼方嬷嬷,神情怯怯:"能不能……让奶娘留下陪我?不知为何,青青只记得奶娘……"

老夫人深深地看方嬷嬷一眼,点了头:"那就留下吧。"

"多谢老夫人,多谢老夫人。"方嬷嬷激动地叩首。

辛柚这一昏迷,不只惊动了老夫人,还有大太太乔氏与二太太朱氏。

离开晚晴居的路上,走在老夫人身边的乔氏道:"没想到青青失忆了,独独记着她的乳母。"

老夫人的眼神沉了沉。她淡淡地道:"许是这一昏迷,开始渐渐想起来了。"

乔氏脚下一顿,旋即唇角挂了笑:"若这样就太好了,忘了前尘往事毕竟不便。"

老夫人似是乏了,不再言语,由婢女扶着往如意堂去了。

乔氏与朱氏在路口分别往住处走,唇边没了笑容。

"连嬷嬷,你说表姑娘恢复记忆了吗?"

连嬷嬷是乔氏的陪房心腹,闻言迟疑道:"都说伤了脑子最不好说,有可能一直想不起来,也可能突然就什么都想起来了。表姑娘年纪小,好得快……"

乔氏所住的雅馨苑已近在眼前,她略站了站,弯唇笑笑:"是啊,年纪小,好得快。"

晚晴居中,药香未散,方嬷嬷与小莲的哭声也没有停。

方嬷嬷是哭与姑娘的久别重逢,小莲哭的是姑娘的生死未卜和身处险境的恐慌茫然。

这样一来,辛柚便显得格外冷静了:"小莲,去打一盆热水来给方嬷嬷洗手净面。"

小莲应了一声,出去端了一盆热水来。

方嬷嬷洗了脸,显得眼圈更红了,紧紧盯着辛柚的脸舍不得移开:"三年没见,姑娘长大了，也瘦了。"

辛柚柔柔地笑了笑。

动了要方嬷嬷回来的念头后，她就与小莲商量过暂时不暴露身份。三年的时光足以改变太多，她自信不会被方嬷嬷识破。

"姑娘，您先前对老夫人说只记得老奴，是什么意思？"见辛柚的精神还行，方嬷嬷问出心中的疑惑。

辛柚看了小莲一眼。

小莲把寇青青坠崖失忆的事说了，提前得了辛柚的叮嘱，没有暗示什么。

方嬷嬷听完，抱着辛柚痛哭："姑娘受苦了。"

"奶娘从庄子赶来也累了，先歇着吧，我也有些乏了。"辛柚轻声道。

"老奴不累，老奴今日就守着姑娘，姑娘快睡吧。"

辛柚微微点头，很快就睡了过去。

小莲看着替辛柚掖被角的方嬷嬷，眼中有期待之色，也有不安。

姑娘说三年未见，方嬷嬷的心被旁人笼络了也未可知，她们要先看看方嬷嬷的反应再说。方嬷嬷……会不会让她们失望呢？

夜如期而至，床榻上的少女睡得很沉，在她脚边打了地铺的方嬷嬷不时起来观察情况，几乎一夜未睡。

到了早上，各院前来探望的人惊讶地发现辛柚看起来气色尚可，那昨日才来的方嬷嬷眼下一片青黑，倒像是随时要倒下的样子。

对来探望的人，辛柚话虽不多，却礼数周全。在方嬷嬷看来，眼前的少女还是她记忆中那个因骤然失了双亲而变得安静、敏感的小姑娘。

好不容易回到姑娘身边，方嬷嬷本想慢慢来，这么看了一个白日却忍不住了。

"姑娘，老奴有些话想对您说。"

辛柚示意小莲退下："奶娘要对我说什么？"

方嬷嬷神色纠结，突然跪了下去，心一横道："老奴与姑娘分开这么久，知道要说的话姑娘不一定信得过，但老奴对天发誓，若存了挑拨之心就让老奴五雷轰顶……"

辛柚拉住方嬷嬷举起的手，柔声道："奶娘万不可发这样的毒誓。你是我的奶娘，是我如今在世上最亲近的人，你说的话我怎么会不信呢？先前是我年纪小，把面子看得比什么都重要，经了这一劫方明白在乎的人才是最重要的……"

说着这话，辛柚不觉哽咽。

是啊，没有什么比在乎的人更重要。可是这世上，她在乎的人都不在了。

方嬷嬷自是能感受到辛柚话中的真切之意，又是哭又是笑："姑娘长大了，长大了……"

过了一会儿平缓了情绪，方嬷嬷扫了门口一眼，压低声音问："姑娘一点儿都不记得坠崖时的情景了？"

辛柚摇头。

"姑娘不是跳脱马虎的性子,老奴实难想象你会失足坠崖。又听小莲说姑娘回府后请过大夫,明明没有大碍,昨日却突然腹痛昏迷。不是老奴小人之心,老奴越寻思越觉得事情不简单,恐怕这府上有人存了害姑娘的心思……"方嬷嬷目不转睛地看着辛柚,唯恐从她面上看到不信、恼怒的神色。

姑娘若厌了她,她一个奶娘下场如何不值一提,可要是她的怀疑是真的,单纯无靠的姑娘可怎么办啊?

方嬷嬷从不曾忘被发配到庄子上的事,也是因为这件事,心中的怀疑不断滋生。

辛柚静静听完,语气迟疑:"我不是不信奶娘,可少卿府的人都是我的血脉亲人,我也不曾得罪人,谁会害我性命呢?"

方嬷嬷抓紧少女微凉的手,声音嘶哑:"姑娘啊,这世上很多时候得罪了人可能没事,黄白之物才会要人命啊!"

少女愣住,似是听呆了。

"姑娘,老奴用一下剪刀。"

辛柚回了神,扬声道:"小莲,拿剪刀来。"

守在门外的小莲快步进来,将一把剪刀递给方嬷嬷,看向辛柚的眼神藏着几分担忧之色。

她本来不会想太多,可与这位姑娘相处久了不觉学会多寻思了。方嬷嬷毕竟三年没见,万一伤害姑娘……

小莲得到辛柚安抚的眼神,不知怎么的,心就安稳了,她默默地退了出去。

屋里只剩二人,方嬷嬷当即掀起衣摆一剪刀下去,从里衣夹层里掏出薄薄的一个册子。

"姑娘,您先过目。"

辛柚接过犹带着方嬷嬷体温的册子,打开后一眼就被记在最前面的数字惊住:银一百零二万两……

除此之外,上面还有铺面、田地等记录。

辛柚顿时觉得这薄薄的册子有些压手。

"当时情急,夫人能卖的都卖了,剩下一些来不及处理的都记在了这个册子上。姑娘进京除了随身的绫罗珠宝,便是这百万两银票和房契田契……"方嬷嬷细细讲着当年还年幼的寇青青不知晓的细节,咬了咬牙问,"姑娘可知,这些银票、地契在何处?"

辛柚垂眸,声音很轻:"外祖母手中。"

少女笃定的语气令方嬷嬷又欣慰又心疼。她欣慰的是姑娘长大了,心里透亮了,心疼的是那个对外祖母满心孺慕的小姑娘不得不长大了。

方嬷嬷握着辛柚的手,语气低沉:"姑娘猜得不错,老奴陪您进京后就照着夫人的吩咐,把这些都交给了老夫人。"

当时她也曾不顾身份,向夫人委婉表达过忧虑。

重病在床的夫人闻言笑了笑,对方嬷嬷说:"等我去了,青青在这世上最亲的人就是她外祖母了，母亲会照顾疼惜青青的。"

她忘不了夫人说这番话时藏在眼中的悲凉之色，一下子就明白了她的忧虑多么没用。

连她一个仆妇都能想到的担忧，夫人怎么会想不到呢？奈何老爷意外离世，夫人也撑不住了，偌大的寇家只剩下姑娘一个孤女。如果夫人不把姑娘送到京城求得外祖家庇佑，别说保住百万家财，便是姑娘的性命都保不住。

想到这些，方嬷嬷攥紧了拳，替早逝的女主人感到难过。

夫人地下可知，到头来百万家财还是没能给姑娘求得一个安稳日子。

"这册子外祖母可知晓？"辛柚的视线落在那薄薄的册子上。

方嬷嬷摇头，面露迟疑之色。

辛柚抿了抿唇："奶娘还有什么不能对我说的？便是我听了不明白，不是还有奶娘教我？"

听了这话，方嬷嬷怔怔地望着神情沉静的少女，再一次感到姑娘真的长大了。

她还记得自己被赶走那日，不顾脸面地哀求姑娘，姑娘却移开视线，没再看她一眼。

方嬷嬷抬手，轻轻理了理少女微乱的发："夫人曾交代，等姑娘长大后若与表哥亲上加亲或是十里红妆、体体面面地嫁出去，这册子就悄悄地烧了。若是姑娘嫁了旁人，嫁妆中规中矩，便让老奴把这册子给姑娘看一看，好让姑娘心里有个数，从此过好自己的日子就是了。老奴也想不到，还没等到姑娘出阁的那一天就把这册子给您过目了，我苦命的姑娘啊……"

方嬷嬷揽着辛柚哭泣，辛柚也为寇青青感到心酸。

她是被娘亲疼爱着长大的，从方嬷嬷的这些话里自是能体会到一位母亲对女儿的爱。可叹纵是她母亲为女儿千般打算，万般退让，她还是抵不过人心的险恶与贪婪。

"姑娘接下来打算怎么办？"方嬷嬷抹着眼角问。

"接下来自然是先把身体养好。奶娘昨晚守了我一夜，早些去休息吧。"

"老奴不累，老奴陪着姑娘。"

"奶娘，你有个好身体，才能照顾我。"

方嬷嬷这才不再坚持，由小莲陪着去了收拾出来的房间歇息。

晚上小莲留下守夜，辛柚把她从外间叫进来，拿出账册给她看。

册子上的数字惊得小莲嘴巴半天没合拢，她喃喃地道："这册子是夫人留下的……婢子……婢子不该看的……"

那么多钱，那么多田，她一个小丫鬟怎么配看这些！

辛柚哭笑不得："那谁能看？"

"当然是姑娘——"小莲脱口而出，对上那双清凌凌的眼睛才反应过来，这不是她的姑娘。

也许是小小的里室拉近了距离，也许是几日的相处建立了信任，这一刻小莲突然情绪崩溃，捂脸哭了。

辛柚抬手，轻轻地搭在她的肩头上："过几日，我陪你去寻寇姑娘。"

三日后，辛柚头一次出了晚晴居，前往如意堂给老夫人请安。

"表姑娘来了。"守门的婢女见辛柚过来，有些惊讶。

老夫人亦露出意外之色："青青，你怎么过来了？"

"今日觉得好利落了，来给外祖母请安。"辛柚屈膝行礼。

"来外祖母身边坐。"老夫人招手，露出不赞同的神色，"不是说了好好养着，请安又不急在这时候。"

辛柚挨着老夫人坐下，微微仰头："真的好了，一直窝着也闷得慌，还不如来陪陪外祖母。"

大太太乔氏听了笑道："青青年纪小，恢复得快。老夫人，您这下总该放心了。"

老夫人笑着点头，问辛柚："青青想起来别的事了吗？"

辛柚垂下眼帘，露出郁闷的神色："没有。除了记着奶娘，其他的还是什么都想不起来。"

"这样啊——"老夫人拍拍辛柚的手背，"别急，慢慢来。便是想不起来也不要紧，日子是往后过的。"

辛柚乖巧地点头，柔声道："外祖母，我想明日出一趟门。"

老夫人愣了一下，面上多了几分严肃之色："这才刚好，怎么就想出门？"

辛柚回道："我想去看望救了我的那对老夫妇，向他们表达谢意。"

"道谢是应当的，让管事去送谢礼就是，何必你亲自去？"老夫人不以为然。

乔氏唇边含笑没吭声，素来在老夫人面前话不多的朱氏倒是开了口："老夫人说的是。青青，你身体刚好，还是不要出门劳顿，好好在家休息吧。"

辛柚不禁多看了朱氏一眼。

从探病时那根老山参到此时的多话，这位二太太对寇姑娘似乎是善意的。

而让辛柚得出这个判断，还有根本的一点：利益。

寇青青出事，最大的受益者轮不到庶出的二房一家。

辛柚冲朱氏微微欠身："我知道长辈们疼我，可老话说滴水之恩当涌泉相报，那对老夫妇救了我的性命，我若连当面致谢都做不到，实在难以心安。"

她说着伸出手，轻轻拉住老夫人的衣袖晃了晃："外祖母，您就答应吧，不了了这个心愿，我会一直不踏实。"

"这——"老夫人犹豫着。

"外祖母，求您了。"

少女眼巴巴的样子到底令老夫人松了口："那就早去早回，多带几个护卫。"

"多谢外祖母。"

"回去歇着吧。"老夫人扫了一眼屋内众人："你们也是。"

众人应了，鱼贯而出。

辛柚慢慢地走在后面，侧头看向落在她身边的三姑娘段云灵，捕捉到对方飞快掩饰起的纠结之色。

"灵表妹有事吗？"

"青表姐为何不把道长的话记在心里？宁可信其有，不可信其无，万一出门又遇到麻烦怎么办？"段云灵低声道。

"三妹，和青表妹说什么悄悄话呢？"大姑娘段云婉微微笑着出现在二人面前。

段云灵惊了一下，下意识地后退："大姐，你吓我一跳。"

辛柚的视线从段云灵紧绷的身体移到段云婉好奇的眼神上，她不动声色地道："灵表妹想和我一起去，我说这次就算了，改日再一起出去玩。"

"原来是这样。三妹，青表妹是有正事，你就别凑热闹了，改日咱们再约着一起出去。"段云婉拉住段云灵的手，"回房吧。"

段云灵抽出手，语气微沉："知道了。"说罢她也不等二人，快步往前走去。

"青表妹别往心里去，三妹还是孩子脾气。"段云婉打了圆场，快步追上去。

辛柚先前就从小莲口中得知段云婉与段云灵同住一处院子，此时望着姐妹二人的背影，若有所思。

"姑娘——"见辛柚站着不动，小莲低声喊了一句。

辛柚举步往前走："小莲，大姑娘与三姑娘关系如何？"

"很好啊。"小莲不假思索地道。

"很好吗？"辛柚有些疑惑，放眼望去，姐妹二人的身影已消失在拐角处。

小莲这些日子一直紧绷着心弦，听辛柚这么说，面色微变："您觉得大姑娘与三姑娘之间有矛盾？"

辛柚微微摇头："也不一定是矛盾，再看看吧。"

旁人印象中关系很好的两姐妹，她却从段云灵的反应里察觉到对段云婉的一丝回避之意。

或许，这姐妹二人是查出真相的突破口。辛柚心中闪过这个念头，决定等出门回来试探一番。

第二章　初　遇

转日天公作美，是个阳光灿烂的好天气。

在方嬷嬷的殷殷叮嘱中，辛柚带上小莲与两个护卫，坐着马车往那个小山村去了。

一日之计在于晨，村民们正忙碌地劳作，看到驶来的马车好奇地停下了手中的活计。

"谁家来贵客了？"

寻常人坐个驴车都了不得，哪儿坐得起马车？也因此，很快就有人想了起来："前些日子老王头儿不是救了一个有钱人家的小娘子吗？该不是那家来人了吧？"

"错不了，就是那天的马车。"

随着村民议论，马车在村口停下，小莲先下了马车，伸手扶辛柚下来。

村民的议论声更大了："真的是那位姑娘！"

早有急性子的人拔腿飞奔，去告诉老王头儿夫妇。

老王头儿夫妇正在田里干活儿，得到消息匆匆赶回家，把等在外边的辛柚几人请进去。

辛柚带着小莲进了屋，两名护卫留在院子里。

老妇人一脸不好意思的神情："姑娘就该好好养身体，惦记我们两个老家伙干什么，还带了这么多东西来。"

"王奶奶别这么说，莫说只是一些吃用，再多东西也抵不过您二位的救命之恩。"

辛柚言语恳切，以老夫妇的阅历自是能听出她的话是发自真心，二人心头生暖，不觉少了几分客套。

"王爷爷，您还记得发现我的具体位置吗？"

"记得，就在进山没多远的一个山坡下，那里有一片山石榴……"

听了老王头儿的仔细描述，辛柚可以肯定，她滑落山坡昏倒的地方与寇青青坠崖之处相距甚远。

辛柚再次道谢，提出告辞。

"姑娘用过饭再走。"老夫妇热情地留他们吃饭。

辛柚婉拒："家里长辈叮嘱要早些回去。"

老夫妇一听，这才不再强留。

辛柚又道："我暂住在外祖家段少卿府上，王爷爷、王奶奶以后若是得闲，随时去找我。"

"好，好。"老夫妇连声应着。

把辛柚送出门时，老妇人突然想到了什么："姑娘等一等。"

老妇人快步进了辛柚住过的那间屋，很快又返回来，把一物递给她："姑娘落下的。"

那物件被褪了色的旧布严实地包着，辛柚隐隐猜到是什么，打开一看，果然是一本书。

那是她从被毁的家中带走的话本子，在她仓促被段府的人带走时，被这对心善的老夫妇妥善地保管着。

尽管话本子上的每一个字她都记下了，就是弄丢了也不影响将要做的事，但能拿回它，她还是感到高兴。

一旁的小莲好奇地盯着辛柚手中的话本子，看到封面上"牡丹记"三个大字一下来了精神，只是那几团褐色污渍让她电光石火间联想到什么，本能地咽下了想说的话。

"多谢了。"辛柚把话本子收好，在老夫妇的相送下离开了村子。

马车不急不缓地前行，车轮转动发出枯燥的吱呀声，显得车厢中非常安静。

"姑娘，您喜欢看话本子啊？"小莲察觉辛柚心情不佳，试探着打破沉默。

辛柚不自觉地弯唇，淡淡地道："我喜欢听。"

娘亲特别会讲故事，凄美的、离奇的、恐怖的、逗趣的……仿佛有无穷无尽的故事藏在娘亲的脑子里，她永远都讲不完。

辛柚收拾好情绪，喊住车夫："去千樱山。"

千樱山就是寇青青游玩的那座山，每逢春日千樱盛开，美不胜收。这个时节虽过了花期，但仍是人们游玩的好去处。

车夫面露诧异之色："表姑娘要去千樱山？"

跟来的两个护卫亦面面相觑。

表姑娘不久前才从千樱山掉下去，今日又想去玩，是个狠人啊。

"我那日丢了一枚玉佩，应是落在了那里。难得今日出门，正好去看看。"辛柚温和地解释道。

"这——"车夫一脸为难之色。

小莲忙把一角银子塞进车夫手中："那玉佩虽不算多贵重，却是夫人留给姑娘的，若是就这么丢了，姑娘会伤心的。"

车夫捏着银子，看了两名护卫一眼。

小莲又给两个护卫塞了钱，笑盈盈地道："就耽误三位一点儿时间了。"

三个人得了好处便不再耽搁，马车很快拐了个弯儿往千樱山去了。等到了山脚，车夫把车停下并守在原地，辛柚四个人上了山。

"姑娘还记得吗，您当时就是从那里摔下去的。"当着两名护卫的面，小莲指着一处委婉地道。

山樱已谢，那处开着一片雪青色的杜鹃，在灿烂的阳光下美得炫目。

辛柚往前迈了一步。

"姑娘！"小莲紧张地拉住她。

两个护卫也不禁出声提醒。

"放心，我不会靠近的。"辛柚不再向前，只是微微探身往下看了看。

千樱山虽不算高，却也草深树茂，这一眼令人眩晕。

辛柚仔细聆听，隐隐有击水声传来。

"下方有瀑布？"

"有。那瀑布汇成一汪深潭，与河相连，当初寻不见表姑娘，还想着被水冲走了，小的们顺着水流找出去很远呢。"回话的是其中一名护卫。

这也是少卿府的人在崖底没找到寇青青，后来寻到小山村见到辛柚时，没有怀疑的原因。

"看来玉佩是在我摔下去后丢的。"辛柚面上露出几分犹豫之色，随后转为坚定，"我们去崖下看一看。"

先前回话的护卫开口劝阻："表姑娘，这一边没有下去的路，要绕道从另一头进去，这一绕可就远了，路也不好走。"

另一个护卫跟着道："是啊，表姑娘，您是千金之体，万一磕着碰着，小的们可承担不起，要是再遇到长虫或者野猪那就更危险了。"

辛柚看了小莲一眼。

小莲直接给二人塞了一把金叶子。

两个护卫险些被阳光下的金叶子闪瞎眼，阻拦的话一下子被卡在喉咙里，说不出来了。

"两位大哥辛苦一下，帮帮我们姑娘。"

"哦，山下虽不好走，前几日来来回回走过好几趟，倒是熟悉了……"一名护卫眼神还有些发直，甚至没反应过来自己说了什么。

另一个护卫不敢把话说满，却也实在拒绝不了这把金叶子。

这是一把金叶子吗？不，这明明是如花似玉的媳妇儿！

"那表姑娘走路时注意脚下，一定要走在我们后边。"

四个人下了山，小莲把眯着眼打盹儿的车夫喊醒，又塞了一块碎银。

车夫就比两个护卫干脆多了，笑呵呵地道："表姑娘尽量早点儿回。"

或许人都是靠对比才能感到快乐，两个护卫想想车夫新得的碎银，再一想自己得的金叶子，登时精神抖擞，健步如飞。

他们绕路花了不少时间，辛柚终于一览崖底的风景。

入目是深深浅浅的绿和烂漫多姿的野花。挂在山壁的瀑布飞流直下，击在石头上溅起无数碎玉，再汇入涟漪不断的潭中。

她再远望，就是与潭水相接的河流奔流而去，不知滋养了多少山民。

辛柚打量着四周，突然瞥见一道黑影扑来。

其中一名护卫反应颇快，挥起棍子向那黑影打去。

黑影就地打滚儿避开棍子，发出"吱吱"的叫声。

"又是你这畜生！"护卫看清黑影真貌，黑着脸举棍打过去。

猴子灵活跑远，却不离开，冲着几人吱吱地叫，把两个护卫气得骂骂咧咧。

辛柚听出些意思来，问二人："你们之前见过这猴子？"

"见过。我们那日绕道进来寻表姑娘，这畜生就冒出来捣乱，见我们不理会，还拿野果子砸人。"

另一个护卫摸摸肩头，更来气了。

当日他肩膀被一个果子砸中，汁水溅了一片，洗都洗不干净。

"表姑娘稍等，看小的先把这畜生逮住剥了皮，省得它再捣乱。"

"算了，好歹是一个生灵，再说与它计较太浪费时间。"辛柚伸手一指，"劳烦二位顺着河边寻一寻，我带小莲在这潭水附近找找。"

两个护卫对视一眼，觉得这个安排还不错。

山底崎岖，这位表姑娘若是跟着他们到处走，哪怕只是崴个脚他们都不好交代，她还不如老老实实地在原地歇着。

而他们也乐得轻松，当时表姑娘一个大活人他们都没找到，今天还能找到一枚小小的玉佩不成？看在金叶子的分儿上，他们绕一圈回来交差就是了。

"万一这畜生伤着表姑娘怎么办？"护卫虽然赞同辛柚的安排，猴子的出现却让他们不敢就这么离开。

辛柚从护卫手中拿过木棍，语气轻松地说："我与小莲两个人，还会被一只猴子伤着？二位不必担心，抓紧时间帮我找一找玉佩，实在找不到也算了了心思，我们好早些回去。"

两个护卫一听不再迟疑，顺着河流方向往前去了。

看着他们走远，小莲低声道："这里早就找遍了……"

辛柚的视线转向吱吱叫的猴子："也许还有没找到的角落。"

不知为何，这只猴子的出现令她骤然生出会找到寇姑娘的预感。

或许是因为此时此景，让她想起了娘亲讲过的那个与猴子有关的故事。

发现辛柚看它，猴子冲了过来。

"姑娘小心！"小莲顾不得多想，下意识地挡在辛柚面前，却感到手腕被一股力气一拽，整个人被拉到了一旁。

"别担心，它应该没有伤人的心思。"辛柚看着冲到近前的猴子，温和地道。

小莲却不这么想，一脸紧张地盯着猴子："可它之前拿野果砸人呢。"

"现在它没有。"辛柚看着在眼前手舞足蹈的猴子，心中一动，问，"你是不是想告诉我们什么？"

猴子仿佛听懂了，吱吱地叫了一声跑出去一段距离，扭头见辛柚站着不动，又叫了起来。

见它这个样子，小莲生出了大胆的猜测："它该不是要领我们去什么地方吧？"

说到这里，小莲一愣，脸色大变："姑娘……是不是姑娘？"

她不敢相信，心却乱了，先前还怕猴子伤人，此刻却不管不顾地冲了过去。

猴子见小莲动了，扭头又往前跑，几个跳跃便上了一棵树。

那是一棵扎根崖壁上的树，树冠如盖，枝繁叶茂。

"吱吱——"猴子挂在树上，冲二人叫喊。

小莲惊疑不定，看向辛柚："这猴子……是什么意思？"

她本以为这猴子有灵性，会带她找到姑娘，结果它却跑到了树上。

辛柚仰头望着那棵树，心往下沉了沉："或许，它是让我们上树。"

"上树？"小莲听愣了，"可我们不会爬树啊！"

"我会。"

小莲猛地看向辛柚，以为听错了："您说会……会什么？"

辛柚在衣裙上擦擦手，小跑几步跳起抱住树干，动作利落地爬了上去，然后才低下头，回答小莲的话："我会爬树。"

金乌洒落万丈光芒，却被繁茂的枝叶挡住大半。

树上坐着一个少女，蹲着一只猴。

小莲一脸不可置信的神情，用力地揉了揉眼睛。

她没眼花！

再然后，她瞪大眼睛望着少女在猴子的引领下继续往上爬，转瞬就被枝叶遮住了身影，又忍不住揉了揉眼。

树上，辛柚神色僵硬，视线直直地落在一处。

两根粗壮的树枝形成结实的树杈，那里躺着一个人——不，是一具尸体。

尸体面容早已无法分辨，她只从身形和衣衫能确认是一名女子。

辛柚捂住嘴，胃里翻江倒海，再也控制不住，马上从树上跳了下去。

小莲看到辛柚突然从树上跳下，双手撑地浑身抖着，不由得骇了一跳："您怎么啦？"

辛柚缓了好一会儿，才抬头看向小莲。

那张苍白的脸令小莲神色僵硬，捂着嘴颤声问："树上……树上有什么？"

辛柚深深地看了小莲一眼，垂眸盯着地面。

山石遍地，有柔嫩的细草顽强地钻出来，展现出旺盛的生命力。

再无法接受的事一旦发生了，她们逃避都不是办法。

她是如此，小莲也是如此。

风似乎大了些，少女轻柔的、已经恢复镇定的声音传入小莲耳中："树上……有一具女尸。"

"女尸？"小莲脸上的血色褪尽，下意识地向辛柚走了一步，却脚一软跌坐在地。

她双手揪着野草，眼泪不受控制地往下掉。

"是不是我家姑娘？"小莲仰着头绝望地问，心中却已经知道答案。

除了姑娘，这还能是谁呢？

原来姑娘坠崖后被这棵树拦住，寻找的人才怎么都找不到她。

姑娘当时还有意识吗？

她一定很疼吧？

她那时会不会还清醒着，却一直等不到来救她的人？

这些问题如锋刀割着小莲的心，令她崩溃痛哭。

辛柚静静地站着，没有回答。

猴子疑惑地打量二人，见她们一站一坐没有别的行动，着急地叫了几声。

辛柚叹口气，提醒小莲："现在不是哭的时候，那两个护卫等会儿就要回来了。"

小莲哭声一止，爬了起来，急切地盯着辛柚问："您看清楚了吗？是我家姑娘吗？"

辛柚摇摇头，实话实说："已经腐败得难以辨认。"

小莲浑身一震，胡乱地擦一把眼泪，颤抖着声音哀求："我想看一看。"

辛柚纵身一跃爬上离地面最近的树杈，冲小莲伸出手。

小莲本以为上树会很困难，那只纤纤素手传来的力道却远比她想象中大，待回过神儿，她已经在树上了。

她目之所及处，是一具已经腐败甚至露出白骨的女尸。

小莲倒抽一口气，死死地捂住了嘴。

尽管衣衫颜色已经很难分辨，对自家姑娘无比熟悉的小丫鬟还是很快认了出来："是我家姑娘！姑娘那日出门就是穿着这身衣裳！"

小莲想爬到女尸身边，身体一晃险些从树上栽下去。

"小心。"辛柚伸手把小莲扶住，眼中藏着同情之色，声音却冷静，"时间有限，我们来不及收敛寇姑娘的骸骨，让她入土为安。我有个提议，你听一听。"

"您说。"小莲手脚冰冷，心更冷，那只手传递的暖意越发明显。

"刚刚被猴子引着来这里时我无意中瞥见一个山洞，等会儿我们去探一探，如果那里合适，就暂时先把寇姑娘安置过去，等有合适的机会再来葬她，你觉得如何？"

六神无主的小丫鬟飞快点头："我听您的。"

· 29 ·

辛柚带着小莲下了树，直奔那山洞而去。

许是上天怜惜含冤而死的寇姑娘，被辛柚偶然发现的山洞外窄里阔，并不潮湿，她们不需要再另寻旁处，接下来的难题就是如何转移寇姑娘的遗体了。

不管小莲对寇青青如何忠心，也清楚想要把那样一具遗体从树上转到山洞里该如何困难。

辛柚想到了一个不是办法的办法："就用马车门帘。"

"马车门帘？"小莲呆了呆，"可马车停在山脚，一来一回要花不少时间，若是那两个护卫回来了怎么办？"

至于怎么对车夫解释，小莲更想不出来。

"我脚程快，会尽快赶回来。若是两个护卫先回来了，你就对他们说我追着猴子跑了，你没跟上，让他们赶紧找人。"

听着辛柚的吩咐，小莲愣愣地点头。

辛柚离开一阵子后，两个护卫果然回来了。

"玉佩没找到。"一名护卫说着发现小莲两眼红红的，吃了一惊，"小莲姐姐这是怎么了？"

小莲不用勉强眼泪就掉了下来："姑娘不见了！"

两个护卫大吃一惊，齐声道："怎么会？"

"都怪那猴子调皮，竟抢了姑娘的花钗就跑，姑娘情急去追，一个眨眼的工夫就不见了身影……"

两个护卫着了急："表姑娘往哪个方向去了？"

小莲伸手指了一个方向，很快又指向另一边。

"到底是哪边？"

小丫鬟捂脸哭起来："我忘了，我转向！"

两个护卫不知如何是好，但很快做出决定："我们分头去寻表姑娘，小莲姐姐你就在这儿等，半个时辰后无论如何我们都返回来碰头。"

小莲点点头："那就劳烦二位大哥了。"

两个护卫分头去找人，小莲焦急地张望，终于等来了那道令她安心的身影，忙迎上去道："两个护卫回来过，又去寻您了，再过一会儿会回来碰头。"

辛柚点头表示知晓，直奔那棵树而去。

小莲快步跟上，就见辛柚已上了树，且没有停下的意思，心一急喊了声"姑娘"。

辛柚低头，没有去拉小莲高高举起的手。

"你在树上都站不稳，我来吧。"

"姑娘——"小莲神色怔怔，一时忘了言语。

寇青青的遗体已有部分可见白骨，早没了多少重量。辛柚用帕子遮住口鼻，忍着反胃的本能小心翼翼地把遗骸收敛好，回到了地面。

二人各抓着充当裹尸布的车门帘一角，把遗体抬到了山洞里。

看着洞口被搬来的石头堵住，小莲再次红了眼圈，对着洞口磕了几个头。

辛柚在水潭边反复搓洗双手，引得那猴子好奇地观看。

一名先返回的护卫看到这情景，暴喝一声冲过来："畜生，你还敢捉弄表姑娘！"

猴子掬起一捧水泼了护卫满脸，一溜烟儿跑了。

辛柚四个人赶到山脚下时，车夫正跳脚骂街。

"老张，谁惹你了，这么生气啊？"一名护卫好奇地问。

车夫一指马车，脸黑成锅底："不知道哪个杀千刀的，趁我打盹儿的时候把车门帘偷了！"

两个护卫定睛一看，果然车厢进口处空荡荡的，不见了门帘的踪影。

"怎么车门帘还有人偷？"一个护卫满脸不可置信的表情。

另一个护卫突然一拍手："我知道了，定是那猴子干的！"

车夫忙问怎么回事，护卫咬牙切齿地把猴子捣蛋抢辛柚花钗还有泼了他一脸水的事说了。

车夫目露杀气："该死的畜生，就该扒皮敲脑！"

辛柚在心里对猴子说了声"抱歉"。

那猴子委实承受太多了。

小莲则在这时候明白了马车门帘是怎么来的，望向辛柚的眼中不由得露出崇拜之色。

辛柚想到小莲觉得她能干的理由可能要加上一条会偷车门帘，嘴角一抽，默默地移开视线。

"表姑娘快上车吧，这都下午了，出来太久了。"车夫催促道。

辛柚微微点头上了马车，让小莲把车厢中放着的糕点拿给车夫与两个护卫吃。

"错过了饭点儿，三位先吃几块糕点填填肚子。"

从车厢中探出头来的小丫鬟小脸白净，秀丽讨喜，其中一名护卫心一热，脱口问道："小莲姐姐不吃吗？"

小莲勉强弯了弯唇角："姑娘没找到玉佩心情不好，我和姑娘都不饿。你们快吃吧，吃完好赶路。"

"多谢表姑娘和小莲姐姐。"

两个护卫三两口塞下糕点，直夸点心好吃。

车夫年纪大些，更觉这绵软香甜的糕点合口味。他不由得扭了头，看坐在车厢中的主仆一眼。

察觉到车夫的视线，辛柚问："张伯有事？"

"没有，老仆是怕没有门帘遮挡，表姑娘不习惯。"

辛柚笑笑："不要紧，这样的天气没有门帘遮挡还舒爽些。"

"那您坐稳了。"车夫一甩马鞭，马车由慢到快，行驶在官道上。

马车真的跑起来，风就大了，呼呼直往车厢里灌，在这炎热的天气里舒爽是舒爽，却也吹得马车中的人发丝与衣摆乱飞。

路上来往的行人不少，路过时无不好奇地往车厢里看一眼。哪怕辛柚和小莲听不到这些人的议论，也能从他们脸上看出意思来：什么样的人家啊，都坐马车出门了，连个车门帘都舍不得挂。

两个护卫算是脸皮较厚的人了，都有些扛不住，靠近车夫催他快一点儿。

车厢中的人却对各色目光无动于衷。

小莲是伤心寇青青的死顾不得其他，辛柚除了同情寇青青的死，更多是生理上的不适。

她收敛那样一具骸骨，不是说有勇气就行的，至少今日晚饭她是吃不下了，明日能不能恢复正常也未可知。

辛柚全部力气都用在抵抗萦绕在身周的那股淡淡的臭味上，好在没了门帘足够通风，让她觉得舒服了一些。

风似乎更大了。

小莲的惊呼声响起："姑娘！"

马车开始疾驰，完全不管迎面而来的行人，就这么冲了过去。

沿路不断响起惊呼尖叫声，而车夫在看到对面驶来的一辆牛车后急忙松了紧握缰绳的手，身子一伏从马车上滚了下去。

"姑娘，马惊了！"车厢中小莲身体摇晃，吓得花容失色。

紧紧盯着越来越近的牛车，辛柚很快在心里做出判断：以马车此时的速度，她带小莲跳车风险太大。

那就只能——

辛柚刚有了决定，就见一道身影纵身而起，从奔跑的一匹骏马上跳到了惊马背上。

惊马虽然横冲直撞，好在拉着载人的马车，速度没快到夸张的地步。那人双腿夹紧马腹，用力拽动缰绳，险险避开迎面的牛车冲了过去。

辛柚抓住小莲的手，安抚对方："别怕，我们不会有事的。"

可能是这些日子辛柚做的每一件事对小莲来说都是那么可靠，听到这冷静的声音，小莲一下子安静了。

二人手挽着手，默默地盯着惊马背上的陌生背影，不知过了多久，突听前方传来一声大喝："抓紧！"

再然后，马车猛地蹿出去一段距离，剧烈摇晃中速度却渐渐慢了下来。终于随着惊马轰然倒地，车轮发出刺耳的摩擦声，马车停下了。

小莲没有抓稳险些飞出去，幸亏被辛柚拉住，控制不住发出一声惊叫声。

"二位没事吧？"惊马倒地前就从马背上跳下的男子走了过来。

辛柚看过去。男子一身朱衣，肤白如玉，长眉似羽，如最好的白瓷坯上勾勒出最出彩的水墨画。

辛柚长到十六岁，还从没见过生得如此好看的男子。

她拉着小莲走出马车，冲朱衣男子微微屈膝："多谢义士出手相救，我们并无大碍。"

"那就好。"朱衣男子看向倒地的惊马，"情况紧急，在下不得不伤了这马性命，不知姑娘有没有麻烦？"

那惊马已经一动不动躺在血泊中，刺入脖子上的匕首在阳光下闪着寒光。

但凡是个正常人，都不可能说虽然你救了我，但你要赔我的马，辛柚自然也不例外。

"幸亏义士及时斩杀惊马，我们才没有受伤，也没连累无辜的路人。不知义士如何称呼，等我回到家中禀报长辈，也好登门致谢。"

"道谢就不必了，不过举手之劳。"朱衣男子温和地婉拒。

身后传来呼喊声："表姑娘，表姑娘——"

辛柚看着匆匆追来的两个护卫，突然就想到了娘亲讲完某个故事时调侃的话：那些本该负责保护的人，永远是姗姗来迟。

"表姑娘，您没事吧？"两个护卫翻身下马，一脸紧张地问。

"没事。这位义士救了我和小莲。"

两个护卫忙抱拳："多谢义士救了我们表姑娘。"

"客气了。"朱衣男子微微颔首，转身走向虽然没了主人驾驭却自己跟上来的骏马。

"不知义士高姓大名，贵府何处——"随着朱衣男子回头，喊话的护卫突然一顿，变了脸色。

朱衣男子神色淡淡的，牵起缰绳。

眼看朱衣男子翻身上马，辛柚喊了一声："义士请留步。"

辛柚犹豫一番，还是开口把人喊住。

原因当然不是她被朱衣男子的美色迷住，而是她又看到了一些画面。

就在刚刚，她突然看到此人在街上行走，一个花盆从天而落，把他砸得头破血流。

辛柚犹豫是不知该怎么提醒对方，可对方义举在先，她总不能见死不救。

朱衣男子看着少女越走越近，不觉皱眉。

他似乎闻到了一股气味，好像是……

他心中闪过一个猜测，眼神深沉起来。

"姑娘还有何事？"

辛柚脚下一顿，从朱衣男子淡淡的语气中听出了一丝冷淡之意。

她并没有往心里去。

别人不愿告知身份，想离开又被她叫住，不耐烦也是正常的。

酝酿了一下，辛柚压低声音问："义士相信相术吗？"

"相术？"朱衣男子一愣，深深地看了辛柚一眼。

他以为一个看起来弱不禁风的少女身上沾染那种气味已经很奇怪了，没想到她还能更奇怪。

朱衣男子用余光瞥见那辆马车，在心里补充一点：哦，她还乘坐没有门帘的马车。

辛柚唯恐对方不等她说完就走，加快语速低声道："我观义士印堂发黑，恐有血光之灾，最近上街最好不要走在街边楼下，以避开从天而降的祸端。"

辛柚一口气说完，后退两步对着朱衣男子屈膝一礼，声音扬起："我姓寇，太仆寺段少卿是我舅舅。今日义士相救之恩，小女子铭记在心。"

听辛柚报了家门，朱衣男子不由得多看她一眼。

一个文官府上的姑娘有这样的举动，那就更奇怪了。

"寇姑娘不必放在心上。"朱衣男子虽觉奇怪，但并不打算深究，客气地应了一句，策马离去。

辛柚立在原处，望着朱衣男子离开的背影微不可闻地叹了口气。

她也不知道那番话，对方有没有听进去。

到这时，两个护卫才上前来，其中一人忍不住道："表姑娘，您怎么把身份告诉了那位？"

辛柚皱眉："那位义士对我有救命之恩，人家不图回报不愿透露身份，难道我这被救者就心安理得当什么都没发生？"

两个护卫对视一眼，刚才开口的护卫小声解释："表姑娘，小的不是这个意思，是那位的身份——"

他犹豫了一下，一时不知该怎么说。

另一个护卫接口道："那位的身份不好招惹啊。"

"你们认识他？"

两个护卫齐齐摆手："不……不……不……"

迎着辛柚不解的眼神，护卫下意识环顾四周，声音压得更低："小的见过那位带着手下拿人。姑娘看到那位穿的朱衣了吧？他是新上任不久的锦麟卫镇抚使，得罪不得呢。"

另一个护卫一脸神秘之色："不光得罪不得，也亲近不得，那位——"

"喀喀。"先说话的护卫拽了同伴一下。

两个护卫都闭口不再谈朱衣男子，辛柚也没多问。

她既然知道了对方的官职，想要知道对方身份就不难了，并不是非要从两个护卫口中问出来。

"表姑娘——"喊声传来，车夫气喘吁吁，是跑来的，"您……您没事吧？"

小莲的脸一冷："你还好意思问姑娘有没有事，你是怎么赶车的？拉车的马惊了不说，你还跳了车，不顾姑娘的死活！"

车夫跑得头发都散了，闻言老泪流下来："老奴该死，老奴看到对面来的牛车脑子一片空白，什么都忘了……"

辛柚没有理会车夫的解释，走向倒地的马。

那日，就是这匹马拉着她从小山村到了少卿府。

尽管她不懂马，也知道这种拉车的马都性情温驯。有寇姑娘坠崖在先，养身的药变成害人的药在后，她可不认为这次马受惊是意外。

而如果不是意外，幕后黑手是如何使马受惊的呢？那人是给马下药，还是让马儿突然吃痛？

辛柚绕着死马走了一圈，停下来仔细观察。

小莲见辛柚如此，顾不得骂车夫，快步走了过来，小声问："姑娘，您是不是发现了什么？"

"哭。"辛柚轻轻吐出一个字。

小莲呆了呆，一时不懂这话的意思。

"哭我坠崖和遭遇马受惊。"听着车夫走来的脚步声，辛柚说得轻而快。

尽管小莲还是没反应过来为何这样做，但这些日子建立的信任令她毫不犹豫，放声大哭。

"表姑娘……"车夫才开口，后面的话就被小丫鬟突然的哭声给憋了回去。

两个护卫也惊呆了。

那些因马受惊停下看热闹的路人本来都要散了，现在也不动了。

他们总要听听这小丫鬟为啥哭再走。

"我可怜的姑娘，前些日子与表姐妹登山游玩摔下悬崖，好不容易大难不死，今日出门又遇到了马受惊。若没有那位义士相救，就要与牛车撞上了……"

"小莲，莫要哭了。"

"呜呜呜。"小莲捂着脸，从指缝中对上那双含着哀伤的黑眸，福至心灵，领会到了辛柚的用意，"姑娘啊，您可是老夫人唯一的外孙女，要是您有个什么好歹，老夫人岂不要再次白发人送黑发人，该多难过啊……"

"好了，我不是没事吗？不要再哭了。"辛柚皱眉，心中却因小莲的默契松口气。

短短时间，她不可能查出这匹马受惊的原因，等回了少卿府就更没有机会查。世人喜欢八卦消息，多疑心，小莲这一哭总会有人往阴谋上想，只要有了这种风声，害寇青青的人想再动手就要掂量掂量了。

至于这一哭给少卿府隐隐带来的污名，就当她替寇姑娘先收点儿利息吧。

"婢子就是害怕您再出事……"小莲抱住辛柚，对方温暖的体温令她哭得越发真切。

而小莲这一哭将会给少卿府造成的影响，此时身在局中的车夫与护卫都还没有想到，只顾着劝主仆二人赶紧回府。

"回去了。"辛柚没再耽搁，带着小莲上了护卫从路人那里高价租来的马车。

在他们走远后，看热闹的人好奇地议论起辛柚的身份。

"刚刚那位姑娘说过，她姓寇，太仆寺段少卿是她的舅舅。"

"原来是少卿府的表姑娘啊，那白发人送黑发人又是怎么回事？"

"不清楚啊，在京城少卿府又不惹眼，没关注啊。"

"那打听打听？"

"走。"

少卿府如意堂中，老夫人望了一眼天色，脸色有些沉："青青这丫头，怎么还不回来？"

一旁的婆子劝道："表姑娘到底年纪小，难得出门许是玩了会儿，您就别担心了。"

老夫人把茶盏往桌几上一放，叹道："好不容易捡回一条命，才养好了就往外跑，还迟迟不回来，我怎么能不担心？红云，你去交代门人一声，表姑娘回来了立刻传报。"

叫红云的婆子交代下去没多久，一个丫鬟快跑进来："老夫人，表姑娘回来了，好像出事了！"

"出了什么事？"老夫人握紧茶盏。

"说是回来的路上马受惊了，另租了马车回来的！"

老夫人站了起来，疾声问："人有事吗？"

丫鬟定了定神道："表姑娘看起来还好，就是衣衫头发有些乱，说回晚晴居沐浴更衣后再来给您请安。"

"这丫头，就是不让人省心。"听丫鬟说人没事，老夫人松了一口气，重新坐下了。

雅馨苑中，大太太乔氏问了与老夫人一样的话："人没事吧？"

得到答案，乔氏静坐了一会儿，淡淡地道："表姑娘还真是有运道，每次都有惊无险。"

"是呢。"心腹连嬷嬷轻声附和。

方嬷嬷自辛柚出门就坐立不安，终于等到人回来，一眼就看出了她的狼狈样："姑娘，您这是怎么了？"

她双手扶住辛柚的胳膊上下打量，没看到外伤，悬着的心才放下些。

"马受惊了，我们都没受伤。奶娘不必担心，我先去沐浴更衣，回头再细说。"

辛柚的冷静感染了晚晴居的人，打水的打水，取衣物的取衣物，上上下下有条不紊地忙起来。

现在本就是夏日，又给寇姑娘收了尸，辛柚足足洗了三遍，才觉得那气味消失了。

换上干净的衣裙，她披散着长发坐在梳妆台前，由方嬷嬷拿着手巾替她擦头发。

长发如瀑，雪肤桃腮，方嬷嬷轻轻地替辛柚梳着发，忍不住感叹："我们姑娘可真好看啊。"

镜中少女轻声道："是啊，真好看。"

方嬷嬷只以为姑娘说了句俏皮话，同样沐浴更衣后在一旁梳头发的小莲听了这话手一顿，悄悄红了眼圈。

头发半干，辛柚就带着小莲往如意堂去了。

老夫人已经从跟去的车夫与护卫口中问过了情况，等辛柚进来就把人叫上前，仔仔细细地打量着。

"让你好生在家养着，非要出门，这下可好，又遭罪了。"

"青青让外祖母担心了。"

大太太乔氏一脚踏进如意堂时，正看到辛柚向老夫人请罪的情景。

"怎么这时候过来了？"老夫人问乔氏。

乔氏看一眼辛柚："儿媳听说青青坐的那辆车马受惊了，放心不下，过来看看。"

她说着走过来，一只手搭在辛柚肩头上："青青没事吧？"

"没事。"

"没事就好。晌午时听说你还没回来，舅母就有些担心，怕被什么事绊住了。"

辛柚微微欠身，顺势摆脱了那只手："让大舅母记挂了。正好出了门，便顺道去一趟千樱山，看能不能寻回坠崖那日丢失的玉佩。"

"可是你娘留给你的那块？"老夫人问。

辛柚点点头，神色间流露出几分伤感。

乔氏轻轻抬了一下眉毛："青青记起你母亲了？"

辛柚对上乔氏的眼，微微笑道："零星想起了儿时的一些事，可能是记忆在慢慢恢复，说不定哪日就都想起来了。还要多谢外祖母和舅母的关心照顾。"

乔氏的眼神闪了闪，她笑道："青青能恢复记忆，就太好了。"

辛柚牵了牵唇，不着痕迹地扫了立在角落里的小莲一眼。

小莲快步上前，"扑通"一声跪在了老夫人面前："老夫人，求您给我们姑娘做主啊！"

老夫人正端着茶盏对着慢慢吹，被小莲这么突然一跪，茶水晃了晃。

她看了辛柚一眼，皱眉问："做什么主？发生了什么事？"

小莲抬头，已是泪流满面，哽咽着道："马受惊了谁都意想不到，可那车夫太过分了，不但不想着阻拦受惊的马，见到迎面来的牛车竟弃车逃命，完全不顾姑娘的死活……"

老夫人越听脸色越难看。

她先前问话时，可没人说车夫弃车的事。

"把他们叫来说话。"

不多时，车夫与两个护卫跪在了老夫人面前。

"马受惊的时候，你不顾表姑娘还在车上，自己跳车了？"

车夫趴在地上辩解："老奴怎么敢抛下表姑娘啊，是当时太害怕脑子一片空白，不小心被甩下去的。"

老夫人看向两个护卫。

两个护卫对视一眼，皆道事发太过突然，没有看清楚。

车夫埋头盯着地面，暗暗松口气。

当时情况那么紧急，除了正坐在车厢里的表姑娘和小莲，他是被甩下马车还是主动跳下的谁能留意到呢？

银子还是有用的，他不求两个小子替他说话，只要不掺和就够了。而表姑娘肯定不屑与他一个赶车的争论，只剩一个小丫鬟闹腾有什么用？

"我亲眼瞧见的，你就是主动跳车的！"小莲怒道。

车夫一脸委屈的神色："老奴冤枉啊！"

乔氏开了口："老张头儿，你怎么能和表姑娘身边的人撕扯，还有没有规矩了？"

"老奴错了，老奴不敢了。"

辛柚静静地听着，心中冷笑。

倘若是寄人篱下脸皮薄的寇姑娘，听了大太太这番话哪儿还好意思让贴身丫鬟再闹下去，说不定还要替小莲赔不是。

可惜，她不是寇姑娘。

"张伯确实错了。"

少女声冷如玉，清脆分明，这一开口顿时把目光都吸引过来，每个人脸上都带着惊讶。

"青青——"老夫人喊了一声，眼里藏着不赞同之色。

眼下除了小莲没有其他人做证，姑娘家难道要与一个车夫争个不休？那也太难看了。

"当时惊乱，我也没有留意太多。我说张伯错了，是因为他是车夫，好好驾车乃职责所在，无论他如何下的马车，让马车陷入无人掌控的境地都是失职。外祖母，您说呢？"

老夫人错愕片刻，含笑点了点头："青青真是长大了，知道道理了。"随后她收了笑，板着脸看向车夫。

车夫浑身一僵，看了乔氏一眼。

乔氏一个眼刀扫过去，开口道："青青说的是，车夫失职，确实该罚。"

"大太太！"车夫变了脸色。

乔氏面罩寒霜："休要再闹，表姑娘受了委屈，岂是你求情就能过去的？！"

车夫一愣，似是反应过来，对着辛柚重重磕了一个头："表姑娘您心善，就饶了老奴这次的过失吧。"

一时留在门外的婢女都忍不住悄悄往里面看。

各色目光下，辛柚面色十分平静，反衬得讨饶的车夫格外聒噪。

老夫人不语，有意看看外孙女如何应对。

辛柚由着车夫闹了一会儿，淡淡地道："大舅母这话让青青汗颜，我不是因为受了委屈而为难张伯，而是不愿少卿府乱了赏罚分明的规矩。今日是有义士出手相救，我才没有受伤，但不能因为我没受伤，就忽视了张伯身为车夫的责任。"

她停了一下，看向老夫人："倘若这次失职不罚，其他人看在眼里心存侥幸，以后不把外祖母、舅舅、舅母的安危放在心上，若是出个什么事，岂不是因青青而起了？"

老夫人不觉地点了点头，看向乔氏。

辛柚亦看向她，继续道："青青的委屈不算什么，大舅母不必顾虑我，该如何行事就如何行事。"

小莲跪地听着，心想姑娘可真会说话啊！

乔氏表面上不露声色，捏着手帕的手紧了紧："青青说得不错，有功当赏，有过当罚。老张头儿，以后你就去庄子上看园子吧。"

车夫大惊："大太太，老奴一家老小都在府中，求您开恩啊！"

乔氏把脸一沉："若不是念着你有些许苦劳，合该赶出去的。"

车夫坐在地上，满脸颓败之色。

车夫算是一个肥差，出门有赏钱不说，若是去别家府上做客，都是好吃好喝地招待。去庄子上看园子与之相比，无异于被发配。

车夫越想越沮丧，只是心中还有个指望，不敢再吭声。

老夫人摆手打发车夫与两个护卫退下，对乔氏道："府里这些人是该好好敲打敲打了，太过松懈容易生出事端来。"

"儿媳知道了。"乔氏扫了一眼辛柚，请教老夫人，"不知救下青青的义士是何人，儿媳也好准备谢礼。"

老夫人端起茶盏缓缓地喝了一口，淡淡地道："刚刚问了护卫，他们说那位义士没有留名，谢礼暂时就罢了，将来若是能得知义士身份再说。"

辛柚垂眸，遮住眼中的波澜，她对朱衣男子的身份更好奇了。

两个护卫分明知道朱衣男子的身份，就算对她避而不谈，到了老夫人面前定不会隐瞒。

老夫人如此说，恰恰是已经知道了朱衣男子的身份。

单单一个锦麟卫镇抚使的名头，竟令人如此避之不及吗？

辛柚心存疑惑，面上却半点儿不露。

老夫人见她没有多话，脸上的皱纹舒展了些。

青青正是情窦初开的年纪，遇到貌如潘安的年轻男子，又有着救命之恩，一旦动了心思就是数不尽的麻烦。

那个人少卿府可沾不得。

再说——老夫人看着眼前的少女，嘴角挂了笑。

刚来少卿府时只知道垂泪的女童，慢慢长成了她满意的样子，将来与长孙亲上加亲，两全其美，万不能生出旁枝来。

"今日受了惊，快回去歇着吧，明日就不要过来请安了。"

辛柚冲老夫人与乔氏行了礼，带着小莲离去。

乔氏要走，被老夫人留住。

"青青出了孝，转眼都十六岁了，辰儿也年纪不小了，是时候把他们的事定下来了。"老夫人啜了一口茶水，望着乔氏的眼中带着期待之意。

乔氏笑道："两个孩子确实到了谈婚论嫁的年纪，只是青青还在养身体，记忆也在恢复中，不如等她大好了，再商量这些。您说呢？"

老夫人盯着乔氏片刻，虽心中略有不满，但她还是没扫了儿媳的面子："那就等青青大好了再说吧。"

乔氏笑笑，告辞回了雅馨苑。

一进了晚晴居里间，小莲就把辛柚的胳膊揽住了："姑娘，您太厉害了！"

尽管心里怀疑马受惊不是意外，可无凭无据，她以为只能这么算了，没想到听了姑娘的吩咐行事，至少那黑心烂肺的车夫没得了好。

"小莲，这是怎么回事？"方嬷嬷听出不对劲，忙追问。

小莲这才有时间把路上的事仔细说了。

方嬷嬷听完手脚冰凉，拉住辛柚的手颤抖着道："这哪里是外祖家，分明是虎穴狼窝。有这么个人躲在暗处伺机害姑娘，您可怎么办啊？"

辛柚拍拍方嬷嬷的手："有奶娘和小莲帮我，我相信会渡过难关的。奶娘，这几日你多留意一下外边，看有什么关于少卿府的风声。"

"好。"

只剩小莲在屋里时，小丫鬟直直地跪了下来。

"小莲，你这是做什么？"

小莲抬头，眼角缀着泪珠："多亏了您，姑娘才不至于曝尸荒野，冤屈永不见天日。小莲给您磕头了，从此之后，您就是小莲的另一个主人。"

辛柚伸手阻拦："那也不必如此。"

"就让婢子给您磕几个头吧，这样婢子心里好受些。"

辛柚听了，这才松了手。

小莲结结实实地磕了三个响头，口中道："这是婢子谢您的，这是替姑娘谢您的，这是替老爷夫人谢您的。从此之后，姑娘与老爷夫人团聚了……"

磕完三个响头，她没有起身，而是又磕了一个："这是小莲谢姑娘收容的，感谢您让婢子又有了依靠……"

这虎穴狼窝，如果没有姑娘的出现，她恐怕早已粉身碎骨。

"快起来吧。"

小莲抹抹眼泪站起身来，想到如今的处境有些忧心："姑娘，咱们真的能渡过难关吗？"

辛柚透过窗子看着迎风摇晃的芭蕉。

芭蕉绿如翡翠，生机勃勃，赏心悦目。

"把凶手揪出来就好了。"辛柚平静地道。

到这时，害寇青青的凶手也算是浮出水面了。

"您说的凶手是——"

"大太太乔氏。"

小莲深吸一口气，捂住了嘴："姑娘，您刚才还在她面前说要恢复记忆了，她再下毒手怎么办？"

辛柚偏头一笑："她再下毒手的目标，或许是别人了。"

辛柚的话令小莲一头雾水："姑娘，您说她下一个目标是别人？她要害谁？"

辛柚走至窗前，望着天际如火的晚霞，轻声道："害那个对寇姑娘动手的人。"

在乔氏的预计里，寇青青坠落山崖必死无疑，那她就不必再做什么，靠时间冲淡这位表姑娘存在过的痕迹就够了。

实际上，乔氏成功了，寇青青确实死了。可惜对方没有料到，会有一个与寇青青容貌相似的人被错认回来。

表姑娘的"失忆"让乔氏急着再次下手，接连没得手又知道了她要恢复记忆，再加上小莲当众那一哭引起的风声，乔氏再对表姑娘动手就不是明智的选择了。

乔氏把当日推寇青青坠崖的人灭口，就算表姑娘恢复了记忆，想起来是谁推她，也能推到那人是畏罪自杀上，死无对证从而避免暴露乔氏身份。

辛柚现在不确定的是动手的人是谁，是温婉低调的大姑娘段云婉，母女齐心的二姑娘段云华，还是言辞闪烁的三姑娘段云灵？

"姑娘您是说，那日推我们姑娘的人在三位姑娘之中？"

见辛柚点头，小莲咬牙道："定然是二姑娘！自从她听闻老夫人亲上加亲的话，就总挤对我们姑娘，不想姑娘成为她嫂嫂。"

"二姑娘的可能性其实不大。"辛柚走到梳妆台前坐下，慢慢取下簪钗，"再看看吧。"

一夜无话，翌日又是个好天气，辛柚不用去给老夫人请安，睡到天光大亮才不紧不慢地起来。

早饭是从大厨房提来的，小笼包、葱花卷、小米粥再配上几碟爽口的酱菜。

她才吃完漱过口，小丫鬟含雪就禀报说三位姑娘来了。

"请进来。"

环佩叮当，转眼走进来三位少女。打头的依然是二姑娘段云华，大姑娘段云婉与三姑娘段云灵稍稍落后，并不与之并肩。

辛柚看在眼里，若有所思。

她生长环境单纯，先前并没想过，如今看来在这少卿府，嫡庶相当分明。

"青表妹，听说你又出事了。"段云华说着这话，并不让人感到关心，反而听有几分讥诮之意。

辛柚望着她，弯唇笑了笑："都怪妹妹不好，总是出事，劳烦华表姐一次次来看我。"

段云华听着这话有些阴阳怪气，可看着那双清亮平静的黑眸，又疑心想多了。

寇青青这种只会掉眼泪的人,应该没这个胆子。

"青表姐,你还是安心休养,近期少出门。"段云灵定定地望着辛柚,语气有些严肃。

辛柚莞尔:"多谢灵表妹提醒,我知道了。"

"青表妹看起来气色不错,昨日马受惊没有受伤吧?"段云婉端详着辛柚问。

"没有。"

"那就好,表妹没事我们就放心了。"段云婉露出笑容,"听说表妹昨日回来迟了,是去了千樱山?"

辛柚微微扬眉,刚要说什么,却顿住了。

辛柚眼前,是一幅骇人的画面:少女盯着水池中的鱼儿出神,身后一双手伸出,猛地把她推了下去。池水不深,少女挣扎着冒出头,那双手又把她的头死死地按入水中。

池水激荡,鱼儿被惊走,一切风平浪静,水面浮出少女的脸。

"青表妹?"段云婉见辛柚发呆,喊了一声。

辛柚回过神儿来,目不转睛地望着段云婉柔美的脸,心中有了答案:原来是她啊。

"青表妹在想什么?"

辛柚抬手按了按额角:"刚听婉表姐提到千樱山,突然又想起来一些事。"

她说着暗自留意,捕捉到对方神色的微妙变化。

"青表妹想起了什么?"段云婉强作镇定地问,紧攥手帕的手暴露了她的紧张。

辛柚语气随意:"小时候的事。"

"看样子青表妹记忆要恢复了。"段云婉笑着道。

段云华却皱了眉:"伤到了脑袋,记忆这么容易恢复吗?"

"华表姐说什么?"辛柚偏头看她,一副没听清的样子。

段云华改口:"我是说,青表妹不要着急,顺其自然慢慢来。"

段云灵纠结一瞬,插话道:"还是早点儿想起来好,人没了过往记忆到底不方便……"

段云华与段云婉齐齐看过来,段云灵一滞,双手不自觉绞着帕子:"大姐、二姐,你们说是吧?"

段云华笑笑没有回答,站起身来:"表妹好好休息,改日我们再来看你。"

目送三个人离开,辛柚低声对小莲道:"那个人,是段云婉。"

小莲一愣,而后大惊:"您是说对我们姑娘动手的是大姑娘?"

辛柚颔首。

"可是姑娘与大姑娘素无嫌隙。"小莲喃喃,一脸不可置信的神情。

"关键不在段云婉与寇姑娘如何,而在大太太。"

嫡母恩威并施,使庶女为她效力并非难事。

这也与辛柚先前的判断相符。

段云华对寇青青的不满不足以成为杀人动机,而身为一个母亲,怎么舍得让亲生女儿的手沾上鲜血呢?

若是这样——

辛柚抱紧了随意放在床头的软枕,轻声道:"段云灵很可能是目击者。"

"三姑娘也知情?"小莲捂住了嘴。

"她应该是无意中看到了。"

所以,段云灵才三番两次地隐晦提醒她。

"那二姑娘呢?"

辛柚表情带着讽刺地笑笑:"也许二姑娘是唯一什么都不知道的。"

"姑娘,那咱们接下来该怎么办?"

"少卿府是不是有个鱼池?"辛柚问。

她虽来少卿府有几日了,但不是窝在晚晴居,就是去如意堂,还没顾得上四处闲逛。

"鱼池?是有一个,就在花园北边。池子不大,养了几尾锦鲤,姑娘想去看看吗?"

辛柚想了想:"今日没有去给老夫人请安,还是等用过午饭再去吧。"

很快到了午后,白晃晃的日头挂在高空,树上知了声嘶力竭地叫着,吵得午休的人多翻了几个身才能入睡。

小莲举着手替辛柚遮挡日头:"这时候出来太热了,姑娘当心中了暑气。"

"就这么一会儿,不用遮了。这个时候出来也有好处。"

"什么好处?"小莲好奇地问。

"一般不会遇到人。"辛柚说着看向前方,脚下一顿停了下来。

前方一个不高不低的水池边,背对她们立着一个穿藕荷色衣裙的女子,默默地盯着水面。

辛柚记得清楚,今日段云婉来看她时穿的裙衫就是这个颜色。

"是大姑娘!"小莲也认了出来。

辛柚当机立断走到一排花架后,看向水池方向。

段云婉一动不动,似乎当头烈日对她毫无影响。

"大姑娘为什么这时候来看鱼?连个遮挡都没有,也没人陪着,不怕中暑吗?"小莲小声嘀咕。

她当然不是心疼大姑娘,只是单纯想不通。

辛柚没有接话,而是回想着那个画面。那是眼前的水池,也是这样明晃晃的日头,想必此时正有几尾锦鲤懒洋洋地摆着尾巴在水中游。

难道事情就发生在今日?

辛柚一时有些难以相信。

大太太就算要把段云婉灭口，也未免太快了。

小莲见辛柚额头、鼻尖已沁出汗珠，白皙的两颊也有了红晕，她担心地问："姑娘，热了吧？"

辛柚摇头，目不转睛盯着水池的方向："没事。"

"咱们要过去吗？"

"先在这里看一看。"

听辛柚这么说，小莲不再吭声，尽管不知道姑娘要看什么，也跟着看起来。

看着看着，她就发现段云婉抬脚走了……

小丫鬟错愕地看向辛柚："姑娘，她走了！"

辛柚拿帕子擦了擦额头的汗珠，平静地道："那我们也走吧。"

小莲一脸不解之色。

她们回到晚晴居，绛霜端上来两道冰碗，说是大厨房送来的。

辛柚一口一口地吃起冰碗，顿觉暑气消了不少。

小莲吃得更快，吃完叹道："真好吃，婢子沾姑娘的光了。"

辛柚莞尔一笑："我吃过一种叫冻奶的冰点，浇上果酱与切成小块的鲜果，比冰碗的味道还要好。"

小莲听得咽口水："听名字就觉得好吃，哪里可以吃到啊？"

辛柚犹豫了一下，道："我娘做给我吃的，回头有闲暇了，我做来试试。"

嗯，她应该可以成功吧？

想想曾经下厨的成果，辛柚不是很自信。

小莲却没察觉，说道："好啊，到时候婢子给您打下手，也尝尝冻奶是怎样的美味。"

辛柚吃过冰碗，困意上来，往床榻上一躺睡下了。

转日是个阴天，辛柚按时前往如意堂给老夫人请安。

老夫人嗔道："要你多休息几日，怎么又过来了？"

辛柚笑道："本来就没有事，我知道外祖母疼我，我也想外祖母啊。"

"你这丫头，嘴巴越来越甜了。"老夫人听得高兴，余光扫了乔氏一眼。

乔氏面上挂着滴水不漏的笑。

辛柚暗暗留意段云婉，发觉对方眼下脂粉似乎有些厚。

她这是没睡好？

等到响午后，虽然天还阴着，辛柚还是派小莲去了花园，不久后小莲回来禀报。

"姑娘您猜对了，大姑娘果然还在那里，婢子看着她离开才回来的。"

辛柚点点头，决定明日再看看。

翌日天依然阴着，似乎有落雨的意思，等到下午，方嬷嬷从外边回来了。

"姑娘，老奴在外头听到了一些关于少卿府的风声。"

这几日方嬷嬷每天都往外跑，今日终于有了收获。

"什么风声？"小莲蹿过来，一屁股坐在绣墩上。

方嬷嬷伸手点了一下她的额头："都是姑娘纵得你，越来越没有规矩了。"

小莲揉着额头催促："方嬷嬷你快说吧，姑娘等着呢。"

方嬷嬷扫了一眼门口，放低声音："说什么的都有，最难听的是说要是少卿府的表姑娘没了，那表姑娘带来的家财可就都归少卿府了，少卿府也不用给表姑娘另置办嫁妆了。"

正常来说，别说占了寇青青家财，作为投靠外祖家的孤女，等到出嫁，少卿府还应给寇青青置办一份不输于府上姑娘的嫁妆。

这才是普世认可的厚道人家。因而当小莲当众哭着说出那番话，就容易惹人多想了。

天子脚下，富足安定，京城永远不乏闲得发慌、火眼金睛的群众。虽然四年前寇青青进京悄无声息，这些人还是从这位表姑娘的出身推测出了一些东西。

比如表姑娘傍身的家财，百万两白银没人敢想，十万八万两还是敢猜一猜的。

十万两银子，好多钱啊！

小莲冷笑："哪儿是最难听的话，明明是大实话！"

到这时，她越发深刻明白了那日辛柚让她哭的用意。

"还有救姑娘的那位义士，老奴也打听到他的身份了。"方嬷嬷嘴角带着笑，心情松快许多。

方嬷嬷这个年纪的阅历自然不是小莲能比的，听到那些传闻便知道姑娘暂时安全了。

闲言能杀人，也能救人哪。

方嬷嬷再一想，本该最亲的舅父一家步步杀机，姑娘竟需要靠世人几句闲言庇护性命，她的心又疼起来。

辛柚不知方嬷嬷心情的起落，意外抬了抬眉："这么快就打听到了？"

方嬷嬷笑道："不难打听，原来那位义士在京城颇出名。他姓贺，名清宵，竟然是个侯爷。"

辛柚静静地听着，知道还有后文。

锦麟卫镇抚使是个要职，皇帝选勋贵担任不足为奇。

果然方嬷嬷神色变了变，声音更低了："但这位年轻的侯爷，身份颇为尴尬。他的父亲与当今皇上是结义兄弟，乱世时一同打江山，后来分道扬镳各自称王，等到今上把他父亲打败，顾念结义之情留下了这位侯爷的性命，还封他为长乐侯……"

"长乐侯——"辛柚低声念着这三个字，明白了老夫人避之不及的原因。

当臣子的可不确定当今天子对那位义兄是真有情分，还是纯粹为了显示仁义；而能确定的是，皇上定然不愿见到臣子与这位长乐侯走得太近。

"既然如此，他又怎么成了锦麟卫镇抚使？"

方嬷嬷摇头："老奴没有打听到这些。"

"辛苦奶娘了，奶娘去休息一下吧。"

方嬷嬷出去大半日确实累了，听了辛柚的话去歇着。

"您可真聪明。"小莲替辛柚捏肩，把方嬷嬷在时忍下的话说出来，"要是我家姑娘能像您这样……就好了。"

那样姑娘或许就能好好活着。

辛柚看向小莲，轻轻地拍了拍她的手："不是我比寇姑娘聪明，寇姑娘是被亲情迷了眼，而我是旁观者。"

她要替寇姑娘睁大眼睛把这些龌龊看得清清楚楚，替寇姑娘报仇。

此时街上，贺清宵一身朱衣匆匆往前走，身后跟着两个手下。

熟悉的危机感生出，他的身体比头脑反应还要快一步往旁边一避，一物重重地砸在地上，发出不小的动静。

贺清宵定睛一看，是一个摔得粉碎的花盆。

"大人，您没事吧？！"两个锦麟卫立刻上前，护在贺清宵左右。

"没事。"贺清宵抬头看那二层的酒楼，再扫过四周来往行人，最后低头看摔得四分五裂的花盆。

那日少女的话突兀响起："我观义士印堂发黑，恐有血光之灾，最近上街最好不要走在街边楼下，以避开从天而降的祸端。"

印堂发黑——贺清宵抬手按了按眉心。

当时他觉得荒唐的言语，今日竟发生了。

那姑娘真的精通相术？

贺清宵沉思之际，一名锦麟卫冲进酒楼，把肇事者提了出来。

"大人，就是这两个混账打架闹事，把花盆扔了下来！"

贺清宵眸光淡淡地看过去。

两个喝了酒闹事的人认出抓他们的是锦麟卫，早就被吓醒酒了，"扑通"一声跪在地上求饶。

就连跟出来的掌柜、伙计都被吓得脸色发白，哆嗦着赔不是。

"不必跪下求饶，但你们酒后乱扔东西险些伤人性命，为免以后再犯这样的错误，便一人罚十两银子吧。"

"十……十两？"其中一人震惊地道。

掌柜的恨不得捂住那人的嘴："王员外，十两银子于您就是几顿酒席钱……"

这人是个傻子吗？这可是锦麟卫啊，不赶紧出点儿钱把大佛送走，他是想把自己送进去不成？

另一个酒客反应就快多了："对对对，根本不多，是大人宽宏大量不与我们计较，才只让我们赔些钱长个记性。"

他说着赶紧扯下钱袋子，拿出两张面额十两的银票双手奉上。

一名锦麟卫接过银票扫了一眼，递给贺清宵："大人。"

贺清宵把银票塞进荷包，绕过破碎的花盆往前走去。

两个手下立刻跟上。

留下两个酒客和酒楼掌柜好半天没敢动，后怕又庆幸。

贺清宵一路无言，直到路过一间门前冷清的书局，才停了下来。

"大人有什么吩咐？"

"你们去查一查，太仆寺段少卿府上的表姑娘是什么情况。"

"是。"

贺清宵独自走进书局，走到熟悉的角落，拿起一本游记翻阅起来。

男子手指修长，骨节分明，翻着翻着就不动了。

那日小莲在大路上哭时贺清宵已经离去，自然不会有什么猜想，可今日的遭遇让他对那位寇姑娘有了太多好奇。

好奇本身不会让他吩咐手下去查一个女子，可那姑娘既然精通相术能算出他会被高空坠物所伤，为何算不出自己乘坐的马车会出事？

如果相术只是个借口，那她又是怎么知道今日之事的？

贺清宵并不愿把那个眼神清澈的少女往复杂处想，但身在这个位置，他不得不谨慎。

两个手下回来复命的时间比他预料中要早。

"大人，今日城中有不少关于那位姑娘的传言。最离谱儿的传言说少卿府贪图寇姑娘家财，要害她性命……"一名锦麟卫说着打听来的事。

另一个锦麟卫补充道："除了这位表姑娘，还有一位表姑娘偶尔也会去少卿府小住，那位姑娘姓乔……"

贺清宵淡淡打断手下的话："其他就不必说了。"

两个锦麟卫对视一眼，心道果然没有猜错，大人想要了解的是深陷舆论旋涡的那位表姑娘。

贺清宵沉吟片刻，吩咐道："去查一下段少卿的行踪。"

现在已过了散衙时间，官员们这个时间要么回家了，要么喝酒应酬去了。

段少卿就是后者。

也正是这场应酬，让他觉得有些不对劲。

这是他常来的酒楼，酒楼的掌柜和伙计也是相熟的，为何上菜的伙计看他的眼神有些异样？

还有进来时遇到的另一拨吃酒的人，他瞧着也眼熟，他们好像是鸿胪寺的，他不知是不是错觉，那几个人总往他身上瞄。

段少卿心中疑惑，面上却不动声色，找了个去方便的借口吩咐长随出去打听一下。

酒过三巡，长随回来了。

段少卿一看长随的表情就知道不好，主动开口结束了酒局。

天色已经暗了下来，长随提着灯笼走在前头，段少卿稍稍落后，低声开口："是不是有什么事？"

长随放慢脚步："老爷，刚刚小的打听到有关咱少卿府的一些传闻……"

听长随说完，段少卿脸色铁青，怒道："一派胡言！这些人——"

后面的话戛然而止，段少卿望着渐渐走近的朱衣男子，不觉停下了脚步。

朱衣男子走到了近前，白皙的面容，精致的眉眼，哪怕经常见到的人再见面，依然会忍不住在心里感慨一声造物不公。

这位新任的锦麟卫镇抚使，出名的不只他的尴尬身世，还有他的容貌。

"贺大人。"贺清宵的突然出现令段少卿心中打鼓，却不敢得罪，他主动开口打了招呼。

贺清宵没有如段少卿暗暗期盼的那样打声招呼就走过去，而是停了下来："段大人，不知寇姑娘如何了？"

段少卿眼睛都瞪圆了，错愕地望着对方。

锦麟卫镇抚使打听他外甥女？

贺清宵这是什么意思？难不成他听闻了那些传言，借此寻自己麻烦？

段少卿脑子飞快地转着，却想不出有得罪过这位镇抚使的地方，而后一颗心沉了下去。

锦麟卫真想寻一个人的麻烦，何须得罪过呢？

"贺大人……"段少卿斟酌着开口。

贺清宵这时解释道："那日出门办事，路遇一马受惊，把惊马制止后才知马车中坐的是令外甥女。今日偶遇段大人，顺便问一问。"

"原来是贺大人救了我那外甥女。"段少卿深深一揖，满脸惭愧之色，"当日只知外甥女被一位骑马路过的义士所救才能安然无恙，却不知竟是贺大人。实在是失礼了，明日定登门道谢。"

"举手之劳，段大人不必客气，寇姑娘安然无恙就好。"贺清宵拱拱手，"段大人自便。"

"贺大人好走。"段少卿拱手回礼。

跟在贺清宵身后的锦麟卫回头看了维持着回礼姿势的段少卿一眼，心生好奇。

大人这是有意帮那位寇姑娘吧？

有大人这几句话，若少卿府真如传闻中那样对寇姑娘包藏祸心，也会老实起来了。

他心想，也不知道那位寇姑娘长什么样呢？

第三章　真　凶

雅馨苑中灯火通明，大太太乔氏坐在床边，神情阴郁。

外头的风声她也听说了，还没敢让老夫人知道。她把那日陪着出门的护卫叫来询问，从头到尾仔细捋了一遍，原来问题出在小莲身上。

那丫鬟当众哭诉，究竟是无意还是有心？

想到这个，乔氏神色有几分狰狞，生出把小莲除之后快的冲动。

乔氏从指使庶女把寇青青推下悬崖起，对她来说，就像打破了某道屏障，放出了心中的恶鬼。

可是她不能。

乔氏的理智还在，她摇了摇头。

外面已有这样的传闻，无论是寇青青，还是她的贴身丫鬟小莲，自己都不能动了。

难道她真要依着老夫人的想法，让辰儿娶了寇青青？

乔氏心中生出强烈的不甘。

一个克父克母的孤女，辰儿娶了她有什么助力？至于那一大笔财产，明明只要寇青青一死，就是少卿府的了。

他们是长房嫡子，等老夫人百年后这笔财产毫无疑问会落在她手里，二房最多分一口汤喝。

可偏偏寇青青没有死，还让京城上下留意到了本来低调的少卿府。

乔氏知道，倘若她拒绝这门亲事，老夫人就算心里不悦，最终也只能算了。

可她不能冒这个险。

寇青青的婚事完全由老夫人做主，老夫人显然也不愿寇家那些财产流到外人手里。她开口拒绝了这门亲事，老夫人转头就可能撮合二房的段云朗与外孙女。

到那时，这一大笔财产作为寇青青的嫁妆，就都归了二房。没人吃下这么一大笔钱还舍得吐出来，以后她再想伸手可就没那么容易了。

看来，她只能捏着鼻子接受这门亲事，就是委屈辰儿了。

乔氏心疼了儿子一瞬，眼神变得狠厉。

要想之后顺顺当当，她还有一件事要做。

寇青青好像要想起来了，一旦恢复记忆，定然知道是谁把她推下去的。到时候一对质，那丫头万一顶不住把自己供出来，可是大麻烦。

只有死人是不会开口的。

"老爷。"

门外传来婢女的问好声。

乔氏只来得及收好表情，段少卿就绕过屏风走了进来。

酒气扑鼻而来，乔氏端着笑迎上去："老爷——"

段少卿一把抓住她的手腕，厉声问："外边的流言是怎么回事？"

门口的婢女惊得忘了反应，被乔氏一个眼刀飞过去："都下去！"

转眼里间只剩下夫妇二人，乔氏皱眉："老爷是不是喝多了？"

"什么喝多了！你莫非没听到外头的流言？"段少卿紧紧地盯着乔氏问。

乔氏勉强笑笑："听说了，那都是无稽之谈，老爷难道相信？"

"自然是无稽之谈，可怎么会有这种流言传开？"段少卿一想到那些难听的话，就满心恼火。

青青带来的巨额家财令人心动不假，可她与儿子成了亲，不就是两全其美的好事，那些人嚼舌他要害自己嫡亲的外甥女不是荒唐吗？！

"都是马受惊引起的……"

她提到马受惊，段少卿的脸色更差了："你可知救了青青的人是谁？"

乔氏摇头："那位义士没有留名。"

"他是锦麟卫镇抚使、长乐侯贺清宵！"

乔氏呆了呆，随后变了脸色。

"今日吃完酒出来，我还遇到了他，他特意问起了青青……"

段少卿越往下说，乔氏的脸色越差。

"母亲还不知道外边的流言吧？"

"暂时没敢让她老人家知道。"

"那就先瞒着，让家里上下都把嘴巴管好。"

"知道了。"

段少卿的语气缓和，乔氏细听他却带着警告之意："夫人管着家，务必把青青照顾好，省得流言愈演愈烈，连累少卿府的声名。"

"老爷放心吧，我知道。"

段少卿点点头，这才洗漱后睡下。

因有乔氏约束，外头的风言风语没有传到老夫人的耳里去，大家该请安请安，看起来风平浪静。

从如意堂回去的路上，辛柚驻足抬头，看了一眼天空。

"姑娘在看什么？"小莲好奇地问。

"今日是个好天气。"

现在虽然还是早上，却已晴空万里，阳光明媚。

小莲也抬头望天，笑着附和："是呢，不过就更热了。"

辛柚把目光投向走在前面的那道藕荷色背影上。

这几日她冷眼旁观，段云婉状态越发差了，已到了遮掩不住的程度。

辛柚记得前些日子段云婉与段云灵还同来同去，现在她却没心思拉着段云灵做出姐妹情深的姿态，任由段云灵走到前头去了。

辛柚加快脚步，追上了段云婉。

"婉表姐。"

少女的声音轻柔，却令段云婉身体一僵。

"青表妹有事？"段云婉勉强扯出一丝笑容。

辛柚微笑："是有些事，想和婉表姐说一说。婉表姐去晚晴居喝杯茶吧。"

段云婉浑身更紧绷了："改日吧，今日还有点儿事要忙……"

辛柚弯唇："我好像又想起来一些事，婉表姐真的没空去坐坐吗？"

段云婉彻底变了脸色，望着辛柚嘴唇颤抖，一个字都说不出来。

辛柚嫣然一笑："婉表姐今日什么时候得闲就去找我，我在晚晴居等你。"

说完，她带着小莲施施然走了。

段云婉游魂般回了房，连同住一个院子的段云灵投来诧异的目光都浑然不觉。

"姑娘，您说大姑娘会来吗？"

"她会来的。"辛柚的语气笃定。

"可她若是去告诉大太太您恢复记忆了呢？"

辛柚不是寇青青，当然谈不上恢复什么记忆，不过是诈一下段云婉。

比起小莲的担忧，辛柚格外从容："别担心，她不敢的。就算她真的去说，大太太知道'我'想起了坠崖的细节，又能把我怎么样呢？"

那些流言，于她是护盾，于大太太而言就是悬在头上的利剑了。

不出辛柚所料，很快段云婉就悄悄地过来了。

段云婉如惊弓之鸟，出现在辛柚面前。

"青表妹找我到底什么事？"

辛柚示意小莲退下，把一杯茶递过去："婉表姐喝茶。"

段云婉把茶杯端起，手指不自觉地用力："青表妹可以说了吗？"

辛柚不紧不慢地抿了一口茶，一副闲适的姿态，说出的话却犹如惊雷："我看婉表姐这几日心神不宁，是担心我想起那日坠崖的事吗？"

段云婉的手一抖，茶水泼了出来，她却顾不得，一双眼死死地盯着辛柚："青表妹这是什么意思？"

辛柚微微倾身，直视着对方的眼睛："我既已想起来，婉表姐何必还装糊涂？你若半点儿不担心，眼下的青影怎么连脂粉都快遮不住了？呵，害了人睡不安稳吧？"

"我没有，你胡说，你——"段云婉方寸大乱，对上那双清透似乎能照出人心的黑眸，那些辩解的话一下子堵在了喉咙里，最后只挤出一句话，"你……你想怎么样？"

辛柚弯唇："我本来想去找外祖母揭发你害我，可冷静一想，我与婉表姐无冤无仇，甚至来了少卿府后婉表姐对我还算关照，没道理对我下杀手……"

段云婉一言不发地听辛柚说着，眼泪落下来。

"几次见到华表姐，都能感到华表姐对我的不满。我问了小莲，原来华表姐是担心我嫁给大表哥。大舅母是体面人，倘若对这桩婚事满意，定会约束华表姐。"辛柚笑了笑，"所以我想，对这门亲事最不满的其实是大舅母，这便是她指使婉表姐害我的动机吧？"

"你怎么知道？"段云婉一双眸子睁大几分，仿佛头一次认识眼前的人。

辛柚垂眸喝了口茶，淡淡地道："我若什么都想不起，自然什么都不知道，现在想起了一些事，推测出这些不难吧？"

段云婉愣了许久，突然双手掩面："我不想的，可我没办法！母亲用亲事拿捏我，我不敢不听她的话。"

她一把抓住辛柚的手，眼里满是哀求之色："青表妹，求求你不要说出去，给我一条活路吧，我也只是想顺顺当当地嫁人，再不用仰人鼻息……"

辛柚任由对方抓着她的手腕，声音冷下去："婉表姐是聪明人，难道想不明白，真正不给你留活路的不是我。"

段云婉神色怔怔，似是没听进去。

"外面的传闻，婉表姐可知晓？"

段云婉摇了摇头。

这几日她心神恍惚，便是家里的事都无心留意，何况外面的。

"传闻说，我坠崖与马受惊都是人为，少卿府想霸占我的家财……"

段云婉惊得抽了口气。

嫡母让她害表妹，她不是没琢磨过缘由。她吃惊的是怎么会有了这样的传闻。

辛柚定定地看着段云婉："有了这样的传闻，大舅母担心我恢复记忆，婉表姐觉得她会怎么做呢？"

段云婉张张嘴，脑海中一片空白。

辛柚语气冷静，道出残酷的推测："她能为了钱财害我性命，便能为了保住名声杀人灭口。婉表姐，你可知你危在旦夕？"

"我……我该怎么办？"段云婉脸色惨白，下意识地问。

"当众揭发大太太的罪行。婉表姐是被逼迫的，说出真相就算会受惩罚，总比丢了性命要强。"

"不行！"段云婉用力摇头，无法接受主动说出真相这条路，因为太着急站起来身体晃了晃，双手撑了一下桌面才稳住。

"我……我告辞了……"

段云婉脚下发软，强撑着往外走，辛柚望着她跌跌撞撞的背影，没有再开口。

送走了段云婉，小莲走进来，一边擦桌面一边问："姑娘，大姑娘不愿揭发大太太，接下来咱们怎么办啊？"

辛柚笑笑："有些人心存侥幸，不见棺材不落泪，段云婉的反应不出意料。小莲你每日早上继续留意大太太院中的那个粗使婆子，把她的穿戴告诉我。"

"是。"小莲动了动唇，好奇为何要留意一个粗使婆子的衣着打扮，最终没有问出口。

说到底，小莲与新主人不是从小一起长大的，小莲尊敬她、崇拜她，却不会像和寇姑娘那样无话不说，亲密无间。而辛柚，本也没想过与小莲亲密无间。

那些与她亲密无间的人，都已经不在了。她与小莲能彼此信任，就足够了。

又过了两日，前往如意堂请安的路上，小莲低声说了那个姓赵的粗使婆子的衣着打扮。

"确定她戴了一支如意头银簪？"

"确定。婢子仔细瞧过的。"

说起来，还好姑娘让她盯着的是个粗使婆子。

这粗使婆子虽是大太太院中的，却不在雅馨苑住，而是与各院的下等仆从一起住在后罩房，不然换了那些有脸面的住在大太太院子里，她想要探查就没这么方便了。

如意头银簪——

辛柚在心中默念，等到了如意堂，视线悄悄落在了段云婉身上。

今日段云婉穿了一条杏色百褶裙，许是为了提气色，发间簪了两朵粉色海棠花。辛柚瞧着她确实比前几日精神了许多。

似乎察觉到辛柚的视线，段云婉偏了偏头，避开目光接触。

辛柚收回视线，在心里叹了口气：看来，就是今日了。

那日眼前出现段云婉遇害的画面，她派人去花园盯了两日就觉得这样不是办法。

这样傻傻地守着，太笨，也太被动了。

她仔细回想见到的画面，终于想到如何确定事发之日。

画面里，她看到了受害人，也看到了行凶者，而只要哪日受害人与行凶者衣着打扮与画面中相同，她几乎就能确定是哪日了。

辛柚闭上眼睛，画面在脑海中缓缓浮现：

惊走的锦鲤，浮出水面的脸，还有零落的海棠花瓣。

回到晚晴居，辛柚吩咐小莲："替我约一下三姑娘。"

晌午后，辛柚等在花园那排花架后，段云灵如约而至。

"青表姐这个时间找我,不知有什么事?"小莲与段云灵带来的丫鬟凝翠避到一旁后,段云灵低声问。

辛柚从段云灵的反应能看出,这突然的邀约让对方相当不安,而这让她越发肯定了自己的猜测。

段云灵是知情者。

时间有限,辛柚不准备卖关子。

花串随风摇晃,她的声音很轻:"我想起是怎么掉下悬崖的了。"

段云灵一愣,脸上出现了惊恐之色,下意识地转身就跑。

一只手把她的手腕抓住,纤细,却有力。

"灵表妹不要闹出动静,你看谁来了。"

顺着辛柚的视线,段云灵看到一道再熟悉不过的身影向着水池走去。

"大姐!"她脱口而出,惊疑地看着辛柚,"你知道大姐会来这里?"

"那倒没有,我觉得午后花园无人,约在这里比较安全。"

辛柚平静的语气,令段云灵放下了心头的疑惑。

她们先来的,大姐后到,看来这是巧合。

可是这样,她就不好掉头就走了,不然被青表姐喊上一声,大姐就会发现她与青表姐在一起。

她不敢!

她怕引起大姐的怀疑,引起……母亲的怀疑。

段云灵的脸色变得惨白,她看着辛柚的眼神有一些埋怨之色,也有一些不忍之意。

有很多个瞬间,她都想告诉青表姐真相,让青表姐多加小心,可她怕青表姐沉不住气,继而把她暴露出去。

她承认,她就是胆小自私。

"灵表妹也知道吧,是婉表姐把我推下去的。"

段云灵后退一步,望着那张淡定的脸,或许是多日来压在心头的沉重一时爆发,待她反应过来时话已经说出口:"我知道又如何呢?帮你在祖母面前做证?"

那双清澈如水的黑眸令她的心犹如针扎,她却只能摇头:"对不起,我不能。"

"你是怕大太太吗?"辛柚轻声问。

段云灵一个激灵,瞳孔骤缩:"你知道?"

因为过于震惊,她的声音不觉扬起。

辛柚伸出手指放在唇边,示意她放低声音。

段云灵慌乱地望了池边那道身影一眼,再撞进眼前少女黑漆漆的眸子,突然反应过来对方约她的目的:"你想让我揭发母亲?"

辛柚点头。

"不行!"段云灵猛摇头,"绝对不行!"

"为何不行呢?"

辛柚问得理所当然，令段云灵莫名其妙地生出她这么激烈拒绝有些可笑的念头。

可是，这当然不行的。她一个小小的庶女，幸与不幸就掌握在嫡母手中，她怎么敢呢？

想一想大姐被嫡母逼成杀人凶手，她就觉得窒息。

段云灵望着辛柚说不出话，眼中溢满泪水。

她放过自己吧，为何大家都来为难自己呢？自己只是想好好长大，顺利嫁人而已啊。

仿佛察觉到段云灵的所思，辛柚拉住她的手。

"灵表妹，这一次你侥幸置身事外，下一次呢？"

段云灵的手一抖。

辛柚放开她的手，声音轻柔却带着蛊惑人心的力量："灵表妹是聪明人，应该明白，与其奢望心如蛇蝎者高抬贵手，不如让那毒蛇再也害不了人。这才是真正的自保之道。"

"可就算说了，别人会信吗？"段云灵喃喃，动摇的心很快坚定，"不行的。"

她只是个人微言轻的庶女，母亲却是当家主母，别说祖母和父亲不会信，就算心里信了，面上也不会信的。

她们真要坐实母亲谋害青表姐，少卿府的名声怎么办？大哥的前程怎么办？

段云灵一瞬间想到这些，又感到了大山压顶般无法呼吸的痛苦，再看目含期待之色的少女，同情汹涌而出。

她握住辛柚的手，语气恳切："青表姐，你就当没有想起来，算了吧。"

辛柚却没回她的话，眼睛直直地望着水池的方向。

段云灵跟着看过去，好似一盆冰水被当头泼下，把她冻住了。

骄阳似火，明晃晃的日头下一个婆子伸出双手，毫不犹豫地把段云婉推进了水池里。

她们从这里能看到池中人竭力挣扎，可那双手把她的头死死地按入水中，一次又一次。

段云灵骇得动弹不得，只有牙关咯咯作响。

"住手！"辛柚冲了过去。

随着她这声喊，小莲与凝翠也看到了婆子行凶的一幕，先后跑了过去。

"来人啊，杀人啦！"小丫鬟的尖叫声直冲云霄。

婆子因被发觉愣了一瞬，随后拔腿就跑。

辛柚一边跑一边把藏在衣袖中的砖头扔了出去。

飞出的砖头直直地砸在婆子的右腿上，婆子一个趔趄扑倒在地。

辛柚脚下不停，直奔水池边。小莲与凝翠则奔着婆子去了。

没有了那双杀人的手，段云婉挣扎着在水中冒出头。

"救……我……"

然后她看到了伸出手的辛柚。

求生的本能让她什么都没想，死死地抓住了那只手。

那是救命的手。

段云婉被拉了上来，跌坐在地上大口大口地呼吸。

小莲与凝翠也把婆子按住了。

"赵妈妈！"凝翠一眼就认出来了。

赵妈妈虽只是个粗使婆子，却是大太太院中的，凝翠每日随段云灵去给大太太请安，自然认识。

这时已有不少下人听到动静赶了过来，看着浑身湿漉漉的大姑娘，再看看被按住的赵婆子，一时搞不清这是怎么回事。

"去如意堂。"辛柚沉声道。

小莲对辛柚的吩咐毫不犹豫，凝翠遇到这么大的事脑子都不转了，小莲怎么做她就下意识地跟着做。

"放开我，放开我！"赵婆子挣扎。

她做惯了粗活儿，生得又结实，劲头可不小，眼看就要挣脱，小莲情急之下顺手抓起那块砖头，给了赵婆子一下。

赵婆子发出"啊"的一声惨叫声，老实了。

小莲这才反应过来自己做了什么，把砖头一扔，慌忙看了辛柚一眼。

辛柚脚尖一踢，把砖头踢到了一边花丛里，颔首道："做得不错。"

自始至终，她都没再留意段云灵。

段云灵一步步从花架后挪出来，望着冷清下来的花园愣了一会儿，踉跄着追上去。

一群人浩浩荡荡地赶去如意堂，把午后睡得正香的老夫人惊醒了。

"这是怎么回事？"看着浑身湿透的段云婉，老夫人厉声问。

段云婉眼神茫然，一副丢了魂的样子。

老夫人皱着眉，视线扫过额头一个大包的赵婆子。

辛柚开了口："外祖母，我在花园中看到这婆子把婉表姐推进了水池。"

"什么？"老夫人大惊。

"水池"两个字似乎刺激了段云婉，她如梦初醒般打了个哆嗦，哭着扑向老夫人的大腿："祖母，求您救救孙女！"

段云婉抱住老夫人的腿，仿佛抓住救命稻草般，早把温婉柔顺抛到一旁。

"祖母，您救救孙女，母亲要杀我灭口！"没给老夫人反应的时间，段云婉就一口气把大太太乔氏指使她推寇青青落崖的事说了出来。

险些丧命的恐惧令她什么都顾不得了，满脑子只有一个念头：青表妹是对的，嫡母不会放过她，受惩罚总比丢了命强！

"母亲怕我走漏风声，刚刚派人杀我灭口！祖母，求您为孙女做主！"

屋里回荡着段云婉的哭声，老夫人额角青筋直跳，缓缓地扫了辛柚一眼。

辛柚紧紧抿唇，眼中闪动着错愕、惊恐与愤怒之色。

老夫人的嘴唇动了动，她一时竟不知说什么好，视线从辛柚的面上扫过，落在段云灵身上。

段云灵脸色苍白，抖动的唇没有一丝血色。

老夫人看向赵婆子："她是——"

毕竟是粗使婆子，老夫人只觉有几分眼熟。

"她是母亲院中的赵妈妈！"段云婉望着赵婆子那张脸，就想起水池中那双一次次把自己的头按下去的大手。

窒息的感觉涌来，令段云婉的脸色更加惨白，整个人抖起来："祖母，她把孙女推入水池中还不够，还用手死死地把我的头往水里按……"

屋中除了近身伺候老夫人的，就是辛柚和小莲，段云灵与她的贴身丫鬟凝翠，还有跪在地上的赵婆子。

除了赵婆子这个行凶者，其他人听了段云婉的话皆面露恐惧之色，特别是瞧见行凶场景的几人，脸色就更难看了。

老夫人面沉似水地扫过屋内众人，吩咐侍女："去雅馨苑把大太太叫来。"

"是。"

老夫人又吩咐一旁的心腹婆子去衙门给段少卿报信。

本来内宅的事，要么老夫人处理，要么乔氏处理，轻易不会惊动外头当差的男人，可今日的事不一样。

今日之事涉及当家主母谋害庶女，更曝出当舅母的为了钱财谋害外甥女，事情严重，不得不把一家之主叫回来。

大太太乔氏早已知道了花园中的情况，随如意堂的婢女过来时，无论心中怎么慌张，面上已经冷静下来。

"都是儿媳管教不力，竟然出了恶奴谋害主人的事。"乔氏一进来就请罪，怒视赵婆子："你给我好好说清楚，为何会害大姑娘？"

那么多人看见赵婆子行凶，乔氏心知这个辩无可辩，只能把赵婆子推出去。

她很清楚，赵婆子不敢把她供出来，毕竟赵婆子还有一家老小，都捏在她的手心里。

"是……是老奴记恨大姑娘曾经斥责过我，今日瞧见大姑娘一个人在水池边，一时冲动起了杀心……"赵婆子趴在地上，痛哭流涕。

"你胡说，我何曾斥责过你！"一瞬的愤怒后，段云婉看向乔氏："赵妈妈编出这个理由，母亲不觉得可笑吗？想必您指使我推青表妹坠崖的事情败露，也会如逼赵妈妈这般，逼我说是因为我对青表妹心存妒忌吧？"

乔氏脸色一沉："你的规矩呢？竟这般与我说话！"

恐惧绝望之下，段云婉的理智已经到了要崩溃的边缘，她反而豁出去了："母亲逼我成为杀人凶手，又指使赵妈妈杀我灭口，我不过是把真相说出来，就没规矩了吗？

母亲,我也是个人啊,与二妹一样的人啊!"

听段云婉提及段云华,乔氏脸色大变:"住口!我何尝让你伤害表姑娘?老夫人,我看大丫头是得癔症了,还是请相熟的大夫来瞧瞧吧。"

"大太太。"辛柚开了口。

乔氏这才发觉,从她进来与庶女一番撕扯,这位表姑娘竟一直没吭声。

"青青,你不要听信你表姐这些胡话,在舅母心里,你与府上的姑娘都是一样的。"乔氏勉强地笑笑。

辛柚盯着乔氏张张合合的嘴,只觉得好笑。

乔氏这样颠倒黑白、指鹿为马,今日她算见识到了。

"与府上的姑娘一样吗?"辛柚轻笑,"可是婉表姐刚刚险些丧命水池呢。我前不久也险些丧命,要是这么看,那我们确实是一样的。"

这话一说出口,乔氏与老夫人齐齐变了脸色。站在角落里的段云灵更是神色数变,眼里满是挣扎之色。

"青青,你这是什么意思?难道你怀疑舅母?"乔氏一脸失望与难以置信的神情。

她失望是假,难以置信是真。

这还是那个脸皮极薄,宁可自己吃亏也不愿丢面子的表姑娘吗?

辛柚笑笑:"比起赵妈妈因被婉表姐斥责几句就要杀主人,还是婉表姐的话更合理些。大太太觉得呢?"

乔氏的脸色青了又白,眼中的狠厉之色一闪而过。

"青青,你这样说太让舅母伤心了……"

"那就报官吧。"辛柚懒得再看乔氏装下去,淡淡地道。

"什么报官?"急匆匆赶回家的段少卿一脚跨进来,听了这话脸色顿变。

辛柚冲段少卿屈了屈膝,言简意赅地道:"今日大舅母院中的赵妈妈把婉表姐推入花园水池中,婉表姐说是大舅母杀人灭口,因为大舅母指使她把我推下悬崖。大舅母说这都是婉表姐一面之词,赵妈妈害大表姐是因为被她责骂过。大舅您觉得谁的话可信呢?"

"这——"段少卿的神色有些僵硬,他显然没料到印象中乖巧温顺的外甥女会问得这么直白,勉强地挤出个笑容安抚,"青青啊,事关重大,还是要查清楚。"

"老爷,大丫头胡言乱语,您也纵着她胡闹,侮辱我这个做母亲的吗?"乔氏定定地看着段少卿。

段少卿咬了咬牙,强行把火气压了下去。

他不傻,真相如何不言而喻,可是他再气乔氏不择手段,也不能让他的发妻,孩子们的母亲,少卿府的当家主母背上谋财害命的罪名。

乔氏把段少卿微妙的反应看在眼里,扫了段云婉和辛柚一眼,心里想,真是两个蠢丫头啊,过了这个坎儿,有你们好受的!

这一瞬,她的眼神那么冷,那么毒,段云灵只觉得热血上涌,脱口而出:"我听到了!"

多道视线投过来,把这个一直想明哲保身又良心不安的小姑娘推到了风口浪尖上。

她很怕,却知道没有了退路,再一次大声道:"我听到了!"

段云灵的突然出头,是众人始料不及的。

这其中,大概只有辛柚不觉得意外了。

段云灵瞧见段云婉被恶仆推入水池,再有她那一番话在先,无论是出于良心,还是担心自身,如果段云灵依然无动于衷,只能说这少卿府烂透了。

"你听到了什么?"老夫人看着站出来的孙女,神色复杂。

段云灵低着头,躲开各色目光:"青表姐坠崖后,我无意中听到了大姐哭泣。大姐哭着说她不想这么做,她是被母亲逼的……"

段云婉错愕地望着段云灵,这些日子因为心神太过紧绷而忽略的一些疑惑终于得解。

难怪三妹总是避开与她的肢体接触。她们原本总是同进同出,但最近三妹总是避着她。

原来三妹早就知道了!

段云灵咬了咬唇,终于抬起了头:"这些日子,我一直很自责,很害怕,不知道该怎么办……青表姐,对不起,真的对不起……"

段云婉听到段云灵的哭声,也哭了起来。

两个孙女的哭声令老夫人脑壳嗡嗡地响,段少卿更是头大如斗。

他本想把事情先按下去,可段云灵站出来做证,等于彻底扯下了这桩罪恶的遮羞布。

看来他今日不得不给外甥女一个说法了。段少卿这般想着,视线缓缓地扫过屋里众人。还好,在场的都算是自己人,要是二房也在,那他就更丢脸了。

"你个毒妇,竟如此心狠!"段少卿心里有了计较,一脚把乔氏踹倒在地。

乔氏毫无防备地扑在地上,发出一声惨叫声。

从站出来后就紧张得手脚冰凉的段云灵看着嫡母狼狈的模样,突然没那么怕了。她没把视线放在乔氏身上,而是投向辛柚。

原来,那座从她懂事起就压在她头上的大山,也是可以搬动的!

辛柚却知道没有这么简单。她们让乔氏认罪只是第一步罢了,让乔氏得到应有的惩罚才能告慰寇青青的在天之灵。

后者能否实现,取决于老夫人与段少卿。确切地说,取决于身为一家之主的段少卿。

而段少卿的反应,可不像真心为外甥女做主的样子。

"青青,是舅舅对不住你,没发觉你舅母竟做出这种事来。"

"那大舅打算如何处理?"辛柚淡淡地问。

她的淡定,反衬得红了眼圈的段少卿有些虚假。

段少卿与老夫人对视一眼，说出打算："就让你舅母以后在雅馨苑抄佛经赎罪，如何？"

"老爷！"乔氏脸色扭曲，她无法接受与青灯古佛做伴的结果。

段云婉与段云灵听了这话，都不觉松了口气。

嫡母从此与青灯古佛做伴，她们就不用在她手下讨生活了。

辛柚看一眼满脸不甘的乔氏，再看一眼急于了事的段少卿，摇了摇头："不行。"

这话刚说出口，段少卿就愣了："青青，那你的意思是——"

段云婉与段云灵紧紧地盯着辛柚，目露惊色。

老夫人亦动了动眉梢。在她看来，儿子这般处理也算是给外孙女一个交代了。

青青这是不满意？

辛柚瞥了乔氏一眼，淡淡地说："大舅母指使人谋杀我在先，谋杀婉表姐在后，如今事发，她从此再不用出力管家，待在自己的院子里读书养花晒太阳，您是这个意思吗？"

将来段云辰金榜题名，仕途顺遂，说不定给母亲挣来的诰命比现在的还强。

再过个十几二十年，世人早忘了少卿府上的表姑娘，而乔氏熬成了老夫人，开始享受儿孙的请安孝敬。

天下岂有这等好事？

辛柚这一问，众人的神色就更精彩了，特别是段云婉与段云灵，看着辛柚的眼神已经和小莲有点儿像了。当家主母从此与青灯古佛做伴明明是很大的惩罚，她们怎么听青表妹（表姐）这么一说，竟是享福了呢？

难道说——嫡母的下场还能更惨？

"青青，你年纪还小，不懂与青灯古佛做伴的苦处……"

"我懂。"辛柚打断段少卿的话，毫无畏缩地与他对视，"是大舅没听懂，我的意思是这样的惩罚还不够。"

辛柚这话一说出口，几乎等于和他们撕破脸了。

在段云婉与段云灵担忧的目光下，段少卿沉声问："那青青你想怎么样？"

辛柚一字一顿地道："杀人偿命，欠债还钱。"

这八个字，每一个字她都说得极重，而无论前半句还是后半句，对少卿府来说都是那么讽刺。

"怎么就到了杀人偿命的地步，你不是好好的吗？"段少卿干笑着，试图缓解气氛。

"我和婉表姐大难不死，那是我们运气好，不能改变大舅母指使人杀人这件事。"辛柚顿了一下，罕见地面露迟疑之色，"或者按大夏律法，杀人未遂与杀人罪名有所不同——"

少女柳眉蹙起，旋即舒展，干脆道："那就报官吧，无论官府如何判，我都认了。"

"胡闹！"提到报官，段少卿被踩到痛处，终于维持不住舅父的温和面目，"家丑不可外扬,青青你可知道报官对少卿府的影响?"

"我姓寇。"段少卿脸色冷,辛柚的声音更冷。

"你——"段少卿指着外甥女,这一刻真正意识到眼前冷若冰霜的少女并非任他掌控的女儿们。她是能做到自损八百,伤敌一千的。

老夫人忍不住开了口:"青青——"

"外祖母!"辛柚不给老夫人劝说的机会,在段少卿面前的冷硬化成了泫然欲泣,"青青虽然姓寇,却一直把您当亲祖母的。先是坠崖,再是马受惊,青青险些再也见不到您,陪母亲去了……"

辛柚哽咽着,垂眸遮住眼中的凉意。就让她看一看,老夫人对寇青青的母亲还残留几分母女之情吧。

老夫人纠结之时,段少卿冷冷地开口:"青青,你虽不怕闹到公堂上,你的表姐妹却是怕的。"

"大舅是提醒我没有了婉表姐和灵表妹做证,我告不赢?"辛柚莞尔一笑,语气轻描淡写,"没关系呀,到时候京城上下都知道这场官司,哪怕只有少数人相信我,对我来说就是赢了。"

段少卿的脸色一下子铁青。他说这些不过是想让外甥女知难而退,而实际上,这件事只要闹到公堂上,少卿府就输了。

他可丢不起这个人!

"你们听听老婆子的意思吧。"剑拔弩张的气氛中,老夫人终于开口。

"母亲您说。"段少卿做出洗耳恭听的模样。乔氏神色怔怔,看向老夫人。老夫人的目光落在这夫妇二人身上,她在心里长长地叹了口气:怎么就弄到这个地步了呢?

把对乔氏的厌恶不满遮在微垂的眼皮下,老夫人慈爱地拉过辛柚的手:"先前外祖母就说过,你和你大表哥都是好孩子,若能亲上加亲,将来我去见你母亲也能放心了。如今出了这种事,外祖母知道你气恼,但还是想问一句,你可还愿意嫁给你大表哥?"

辛柚听愣了。不因别的,她觉得自己的脸皮与少卿府的人比起来,还是太薄了。

老夫人见她不语,却以为有戏,温和地劝道:"等你们成亲,家里的事就交给你管,也别担心管不好,有不懂的地方问外祖母就是。至于乔氏,以后就待在雅馨苑不出来,是抄佛经还是如何,都随你。"

"老夫人!"乔氏脸色一白,死死地盯着辛柚。

而辛柚,险些为老夫人这话叫好。她先前话中之意,就是担心多年后乔氏翻身。老夫人提出让寇青青与段云辰成亲,并让寇青青管家,等于打消了她的这个顾虑。

如果她真的是寇青青,能嫁给心上人,又能制住乔氏,更不必与外祖母产生矛盾,恐怕很难拒绝这个提议。只可惜,她是辛柚。

辛柚把手从老夫人手中缓缓地抽出,摇头道:"还是报官吧。"

"青青!"辛柚的拒绝,让老夫人意想不到。

辛柚淡淡地说道:"外祖母,青青虽小,却也明白,与人结缘是结良缘,不是结孽缘。我与大太太之间如此，真的还能与大表哥成为举案齐眉的夫妻吗？"

老夫人动了动唇，被问住了。

一个小姑娘，能嫁给心悦之人，还得了管家权，高兴还来不及，哪儿会顾得其他？便是想到与夫君不和这种可能，年轻好胜的女孩子也总以为只要有时间，早晚能拢住丈夫的心。

可此刻老夫人看着神情冷静的少女，还有刚刚那冷淡的语气，便明白放在寻常小姑娘身上的手段不管用了。

她不被情打动，不被利诱惑，自己的外孙女竟是这样的人。

一时间，老夫人的心情更复杂了，她问道："青青，除了报官呢？"

听出老夫人话中的妥协之意，辛柚屈了屈膝："那外祖母觉得，如何处置指使杀人的大太太才公允呢？"

老夫人定定地看着把皮球踢回来的外孙女良久，终于收回目光看向儿子，叹道："乔氏德行有亏，不顺父母，不堪为段家妇。文松，你便休书一封，送她回乔家吧。"

这话如一道惊雷，劈在了乔氏头上。段少卿让她常伴青灯古佛她尚且不甘，没想到老夫人还想要她儿子娶了寇青青，更没想到的是老夫人会让丈夫休了她！

乔氏愣了一瞬后泪水夺眶而出："老夫人，儿媳嫁入段家多年来上敬姑舅，下育儿女，兢兢业业，片刻不敢松懈，哪怕没有功劳也有苦劳，您怎么能让老爷休了我啊？！"

她越说越伤心、愤怒，眼睛直直地盯着段少卿："老爷，你若如此做，可想过辰儿？有一个被休弃的母亲，他该如何自处啊？！"

段少卿也没有休妻的心理准备，面露难色，看向老夫人："母亲——"

"玉珠，带大姑娘去换身衣裳。"老夫人吩咐完，起身向里间走去："老大，你随我来。"

叫玉珠的婢女扶着浑身湿透的段云婉去更衣，段云灵悄悄地看一眼狼狈的嫡母，再看一眼跟着祖母进了里间的父亲，手心里全是汗。

比之堂屋的拥挤，里间就只有母子二人，声音放低些不必担心被人听了去。段少卿说话随意了许多："母亲，把乔氏拘在院子里是对咱们少卿府影响最小的。"

老夫人按了按太阳穴："我也知道这样最好，可青青不同意。"

"她一个小姑娘——"段少卿心里还是存着一分侥幸。

老夫人冷笑："小姑娘才天不怕地不怕，青青若执意报官，你能怎么办？难不成像乔氏那个毒妇一样杀人灭口？"

"儿子怎么会呢？"段少卿的脸色变了变。他想到的不只是外甥女报官后会引起的风言风语，还有那一袭朱衣，那位年轻的锦麟卫镇抚使。

现在正是热的时候，哪怕老夫人屋里摆着冰盆，段少卿的汗珠还是从额头滚了下来。

段少卿抬袖擦了擦汗水，依然下不了休妻的决心："要是休了乔氏，对几个孩子影响不小，特别是辰儿，他是要走科举入仕的人，若受不住母亲被休的打击可如何是好？"

到这时，老夫人反而冷静多了："老大啊，你还没看出来吗？要么休了乔氏，要么乔氏以死赔罪，不然青青不会罢休的。"

"这丫头——"段少卿咬牙挤出这三个字，有那么一瞬间杀机从心头掠过。

可他很清楚不能这么做。

看那丫头光脚不怕穿鞋的样子，今日他不给个说法，她就能立刻去报官，根本不给他慢慢谋划的时间，除非他彻底撕破脸，当着母亲和两个女儿的面下杀手。

他还没疯狂到这种地步，更别提如今京城上下都在传着少卿府的流言，还引来了贺清宵的注意。

"本来，乔氏'病死'比被休闹出的动静小，可正如你说，辰儿还要科考，一旦乔氏没了，辰儿就要回家守孝，那就耽误了。"

段少卿心头一震，慢慢地点了头："母亲说得是。只是乔氏被休，免不了会传出些风言风语。"

老夫人叹口气："两害相权取其轻吧，世人若是揣测乔氏对青青不慈，不正说明我们家风正，宁愿承受非议也不包庇这等毒妇。"

说到这儿，老夫人深深地看了儿子一眼。他真以为她不知道外头的风言风语？不过是不想在这个节骨眼儿上闹出动静罢了。

只是她没料到两点，一是乔氏指使恶奴谋杀大孙女，二是外孙女态度如此强硬。这一刻，老夫人心中生出了几分疲惫感：或许她真的老了。

"那就依母亲所言。"段少卿终于下定了决心。

乔氏直到接到墨迹未干的休书，才意识到彻底完了。

二姑娘段云华后知后觉，听到了消息，飞奔而至。

"父亲，您为何要休了母亲？"

段少卿本就心烦，女儿的质问更令他恼火，当即板着脸道："大人的事，你莫要掺和。"

段云华不可置信地瞪着段少卿，声音尖厉："那是我母亲啊！您这么对待母亲，有没有想过我与大哥？大哥——"

段云华一个激灵，找到了救命的浮木："我要去告诉大哥！"

眼见她往外跑，段少卿喝道："把二姑娘送回房，这两日不许出门！"

明日便是国子监放旬假的日子，段少卿与老夫人合计过，干脆等段云辰与段云朗明日放假回来，再告诉他们乔氏被休的事。

"放开我，放开我！"段云华挣扎着。

段云灵站在角落里看着涕泪横飞、被仆妇拖走的段云华，轻轻地咬了咬唇。

原来在她和大姐面前横行霸道的二姐，真到了与父亲争执时，什么都不是。

段云灵目光轻移，落在辛柚身上。青表姐竟然做到了让父亲休了嫡母！她就一点儿都不怕吗？

没有人来解答角落里这个小小庶女的疑惑，但明明身处暴风雨的中心，段云灵却从没觉得这么安心过。

"大哥，这是怎么回事？"二老爷段文柏与二太太朱氏赶了过来，正撞见段云华被带走。

"二弟就不要多问了。"段少卿脸色阴沉，看起来仿佛老了好几岁。

少卿府这边，因大太太突然被休而人心惶惶，乔家那边，也接到了段家送来的信。乔家当家的是乔氏的嫂子宁氏，当她打开信看过后，脸色猛然变了。

为了避免两家闹起来，信上虽没提寇青青坠崖的事，却明言寇青青险些因马受惊而掉下马车乃乔氏所为，这便是乔氏被休的理由。

宁氏拿着信，手抖个不停。她完全无法相信，又逐字把信读了一遍。

小姑子竟做出这种事来？外头的传闻居然是真的！

"去把老爷叫回家。"她赶忙吩咐婢女。

恰在这时，一名少女走了进来。少女柳眉杏目，生得俏丽，一开口便透着活泼劲儿："母亲，我想姑母了，能不能明日去看看姑母？"

这少女便是乔氏的娘家侄女，闺名若竹。

宁氏正处于巨大的冲击中，听了女儿这话脱口而出："滚回你的房里去！"

"母亲？"乔若竹愣了，仿佛被打了一巴掌，脸上火辣辣的。

"回去！"宁氏厉声喝道。

乔若竹捂着脸扭头跑了。

乔家的人登门时，已华灯初上。少卿府明明灯火通明，却显得冷冷清清，老夫人没心情吃晚饭，其他人自然也没心思吃。

乔氏哭累了，骂够了，神色麻木地枯坐着，直到被人搀起来往外走，突然停了下来："我要和表姑娘说几句话。"

搀扶乔氏的人不由得看向老夫人。

老夫人下意识地想拒绝，可看着乔氏的样子又怕刺激到她，便把目光投向辛柚。

"正好，我也想和乔太太说几句话。"辛柚向乔氏走了过去。

称呼的改变宛如尖刀，刺得乔氏更疼。她死死地盯着站在面前的少女，手不受控制地颤抖着。

"表姑娘，这个结果你满意了吗？"乔氏艰难地挤出这句话。

这个问题一出，老夫人与段少卿的视线都落到了辛柚身上。

辛柚淡淡地道："谈不上满不满意，有错当罚，算是个交代吧。"

这是给枉死的寇姑娘一个交代。

"我也想问问乔太太，为何这样对我呢？"辛柚面上露出恰到好处的疑惑之色。

乔氏脸色数变，压下心里排山倒海般涌上的不甘，冷冷地道："不想让你嫁给辰儿，你配不上他。"

"这样啊——"辛柚拉长声音，讥诮从唇边一闪而逝。

她可真是一心为子女打算的好母亲啊，都到了这个时候，还能忍着只说一半的话。

明明那百万家财，才是寇青青丧命的根由。若没有那些银钱，乔氏不满寇青青当儿媳坚决拒了老夫人的提议就是。

可哪怕乔氏此刻恨着逼儿子休妻的老夫人，恨着不顾多年夫妻之情的丈夫，还是没有提及这笔财产半个字。

她怕提醒了眼前的少女，百万家财飞了，她的儿女就沾不到好处了。

辛柚想着这些，越发同情寇青青。

乔氏这番慈母之心，但凡能站在早逝的寇青青母亲的立场上想一想，都不会对孤苦无依的寇青青下手。

辛柚回到了老夫人身边，安安静静的，不再开口。

饭要一口口地吃，这个时候最重要的是落定乔氏被休的事，至于寇青青的家财该如何办，她还要与小莲说一说。

乔家人自知理亏没有闹，乔氏也没有闹，老夫人松了口气，安抚辛柚："不要听乔氏乱说，回晚晴居歇着吧。"

"青青告退。"

段云灵也默默地退下，追上辛柚低声道谢："青表姐，谢谢你。"

辛柚一笑："能有今日结果，离不开灵表妹的勇敢。"

"勇敢？"段云灵喃喃念着这两个字，湿了眼眶，"我一直觉得，都是没用的……"

"不啊，勇敢永远是最宝贵的品质之一，特别是对我们女子来说。"

这是很小的时候，娘亲对她说过的话。她一直牢牢记着，并努力拥有，所以虽目睹娘亲惨死的场景，才没被击垮。

"青表姐，大姐以后会怎么样呢？"段云灵问起自被婢女带走更衣就再没出现过的段云婉。

"我不知道。"辛柚如实回答，"但我想，再差的结果也比被恶仆按进水池里溺死要好吧。"

段云灵咬着唇微微点头，目送辛柚的背影渐渐融入夜色。

回到晚晴居，辛柚喊来方嬷嬷："明日段、乔两家还有财物交割，大公子与二公子也会从国子监回来，府上定然忙乱。奶娘，有件事我想麻烦你。"

"姑娘这么说就折煞老奴了，您有什么事尽管交代，老奴定拼尽全力去办。"乔氏被休，振奋的不只小莲，还有方嬷嬷。

"你去帮我打听一家书局，青松书局。"

听辛柚提到书局，小莲不由得想到了辛柚落在小山村的那个话本子，那几团褐色的污渍。姑娘要方嬷嬷打听的书局，是不是与那话本子有关系呢？

方嬷嬷应下退出去，留小莲守夜。只剩二人，小莲"扑通"一声跪下了。

辛柚无奈："怎么又跪了？"

小莲抹着眼泪道："多谢您替我们姑娘报仇了。"

"不必谢，这是我借用寇姑娘的身份的回报。"辛柚把小莲拉起来，正色问，"寇姑娘留下的百万家财，你有什么想法？"

小莲被问愣了："您……您的想法呢？"

"我的想法不重要。"

小莲面露不解之色。

辛柚只好把话挑明："我不是寇姑娘啊。"她自作主张地把寇姑娘的财产从少卿府拿回来，然后呢？她并没有处置这笔银钱的资格。

小莲这才反应过来，喃喃地道："对，您不是我家姑娘……"小丫鬟说着，又想哭了。

天知道多少次，她看着这张与姑娘相似的脸，都想着姑娘还活着，还在姑娘身边。

"可是，婢子宁可您拿着这笔钱，也不想便宜了少卿府！"

辛柚摇摇头："这钱我不能要。"

她借用寇青青的身份，本是无奈之举，再拿了人家财物，岂不成了鸠占鹊巢的无耻之徒？

"难道就便宜了少卿府这些豺狼吗？"小莲一脸不甘之色，"姑娘是被大太太害死的，可其他人也不是什么好人。大公子对姑娘避之不及，二姑娘对姑娘冷嘲热讽，大老爷今日也没有为姑娘做主的意思。婢子只要一想以后这些人心里恨着姑娘还花着姑娘的钱，就替姑娘不公。"

小莲又要跪下，被辛柚拉住。

"姑娘，求您再帮帮我们姑娘吧。您若有法子把钱要回来，婢子替我们姑娘做主，您留一部分自用，剩下的施粥修路，或是捐了都可以，总之不能便宜了少卿府！"

辛柚认真听了小莲的想法，坦言道："想要把寇姑娘的百万家财全部拿回，几乎不可能。"

那不是几十两几百两，是一百万两白银！能有多少人吞了这么一笔巨款还舍得吐出来呢？

就如寇青青的母亲交代方嬷嬷的话，只要女儿能嫁在段家，或是能体面地嫁出去，都不必对女儿提起这笔巨款。

寇母如此做，就是深知人性经不得这样大的诱惑考验，哪怕那个人是自己的母亲，女儿的外祖母。

"那……那能拿回多少？"小莲茫然地问。

"倘若寇姑娘出阁，应该是最容易拿回一部分的。但你也知道，我不可能走这条路。只能说尽力吧，都顺利的话或许能拿回六成……"

寇青青最大的问题是身为孤女，没有少卿府以外的任何助力。而方嬷嬷手中那个账册当不得证据，真要毫无准备地直接拿着账册找老夫人讨要，老夫人完全可以否认。

除了一个小小奶娘，谁能证明当年有那么一大笔寇家财产进了段家腰包呢？

六成，是辛柚觉得能拿回来的理想数目。

"六成——"小莲的眼神恢复了清明,"若真能拿回来六成,那就谢天谢地了,其他的……就当夫人孝敬老夫人的吧……"再怎么不甘心,小莲也清楚老夫人是寇青青的外祖母,实在拿不回来的那部分,她也只能认了。她若强求全部拿回来,才是强人所难,没有分寸。

谈完这件事,辛柚道:"小莲,我要离开少卿府了。"

小莲脸色微变:"姑娘,您不是要借用我们姑娘的身份吗?为何要离开少卿府?"

辛柚笑了:"离开这里不好吗?"

小莲一想到腌臜的少卿府,眼中闪过厌恶之色,可更多的是不安之意:"这里虽恶心,可到底是我们姑娘的外祖家。您若出去单过,先不说少卿府答不答应,安全上也没有保障啊。"

虽说托了开国皇后的福,女子能分田地,能立户,比之前朝地位提升许多,可真到了现实中,一个未婚女子独自生活哪儿有那么容易呢。

有的人没钱被人欺,有的人有钱无势同样被人欺啊。

"我既打算离开,自然能在京城立足。"见小莲还想再劝,辛柚干脆直言,"我要离开这里,更主要的是我也有自己的事要办。"

少卿府好也罢,恶也罢,与之有关的都是寇青青,而非辛柚。

小莲听辛柚这么说,把那些担忧的话咽了下去,神色坚决地道:"姑娘,您去哪里,小莲都跟着您。"

辛柚沉默半晌,轻声道:"你若跟着我,比在少卿府还要险恶许多。"

"婢子不怕。只要能在您身边,婢子什么都不怕。"

"你想清楚就好。"辛柚该说的都说了,洗漱后,躺在了床榻上。

夜间寂静,不知名的虫儿一声声地叫着。辛柚翻来覆去地睡不着,从枕头底下抽出一册书。这是一本一看就知道被翻过许多次的话本子,封面的下方写有出处,赫然是青松书局。

转日一早,乔家就来了人,由二老爷段文柏和二太太朱氏出面,与之清点核对财物。

乔氏嫁进段家二十余载,嫁妆或是用了,或是拿去钱生钱,清点起来需要费些工夫。

段云辰与段云朗一进家门,就察觉到不对劲了。段云朗是个憋不住的性子,当即拦着一个路过的下人问:"怎么家里乱糟糟的,还有不少生面孔?"

被拦住的下人眼神闪烁,吭哧半天也没说出什么来。

"哑巴了?"

段云辰一拉段云朗:"二弟,先去给祖母请安吧。"

兄弟二人赶去如意堂,得到老夫人身体不适正在歇息的消息。

段云朗眨眨眼:"大哥,家里肯定出事了!"

"我去问问母亲。"

段云辰面上还算沉得住气,加快脚步走了没几步,遇到了段少卿。

今日不只是国子监学生放假的日子，也是官员的休沐日，段云辰对段少卿出现在家中没觉得奇怪，忙躬身行礼："父亲，今日家中似乎有些忙碌，是有什么事情吗？"

段少卿看一眼还算镇静的儿子，再看一眼掩不住好奇与担忧的侄儿，板着脸道："你外祖家的人过来了。"

从段少卿口中得知乔氏被休已经回了乔家，段云辰如遭雷击，段云朗更是张大了嘴巴久久没有合拢。

许久后，段云辰才找回声音："父亲，母亲有什么过错，竟会如此……？"

"她对你表妹不慈，对你祖母不顺。"段少卿沉声道。

"不慈？如何不慈？"段云辰本是稳重的性子，可说到底还只是个未及冠的少年，母亲被休无疑对他造成了极大的冲击。

"你表妹上次出门遭遇马受惊差点儿从马车上掉下来，是你母亲所为。"

"不可能！"段云辰脱口而出。

段少卿看着儿子，脸色沉下来："如果不是这样，怎么会到这一步？"

说到这里，他既恨乔氏的狠毒愚蠢，又恼外甥女的寸步不让。

而段云辰听了这话，面色惨白，心中再无侥幸。

父亲说得不错，母亲是当家主母，还育有他和二妹一双儿女，如果不是犯了大错，怎么会弄到被休的地步？

"今日乔家来人，取你母亲的嫁妆，此后两家再无瓜葛。你安心读书，莫要被这些俗事影响了心志。"

段少卿说完，负手走了。

段云辰犹如泥塑，许久没有反应。

段云朗小心安慰："大哥，你可想开点儿……"

大伯母竟然是这种人！

段云辰回了神，大步向雅馨苑走去。

段云朗怕堂兄想不开，急忙跟上。

平日一片祥和的雅馨苑此时乱糟糟的，有抬东西的，有清点的，还有打算盘的。

段云辰默默地看着，只觉得那么不真实。

二老爷段文柏先发现了他："辰儿，你们回来了。"

段云辰张张嘴，竟不知说什么。

段文柏拍拍他的肩膀，叹了口气："这里乱，先回去吧。"

段云辰木然地点了点头，游魂般出了雅馨苑，对紧跟着他的段云朗道："二弟不用跟着我了，我去看看二妹。"

"哦，哦。"段云朗平时那么多话的人，现在也只能一个字一个字往外蹦。

段云华自昨日被段少卿发话送回房，就被拘在院子里没出去过，一见兄长就哭了："大哥，母亲被父亲休了！我们可怎么办啊？"

面对胞妹的崩溃，段云辰恢复了几分冷静："二妹，你不要哭，仔细说一说昨日到底发生了什么。"

段云华茫然摇头:"我不知道。好像是花园中发生了什么事,后来就突然听说母亲被休了,我赶过去问父亲,父亲让人把我送了回来不许出门。大哥,你见过父亲了吗?他怎么说?"

"父亲说……青表妹遭遇马受惊一事是母亲所为……"

"胡说!"看着兄长失魂落魄的样子,段云华心头仿佛有火在烧,"我就知道和寇青青有关!大哥你不知道,母亲因为寇青青不开心很久了……"

段云辰苦笑:"母亲伤害青表妹应该是真的,不然父亲不会如此绝情。"

"那也是被寇青青逼的。要不是她不要脸皮想嫁给大哥,母亲怎么会为了摆脱这桩亲事一时想差了!"

"二妹,不要如此偏激,无论如何,青表妹都是受害者。"段云辰虽这么说,可想到那个曾含情脉脉地看着他的少女,心里到底添了几分硌硬。

这边段云朗抬脚去了晚晴居。

辛柚知道今日少卿府会很热闹,但不准备去凑热闹,便一直待在屋子里。

"表妹,你还好吧?"段云朗仔细打量辛柚,眼中是真切的关心之意,"真没想到家里发生了这么多事。"

"还好,多谢二表哥关心。"

辛柚的平静让段云朗更觉得惭愧:"我应该多留意的……"

大伯母管着家,却对表妹包藏祸心,他真难以想象表妹处境多么艰难。

而他竟然还总找表妹借钱!

"表妹,你就把我当成亲哥哥,以后有什么事记得找我,千万不要见外!"

辛柚没有接这个话,而是问道:"二表哥回来,去给外祖母请安了吗?"

"去了,祖母正在歇息……"

如意堂中,一个嬷嬷正向老夫人禀报:"大公子去了二姑娘那里,二公子去了表姑娘那里……"

老夫人微微点头,吩咐下去:"晚饭照例在如意堂吃。"

少卿府的惯例,每逢国子监放旬假的日子,两房的人就都聚在如意堂吃团圆饭。

辛柚接到口信,午饭随意吃了几口就歇下了,再醒来时方嬷嬷已经回来了。

"奶娘辛苦,有没有打探到什么?"

方嬷嬷的脸有些发红,是被外面日头晒的,精神却好:"姑娘让老奴打听的青松书局,颇有名气。那书局就在国子监附近,印书售书都有,是个大书局。本来生意十分兴隆,自从平安先生被对面的书局抢了去,就越来越冷清了……"

平安先生——辛柚眸光微闪,想到了那册话本。那本《牡丹记》的作者,便是平安先生。辛柚决定明日出门,去看一看青松书局。

快到晚饭的时候，众人聚在了如意堂。和以往的谈笑风生不同，今日这顿团圆饭气氛十分低沉。

老夫人皱眉开了口："我知道你们心里难受，可再怎么样日子还要过，特别是辰儿和华儿，你们若就此消沉，那不光对不住你们父亲，更对不住祖母和你们先去的祖父。"

段少卿扫了一双儿女一眼，严肃地问："你们祖母的话，都记下了吗？"

段云辰与段云华齐齐起身："记下了。"

老夫人又看向辛柚："青青，你受委屈了。不要因个别人的做法伤了亲人间的情分，少卿府永远是你的家。"

"青青知道了。"

段云华用力咬着唇，克制着冷笑的冲动。

蜻蜓点水的目光从她面上掠过，辛柚心头微动。或许，她离开少卿府还少不了这位二姑娘的"帮忙"。

一顿饭没滋没味地散了。

转日一大早，段云辰与段云朗要赶回国子监，辛柚去给老夫人请安时，提出要出去逛一逛。

老夫人正是想把外孙女哄回心的时候，自然没有阻拦。

马车一路向北，一直驶到青松书局附近，过不去了。

辛柚挑开马车窗帘看过去，只见那处挤满了人，却不是要进青松书局的，而是对面的书局人太多，一直排到了青松书局的大门外。

对面的书局名叫雅心书局，昨日辛柚听方嬷嬷提过。不过今日方嬷嬷没有来，跟着辛柚的还是小莲。

辛柚吩咐车夫把马车停到远一点儿的地方，让小莲去打听一下情况。

不多时小莲返回来，擦了擦汗道："是雅心书局今日发售平安先生新出的话本子，数量有限，这才引得许多人来抢。"

辛柚望着拥挤的人群，语气有些复杂："原来京城人都这么爱看话本子。"

小莲在京城住了四年，对此见怪不怪："是呀，京城识字的人多，闲来都爱看话本子打发时间。就是那不识字的，也喜欢往酒肆茶馆里跑，听说书人讲新出的话本故事……"

小丫鬟说着说着停下了，一扯辛柚的衣袖："姑娘，您看那是不是二公子？！"

辛柚顺着小莲手指的方向看去，就见两个少年鬼鬼祟祟地溜过来，其中一人正是段云朗。

"二公子竟然上学的时间来买话本子！"小莲震惊地道。

辛柚想的却是避开段云朗，免得生出别的事，于是挤过人群，走进了青松书局。

与人山人海的雅心书局相比，青松书局冷清到令人心酸，掌柜在发呆，伙计在打盹儿，甚至都没反应过来有人进来。

　　小莲咳嗽了一声。

　　伙计一跃而起，脱口问："都挤到我们店里来了？"

　　小莲脆生生地道："我们姑娘来买书。"

　　"是不是走错了——？"

　　掌柜伸手把伙计揪到后面，露出热切的笑容："姑娘要买什么书？"

　　"我先看看。"

　　"姑娘看，姑娘随意看。"

　　辛柚耳朵尖，等走到书架深处，听到伙计小声嘀咕："掌柜的，你笑得这么热情，别把人家姑娘吓跑了。"

　　"一边去！"

　　架子上放着一排排书，纸张油墨特有的气味萦绕在鼻间，她越往里走书墨气就越浓。

　　辛柚的目光从这些书册上扫过，她随手拿下一本书。那是一本游记，颇有厚度，售价可想而知不便宜。

　　辛柚的目的不是买书，而是多了解这家书局的信息，她买了这本书自然好说话。

　　她抱着书走出去，还没等开口，就见一个人冲进来，跪在了掌柜面前。

　　那是一个看起来十二三岁的瘦弱少年，尽管情绪激动，却还记着克制音量："掌柜的，求你再预支我一些工钱吧，我娘断药了……"

　　掌柜没好气地道："你小子都预支半年工钱了，咱们书局又不是善堂，没完了是不？"

　　少年趴在地上砰砰地磕头："求你了，我不想没有娘……"

　　"赶紧走，还有客人呢。"掌柜看起来态度不好，却从荷包里摸出一把铜钱塞进了少年手里。少年连连道谢，爬起来就跑。

　　"等一下。"辛柚出声。少年茫然地看过来。

　　掌柜忙赔不是："是不是吵到姑娘了？这小子不懂事，姑娘别和他计较……"

　　"小莲，拿二两银子给这位小兄弟。"

　　"是。"小莲毫不犹豫地应了，走到少年身边，把碎银塞进他的手里。

　　少年彻底傻了，下意识地看向掌柜。掌柜可不傻，有这二两银子，这小子的娘说不定就有救了，也不用他自掏腰包预支工钱了。掌柜赶忙说："姑娘心善给你的，还不快谢谢姑娘！"

　　少年如梦初醒，忙跪下给辛柚磕头。

　　"快回去照顾你娘吧。"辛柚温和地道。

　　她也不是滥发善心，只是少年那句"我不想没有娘"，让她无法做到袖手旁观。

　　少年深深地看了辛柚一眼，再次磕了一个头，爬起来匆匆离去。

　　掌柜再看辛柚，笑容就真切许多，说起少年的事："那孩子的娘以前也在书局做事，本来还过得去，这一病母子二人日子就难过了。也是可怜人啊，母子进京是来寻男人的，寻了好些年都没寻着人影……"

辛柚默默地听着，时不时点下头。

掌柜许是闲坏了，有个态度这么好的聆听者，他越说越起劲，到后来辛柚连那少年的爹叫啥名字都知道了。

她自然而然地聊起来："我看店里书籍种类繁多，怎么进店的人不多呢？"

一旁的伙计默默地望天。这姑娘确实心善，进店的人哪儿是不多，压根儿就这姑娘一个。

她提起这个，掌柜长叹一口气，语气不自觉带了愤怒之意："要不是平安先生被他们抢走了，何至于此？……"

两家书局挨得这么近，经史子集这类书自家书局有的对面也有，关键还是要看谁家能出风靡京城的话本子。

平安先生写的话本子受人追捧，人们去买话本子时顺便就把其他书也买了，这么一来，青松书局门可罗雀也就不奇怪了。

"再寻不到好的写书先生，东家就要把书局转手了。"掌柜与眼前少女聊得太投机，一不留神把书局的艰难局面说了出来。

装作没看出掌柜反应过来后的尴尬，辛柚顺势问："接手书局要不少银钱吧？"

"那是当然。咱们书局不但售书，后面还有印书坊和一片不小的宅院。"说到这里，掌柜眼里闪过落寞之色。

青松书局对他来说不只是谋生的地方，可以算得上他的家了。

"掌柜的别愁，说不定生意很快就好起来了。"辛柚把随手拿的游记放到柜台上，"这本书售价多少？"

掌柜作势打了自己一下："看我这张嘴，一说起来没个完，耽误您时间了。这本书——"

看清那本游记，掌柜一顿，神情浮现几分异样。

辛柚疑惑地问："掌柜的，这本书是有什么问题吗？"

"这倒没有……"掌柜犹豫着，一时不知该怎么说。

就在这时，门口响起脚步声，有人走了进来。

辛柚看到那一袭朱衣，意外地扬了扬眉。

来人竟然是那日出手相助的义士——锦麟卫镇抚使贺清宵。

"大人来了。"伙计恭敬地迎上去，显然是知道贺清宵身份的。

掌柜也急忙问好。

面对掌柜与伙计，贺清宵并无倨傲之色，温和颔首，目光落在了辛柚的面上。

辛柚分明看到了对方眼里的惊讶之色，大大方方地屈了屈膝："没想到在这里再遇义士。"

贺清宵的眼神恢复了平静，他问道："寇姑娘一切可好？"

第四章　买下书局

"我很好。"辛柚目光坦荡，她对上那双眸光深沉的眼，"没想到能在这里再遇义士，义士能否告知姓名？"

贺清宵用余光扫见掌柜与伙计瞪圆的眼，到嘴边的拒绝默默咽下，温和地道："我姓贺。"

"贺大人。"

贺清宵微微扬了一下眉梢。

辛柚解释："刚刚听伙计喊您大人。"

看着少女坦然的模样，贺清宵突然就觉得回避身份没什么意思。

"我在锦麟卫任镇抚使一职，那日的举手之劳，寇姑娘不必一直记在心上。"

"贺大人的举手之劳，于我却是救命之恩。"

"寇姑娘那日的提醒，已是回报了。"贺清宵想到那个从天而降的花盆，看着辛柚的眼神有了些微变化。

本来，他怀疑过那是眼前少女为了刻意接近他而设的局，可听闻了少卿府的一些事，他便打消了这种怀疑。

一个身处那种环境的小姑娘，保全自身就已经拼尽了力气，接近他这样的人一无余力，二无必要。

只不过，他还是不解一个寄人篱下的闺阁少女如何会精通相术。

贺清宵犹豫了一下，还是道："寇姑娘如果遇到什么麻烦，贺某能力范围内能解决的话，也可以来找我。"

这一次，换辛柚眼神有了变化。

她眼中藏着不解之色，触及对方清澈平和的目光，一瞬间明悟。

贺清宵这般对她，与她对刚才为母求预支工钱的少年是一样的，纯粹是出于对深陷困境之人的怜惜。

辛柚再次福了福身子："我先谢过贺大人。"

贺清宵颔首，视线落在柜台上。

辛柚跟着看过去，暗暗纳闷儿。

不知道是不是她的错觉，这位贺大人好像一直盯着她要买的这本游记。

"不打扰贺大人了。"辛柚把游记拿起来，"掌柜的，结账吧。"

"姑娘确定要买这本了？"掌柜嘴上问辛柚，眼睛却偷瞄着贺清宵。

贺清宵快步走向书架深处。

"掌柜的？"

"哦！"扭头去看那道背影的掌柜忙回过头，比出三根手指，"这本游记价格有些高，要三两银。"

三两银，委实不便宜了。

小莲忍不住道："一册话本子才几百文！"

对小丫鬟的反应，掌柜不觉意外，笑着解释道："这可没法儿比。话本子大量印制，成本低廉，售价自然也便宜。这本游记店里就这么一本，对喜欢它的人来说再贵也值得。"

辛柚微微点头，小莲不再多说，掏出碎银放在柜台上。

伙计忙把游记仔细包好，交给小莲。

"我拿着吧。"辛柚直接把书接过来，告别掌柜往外走去。

伙计见主仆二人走出了书局，小声问掌柜："掌柜的，你怎么不提醒那位姑娘一声。"

他说着，悄悄指指里边。

掌柜和伙计都知道，贺大人每次来书局，都会翻看那本游记。

"别多嘴。"掌柜瞪了伙计一眼。

要是换了其他客人，他肯定会悄悄提醒一下，免得无意中得罪了这位锦麟卫镇抚使。可他刚刚瞧着那位姑娘要买游记，贺大人什么话都没说，就不准备多嘴了。

那么贵一本书，他好不容易才卖出去！

而此时站在书架旁拿着一本书翻看的贺清宵，却没表面看起来这么平静。

眼前的书越看越无趣，他心中只有一个念头：那本书，他还没看完……

青松书局外，人丝毫不见少，小莲踮脚望了望，问辛柚："姑娘，要不要婢子去买一本回来？"

姑娘手中的那本《牡丹记》，也是平安先生写的呢。只是她不知为何，上面好像留下了血渍。

小莲猜测辛柚进京要办的事不简单，却一个字都没问。

姑娘帮她的姑娘报了仇，还愿意收留她，无论将来发生什么，她都会和姑娘一起面对。

"人太多,还是算了,先回去吧。"

回去的路上,辛柚随手翻看新买的游记,惊喜地发现竟颇有趣,渐渐看入了迷,直到被小莲提醒才反应过来少卿府到了。

下了马车,辛柚抱着书不紧不慢地往里走,小莲在一旁小声道:"二姑娘在那边。"

段云华也发现了辛柚,未加思索,抬腿走了过来。

辛柚看着气势汹汹地走来的少女,脚下站定。

她面无表情的样子如火星落入油锅,瞬间点燃了段云华压抑的怒火:"寇青青,我问你,昨日到底发生了什么事?"

不过一日工夫,生活就天翻地覆。就算有兄长安慰,段云华还是无法接受。

辛柚静静地看了段云华片刻,淡淡地道:"外祖母说了,昨日之事不许再提。华表姐若真想知道细节,就去问外祖母吧,或者问问大舅。"

段云华柳眉倒竖:"你明明知道祖母和父亲不会说!"

"哦,那我也不想说。"辛柚一脸冷淡之色。

"你——"段云华气得咬碎银牙,强行克制住去抽那张云淡风轻的脸的冲动,"寇青青,你不要太得意!"

辛柚沉默一瞬,反问:"寇青青得意什么呢?"

这话别人若是细想,是有些古怪的,能听出来的只有小莲。

小莲咬着唇,看向段云华的眼里有怒意和泪意。

她家姑娘的骸骨还在那不见天日的山洞里,不知何时才能入土为安。她的青青姑娘,还能得意什么呢?

"寇青青,原来你以往的乖巧都是装出来的。"

辛柚微笑:"不比华表姐,一如既往地跋扈。"

"你竟敢这样说我!"段云华大怒,抬起的手被丫鬟拉住。

"姑娘,回房吧,要是被老夫人知道了……"

段云华的怒火一下子卡住,不上不下的,她被憋得脸色发青。

"你且等着!"撂下这句话,段云华拂袖而去。

丫鬟急忙追上,被盛怒之下的段云华推得直趔趄。

"姑娘,二姑娘还会找您麻烦的。"小莲皱眉道。

辛柚笑了:"就怕她不找我麻烦。"

小莲疑惑地眨眨眼。

辛柚没有解释,而是道:"走吧,去三姑娘那里坐坐。"

段云灵这两日都有种在做梦的感觉,听闻表姑娘来了,忙命人请进来。

闲聊几句,辛柚直言:"我想请灵表妹帮个忙。"

段云灵有些意外:"青表姐要我帮什么忙?"

"段云华有没有找过你？"

段云灵越发吃惊了。

听青表姐对二姐的称呼，这是彻底闹僵了？

辛柚神色坦然："乔太太因我被休，不论孰是孰非，段云华都恨我入骨。她既恨我，我自然不待见她。"

她说得这般理直气壮，段云灵一时居然觉得有道理，好一会儿才反应过来这样似乎不妥。

青表姐与父亲还有二姐闹僵，对青表姐并无好处。

若是换了以前，段云灵只会在心里想想，此时却委婉地说了。

"灵表妹先告诉我，段云华来找过你吗？"辛柚握了握段云灵的手，表示领情。

虽然那日花园里的事有不少人看见，但老夫人下了封口令，那日的事并没传到段云华耳中，至于如意堂中辛柚与段少卿的对峙，知道的人很少。

段云华想要弄个明白，在她这里碰了壁，少不得来找段云灵。

"二姐还没来过。"段云灵心一动，自觉猜到了辛柚在担心什么，当即道，"青表姐你放心，二姐若问那日的事，我不会说的。"

要是让二姐知道是青表姐逼着父亲休妻的，以二姐的脾气，还不直接跟青表姐打起来。

"恰恰相反，若段云华问你那日情况，你记得对她说，本来大舅想让乔太太待在雅馨苑念佛，是我不答应，非要休了乔太太才罢休。"

段云灵呆了："青表姐，我不懂……"

辛柚神情变得严肃："灵表妹，我不是开玩笑的，而是需要你的帮助。至于缘由，暂时不方便说，不过你以后会明白的。"

段云灵仔细思索，还是想不通辛柚如此做的理由，问道："青表姐，你确定这样不会有麻烦吗？"

辛柚颔首。

"那好，如果二姐来问，我会按照青表姐的意思说。"

"多谢灵表妹。"

段云灵目光落在辛柚带来的游记上，随口问道："青表姐今日出门，是去逛书局了吗？"

"对，去了青松书局，买了本书。"

"表姐怎么不去雅心书局？"

因为那本染血的《牡丹记》，辛柚很乐意聊聊京城的书局，把本来准备告辞的话也咽了下去："灵表妹喜欢去雅心书局？"

段云灵笑道："本来喜欢去青松书局的，后来平安先生不是为雅心书局写书了嘛，就改去雅心书局了。反正这种大书局都差不多，还是看谁家的话本子好看。"

"平安先生这么厉害？"

段云灵眼神热切起来："平安先生最会写志怪故事了，去年的《牡丹记》京城识字的估计人手一本，他转去雅心书局后又写了《灵狐记》，也非常好看——表姐你等等。"

小姑娘"嗒嗒嗒"跑去西屋，很快抱了一本书过来："青表姐你还没看过吧？"

"我许多事还没想起来，以前我很喜欢看话本子吗？"

段云灵摇头："表姐你不怎么看这些。"

这个回答有些出乎辛柚的意料。看小莲对话本售价的熟悉，她以为寇姑娘也是喜欢读这些的。

"表姐你看看呀，真的很好看。"段云灵把《灵狐记》塞进辛柚手中。

辛柚没有拒绝："好，我回去看看。灵表妹，你说平安先生的《牡丹记》几乎识字的人都买了，竟这么受欢迎吗？"

"特别受欢迎。我常打交道的那些朋友，谁手中若没本《牡丹记》，是要被笑的。"段云灵扶额，"表姐你也没看过《牡丹记》吧，我去给你拿。"

说到这儿，段云灵不好意思地抿抿唇："表姐你看完记得还我啊，若是丢了，就买不到了。"

辛柚心头一动，不动声色地问："《牡丹记》不是青松书局印的吗？怎么会买不到呢？"

段云灵摇头："那不清楚，反正青松书局没有卖了。"

辛柚暗暗记下，抱着书站起身来："我先看看《灵狐记》，若是喜欢这类故事，再来找表妹借《牡丹记》。"

许是聊到了喜欢的话题，段云灵语气轻松起来："青表姐慢走。"

回到晚晴居，辛柚问小莲："寇姑娘不喜欢看话本子吗？"

小莲点头，又摇摇头，面对辛柚疑惑的眼神解释道："姑娘不看。不过婢子觉得姑娘不是不喜欢看，而是觉得不该看。因为老夫人曾说过，姑娘家莫要看些乱七八糟的书移了性情。姑娘……特别听得进老夫人的话……"

想到段云灵对话本子的痴迷，辛柚为寇青青叹了口气。

段云灵一个在严厉嫡母手下讨生活的庶女，难道敢不听老夫人的话吗？但她知道这些微末小事，其实长辈也就嘴上敲打一下，并不会真的如何。

可寇青青因为外祖母随口一说，唯恐被人说不好，便不去碰。这个活得小心翼翼的女孩儿，吃人的少卿府却容不得她活。

"小莲你呢？会看话本子吗？"

"婢子听得多些。二公子总把零用钱全买了书，等新的话本子出来没钱了，就厚着脸皮来找我们姑娘借……"小莲说着，眼眶又酸了。

原来那些她笑骂二公子打秋风的日子，竟这么短。

"那你知不知道，为何青松书局不再卖《牡丹记》了？"

"婢子不知。姑娘想再买一本新的吗？或许二公子知道，再不然咱们直接去青松书局问问掌柜的,婢子今日瞧着掌柜的挺好说话的样子。"

辛柚点点头,打开《灵狐记》翻看。

一本书翻完,她有些失望。

故事不难看,但和《牡丹记》区别不大,都是美人要死要活地爱书生,不过一个是花妖,一个是狐仙。

"姑娘不喜欢看吗?"小莲纳闷儿地问。

"两个故事差不多,有些无趣。"

"不会啊。"小丫鬟震惊睁大了眼,"一个花妖,一个狐仙呢!"

辛柚:"……"

不出辛柚所料,段云华很快就找上了段云灵。

"三妹,那日到底发生了什么事?怎么证明马受惊是母亲安排的?我们又为何见不到大姐?"

段云华先去找的段云婉,却发现段云婉搬离了本来的住处。她问下人,下人回话说大姑娘病了,移居别处静养了,她这才来找与段云婉同住一个院子的段云灵。

"二姐就不要为难我了,那日的事祖母不许往外说。"

"我就想知道母亲是如何被休的!"段云华用力抓住段云灵的手,"三妹,那也是你的母亲!"

段云灵手上吃痛,那一瞬很想说现在不是了,可多年来面对段云华时的退避习惯还是阻止了这份冲动。

"我理解二姐的心情,只是祖母发了话,若是知道是我说出去的,那我可担不起……"

段云华立刻道:"你放心,我不会把你说出去的。"

"那——"段云灵双手绞着帕子,纠结着。

这纠结虽说她主要是做给段云华看,可也真的有几分犹豫之意。

她真的要像青表姐交代的那样,说那些话吗?

她实在想不明白这样于青表姐有什么好处。

"三妹,算我求你行不行?"段云华咬着牙,难得在庶妹面前说软话。

段云灵抿了抿唇:"其实……那日父亲本来说让母亲以后就在雅馨苑抄佛经,祖母也说让青表姐与大哥成亲,以后由她管家……"

"荒唐!"段云华打断段云灵的话,气得胸前起伏,"她凭什么管家!"

段云灵垂眸,眼里藏着嘲讽之意:青表姐若是稀罕,嫡母也不会被休了。

"既然这样,那母亲为何被休?"

段云灵努力压下心头快意,叹道:"因为青表姐不答应啊。如果没有让她满意的处置,她就要去报官,祖母与父亲没有法子,只好做出休了母亲的决定。"

段云华腾地站起来,咬牙道:"寇青青!"

段云灵被对方狰狞的表情骇住："二姐——"

段云华怒火中烧，扭头就走。

"二姐——"段云灵又喊了一声，不安、忐忑、后悔……种种情绪交织，最后她还是不放心地追了出去。

段云华走得飞快，来到晚晴居直接就往里冲。

小丫鬟含雪忙道："二姑娘，姑娘她不在屋里。"

"她去哪儿了？"段云华压着怒火问。

寇青青这个贱人，一大早给祖母请了安就往外跑，难不成现在又出去了？

"姑娘她……"

"说！"

在段云华的气势下，小丫鬟怯怯地道："姑娘……去花园折花了……"

段云华听了这话掉头就走，当看到那个手执鲜花巧笑嫣然的少女，怒火高涨到极点。

母亲被休，她还被父亲关了两日，寇青青却又是逛街又是采花，心情好到极点。

这个贱人，逼着父亲休了母亲后竟连个样子都不装！

"寇青青，是你逼着我父亲休了母亲，是不是？"段云华大步来到辛柚面前，咬牙切齿地问。

看着段云华因盛怒而扭曲的脸，辛柚突然觉得手中的鲜花更娇艳了。

她微扬的唇角刺激到了段云华盛怒的神经。

"你还笑！"段云华身体比脑子快一步，话音还没落下，她的巴掌就甩了出去。

辛柚恰到好处地避开，那本该落在脸上的巴掌打在了手上。

她手一松，鲜花撒了一地。

惊呼声四起，段云华后知后觉地发现，这个时候花园中竟有不少人，甚至四姑娘段云雁也在。

也因此，跟过来的段云灵就没那么扎眼了。

"二姑娘，你怎么能这样？！"小莲似乎才反应过来，挡在辛柚身前怒问。

段云华一瞬间的心虚因小莲的态度立时消散，她斥道："是寇青青教你的规矩吗？姑娘间说话，轮得到你一个丫鬟插嘴！"

"你——"

"小莲，我们走。"辛柚说完，看也不看段云华一眼，抬脚向晚晴居的方向走去。

她无视的态度更是激得段云华失去理智："寇青青，你给我站住！"

见辛柚走远，段云华直接追上去扯住她的衣袖。

夏衫轻薄，只听"刺啦"一声，那月白色的衣袖就被扯破了，露出一截欺霜赛雪的皓腕。

段云华愣了一下。

辛柚飞快地推开她，掩面跑走。

旁观了全程的段云灵突然想通了：原来青表姐是想让祖母责罚二姐。

可是这样伤敌一千，自伤八百啊。不说祖母，对父亲和大哥来说，心里真正向着的还是二姐，青表姐毕竟生活在少卿府里，将来会吃亏的。

段云灵想着这些，一时没有反应。

段云雁年纪还小，目睹姐姐们打架的大戏，第一反应就是去告诉母亲。

小姑娘这么想，也这么做了。

"母亲，母亲，二姐打表姐了！"

二太太朱氏正在看账本，听到跑进来的女儿这么说，一时以为听错了。

"雁儿，你说什么？"

段云雁跑得小脸通红："二姐刚刚在花园里打了青表姐，还把青表姐的衣袖扯破了……"

朱氏呆了呆，忙问："那你表姐后来是什么反应？"

虽然他们对段云华隐瞒那日的事情，但过后老夫人对朱氏是透了底的。老太太一是怕同为儿媳的朱氏见乔氏被休以为婆母严苛，再是让朱氏知道长辈眼中柔顺的表姑娘也是有脾气的，以后不要怠慢了免得生事端。

"表姐哭着跑回房了。"

朱氏账本是看不进去了，叮嘱女儿好好待在屋子里，快步往晚晴居赶去。

辛柚奔回晚晴居，随便抓了些衣裳首饰利落地打了两个包袱，与小莲一人一个包袱拎好，就往外走去。

半路上，主仆二人遇到了匆匆赶来的二太太朱氏，还有心下不安的段云灵。

至于段云华，许是当众扯掉辛柚衣袖把她的理智从盛怒中拉了回来，在婢女的劝说下板着脸回房了。

"青青，你这是——？"看到辛柚拎着的小包袱，朱氏心下一咯噔。

辛柚对着朱氏行了一礼，哽咽道："二舅母，我要拜别外祖母，离开少卿府了。"

朱氏万没想到才接手管家一天就出状况了，脑袋嗡嗡地响："青青，舅母知道你受了委屈，可离家出走万万不行啊。"

"二舅母，青青真的待不下去了。"辛柚擦擦眼角，不等朱氏再开口，风一般跑走了。

朱氏望着拎着包袱飞奔而去的主仆二人，目瞪口呆。

这个时候，老夫人正在喝茶。

屋里摆着冰盆，婢女打着扇，几口花茶下肚，老夫人这两日来的烦躁缓解了许多。

突然门口传来婢女的声音，带着惊讶与急促之意："表姑娘——"

老夫人端着茶盏的手一顿，她向门口处望去。

辛柚快步走了进来，对着老夫人一拜："外祖母，青青要离开少卿府，来向您拜别。"

老夫人脑袋嗡了一下，脱口而出："又怎么了？"

辛柚没有吭声，抹了一把眼角，挎着包袱就往外走。

小莲亦步亦趋地跟上，手里挎的包袱更大。

老夫人热血往头上涌，忙喊道："快拦住表姑娘！"

门口丫鬟婆子立刻把辛柚拦住，嘴上劝道："表姑娘，有话好好说。"

辛柚回过身来，与脸色发黑的老夫人对视，随即目光一转，垂下了眼帘。

老夫人这才看到那截被扯破的衣袖。

这时候二太太朱氏也赶了过来，老夫人干脆问她："这到底是怎么回事？"

朱氏可不想陷进两个小姑娘的纷争中，忙道："儿媳也不清楚内情，听雁儿说——"

朱氏略一犹豫，内心深处对这位表姑娘的同情还是占了上风，她接着道："说是华儿打了青青。"

老夫人脸色更黑了："把三位姑娘都叫来。"

婢女出去叫人，老夫人安抚外孙女："青青，若是你表姐有什么不对，就和外祖母说，外祖母自会管教她，可不能动不动说离少卿府这种话。"

"刚刚二表姐在花园拦住我，劈手打了我一巴掌。想着乔太太才因我被休，我不想与表姐争执，就带着小莲回晚晴居，表姐却不依不饶地追上来，还撕破了我的衣裳……"辛柚委屈地诉说着经过。

"这个混账！"老夫人气得一拍桌子。

三位姑娘陆续到了，先来的是三姑娘段云灵，再是四姑娘段云雁，最后一个到的是二姑娘段云华。

段云华一看这架势，就狠狠地剜了辛柚一眼。

寇青青这个贱人，果然来向祖母告状了。

老夫人见她这样，更气了："华儿，你在花园里打了你表妹？"

当时那么多人在场，段云华无法否认，咬唇道："是她逼走了母亲还在我面前得意……"

"住口！"老夫人冷喝一声，"你从何处听来的风言风语？乔氏被休，是她咎由自取，与你表妹有什么关系？你表妹是受害者，你不但不觉愧疚，还当众打人，甚至撕破你表妹的衣裳，你的规矩都学到狗肚子里去了吗？"

一听到撕破表妹衣裳这话，段云华就不干了："祖母，我没有撕她衣裳！我只是拉着她的衣袖想问清楚，谁知她的衣袖那么不禁拉，一下子就破了。"

"就算不是故意的，也是你太莽撞，还不给你表妹道歉！"

段云华满脸不甘之色，但在老夫人冰冷的目光下也不得不屈服，看向辛柚："表妹，我……"

辛柚不等她道歉的话说出口，冷冷地道："我不接受你的道歉，撕衣之辱，永不敢忘。"

段云华何尝受过同辈间这种重话，当即就恼了："寇青青，你别给脸不要脸！"

辛柚看向老夫人："外祖母，二表姐打我巴掌，撕我衣裳，还认为道个歉就是给我脸了。可以想象，青青若一直住在少卿府，与二表姐不知会有多少摩擦，到时搅得满府都不得清净。与其如此，外祖母不如放青青出府另居吧。"

老夫人怎么能答应待字闺中的外孙女出府另居，冷冷地扫了段云华一眼，说道："青青你不必担心这个，以后不让你二表姐往你眼前凑就是。"

辛柚缓缓地摇头："同住一个府中，怎么会碰不到呢？外祖母若说把二表姐禁足，那青青也受不起。虽然我们都知道乔太太因何被休，可毕竟与我有关，如果再传出二表姐因我受罚，外面会怎么说呢？"

辛柚将视线扫过众人，露出个苦涩的笑容："传来传去，最后定会传成我容不得人。外祖母，您应该比我更清楚流言蜚语的可怕。您若真的心疼青青，就让我走吧。"

"你一个小姑娘，离了少卿府没有其他亲人，能住到哪里去？"老夫人有些不耐烦了。

她没想到自从乔氏的事情开始，素来乖巧的外孙女变得这么能闹腾。

她先不说一个小姑娘住在外面安不安全，到时外人会怎么议论少卿府？

辛柚垂眸遮住眼中的冷意："就算不在少卿府，您也是我的亲人啊。大家知道我是少卿府的表姑娘，定然不敢欺负我的。"

"青青，别胡闹。"

老夫人态度坚决，早在辛柚的意料之中，她听了这话眼泪掉下来："就当青青胡闹吧，总之少卿府我没办法再住下去了。"

说完这话，辛柚猛地转身，挎着包袱向外冲去。

老夫人呆了，朱氏呆了，段云华三姐妹也呆了。

好一会儿老夫人才如梦初醒，站起身厉声喊："快把表姑娘拦下！"

这个工夫，辛柚已经冲到了角门处，身后追着一群丫鬟婆子。

老夫人追出来，远远瞧着两个婆子按住了外孙女，可还没来得及松口气，就见那丫头不知怎么挣脱开，冲出了门。

门外，就是热闹的街道。

老夫人眼前一黑，险些栽倒。

"老夫人，小心！"

老夫人一推扶住她的人："快把表姑娘带回来！"

此时离天黑还有一段时间，又过了晌午最热的时候，街上人可不少，人们突然瞧见少卿府拥出一群人，可惜还没看清楚，那群人又退了回去。

这是怎么回事啊？

人们立刻驻足，好奇地议论着。

老夫人总算赶到了，看着被及时拉回来的外孙女，脸色铁青："青青，你这样做，还要不要名声了？"

被仆妇拽着的少女微微抬头，平静的模样全然看不出刚刚挎着包袱往外跑的冲动："外祖母是说青青的名声，还是少卿府的名声？"

老夫人脸皮抖动，心中恼怒外孙女的放肆，冷声道："表姑娘情绪激动，先送表姑娘回晚晴居冷静一下。"

一旁的段云华听了这话，恨不得拊掌。

寇青青这是被祖母禁足了！

她还以为寇青青如何能耐，原来不过如此。

段云灵望向辛柚的眼中有藏不住的担忧之色。

她就知道，闹开了对青表姐没好处，特别是惹得祖母不高兴了，身为孙辈更无反抗之力。

朱氏见老夫人动了怒，在心里叹了口气，劝道："老夫人，青青也是一时冲动，您不要生气。"

老夫人在人前从来都是对外孙女比对孙女更慈爱的模样，此刻却冷了脸："都到嫁人的年纪了，冲动可要不得，以前是我太纵着她了，现在看来这是害了她。"

众人便明白，表姑娘今日之举，老夫人真的恼了，以后日子就没这么自在了。

各种色目光落在辛柚的身上，担忧有之，同情有之，幸灾乐祸亦有之。

辛柚脸上却一派从容之色："外祖母，我有话想单独和您说。"

老夫人对上那双平静淡定的眼，好一会儿后点了头。

"说吧。"她们回到如意堂的里屋，没了旁人在，老夫人淡淡地道。

她也好奇，外孙女会说什么。

没有旁人在，她会放下面子向她撒娇求情？

"今日我去逛书局，遇到了那日马受惊时救我的义士。"

辛柚一开口，就吊起了老夫人的全部心神。

老夫人紧紧地盯着脊背挺直的少女，听到了最不想听的话。

"青青才知道，原来救我的义士竟是锦麟卫镇抚使。"辛柚嫣然一笑，无视老夫人变色的脸，"更没想到贺大人是个救人救到底的大善人。他对我说，以后若有麻烦，就去找他。"

老夫人瞳孔一震，声音变了调："他真的这么说？"

辛柚面露不解之色："青青没必要撒这个谎啊，外祖母若是不信，可以去问贺大人。"

老夫人的脸色不断变化，许久没吭声。

她肯定不可能去问的，可是长乐侯那样的身份，为何会对外孙女说这种话？

老夫人目光沉沉地落在身条如柳、面若芙蓉的少女身上，一个猜测不由得浮现：长乐侯贺清宵看上了外孙女？

这个猜测，令她的脸色更难看了。

少卿府断不能与那样的人有牵扯！

"青青，你提到此人，是觉得今日受了委屈，要去找他求助吗？"

辛柚露出有何不可的表情。

"荒唐！你一个闺阁少女，撇开亲人向一个未婚男子求助，还要不要名声了？知不知道世人会如何说你？"

面对严词厉色的老夫人，辛柚失笑："可是青青遇到的麻烦，不皆是拜亲人所赐吗？"

这话如一记耳光，重重地扇在了老夫人的脸上。

"青青，乔氏已被休回乔家，莫非你还不满意，定要把你二表姐也赶去外祖家不成？"

老夫人的恼羞成怒让辛柚为寇青青感到悲凉，她不疾不徐地道："乔太太被休回了乔家，二表姐就开始找我麻烦。二表姐若受了处罚，说不定大表哥就要找我麻烦了。大表哥要是再被责怪，大舅恐怕就容不得我了。外祖母，青青住在少卿府，将来会惹来无穷无尽的麻烦，这是您想看到的吗？"

老夫人被问得脸色发黑，冷声道："你在晚晴居少与他们接触，何来的麻烦？"

辛柚扬眉："外祖母是想让我在晚晴居青灯古佛？"

老夫人面色沉沉，没有开口。

她倒没打算让外孙女青灯古佛，不过是见这丫头闹腾得太厉害，想拘在晚晴居安分一段时日，等这丫头知道禁足的日子难受了，懂事了，她再让这丫头出来，却不想，这丫头把情况想得更糟。既然如此，她又哪儿来的底气闹腾呢？

辛柚的语气温和下来："刚刚青青跑出府外，许多人看到了，恐怕现在还围着少卿府猜测议论。建起名声难，毁掉名声却轻而易举，外祖母既然如此爱惜少卿府的名声，何必强把我留在这里？难道要关我一辈子？"

"你这是威胁外祖母？"

这丫头说得不错，除非自己一直关着她，不然只要有见人的机会，一个豁得出去的人随便做点儿什么，都能毁掉少卿府的名声。

"怎么会？青青只是实话实说而已。我现在很讨厌二表姐，再见到她说不定会忍不住撕烂她的衣裳，把她扔到府外去。外祖母也不想我们表姐妹闹成这样吧？"

辛柚轻描淡写地说着，无视老夫人难看至极的脸色："外祖母，青青今年十六岁了，您如果没有关我一辈子的打算，且心疼青青又是坠崖又是险些摔下马车，就成全我吧。"

这番话听着软，实则绵里藏针。

这是说老夫人如果不能一直关着人，也做不到像乔氏那样狠心杀人，不如妥协。

她要杀了外孙女？

尽管老夫人舍不得外孙女带来的那笔巨款，却没动过这等念头。对她来说，寇青青到底是女儿留下的唯一骨血，是她嫡亲的外孙女。

老夫人想的，从来都是人财两得，和和美美。如今看来，和和美美是不可能了。

"青青，你只想着闹出事会影响少卿府的名声，有没有想过，若是由着你出府单过，那同样是打少卿府的脸？"

一个投靠外祖家的孤女，突然出府另立门户，这让世人怎么想？

"这样啊——"辛柚眨眨眼，仿佛才想到这个问题。

她皱眉思索着，突然眼前一亮："出府不一定是另立门户啊。"

老夫人皱眉看着她。

"今日青青出门，逛了青松书局，恰好听说书局经营惨淡，东家有脱手之意。外祖母给我把青松书局买下来吧，到时候我以打理书局的名义去书局住，就不会与二表姐起冲突了。"

辛柚的这番话一说出口，老夫人的第一反应是不行。

青松书局就连她一个老太婆都有所耳闻，买下来可要不少钱。再说如今虽允许女子抛头露面讨生活，可那都是没办法，哪儿有大家闺秀这样的？

辛柚仿佛看不出老夫人的拒绝，理所当然地说道："不用您破费，就提前支取青青的嫁妆好了。外祖母也不必担心外人议论，就说是我性子跳脱待不住，非要出去开店玩，您和舅舅是太疼我了……啊，外祖母，我爹娘留给我的钱买下青松书局够了吧？"

老夫人微变的神色令辛柚的眸光闪了闪。

她先前做出决绝离开之意，不过是漫天要价罢了，老夫人不可能答应。

走出少卿府，顺便拿下青松书局，才是她今日这一闹的真正目的。

大夏朝的官员，俸禄并不高，可辛柚冷眼旁观，少卿府一个四品官之家，生活却十分滋润。这其中有多少来自寇家那笔巨款的补贴，也就可想而知了。

辛柚看得清楚，儿媳被休也好，孙女被罚也罢，这些会让老夫人心烦，却不会感到肉痛。

寇青青带来的百万家财，才是老夫人的逆鳞所在。

辛柚此时提到这笔钱，与她一开始闹着要另立门户一样，是从另一方面给老夫人施压。

老夫人此刻确实感到了头痛。

原先外头就有少卿府贪图表姑娘家财的风言风语，乔氏被休，这些流言蜚语就落到了乔氏一人身上。若是外孙女跑出去说点儿什么，少卿府好不容易摘掉的帽子又要被戴上了。

再加上外孙女今日往外头一冲被那么多人瞧见，自己要是把她禁足，时间久了还不知道那些闲得无聊的人会编派少卿府什么，说不定还会把那位锦麟卫镇抚使引来。

老夫人思来想去，如果无法让外孙女妥协，就只有满足这丫头的要求是影响最小的，甚至还能向世人展示她对外孙女的疼爱。

等这丫头去打理书局，再惹出什么事来，毕竟一个姓寇一个姓段，少卿府最多落一个外祖母太过纵容外孙女的风评。而宠溺外孙女总比少卿府贪图表姑娘家财好听多了。

看着脊背挺直的少女，老夫人不得不妥协。罢了，比起这丫头豁出去鱼死网破，她还是花些小钱买清净吧。

有了决定，老夫人又换上温和的面孔："青青，那是你爹娘留给你的嫁妆，以后在婆家立足的根基，拿来经营书局要是亏了呢？"

辛柚听了只想冷笑。买下青松书局在别人眼里确实是一大笔钱，可也不会超过一万两银子，与百万家财相比不过九牛一毛。到了老夫人口中，活像这一亏就把寇青青父母留给她的钱都亏完了似的。

辛柚微微低头，语气恢复了小姑娘的娇软："若是亏了，不是还有外祖母管我吗？"

老夫人一僵，勉强挤出一丝笑："青青，这不是小钱，你可要想好了。"

"真的想好了。青青的祖父也经营过书局，虽然那时候我还小，没留下多少印象，可今日走进书局就觉得舒心，或许这就是冥冥中的传承吧。"

老夫人嘴角一抽，自然不会信这种胡扯的话，意味深长地问："若是旁人问起开书局的原因……"

"为了继承祖父遗志，要开天下第一书局。外祖母疼我，就支持我开了。"

老夫人微微点头，对这个说法颇为满意，喝了口茶问："你二表姐……"

辛柚笑着接话："和二表姐有什么关系？青青觉得自己长大了，能开书局了，外祖母一开始不放心不同意，青青一急就有些任性了。外祖母没法子，只得依了我。"

老夫人看着笑意盈盈的少女，突然觉得从没真正看透过外孙女。

"青青，你可知道这种风声传出去，对你很不好。"

"没事呀，青青又不急着嫁人。要是能不嫁人，一直陪在外祖母身边就最好了。"

"这是什么话？"老夫人嘴上这么说，心却不由得一动。

原先她打算让外孙女与长孙成亲，因为乔氏的愚蠢，这事没了可能。而今看来，这丫头是个有主意的，自己想促成她与次孙的婚事不一定顺利。

这样的话，外孙女早晚要出阁的。

可如果这丫头因为名声不好只能留在少卿府呢？

老夫人不得不承认，刚刚从外孙女口中听到的这番话让她打开了新思路。

"既然你喜欢，就让管事明日去问问。"

老夫人的松口让辛柚也松了口气。

今日这一场闹剧，从进了如意堂里室起，就成了她与老夫人的博弈。

老夫人若不管不顾地把她关起来，她虽能脱身闹到外头去，想这么快让对方吐出一笔不小的银钱就没这么容易了。

好在老夫人就是她想的那种人，她以鱼死网破威逼，以不嫁人利诱，老夫人就妥协了。

老夫人的妥协，与乔氏一样，正是出于人心的贪婪。

辛柚心下鄙视，面上却带着笑："择日不如撞日，今日就让管事陪我去吧，也省得旁人胡乱猜测。"

"等都谈妥你再出面也不迟。"

"外祖母，青青想早点儿锻炼一下。"

老夫人微一犹豫，点了头。

辛柚立刻问："那要带着多少银钱合适？"

老夫人呼吸一滞，抽着嘴角解释："买一家书局，不是买一支簪子、一盒胭脂那么简单，就算今天去谈也不会很快定下来的。"

"可不带钱青青会很被动，对方很可能怀疑我一个小姑娘瞎胡闹。外祖母也不想看到我被外人笑话怠慢吧？"

老夫人深深吸口气，让自己冷静："那就先带两千两银票，如果谈得好，当是定金。"

辛柚见好就收，答应下来。

老夫人伸出手："大家都等久了，扶外祖母出去吧。"

辛柚乖巧地扶住老夫人。

朱氏等人安安静静地在堂屋等着，见到辛柚扶着老夫人出来，皆吃了一惊。

这是……和好了？

"朱氏。"

"儿媳在。"

"安排一个管事陪青青出去一趟，先从账房支两千两银子。"

朱氏心中惊讶更甚，嘴上忙应了。

段云华却没有这份定力，脱口问道："祖母，为何还给她钱让她出门？"

祖母不是要把寇青青禁足吗？祖母怎么会放她出去，还给她两千两银子？

那可是两千两银子！

段云华太过震惊愤怒，一时忘记了祖母的威严。

老夫人看到二孙女这张脸就气不打一处来："你给我跪下！"

段云华理智回笼，咬着唇跪下了。

辛柚脚下并没停留，施施然向外走去。

身后，传来老夫人的训斥声："华儿，你太让祖母失望了……"

没有祖母发话不敢离开的段云灵竭力降低存在感，听着祖母对二姐毫不留情的一顿训斥，眼神控制不住地往门口瞄。

青表姐不但没被罚，祖母还给了两千两银子让管事陪着出门，她到底怎么做到的？！

走出少卿府的门，辛柚抬头望一眼广阔天空，吐出一口浊气。

下一步，她希望能用她满意的价钱，买下青松书局。

天还不晚，街上人来人往，热闹非凡。

辛柚坐上马车，直奔青松书局。

马车里，小莲小声问："姑娘，老夫人真的会给您钱买下青松书局啊？"

辛柚笑了："出了这个门，她就不得不给我买了。"

小莲想不通，心却踏实不少，又担心起另一个问题来："那要是价格谈不拢，青松书局的东家不卖呢？"

辛柚唇边的笑意更深："只要对方有出手之意，就没有谈不拢的价格。若是压根儿不想卖，偌大的京城总有经营不善的铺子，不是非青松书局不可。"

小莲松口气："那婢子就放心了。"

辛柚低声交代几句，小莲忍着震惊不断点头。

说话间，她们就到了青松书局。

辛柚下了马车，第一眼不是看向青松书局，而是看向对面。

雅心书局门前不再有拥堵的人群，能看到店门大敞，时而有客人进出。

她再看青松书局，依然门可罗雀，掌柜与伙计无聊地大眼瞪小眼。

"咦，姑娘您又来了。"见到辛柚，伙计既吃惊又热情。

掌柜则暗暗扫一眼跟在辛柚身后的管事，猜测着这位与贺大人认识的姑娘同一天内两次登门的目的。

辛柚侧身："这是少卿府的段管家，来陪我谈事的。"

"段管家。"掌柜拱拱手。

管家拱手回礼。

掌柜在辛柚与管家之间犹豫了一下，还是问辛柚："不知姑娘来谈什么事？"

"今日上午来逛书局，听掌柜的说贵东家有意把书局出手，恰好我有开书局的打算，回去请示了长辈，长辈让管事陪我来问问。"

掌柜吃了一惊："姑娘想开书局？"

辛柚颔首："是。"

"开书局可不是容易的事啊……"掌柜猛然反应过来这话不该他说，忙住了口。

"是不容易。不过我有外祖母支持，真要盘下书局，不是还有掌柜的你们这些有经验的帮忙吗？"

掌柜愣了一下。

这位姑娘的意思，她若是买下青松书局，书局里这些人都不用另谋出路？

掌柜一颗心狠狠地跳了两下。

自老东家病了，少东家接手，书局就开始走下坡路，平安先生转投雅心书局后更是到了亏损的境地。

少东家的心思也没放在书局上，老东家病逝后少东家只想着过轻松自在的日子，对青松书局早有脱手之意。

奈何对面书局风光无限，没人想接青松书局这个烂摊子，要么就是乘机想捡大便宜的，出的银钱还不够买书局附带的那片宅子。

掌柜对书局有感情，对和他共事多年的老伙计们也有感情，倘若新东家愿意全盘接手，他是十分愿意的。

掌柜信不过的，还是一个小姑娘要经营书局，但听对方说有家中长辈支持，似乎也行？

说不定就是小姑娘觉得好玩，等新鲜劲儿过了，就由家里人打理了。

"我们东家不在这边，您稍等，我让伙计去请。"

"不急。"

掌柜吩咐伙计去叫人。

等待的过程为了避免冷场，掌柜与辛柚攀谈，发觉辛柚没有多聊的意思，便与管家聊起来。

管家突然被吩咐陪表姑娘出门，正云里雾里，乐得与掌柜了解情况，因而没留意伙计离开后小莲也悄悄地出去了。

"小哥，你们东家在哪里啊？"

对追上来的小丫鬟，伙计有些吃惊："姐姐怎么出来了？"

"我们姑娘有交代，在贵东家与我们姑娘碰面前，让我先与你们东家说几句话。"

伙计更纳闷儿了。

小莲熟练地塞给伙计一块碎银子："小哥帮个忙，就只是说几句话而已。"

"那行。姐姐怎么称呼？"

"我叫小莲。小哥怎么称呼？"

"小莲姐姐叫我刘舟就是。"

"刘舟，你们东家有没有提过书局多少钱出手啊？"

伙计警惕起来："我一个小伙计哪儿知道这些啊？"

"那……你们东家和气不？好说话吗？"

伙计抹了一把汗，心道这小丫鬟真能说啊。

好在他们要去的地方不远，很快小莲就见到了青松书局的东家。

那是一个二十来岁的年轻人，一身素服，相貌清秀，气质有些散漫。

听伙计说了来意，青年看向小莲。

小莲行了一礼。

"你家姑娘想买书局？"

"是。"

青年格外直接："有钱吗？"

伙计偷翻了个白眼。

少东家对书局真是丝毫不留恋啊，表现得这么明显，等会儿还不被人家狠狠地杀价。

"我们姑娘是诚心想买的,不知东家打算多少钱出手?"

青年皱眉,显然是觉得没必要与一个小丫鬟说这些。

小莲忙道:"我们姑娘想买书局,磨了许久长辈才答应,今日陪姑娘来的是府上管事。姑娘怕谈不好,打发婢子先和东家通个气。"

伙计抽抽嘴角。

他看出来了,这位想买书局的姑娘也是不懂得掩饰心思的,这不明摆着告诉卖家自己很想买嘛。

看看少东家,再看看小莲,伙计突然平静了:两边都是棒槌,扯平了。

听小莲这么说,青年淡淡地道:"八千两银子,少了不卖。"

小莲对书局卖这个价钱是贵了还是便宜并不懂,但她也不必懂,按照姑娘的交代来做就是了。

"八千两不行。"

青年停下脚步,脸上带了不耐烦之色:"若是觉得贵了,那就不必浪费彼此的时间了。"

他就知道没几个诚心买的,先前还有人想出五千两买下来。他就是再想甩掉这个亏本的包袱,也不能卖。

见青年转身欲走,小莲忙把人拦住:"东家先听婢子说完。"

"你说。"

小莲伸出两根手指。

青年陡然变了脸色:"两千两?你们姑娘是拿我寻开心?"

"东家误会了,不是两千两,是两万两。"

青年愣了,不由得去看伙计。

他难道听错了?

伙计呆若木鸡的样子让他意识到没听错,皱眉盯着小莲。

小莲面不改色地把话说完:"等您与我家姑娘见了面,开价两万两,姑娘会买下,回头您留一万两,另外一万两要退给我们姑娘。"

伙计听得两眼发直。

他从没见过有人这么赚家里差价的!

"您觉得如何?"

青年眉头皱得更紧。

平白多赚两千两,他当然乐意,但他又觉得不太可行:"少卿府的人又不是傻子,能答应两万两银子买下青松书局?"

听青年表达了疑问,小莲语气笃定:"我们姑娘要买,就一定能买下,只看东家愿不愿意合作了。"

青年沉默片刻,微微一笑:"成交。"

事情谈好,小莲先走一步。

青年刻意放慢脚步,问伙计:"那位要买书局的寇姑娘,是什么样的人?"

伙计立刻把第一印象说出来:"生得可美了,还心善!"

青年一脸古怪之色。

他想问的不是长相。至于心善,买铺子怒赚家里一万两差价的人能心善吗?

伙计说寇姑娘心善,是记着上午辛柚给那少年银钱的事,见东家表情不对,也反应过来了。

可说出去的话不能打脸,小伙计挠挠头,压低声音:"东家,您没听过关于寇姑娘的传言吗?"

青年挑眉。

"寇姑娘啊,少卿府的表姑娘!"

伙计一提少卿府的表姑娘,青年一下子对上号了:"因马受惊险些出事的那位表姑娘?"

"对对对,就是那位表姑娘。"

青年摸了摸下巴,喃喃道:"难道传闻是真的?"

他不由得对传闻中的表姑娘好奇心大起,加快脚步赶去青松书局。

书局中,少卿府的管家正问着这一年来的经营情况,掌柜怕把好不容易上门的买家吓跑,只能打太极。

还好这时传来伙计的声音:"东家来了。"

掌柜松口气,忙把青年迎进来,向他介绍辛柚与管家。

青年的目光落在辛柚身上。

小伙计有一点没说错,这位寇姑娘确实很美,那双点漆的眸因为平静有种高冷感,完全想象不出她会打发侍女私下找他赚差价。

"听说姑娘想买青松书局?"

"是。"

"倘若买下书局,姑娘之后有何打算?"

"之后会继续开书局。家祖父曾开过书局,可惜他老人家仙逝后就没再开了。我如今大了,想有个事做,选择开书局也是继承家祖父遗志了。"

"姑娘想法不错。"青年点点头。

接手的买家能继续开书局,老爷子在地下也能少骂他几句。

"东家打算多少银子出手?"

青年沉默一瞬,报出一个数字:"两万两千两。"

"咣当"一声,掌柜慌忙去扶被碰倒的茶杯,再看少卿府管家,正和他一个动作。

"东家这个价格是诚心出售吗?"管家抓稳茶杯,脸皮抖动着问。

两万两千两,你怎么不去抢?!

担心表姑娘不懂,管家对着辛柚猛使眼色。

辛柚皱眉:"太贵。"

管家暗暗松口气。

"两万两行不行?"

青年毫不犹疑地点头:"行。"

"那就立字据吧,先交定金。"

"好。"

"等等!"管家跳了起来,脸涨得通红,"这个价格不能买!"

辛柚与青年一起看着他。

"表姑娘,这个价钱太贵了,远超行情了。"

"远超行情?"辛柚眨眨眼。

管家一脸严肃的神情:"不错,别说两万两,就是一万两都有些高了!"

这东家怎么能黑心成这样?!

"是这样吗?"辛柚看向青年。

青年一脸冷淡之色:"一千两倒是不高,我会卖吗?"

辛柚不由得点头。

管家黑了脸:"表姑娘莫要被哄了,两万两都能买两个这样的书局了。"

青年冷笑:"那就请自便。"

"表姑娘,我们走!"

管家走了两步回头,却发现辛柚还稳稳地坐着。

"表姑娘?"

辛柚微笑:"要不段管家先走吧。"

管家:……

管家不得不走回去,耐着性子劝:"表姑娘,您想买铺子,咱们可以慢慢谈,这家不合适就换一家……"

"我觉得这家很合适,就想买书局。"

管家额角的青筋突突跳,若不是碍于身份,他恨不得把人拽走:"表姑娘,买卖不是这么谈的。就算您喜欢书局,京城也不止这一家。"

"但国子监附近就这么两家书局啊,我看对面书局生意极好,两万两也不会出手的。"

"表姑娘为何非要在国子监附近买?"管家被表姑娘的草包样堵得心口疼。

辛柚一脸理直气壮的模样:"两位表哥不是在国子监读书吗?离得近些好有个照应。段管家替我把关字据就好,其他就不必操心了。"

管家哪儿能答应,他急道:"表姑娘,您真要花这么多钱买这个书局,老奴回去可没法儿向老夫人交代啊。"

"外祖母支持我买书局。"

"可没支持您花两万两买书局!"管家一时情急,说了出来。

辛柚面露困惑之意:"可买书局的钱是我自己的啊。"

这话一说出口，东家、掌柜与伙计齐刷刷地看向管家。

管家愣了一下。

辛柚瞧在眼里，暗暗冷笑。

管家这样子，可从没想过寇姑娘是有家财傍身的。而一个管家的态度，何尝不是少卿府真实态度的流露呢。

"外祖母早就说过，我爹娘留给我的钱她先保管着，以后都是我的嫁妆。既然是我的，我想拿出一小部分买书局，还要段管家答应吗？"

"这个——"顶着东家等人意味深长的目光，管家突然想到了那些风言风语。

不少人嚼舌少卿府贪图表姑娘的家财，倘若他态度强硬地阻拦表姑娘买书局，回头有什么不好听的话从书局这些人嘴里传出去，老夫人可不会夸奖他买书局时省了银钱，反而会怪他事情没办好，损害了少卿府的名声。

管家在心里打起了小算盘。

辛柚扬唇："外祖母最疼我了，我买到心仪之物开心，她也会为我高兴的。段管家要是担心买贵了被外祖母训斥，那完全没必要。"

管家陷入了沉默。

辛柚冲青年一笑："那就立字据吧，我带了两千两定金。对了，字据是要立两份吧？"

青年听出辛柚在"两"字上加重的语气，因有小莲那番话在先，自然明白这是什么意思。

正常立契约本来就是两份，签字画押后一份归卖家，一份归买家。而辛柚说的两份，则是指售价不同的两份契约。

"对，两份。"青年笑着点头。

原来传闻是真的，这位表姑娘的家财都被捏在外祖母手里。

这姑娘也是可怜人。

掌柜很快写好契约，辛柚把契约递给管家："我不懂这些，段管家替我好好掌掌眼。"

管家一脸麻木地接过契约，辛柚问青年："东家可否带我去后边的印书坊看一看？"

"自然可以。胡掌柜，你替我陪一下段管家。"

辛柚与青年借着去后边的机会弄好另一份契约，青年忍不住问："寇姑娘就不怕我说出去？"

辛柚笑了："损人不利己的事，我相信聪明人不会做。"

青年也笑了，拱手："那青松书局，以后就拜托新东家了。"

辛柚回礼："不会让旧东家失望。"

辛柚三人离去后，掌柜还是呆若木鸡的状态。

"掌柜的。"伙计拉拉掌柜的衣袖。

掌柜一个激灵回过神儿来，把伙计扒拉开，震惊地问青年："东家，您真的把书局卖出去了，两万两？"

青年没好气地道："字据都写了，还能有假？"

"可那是两万两！"掌柜依然觉得像做梦。

"激动什么？两万两又不是给你的。你们以后跟着新东家好好做事就是了。"青年负手走了。

掌柜感叹："东家可真淡定啊。"

一旁的伙计欲言又止，强忍着没把真相说出来。

旧东家叮嘱过了，要保密呢。

哦，对了，新东家叮嘱了他一件事，他要赶紧办好。

马车里，小莲同样觉得在做梦："姑娘，段管家竟然真的没拦着您！"

辛柚十分淡定："不奇怪，权衡利弊罢了。"

段管家没拦住她花高价买铺子，还能推到她身上，是她任性无知。可要是传出老夫人死捏着外孙女嫁妆不放的风言风语，他就要承受老夫人的怒火了。

相比之下，段管家自然会选择后者。

"可要是老夫人不答应怎么办？虽然交了定金，要是老夫人情愿损失定金也不愿出两万两银子呢？"小莲又患得患失起来。

辛柚弯唇："外祖母疼我，怎么会不答应呢。"

小莲看着辛柚胸有成竹的模样，忐忑的心又安稳了。

回到少卿府，辛柚脚步轻快地走向如意堂，管家则步伐沉重，想着怎么向老夫人交代。

"老夫人，表姑娘来了。"

随着婢女禀报，心情不佳的老夫人见到了面带喜色的外孙女，当即心情更差了。

她看外孙女这个样子，钱应该是花出去了。

"谈得如何？"老夫人不冷不热地问。

辛柚笑意盈盈："谈得很顺利，已经交了定金。"

老夫人眉梢动了动，问道："多少钱买下的？"

管家听了老夫人这话，不由得把头埋低。他以为表姑娘会小心翼翼地把那惊人的数目说出来，没想到听到的是少女带着兴奋的声音："两万两就买下来了。外祖母您没看到，书局后面不只有印书坊，还有好大一片住宅，连掌柜都是现成的……"

"多少？"后面的话老夫人一个字都没听进去，脑海中只有三个字，两万两，两万两，两万两……

"外祖母，您怎么了？"眉飞色舞的少女后知后觉地发现老夫人脸色不对。

老夫人缓了缓，定定地看向管事："你们花两万两买了一家书局？"

与外孙女的百万家财比，两万两似乎不多，可她长子的年俸还不到三百两！

管事吓得跪了下去："是……是表姑娘……"

辛柚面不改色地把话接过："是我十分喜欢这家书局，从位置到布局，书局方方面面都让我满意。虽然段管事提醒说贵了，我还是买了，毕竟千金难买心头好，外祖母您说是不是？"

管事控制不住地投给辛柚一个感激的眼神。

表姑娘真是体贴人啊——呸，要不是表姑娘天真无知当冤大头，何来老夫人的不满？

反应过来后，管事把头埋得更低了。

"千金难买心头好，也不能漫天撒钱！"老夫人完全无法接受这种说辞，"一家经营不善的书局，就算带着印书坊与住宅，买下来最多不过万两罢了，花两万两买下不是犯傻吗？"

"可是便宜了人家不卖啊。他们东家开价两万两千两呢，我讲价讲到两万两的。"

老夫人被这话堵得心口疼。

合着我还要表扬你一下？

"你若表现得非要买，对方自然不松口。再者如果实在谈不下价钱，难道不会去买别的？"

"别的青青都不喜欢。"辛柚的语气淡下来。

老夫人却没有妥协的打算，板着脸道："青青，不是外祖母不舍得，书局若值两万两，外祖母肯定给你买。可明明只值万两的东西非要用两倍的价格买下，那不是糟蹋钱吗？"

"青青喜欢的，花再多钱也不觉得是糟蹋，而且定金都付了……"

老夫人打断辛柚的话："定金最多两千两，宁可不要了，也不能花两万两买书局！"

见老夫人语气坚决，辛柚不吭声了。

跪着的管家暗暗撇嘴。

他早知道会是这样，表姑娘这是何必呢。

"段管事，你这就再跑一趟书局，和他们东家说，要么降价，要么这笔买卖就算了。"

"是。"管事忙爬起来，揣着还没放热乎的字据匆匆走了。

见辛柚抿着唇一言不发，老夫人决定给个甜枣安抚一下："明日你再出去逛逛，若有价格合适又喜欢的铺子就买下来。玉珠，去把新打的那套红宝石首饰拿来。"

叫玉珠的婢女应了，很快捧来一个匣子，老夫人示意她打开。

匣子扁宽，里面铺着素色锦垫，一整套镶嵌着红宝石的首饰异常华丽璀璨，令人移不开眼。

老夫人笑道："这套红宝石首饰一打好，外祖母就觉得最适合你，拿去戴着玩吧。"

辛柚打眼一扫，猜测这套首饰恐怕是老夫人为哪位孙女出阁预备的，当然也包括外孙女寇青青。现在为了安抚自己,她提前拿出来了。

"青青很喜欢,多谢外祖母。"辛柚毫不客气地收下了。

老夫人见辛柚没有闹,露出了欣慰的笑容。

回晚晴居的路上,小莲忧心忡忡:"这套红宝石首饰虽然体面,可比起一万两银子差太远了……"

想从老夫人手中拿回两万两银子都如此艰难,她实在想不出如何拿回六成。

六成,那至少是六十万两银子!

辛柚笑着拍拍小莲的手:"放心,红宝石首饰和青松书局,我们都要。"

小莲还待再问,发现了等在不远处的三姑娘段云灵。

辛柚走过去,主动问:"灵表妹是在等我吗?"

段云灵微微点头,下意识地扫几眼四周,低声道:"青表姐,你猜祖母怎么罚二姐的?"

辛柚等她说下去。

段云灵忍不住弯了唇角:"二姐被罚跪祠堂去了。"

辛柚对段云华的被罚没有多说的兴趣,正色道:"灵表妹帮了我,我会记在心上。将来灵表妹有需要帮忙的,可以随时去找我。"

段云灵忙点头,好奇地问道:"表姐出门做什么去了?"

"买书局。"

"买书局?那要不少钱吧?买下来了吗?"

辛柚望一眼东北方向,笑道:"应该吧。"

此时管事脚底生风,赶到了青松书局,眼前所见却让他傻了眼。

此时已经傍晚了,到了茶楼酒肆热闹的时候,书局这类地方按说会冷清下来,可青松书局门前却十分反常,聚了不少人。

管事正惊疑,突然噼里啪啦的鞭炮声响起,把他吓了一跳,再看地上不少红鞭皮,原来这鞭炮放了不止一次了。

管事更加纳闷儿,拉着旁边一人问:"非年非节,这青松书局怎么放起了鞭炮?"

那人一看就是话多的,迫不及待地把知道的说出来:"青松书局易主了!"

管事脸色一变:"易主?"

"是呀,听说是少卿府的表姑娘一眼就看中了这家书局,豪掷两万两把青松书局买了下来。旧东家赚了钱高兴,再加上新东家新气象,书局就放起了鞭炮。老哥你来晚了,刚才还撒了铜板呢……"

那人越说越激动,旁边的人也加了进来:"两万两买这么一家书局?小姑娘不懂事,她家大人也答应?"

"那是人家小姑娘自己的钱,少卿府老夫人又十分疼爱这位外孙女,焉有不答应的道理？"

后加入聊天儿的人点头："也是，自己的钱，自然想怎么花就怎么花。"

又一个人见这边说得热闹，插了一嘴："啧啧，之前我还听说少卿府惦记这位表姑娘的家财呢。现在瞧瞧，真要惦记会由着表姑娘这么花？果然传言不可信啊。"

"老哥怎么走了——"见管事匆匆离开，那人喊了一声，转而又与其他人议论起来。

管事回去的速度比来时更快，直奔如意堂去见老夫人。

"办妥了？"老夫人问完，看清管事的脸色，一颗心沉了沉。

管事擦擦额头上的汗，把在青松书局听到见到的说了。

"老奴不敢擅自做主，回来请示老夫人。"

"混账！"老夫人抓起茶杯砸到地上，一张脸比锅底还黑。

恰好段少卿进来，看到地上狼藉一片，吃了一惊："母亲，什么事让您如此动怒？"

一听这话，老夫人要说的就太多了，把管事支出去道："你生的好女儿，为了给她被休的娘出气，跑去花园打青青，还当众把青青的衣袖扯破了！"

段少卿震惊："华儿竟做出这种事？"

"青青也不是肯吃亏的，闹着要自立门户，挎着包袱就冲到大街上去了！"

段少卿更震惊："挎着包袱跑到大街上？这……这像什么样子？！"

老夫人越说越来气："为了安抚青青，我答应她买下青松书局，谁知她花了两万两！"

"两万两？"段少卿已经震惊到音调都变了。

老夫人话还没说完："我没答应，打发管事去退了，结果青松书局已经放起了鞭炮，现在都知道少卿府的表姑娘花重金把青松书局买下来了！"

段少卿震惊到两眼发直。

他不过就是照常去了衙门而已，短短一日竟发生这么多事？

好一会儿，段少卿才缓过来，痛心道："母亲，这是把少卿府架住了啊！"

老夫人冷笑："我当然知道。"

"本来我们悄悄去退了这事也就过去了，顶多损失两千两定金，可这样一来，青松书局是不买也得买了。"

"这个局面，要么是青松书局的东家怕咱们毁约故意传开，要么——"段少卿眼神一冷，"是青青怕您嫌贵不给买而安排的！"

老夫人听了心堵得慌："现在说这些有什么用？要不是华儿找青青麻烦，哪儿会有这个事？"

段少卿心中亦恼女儿的任性，但被两万两银子的心痛压过了气恼："母亲，真就给青青买书局，让她搬出去？"

· 97 ·

老夫人睨了儿子一眼："不然呢？让世人笑话少卿府捏着表姑娘的家财不放手吗？"

段少卿没了话说。

"用两万两，让世人看到少卿府尊重表姑娘对家财的安排，也不算亏。"沉默良久，老夫人叹气道。

她说这话既是说服儿子，也是自我安慰。

段少卿也知道两万两是损失定了，冷冷地道："儿子只是吃惊，青青一个小姑娘竟有如此手段。"

"也不一定是青青。平白多赚这么多钱，青松书局的东家舍得把吃到嘴的肥肉吐出来？"老夫人虽这么说，可在心里对外孙女的印象到底不一样了。

母子二人聊完，老夫人打发玉珠去请辛柚。

辛柚已经换过衣裳，是一条半新不旧的杏色裙子。

这个颜色清新有余，娇美不足，听老夫人来请，辛柚一颗心彻底安定，笑着吩咐小莲："去把老夫人赏我的那套红宝石首饰中的耳坠拿来给我戴上。"

不多时，戴上新耳坠的辛柚到了如意堂。

"外祖母、大舅。"辛柚福了福身子。

少女施礼的动作优雅中透着随性，通体素雅，因而一对轻轻晃动的水滴形红宝石耳坠格外显眼。

人是美人，宝石更是好宝石，两者相得益彰，便显得人越发出挑了。

老夫人将视线落在耳坠子上许久，心口堵着忘了开口。

两万两银子照样花出去，价格不菲的一套红宝石首饰也没了！

虽说这套首饰她本就是打算给外孙女添妆的，可现在给了，将来还得准备一套更好的。

老夫人的沉默引起段少卿的疑惑。

母亲这是怎么了？

听到段少卿的咳嗽声，老夫人回神，勉强挤出个笑容："青青啊，外祖母和你舅舅商量了一下，那书局你既然十分喜欢，就买下来吧。"

辛柚扬唇："多谢外祖母。"

段少卿板着脸开口："只是有一点，咱们府上没有打理书局的经验，恐怕帮不了你什么。"

"青青会努力的，实在经营不好，再卖出去。"

老夫人与段少卿："……"

第五章 《画皮》

转日，辛柚无视老夫人隐忍的心疼，带着银钱去了青松书局，却没想到有一个人也在那里。

"贺大人。"

"寇姑娘，方不方便说几句话？"

"当然。"

二人站在书局后边的一棵树下，辛柚微微仰头问："贺大人有什么话要与我说？"

"今日来书局，听说寇姑娘买下了青松书局。"

辛柚虽疑惑对方特意来问这件事的行为，面上却不露声色："是，今日就是来交付余款的。"

贺清宵沉默一瞬，道："寇姑娘买贵了。"

辛柚万没想到会从堂堂锦麟卫镇抚使口中听到这番话，以至于有点儿无法保持一贯淡然的表情。

贺清宵垂眼掩饰尴尬。

他这个行为，确实多管闲事了，只是想到孤女不易，到底看不过去她多花这么多钱。

辛柚的神情恢复淡定，她冲贺清宵微微屈膝："多谢贺大人提醒。这个价格……是我与青松书局原东家谈好的，我们双方都很满意。"

贺清宵沉默片刻，温和地道："既然如此，那祝寇姑娘生意兴隆。哦，寇姑娘还会继续开书局吗？"

"嗯，就是想开书局，才看中了青松书局。"

看少女笑意盈盈的样子，贺清宵没说"在雅心书局对面开书局不易"这些扫兴的话，再次道贺，走了出去。

等辛柚与青松书局的原东家相对而坐，对方脸上的异色丝毫不加掩饰。

辛柚已经知道了青年的名字，他叫沈宁。

"寇姑娘与贺大人相熟？"

辛柚神情坦然："贺大人曾救过我。"

"哦，哦，救命恩人。"沈宁胡乱点头，忍不住问出来，"寇姑娘，你花'两'万两买下青松书局，贺大人不会找我麻烦吧？"

他为了两千两得罪锦麟卫镇抚使，不划算啊。

辛柚莞尔："怎么会？今日是我与贺大人第三次见面，贺大人听说我买了书局，只是好奇地问问。"

"那就好。"沈宁松口气，神情松弛下来，笑呵呵地道，"寇姑娘要继续开书局，那就会经常见到贺大人了。"

面对辛柚不解的眼神，沈宁笑着解释："贺大人特别喜欢来书局看书。"

也是这样，他对这位锦麟卫镇抚使其实也没那么畏惧。他总觉得贺大人与其他锦麟卫不太一样。

"贺大人是个长情的人啊，对面书局把客人都抢走了，他还是来我们青松书局看书。"沈宁说着，反应过来，"以后就不是青松书局了，寇姑娘想好新名字了没？"

说着这话，青年毫无伤感之色，只有甩掉包袱的轻松。

他再也不用填书局这个窟窿了，也不用到处寻觅会写书的先生了，更不用偷偷摸摸地买平安先生新出的话本看了。

以后他就是纯粹的喜欢看话本子的人。

"青松书局这个名字甚好，我打算继续用这个名字。"

她要寻找那本《牡丹记》的主人，而《牡丹记》便出自青松书局，保留书局的名字无疑更利于寻人。

沈宁震惊了："寇姑娘竟然不打算改名字？"

这样的话，将来书局无论是赚是亏，青松书局都还在啊，那老爷子在地下更不会骂他了。

天下竟有这种好人。

沈宁感动不已，接下来的各种交接格外痛快，甚至悄悄地对辛柚说："寇姑娘，我还有不少铺子，你要是想买，价格好商量，咱还可以立两份契约。"

辛柚："……"这真是崽卖爷田不心疼。

"将来若有需要，会找沈公子。"

"行，咱们互利互惠。"

多赚两千两，沈宁高高兴兴地走了。

拿回一万两，辛柚也心情不错，让掌柜把书局的人都叫来，算是她第一次以东家的身份与大家见面。

书局的人共分为三部分，平时在前堂的掌柜加伙计一共两人，打理那片住宅的有七八人，印书坊的人就多了，抄书匠、刻板匠、印刷匠……加起来有数十人。

胡掌柜感叹："咱们书局兴盛的时候，光散工都有几十号人了。后来生意不好养不起了，走的走，散的散，就剩这么点儿人了。这些人是一个书坊的根基，哪怕闲得抠脚，亏钱咬牙也要养着，不然书局就彻底没有翻身之日了。"

担心辛柚不懂，转头把人都辞了，胡掌柜委婉地把这些讲给她听。

"多谢掌柜的提醒，我知道了。"了解了书局的大致运作，辛柚状似无意地聊起："我有一位表妹，特别爱看话本子，最喜欢的就是咱们青松书局印的《牡丹记》。她还很遗憾后来买不到了，不能多买一本送朋友。"

"《牡丹记》啊，这可是咱们书局卖得最好的书了……"提到风光时，胡掌柜的话多起来。

"《牡丹记》既然如此受欢迎，为何不再卖了？"

辛柚本以为有什么特殊缘由，结果胡掌柜给出的原因平平无奇："有一些刻板被虫蛀了。正因为太受欢迎，京城上下喜欢话本子的人大几乎都买了，重新刻板不划算，就没再印。"

"原来如此。"辛柚想了想，交代胡掌柜，"那让工匠把坏了的板重新制作吧，再印一百本《牡丹记》放到书局售卖。"

胡掌柜面露难色："东家，不是小人不听您吩咐，只是重新刻板印刷，哪怕百本《牡丹记》都卖出去也是亏的啊。"

"掌柜的安排下去就是。我对经营书局完全不熟悉，若是亏了，就当练手了。再说现在没有出色的写书先生，那些工匠闲着也是闲着，不如找点儿事做。"

胡掌柜一听，扎心了。

平安先生被对门书局重金抢走，不是说就没有其他的写书先生了。可一本书从选本到印成，一次性的投入不小，一旦卖得不好那刻板就只能当柴火烧了，因而对书籍的选择得格外慎重。

除了平安先生，几个有名气的写书先生都被另外几家书局牢牢地把着，青松书局收到的一些写书先生递来的话本实在乏善可陈。

一个注定会赔本的故事，他们还不如不刻。

听胡掌柜说了青松书局的困境，辛柚道："那就在书局外张贴告示，如果谁有好的故事可以过来谈，我们愿出重金购买。再从书局里挑几个能说会道的传扬此事。"

胡掌柜微微摇头："以前也这样做过，但没什么用。"

奔着重金来的倒是不少，可有的故事简直狗屁不通，看得人眼疼。

"以前没起作用，说不定现在就有用了。总好过什么都不做，掌柜的说是不是？"

娘亲给她讲过的那些故事，她终于可以讲给更多人听了。

胡掌柜不好扫新东家的面子，点头应了。

该了解的都了解了，辛柚带着小莲准备回少卿府，却见段云朗风风火火地跑了过来。

段云朗一眼瞧见辛柚，吃惊又兴奋："青表妹，买下青松书局的真的是你？"

辛柚边往外走，边问："二表哥知道了？"

段云朗点头："听同窗说的，我不相信，就寻了个机会溜了出来。"

一旁小莲睁圆了眼："二公子，您又逃课啊？"

"谁逃课了？本来就是课后休息的时间。"段云朗一扫身后，"喏，大哥不是也出来了。"

辛柚面无表情地看向往这边走来的段云辰，心知与段云朗的纯好奇不同，这位恐怕是质问来了。

果不其然，段云辰到了近前，面色严肃地道："青表妹，我想和你说几句话。"

"大表哥请说。"

"去那边说吧。"段云辰一指不远处的大树。

辛柚牵牵唇角："事无不可对人言，大表哥有什么话还要避着二表哥说？"

段云辰听了这话面色微沉，看段云朗一眼，淡淡地道："既然如此，那我便说了。我知道这些日子青表妹受了委屈，可再怎么样，我们都是一家人，青表妹不该为了一时之快损害自家利益，便宜了旁人。"

辛柚笑了："大表哥以什么立场来找我说这些话？"

段云辰被问得一怔。

虽然这几日辛柚做了不少惊人的事，可段云辰都不在场，在他的印象里，她还是那个安静怯弱的表妹。

可如今那个与他说话时会害羞的表妹不见了，变成了面露讥笑的少女。

段云辰觉得陌生、惊讶，这些情绪过后就是恼火。倘若平日青表妹以这般性情与家中姐妹相处，也难怪二妹不满。

与段云辰的恼火不同，辛柚只觉得不耐烦，语气越发冷淡："于理，若我做得不对，自有外祖母教育，再不济还有舅舅、舅母教育，而你只不过是表兄。于情，乔太太因害我而被休，大表哥来对我说这些，我会忍不住怀疑你是在迁怒。于情于理，大表哥都没有说这些话的立场吧？"

段云辰自幼受长辈疼爱器重，受同辈尊重崇拜，何尝听过这种冷言冷语，一时哽住了。

辛柚对段云朗微微点头，大步向停在路边的马车走去。

段云朗震惊地看着马车驶动，再缓缓扭头看向表情如冰的兄长，绞尽脑汁想出了安慰的理由："大哥，青表妹记忆还没完全恢复，想不起来你了，你别往心里去啊。"

段云辰丝毫不觉得被安慰到，淡淡地道："回去吧。"

路边另一辆不起眼的马车里，乔若竹掀起马车窗帘的一角，目不转睛地盯着那道渐行渐远的背影。

"姑娘，回去吧。"婢女轻声劝道。

乔若竹没理会，直到那道身影看不到了，才放下马车窗帘，眼泪滚了下来。

"姑娘——"

"你说寇青青和表哥说了什么？"乔若竹喃喃地问。

"婢子瞧着，寇姑娘与表公子似是不欢而散，姑娘放心吧。"

"放心？那寇青青把国子监旁边的书局买下来，打的是什么主意？"乔若竹柳眉竖起，几乎咬碎银牙。

天知道这几日她是怎么过的。她与表哥两情相悦，姑母也满意她，谁知姑母突然被休，乔、段两家别说再次结亲，就是再来往都尴尬。

她知道，她与表哥不可能了，可让她放弃表哥就如刀子剜心，生不如死。

这都拜寇青青所赐，寇青青转头却在表哥读书的地方买了书局。

婢女见她如此，劝道："姑太太因寇姑娘的事被休，寇姑娘再怎么折腾，表公子也不会喜欢她的。"

乔若竹冷笑："表哥不喜欢又如何？真正能做主的还是少卿府那位老夫人！"

婚姻大事，本就是父母之命媒妁之言，倘若两情相悦就能结为夫妇，她和表哥怎么会等到今天？

可悲的是，她以前为了表哥那般哄姑母开心，可如今所盼却落了空。

乔若竹想得明白，又是委屈又是绝望又是愤恨，扶着车壁无声痛哭。

辛柚可不知道另一位表姑娘目睹了她与段云辰说话的那一幕，回到少卿府见了老夫人，提出明日就搬去书局住。

本来老夫人是见不得一个闺阁少女跑外面去住的，可这几日折腾下来，也有些怵了，总觉得不把这丫头放出去，还会惹出别的麻烦来。

罢了，等这丫头在外头受了挫折，明白名声对一个女子的重要，也就学乖了。到时候她再回来，就知道还是亲人包容她。

老夫人有意让外孙女尝尝挫折，劝了几句便点了头："那也不能就这么住外头了，逢年过节，初一、初十、二十这三日还是要回来，不要跟家里疏远了。"

辛柚乖巧地应了："当然会常回来给外祖母请安。"

她答应小莲要替寇姑娘拿回的那些家财，还没做到呢，一下子断了来往怎么行？

她平时不用陷在少卿府这个烂泥潭里，一个月还能回来几次了解情况，再合适不过。

"你院子里的人，方嬷嬷和小莲自是随你去的，至于其他人，便让绛霜与含雪跟去照顾你，两个仆妇留下来替你守院子，你看如何？"

"都听外祖母安排。"这些小事，辛柚自不会与老夫人掰扯。

她回到晚晴居，小莲与方嬷嬷便开始欢欢喜喜地整理要带去青松书局的东西。辛柚走到院中，默默地扫过一草一木。

这个寇姑娘住了四年的院子，其实早已失去了它真正的主人。

院子是一间正房，两边厢房的格局。小莲带着绛霜收拾细软，方嬷嬷则指挥两个仆妇打开储物的房间，把贵重又不常用的一些物件搬进去。

辛柚随意走到院门口，看到负责守门的小丫鬟含雪呆坐着，正抹眼泪。

"含雪。"辛柚喊了一声。

含雪慌忙回头，一脸紧张地喊了声姑娘。

"怎么哭了？"

"没……没什么。"

辛柚略一琢磨，有了猜测："是不是不想去外头？"

含雪急忙否认。

"不必急着否认。你若不想去外面，我便对老夫人说用不了这么多人，可要是现在出去了，想回来就要多费口舌了。所以你想好了，不必担心我会怪罪。"

含雪听辛柚这么说，不由得打量她的脸色，见她不似生气的样子，便鼓起勇气跪下来："婢子的家人都在府中，婢子想……想留下来……"

"好。"辛柚没有犹豫就点头，干脆把绛霜也叫了过来。

绛霜见含雪跪在地上，有些惊疑："姑娘有什么吩咐？"

"先前没问过你们的意思，是我疏忽了。含雪想留下，我答应了，想问问你的想法。不必担心我会生气，随心就好。"

真要辛柚选，她想带走的只有小莲，没了其他人反而方便。

绛霜吃惊地看了埋头不语的含雪一眼，表态道："婢子想跟着姑娘。"

辛柚语气温和，免得给小丫鬟压力："可要想好。"

"婢子想好了，婢子跟您去书局。"

辛柚点点头，进屋去了。

含雪不解绛霜的选择，拉着她低声问："你为何要跟着姑娘出去啊？女子到了外面可不容易，特别是姑娘这样还没出阁的。姑娘又没怪罪，何不留下来？"

绛霜亦不理解含雪的选择："姑娘有铺子有仆从，怎么不容易了？陪着姑娘打理书局不比窝在这里好吗？再说了，姑娘身边只有小莲姐姐一个婢女也不够呀。"

含雪也明白自己的做法不厚道，当下不吭声了，心里却骂绛霜是个傻子。

姑娘一旦没了好名声，她们这种近身伺候的丫鬟将来都不好嫁人，绛霜这不是犯傻是什么。

转日向老夫人辞别时，辛柚就以想多留个人守着晚晴居为由，提出把含雪留下。

一个小丫鬟的去留老夫人完全不放在心上，没有多问就答应了。

辛柚来到段文柏和朱氏面前，福了福身子："多谢舅舅、舅母一直以来的关照。"

朱氏心中叹息，温和地道："在外面不习惯就回家来。"

朱氏如今管了家，虽不能为这可怜的孩子做太多，让她吃住舒心些还是可以的。

辛柚能听出朱氏话中的真心，再次道谢。

段云灵不敢在老夫人面前表现得太热切，一双明眸灼灼地望着辛柚："青表姐，你要常回来啊。"

"会的。灵表妹若是上街，随时去书局找我。"

一番场面上的告别结束后，辛柚终于坐上了前往青松书局的马车。

小莲在车厢中狠狠地松了口气："总算是离开那虎狼窝了。姑娘，您真厉害。"

辛柚弯唇："等把寇姑娘的家财拿回大半，再夸我不迟。"

"姑娘，您有办法了吗？"

"慢慢来，现在时机不到，说再多也没用。"

她们到了青松书局，马车直接从后边住宅的门进去，宅子中早就得到消息的人聚了过来，给辛柚行礼。

一共八个人，一个看门的，两个洒扫的，两个洗衣缝补的，一个做饭的，还有两个负责巡视的护院。

辛柚把这些人交给方嬷嬷管理，小莲带着绛霜整理带来的东西，自己则去了前边书局。

书局中冷冷清清，胡掌柜与伙计依然在大眼瞪小眼。

"东家，您来了。"见到辛柚，胡掌柜忙迎过来，手中拿着写好的告示，"您看看这样行不行？若是没问题，小人就把它贴出去。"

辛柚扫一眼，别的没有异议，点了点金额那里："把五十两银子改为五百两。"

胡掌柜震惊："五百两？"

"嗯。"

"东家，这是不是有些高了？"胡掌柜委婉地提醒，实则不是觉得有些高了，而是忒高了。

"如果能买到好故事，一点儿都不高，掌柜的把告示贴出去吧。"

胡掌柜只好应下，贴告示时心情复杂地对伙计感叹："东家真是大方啊，难怪会花两万两买书局。"

这要是他的儿女，他就要骂她败家子了。

伙计的心情比胡掌柜还复杂，他心道掌柜的你可真是单纯无知。

告示被贴好后，这里很快就聚了不少人。

"若故事被看中，可得五百两银子？"

"真的假的，这也太高了吧？"

"就是，难不成那故事是用金粉写成的？"

震惊之下，人们七嘴八舌地问胡掌柜。

胡掌柜作了一圈揖："贴出来的告示还能有假？真有好故事，五百两银子一两都不会少。"

就算他觉得定价不妥，也不能给新东家露怯。

"胡掌柜,你们新东家有魄力啊。"

胡掌柜露出微笑:"还要请各位帮忙宣扬。"

众人忙道:"没问题。"

五百两买一个故事,这么稀奇的事就是掌柜的不拜托,大家也会到处议论啊。

青松书局门前人越聚越多,对面雅心书局的掌柜忍不住走出来,打发伙计去打探情况。

"一个故事五百两?"雅心书局掌柜听了伙计打听来的消息冷笑,"这是打着千金买马骨的主意啊,只可惜写话本子不比其他,不是肯花钱就能买到受人追捧的好故事的。"

虽这么说,雅心书局掌柜还是不放心,打发伙计去订一桌上好席面给平安先生送去。

胡掌柜走进书局,激动地对辛柚拱手:"东家,小人明白您的良苦用心了。五百两银子买一个故事虽多,但人们一下子就都知道了,回头咱们书局推出新书,不少人会抱着好奇心买来看看的。"

这是胡掌柜看到越围越多的人还有对面的死对头后反应过来的。

他误会东家了!

辛柚没有否认掌柜的话:"是有一部分这个原因。"

胡掌柜惊了:"还有别的好处不成?"

辛柚没有回答,笑道:"掌柜的陪我去印书坊看看吧。"

还有一个原因是肥水不用流到外人田,这五百两银子她准备自己赚了。

当然这个就不能说了,辛柚并不打算让全京城的人知道少卿府的表姑娘还会写书。

青松书局外难得热闹不已,印书坊中却死气沉沉,几名工匠的抱怨声清晰地传进辛柚耳中。

"去年出过的话本子还要刻板再印,新东家是不是钱多烧得慌?"

"是啊,我看这书局是开不了多久了……"

"一个小姑娘,不好好在家里待着,跑出来开书局,不是瞎胡闹吗?!"

"咳!"胡掌柜重重地咳嗽一声。

"东家、掌柜的。"几个工匠尴尬地见礼。

胡掌柜见辛柚面无表情的样子,忙道:"他们都是粗人,东家您别往心里去。"

辛柚的目光扫过几人,她笑了笑:"不会的,大家好好做事就是,书局定会长长久久地开下去。"

辛柚在工匠面前没有多说,转头便让胡掌柜整理一份名单,把所有工匠的情况写明。

胡掌柜被辛柚五百两买一个故事的魄力镇住,认真整理起名单。

"那你们忙。"辛柚抬脚去了后边。

从少卿府带来的东西差不多被收拾妥当，辛柚往美人榻上一坐，喊来小莲："去对面书局，把平安先生新出的话本子买一本来。"

既然书局盈利主要靠畅销的话本子，而平安先生写的话本受无数人追捧，她自然要多看看他的书，好确定写哪一类的故事。

小莲应了，把因为收拾东西沾了些灰尘的外衣脱下，换了件干净衣裳走了出去。

青松书局外依然聚着不少人，甚至因为这样，有几人随意走进书局，顺便买了书。

雅心书局的掌柜姓古，古掌柜看到带着书从青松书局走出来的人，神色有了几分凝重。

一个小丫头，还挺会折腾。

他再一想卖出这几本书是被那五百两银子买故事的噱头引来的，古掌柜的神色就换成了不屑。

他倒要看看，这五百两能买来什么好故事。

京城印刻售书这一行业十分兴旺，那些正儿八经的书籍购买的人有限，话本故事却是略识几个大字的平头百姓都会买的，好的写书先生自然会被各书局争抢。

别说平安先生这样的，放眼京城，但凡能写出过得去的话本子的写书先生他心里都有数，对一些有潜力的或是签下契约养起来，或是保持着良好的合作关系。

其他书局也差不多，他就不信京城会平白冒出个出色的写书先生来。

古掌柜想着这些，心里安稳了，转身走进雅心书局。

没多久，小莲走了进来，客气地问道："请问平安先生新出的话本子怎么卖？"

没等古掌柜开口，伙计就道："卖没了！"

小莲面露失望之色："这就卖完了？"

平安先生的话本子不是才开始卖吗？

"真的卖没了，姐姐想买，等加印的本子出来再来吧。"

"那加印的何时出来？"

"这就不确定了，姐姐可以经常来看看。"

小莲点点头，失望地离去。

伙计见人走出店门，立刻对古掌柜道："掌柜的，刚来的小娘子是对面新东家的丫鬟，这是打探敌情来了！"

古掌柜冷笑："以后留意些，看来青松书局这位新东家不像姓沈的那么安分。"

小莲出去后，被风一吹，脑袋灵光起来。

那伙计会不会是认出了她的身份，故意不卖给她？

想到这种可能，小莲悄悄地躲到一旁，耐心等着进雅心书局的客人。

因有青松书局那告示的吸引，进雅心书局的客人不多，但陆陆续续也有人来，小莲耐心地等到了合适的人选，是一个衣着普通的少女。

拿着话本的少女手一松，新买的话本掉到了地上，她不由得对小莲竖起柳眉："你是怎么走路的？！"

小莲忙把地上的话本子捡起来，连连道歉："对不住对不住，是我走路急了。"

少女接过话本，紧紧皱眉："花三百文买的新书就被弄脏了，真晦气。"

"姐姐别生气，我出五百文买下来，你再去买本新的。"

听小莲这么说，少女反而不好意思了："算了，算了。"

小莲把五百文塞进少女手里，脸上挂着甜笑："正好这话本子我也没看过，本来就打算去买的，那两百文就当我请姐姐喝茶赔罪了。"

没等少女犹豫，小莲就把话本子拿过来，再次道声抱歉，快步走了。

少女平白得了两百文，没有不高兴的道理，欢欢喜喜地又去了一趟雅心书局。

"姑娘，婢子回来了。"小莲一路快走回去，鼻尖冒出汗珠。

辛柚递过帕子："擦擦汗。去了这么久，是不是不顺利？"

"姑娘真是料事如神，雅心书局的伙计说卖没了，幸亏婢子留了个心眼儿，悄悄盯着去他家买书的人，这才发现压根儿不是卖没了，而是不卖给我，看来是认出了婢子的身份。"

小莲不忿地说着，把话本交给辛柚，讲明如何拿到手的。

辛柚的视线落在书名上，新书名叫《蝶仙》，她大致翻了一遍，把书推给小莲："你看看。"

小莲立刻津津有味地看起来，就连该吃午饭了目光还粘在书上。

"怎么样？"辛柚问。

小丫鬟把埋在话本子里的头抬起，眼神狂热："太好看了！"

辛柚："……"

别的不说，从《牡丹记》《灵狐记》到《蝶仙》，能判断出来京城的人喜欢神仙鬼怪这类故事。

这样的话，她心里就有数了。

青松书局要出五百两银子买故事的消息风一般传遍了京城，写书先生、落魄书生，甚至俸禄低廉的小官、国子监的学生都偷偷摸摸地写起了故事，几日内原本门可罗雀的青松书局险些被这些人踏破门槛。

世人最爱看热闹，好奇新鲜之下忍不住走进书局逛逛，十个人里哪怕只有两个人顺手买本书带走，加起来也不是小数目了。

胡掌柜热泪盈眶："东家，您真是会做生意啊！"五百两还没花出去，不少落了灰的书竟然卖光了！这样一来，不但辛柚吩咐下去的《牡丹记》需要刻印，胡掌柜还选出一本卖得最好的诗集加印。

"东家，要不咱把金额提到一千两，那样慕名而来的人就更多了。"胡掌柜提议。至于辛柚会不会真的花一千两买个故事，还不是书局说了算。

辛柚摇头否定："没有这个必要。五百两是很有诚意的价格了，真要花一千两买个故事，亏损风险太大，而若只是以高价为噱头，实际并不买，时间一久就没人来了。归根结底，还是要推出受人欢迎的话本来。"

"东家说得是，最好还是在这段时间挑到好故事，盘活书局。"胡掌柜满心期待地说。

辛柚笑道："掌柜的抓住这个机会加印诗集很不错，本就做好的刻板，只是费些墨水和人工，不过要把好关，不能卖给客人次品砸了书局招牌。"

"东家放心就是。"胡掌柜拍着胸脯保证。

辛柚唇边的笑意消失，她抬手按了按眼角。

她那时灵时不灵的眼睛又看到了一个画面：

天色很暗，一个人鬼鬼祟祟地砸开门锁，把燃烧的柴火丢了进去。几乎是同一时间，胡掌柜出现，脸上是愤怒、震惊的表情。

那个人毫不犹豫地举起一物，狠狠地砸向胡掌柜的头，胡掌柜倒了下去。

随着胡掌柜倒地，画面结束，眼前恢复了明亮。

"东家？"

"掌柜的先忙，我想些事情。"

听辛柚这么说，胡掌柜不敢打扰，跑去前边应付时不时来出售故事的人。

辛柚没有急着询问胡掌柜，是想仔细回忆那个画面，看能不能发现有用的细节。

天太暗了，她看不清是什么颜色的门，只能通过被扔进门中的柴火和胡掌柜手中提的灯笼散发的光亮勉强看到二人的脸。

再然后胡掌柜倒地，画面消失——等一等。

辛柚重新闭上眼睛，画面浮现：

除了倒地的胡掌柜，还有倒在地上的灯笼。那晃动的灯光让她看清了地面的模样。辨不清颜色的暗色石砖，拼接处有一块破损，形似半月。

半月——辛柚的羽睫微颤，她于画面中看到了险些被忽略的天上月。

那是一轮圆月。

她再反复回想，就没有更多有价值的信息了。

因为时间太短，光线又暗，辛柚虽看到了行凶之人的脸，但只觉得有一点儿眼熟，却一时想不起来是谁。这一点儿眼熟，让她判断行凶之人应该就在青松书局。而胡掌柜出事的地方，恐怕要凭那块破损的地砖来确定了。

至于时间，以她多年的经验判断，她见到的画面大多会在短时间内发生，那轮圆月很可能就是这个月的十四至十六这三日中的一天。

厘清思路，辛柚带着小莲去了前头。

伙计刘舟在忙着招呼进店的客人，胡掌柜进了与大堂连着的一个小房间，那里是他平日临时歇息之处，此时用来接待前来售卖故事的人。

辛柚过去时，正听到来人叫嚷："掌柜的你再好好看看，这故事可是我头悬梁、锥刺股几日几夜没休息写出来的，不说是惊世之作，比起平安先生的顶多差一点点……"

"已经仔细看了，确实不符合我们的要求，对不住了。"

"你就扫了几眼，哪里仔细看了？"

"真的不好意思，让你白跑一趟。"胡掌柜说得客气，却没有松口的意思。

"哼，狗眼看人低！"那人劈手夺过本子气呼呼地往外走，看到辛柚脚下一停，打量着问："姑娘就是青松书局的新东家？"

辛柚颔首。

那人伸手一指跟着出来的胡掌柜："东家，你们的掌柜不行啊，我劝你早点儿换人，不然早晚要关门。"

辛柚微笑："多谢提醒。请放心，掌柜我肯定不换。"

那人登时愤怒了："我就说，一个小姑娘懂什么开书局，不如回家弹琴绣花。"

辛柚不欲与不相干的人争执，笑吟吟地道："慢走不送。"

"你——"那人一拳打在棉花上，黑着脸甩袖走了。

胡掌柜大为尴尬："东家，不是小人挑剔，实在是那书生写的故事狗屁不通。"

"咱们要花五百两买一个故事，怎么能不挑剔？"

辛柚语气平淡，胡掌柜却因她刚才的维护感动不已，然后就是担心："东家，这种落魄书生最爱抱怨，小人担心他到处乱说，影响那些想售卖故事的人。"

"掌柜的不必担心这个。他若是到处宣扬咱们挑剔，正好让那些胡乱写个故事就想撞大运的人打消浑水摸鱼的念头，而自信写出好故事的人还是会来试试的。"

"还是东家想得通透。"胡掌柜拱手。

"掌柜的再陪我去印书坊走走。"

辛柚由胡掌柜陪着去了印书坊，看到了忙碌的工匠。

《牡丹记》缺的刻板快刻好了，加印的诗集也按册装订，很快就能拿到前面售卖。

辛柚阻止了工匠行礼，不紧不慢地走着。

胡掌柜虽不知辛柚的目的，却丝毫没有不耐烦。

在老掌柜看来，新东家这是有上进心的表现，可比旧东家只想瘫在家里看话本子强多了。

不知走了多久，辛柚突然停下来，状似不经意地问："掌柜的，这间房里是什么？"

"这是放刻板的库房，这间库房里放的是集部。"

辛柚喃喃地道："集部……"

以为辛柚不懂这些，胡掌柜解释道："买经史子集的主要是真正的读书人，咱们这种大书局若是少了这些，就上不了台面了。"

"我看先前，来买这些的不多。"

胡掌柜苦笑："先前门可罗雀，买什么书的都不多啊……实际上稍微用心经营一下，这类书都有稳定的销量。而且这些书的刻板都是现成的，加印成本低廉……"

对面书局恶意竞争，不但挖走了平安先生，还把这类书的价格往下压，而他们的少东家面对雅心书局的各种手段，什么应对之策都没有，直接投降了。

"这样说来，这些刻板都要好好保护了。"

"这是当然，这种每年都会加印的书籍，刻板一旦坏了就是大损失。"

"我知道了。"辛柚点点头，举步往前走去，绣鞋移开的地方，石砖拼接处赫然有一个半月形的缺损。

胡掌柜紧紧跟上，以为辛柚会继续看其他库房，没想到她向忙碌的工匠走去。

"小莲，你去后院把浸在井水中的西瓜抱两个来，给大家解解渴。"辛柚一边走一边吩咐。

不多时，小莲带着一个护院过来，高大壮实的护院一手抱了一个大西瓜。

在辛柚的示意下，小莲扬声喊道："大家歇一歇吧，来吃西瓜解解渴。"

工匠们一听，无论手上有活儿还是没活儿的，呼啦啦地都围了过来。

在井水中浸过的西瓜带着几分凉意，格外清甜，工匠们吃得顾不上说话，全部心神都放在了大西瓜上。

辛柚默默地、仔细地将视线扫过那一张张吃西瓜的脸，最终停在一人的脸上。

那是一个二十岁出头的年轻人，长方脸，偏瘦，看着有些没精神。

辛柚抿了抿唇角。

她找到了。

辛柚知道这个年轻人的名字，叫李力，他是一个印刷学徒。在胡掌柜整理的那份名单里，掌握关键技术的工匠都有身契在手，随着东家易主，如今身契就转到了辛柚手里。还有一些普通工匠学徒不是那位旧东家沈宁的家仆，只是雇佣关系。

这个李力，就是后者。

她找到了行凶之人，也找到了事发之地，剩下的事就要等月圆之日了。

辛柚其实很好奇那个时候胡掌柜为何会出现在库房外，但显然直接问出来不明智。李力这样的人，她直接赶走太便宜他了，最好的解决办法就是捉贼捉赃，再问出他这样做的原因。

他这样做是他与工友相处不快肆意发泄，还是见书局有起色受人指使呢？

好在明日就是六月十四，她只要守好十四、十五、十六这三日，就能让妖魔现形。

"掌柜的，从住宅到印书坊的那道门，谁手里有钥匙？"离开印书坊的路上，辛柚问。

"除了您和小人，就是两个护院那里有一把，赵管事那里有一把。"

书局有两个管事的，一个是胡掌柜，主要管前边，另一个就是赵管事，负责管理印书坊的工匠。

辛柚住的宅子分成东西院，西院划给这些工匠住。两个护卫除了巡视宅院，还有巡视印书坊的职责。

"两个护卫都是什么时候去巡视印书坊？"

掌柜笑道："白日印书坊全是人，自是不用。一般入夜去巡视一趟，睡前去巡视一趟。"

"只有两个护卫，既要巡视宅院，又要巡视印书坊，确实辛苦。掌柜的，你说经史子集那些刻板都很重要，而这些板全是木质，那防蛀与防火都不能放松吧？"

"那是肯定。放刻板的库房都是单独建成的，彼此不连通，地面铺石板，防蛀也有专门的措施。除了取放刻板，平时都不许人进出。"

"我看厅中的一些书板用布覆盖，有什么讲究吗？"

胡掌柜再次感慨新东家的上进，特别乐意解释："那是火浣布，有一定的防火作用。木板纸张正在刻印时人多忙乱，容易起火，就用火浣布盖着。"

"这样啊——"辛柚露出若有所思的神色，"既然火浣布有一定的防火作用，库房中可用上了？"

胡掌柜神情复杂："没用上。"

面对新东家疑惑的表情，老掌柜嘴角抽了一下："没有这么多钱。"

火浣布也不算便宜，哪个印书坊放在库房的刻板全用火浣布啊。

"原来如此。"辛柚恍然。

胡掌柜："……"不然呢？

"这样吧，先买些火浣布给我刚刚看到的那个库房用上，等以后账上宽裕了，再给其他库房也用上。"

胡掌柜张口想劝，转而想到新东家豪掷的那两万两，不劝了："听东家安排。"

等到下午，胡掌柜向辛柚禀报，火浣布买好了。

"掌柜的安排两个信得过的人，等入夜再把这些布搬到库房吧。"

胡掌柜愣了一下。

辛柚神色自若："咱们书局最近变化不小，印书坊这边尽量如常，免得人心浮动。"

"还是东家考虑周到。"

等到入夜，胡掌柜找了两个可靠的伙计把火浣布搬去集部库房，盖好刻板不必细讲。

转日就是六月十四，胡掌柜发现来书局售故事的人少了些，想到昨日愤懑离去的落魄书生还是放心不下，打发伙计去外头打探。

没过多久，伙计刘舟就气呼呼地回来了。

"掌柜的，那穷酸书生见人就说咱们书局花五百两银子买一个故事是骗人的，故事写得再好都不会买，只是为了把人引来好卖别的书！"

胡掌柜一听，忙向辛柚禀报。

"东家，要是任他这样到处胡说，小人担心真正用心写故事的先生也会被他蒙蔽了……"

"掌柜的不必担心，我心里有数。"

胡掌柜见辛柚不为所动，在心里叹了口气。

他总觉得，东家这次会失算。

罢了，东家还年轻，受些磨炼或许能成长得更快。他当掌柜的，不能打击东家的信心。

辛柚回了后边住处，把自己往屋中一关，继续写未完成的故事。

时间转眼就到了晚上。

明月皎皎，夏日的炎热在这一刻退去，有风吹动花木。

宅院中静悄悄的，就连负责巡视的护院都检查完各处门锁，歇下了。

只有月色照亮的路上，走着两个人，正是辛柚与小莲。

"姑娘小心脚下。"小莲小声提醒。

她不懂姑娘为何这个时候出来，还不提灯，但先前辛柚做过的那些事早让她对新主人有了全然的信任。

在小莲心里，姑娘神秘又厉害，她甚至想过姑娘该不会是仙子下凡，来替她家寇姑娘报仇的吧？

"今晚月色很亮。"辛柚抬头望一眼天上的明月，轻声道。

小莲也看一眼明月，口中附和："是呀，明日就是十五了呢。"

说到这个，小莲不由得想到再过两个月就是中秋了。

到那时，还是只有她陪着姑娘过吧？

姑娘可有别的家人？

小丫鬟想东想西，辛柚却步伐坚定从容，直奔印书坊。

比起住宅处有檐下灯笼照明，印书坊这边就暗多了，尽管有一轮圆月挂在当空，可这边还是黑漆漆的。

辛柚停下来，望着那间库房。

她只能推断出案发时间在就寝后，具体时间却无法判断，只能靠守株待兔的笨办法。

本来也考虑过将这事交给护院，可想想那个叫李力的学徒，辛柚打消了这个念头。

她刚接手书局，哪些人真正信得过，哪些人起了异心，都是未知。既然她能阻止这件事，就没必要交到不确定的人手中。

三个晚上，她还守得起。

这时，突然有轻微的脚步声传来，小莲吃惊之下忙拉了拉辛柚的衣袖。

辛柚拍了一下她的胳膊示意她不要紧张。她们隐在暗处，盯着越走越近的人。

运气不错，她在画面中见到的情景发生在第一晚。

那人东张西望，走到库房门前，掏出火折子引燃柴火，砸开门把柴火往里边一丢。

就在这时胡掌柜出现，怒喝道："你干什么？！"

李力脸色大变，他抓起藏在袖中的石头狠狠地向胡掌柜的头上砸去。

小莲忍不住惊呼一声。

燃烧的柴火被丢进库房，胡掌柜呵斥，李力用石头砸向胡掌柜，小莲惊呼……这些事就在这一瞬间发生了。

小莲下意识地捂住脸，听到惨叫声手指张开缝隙，随后不可置信地把手放下。

怎么惨叫的是行凶的人？

"李力！怎么是你？！"胡掌柜错愕地瞪着抱着手疼得跳脚的凶手。

李力转身就跑。

"你给我站住！"胡掌柜伸手拽住他。

胡掌柜年纪虽大，力气并不比偏瘦的李力小，这一拉扯，辛柚就走到了面前，抬脚踹向李力的腘窝。

李力一个趔趄扑倒，再想爬起来却发现后背被压住了。

辛柚一脚踩着李力的背，吩咐小莲："快救火！"

没等小莲动作，胡掌柜就面色大变，风一般冲进门锁已被砸开的库房，却发现有了火浣布的遮盖，那根燃烧的柴火没成什么气候，就躺在地上孤零零地燃烧着。

胡掌柜忙把柴火捡起来，跑出库房高声大喊："快来人啊，有人纵火！"

夜晚寂静，声音传出老远，很快住宅那边就有了动静。

到这时，胡掌柜才顾得上去看救他的人，看到的是脚踩凶手的新东家。

"东家？"胡掌柜震惊得声音都变调了。

"掌柜的没事吧？"辛柚微笑着问。

胡掌柜低头看看被踩在地上的凶徒，再看看气定神闲的少女，觉得老心脏有点儿承受不住："没……没事……"

东家这个样子比刚才他发现李力纵火还让他震惊！

"掌柜的没事就好。"

小莲见不需要她做什么了，也抬脚踩在了李力背上，这下本来还在挣扎的人彻底动弹不得。

胡掌柜嘴角抽搐了一下。

小莲忙解释："省得姑娘一个人费力气。"

胡掌柜："……"

"刚刚是东家救了我？"缓了缓震撼的心情，胡掌柜问。

"我和小莲往这边来时正看到此人要伤害掌柜的，情急之下就扔了一块砖头。"辛柚解释。

胡掌柜低头找了找，地上有一块石头、半块砖头、一个灯笼、一根柴火。

东西还真不少……

"东家怎么这时候过来……"

辛柚指指地上的人："等处理完此人再说吧。"

"哦，哦，东家说得是。"

东家一个小姑娘为何半夜三更来印书坊？她为何还带着半块砖头？她又为何砸得那么准？

他好奇的问题太多了，但现在确实不是他们聊这个的时候。

这时候，不少人赶了过来，见到这情景不由得大惊。

"东家、掌柜的，发生什么事了？"

辛柚默默地把脚收回，小莲也悄悄地收回脚。

背上陡然一轻，李力看看乌压压一圈人，破罐子破摔不动弹了。

胡掌柜怒道："这小子纵火烧库房，被我撞见还想杀人灭口！"

什么？众人一听怒了，七嘴八舌地骂起来。

"都别骂了，你们几个去检查一下库房，你们几个巡查一下印书坊，来两个人把这混账东西绑起来，押到厅里去。"

胡掌柜一通指挥，众人忙起来。

"东家，很晚了，要不您先回房歇着？"

辛柚摇头："还是先问清楚此人纵火的原因，不然睡觉也不安稳。"

等到了厅里，胡掌柜抬腿给了李力一脚："说，你为什么这么做？！"

李力垂着个脑袋不吭声。

负责管理印书坊的赵管事跟着踹了李力一脚，气急地骂道："好你个李力，平时干活儿就不积极，居然还敢纵火，我打死你个狼心狗肺的东西！"

李力躲不过，因吃痛嗷嗷地叫了几声，对纵火的原因却闭紧嘴巴。

辛柚开了口："既然他不说，那就都去睡吧。纵火是重罪，明日一早我们就去报官。"

一听报官，李力终于有了反应。

"东家饶了小人吧，小人一时糊涂啊——"

"那你说说，你为何这么糊涂？"辛柚淡淡地问。

"小人——"李力眼神乱飘，突然一指赵管事，"是因为赵管事！"

赵管事大怒："兔崽子，你什么意思？"

李力一副豁出去的样子："赵管事前几日又骂我不好好干活儿，我气不过，就想放个火，让赵管事也挨挨东家的骂……"

赵掌柜一听气个半死："挨几句骂你就放火？你还有没有良心……"

辛柚神色平淡地看着李力，吐出一个字："又？"

李力不解其意，茫然地看过来。

"你说赵管事前几日又骂你，这么说你经常被赵管事骂了？"

李力直觉不对，没有吭声。

辛柚看向赵管事。赵管事面露尴尬之色。

胡掌柜推推他："赵老弟，东家问你，你就直说。"

赵管事压下顾虑，气得不行："这小子惯会偷懒，不骂不行……"

听赵管事说了一通，辛柚问李力："既然你经常挨骂，怎么突然想要报复了？"

"这——"李力一下子被问住。

"看来你是不准备说实话了。小莲，塞住他的嘴。"

"是。"小莲应一声，自用的帕子是不行的，左右一扫，抓起桌上的抹布塞进了李力的嘴里。

"呜呜呜——"见辛柚动真格的，李力着急了，拼命抖动脸皮示意有话说。

"东家，这小子似乎有话讲。"

辛柚扫了李力一眼，语气冷淡："反正也不会讲实话，就不必浪费时间了。掌柜的安排人把他看好，明日送官。"

"呜呜呜——"李力一听，脸皮抖得更厉害了，却只能眼睁睁地看着辛柚抬脚走了。

"掌柜的——"赵管事有些犹豫。

他们就不问了？

胡掌柜立马道："听东家的。"

就冲东家大半夜及时救下他，他就知道东家不是一般人啊！

安排好后续，胡掌柜终于有机会问出满肚子的疑惑。

"东家，您怎么会夜里去印书坊？"

辛柚神色一正："掌柜的相信相术吗？"

"啥？"胡掌柜表情呆滞。

"相术。"

胡掌柜看起来更呆了。

辛柚在心里叹口气。

胡掌柜听了这话的表现，可比那位贺大人差多了。

可除了推到相术上，也实在不好解释，辛柚一本正经地道："我观掌柜的印堂发黑，血光之灾恐应在今晚，一时不放心就打算去找掌柜的，没想到看见掌柜的提着灯往印书坊去了……"

胡掌柜："……"

新东家竟然懂相术！

胡掌柜震惊完，"扑通"一声跪下了："多亏了东家有如此神通，救下小人性命！"

辛柚忙把胡掌柜扶起："掌柜的不必如此。"

胡掌柜却像第一次认识辛柚一样，看着她的眼神闪闪发亮："东家，您这么年轻就如此精通相术，这是有天赋吧？"

辛柚默了默，微笑点头："对，有天赋。"

"小人就说嘛——"胡掌柜长叹一口气。

辛柚："……"她怎么从胡掌柜拉长的声音里听出了深深的遗憾？

胡掌柜确实感到遗憾。

谁见到这么神奇的相术不想学啊！

遗憾完，胡掌柜更感动了："东家，您不该为了小人冒险啊，怎么不把护院叫上？"

辛柚早就料到胡掌柜会有此一问，随口给出解释："毕竟只是推测，没必要兴师动众。掌柜的遇到麻烦我能帮把手，要是没遇到麻烦，今晚月色不错就当随便走走了。"

"东家还是太冒险了，您毕竟是女子，今晚作恶的要是那种武艺高强的歹人，小人岂不把东家连累了？"胡掌柜一想李力举起石头时狰狞的表情，就觉得后怕。

"掌柜的不必想太多，我既然敢去，自然能应付。"

见胡掌柜面露疑惑之色，辛柚一脸淡然："我带着砖头呢。"

胡掌柜："……"

"对了，掌柜的为何夜里去库房？"辛柚也把疑惑问了出来。

胡掌柜叹口气："小人今日发现有一本诗集售空了，交代印书坊的师傅明日一早加印，结果睡下后突然想起这本诗集有一块刻板上有别字。虽说印出来无伤大雅，既然想到了还是改过来为好，但又一时想不起是哪块刻板了，有这么个事在心里横着睡不着，干脆过去确认一下……"

辛柚听了，哭笑不得。她没看出来胡掌柜还是个急性子。

"东家，明日真把李力送官啊？"

辛柚一笑："这么关他一夜，明日他大概就会说了。等他说了再送官。"

"东家真是——"胡掌柜一时竟不知该怎么夸。

"太晚了，先休息吧。"

一夜过去，辛柚看到李力就像霜打的茄子似的。

"呜呜呜——"见到辛柚，李力似乎所有力气都用来抖动脸皮了。

"小莲，把他嘴里的布拿走。"

小莲利落地取走李力嘴里的抹布，李力嘴巴都麻了，好一会儿才哆嗦着说出话来："我……说……我说……"

在辛柚的示意下，小莲倒了杯水递过去，忍着嫌弃喂李力喝了几口。

李力的脸色看起来好了些，一开口眼泪就淌了下来："都是小人鬼迷心窍，赌博输了钱，有个人给了小人四两银子，让我这么干的……"

"那个人是谁？"胡掌柜喝问。

"不知道……"

"不知道？"赵管事一拍桌子，"李力，到现在你还死鸭子嘴硬！"

比起胡掌柜与赵管事的愤怒，辛柚就平静多了，只是淡淡地喊了一声小莲。

"小莲"两个字却瞬间勾起了李力被抹布塞嘴巴一夜的可怕回忆。

"小人真的不知道，小人可以发誓！我以前没见过那个人……"李力飞快地说着，唯恐说慢了小莲就过来了。

赵管事气得给他一脚："人都不认识，为了四两银子你就做这种丧天良的事！"

李力吭哧着不说话了，心里却不服气：人我不认识，银子还能不认识吗？

辛柚见李力神色不似作伪，对胡掌柜道："既然问不出什么，那就把人送到官府去吧。"

赵管事露出了吃惊的表情。

他以为李力说了实话，顶多被赶出去。

胡掌柜早有心理准备，立刻喊来两个伙计把李力扭送官府。

"东家饶命啊，饶命啊——"

从问话的大厅到青松书局外，李力声嘶力竭地喊了一路，惹来无数议论。

"青松书局这是发生了什么事啊？"

"不知道呢，看起来像是青松书局的工匠。"

伙计刘舟被人拉着问，直接就说了："那狗东西叫李力，是我们书局的印刷学徒，昨夜受人指使去烧库房，被人发现后还想杀人灭口……"

众人一听，纷纷骂起来。

大家伙平日防火都来不及，这人竟然还纵火，万一火势一大，控制不住把这一片都烧了怎么办？

人们越想越气，追着李力一直骂到官府，还有不少人拿烂菜叶子扔向李力。

青松书局里，辛柚把工匠们聚在一起，柔声安抚："大家不要怕，以后再有这样的恶徒，一律送到官府去。"

众人："……"他们并没有被安慰到。

等没了这些人在场，胡掌柜冲辛柚作了一揖："还是东家高明，这么一来，再有人想作恶就要掂量掂量了。"

故意纵火是重罪，轻则挨板子蹲大牢，重则流放掉脑袋。

"就是那指使李力的人，官府不一定用心查。"胡掌柜怕辛柚抱太高期望，提醒道。

别说只是没烧起来的火，那些丢孩子的，甚至是命案，不了了之的要占大多数。

"能查出来当然好，查不出来也没什么，我们以后多留心就是。"辛柚对此看得很开。

胡掌柜突然压低声音："东家，小人有个猜测，但无凭无据——"

"掌柜的想到什么就说。"

"小人觉得是对面书局指使的。"

"雅心书局？"

胡掌柜点头："雅心书局的东家和咱们书局原先的老东家有宿怨，这雅心书局就是前几年他们专门开在对面来打擂台的。可惜老东家身体不行了，少东家又无心经营，很快就让对方压得抬不了头。如今咱们书局换了新东家，五百两银子买一个故事的消息传遍京城，连带生意都有所好转，对方很可能想要把咱们书局彻底扼杀掉呢。"

"我知道了。就像掌柜的说的，无凭无据，我们也不能如何，把青松书局经营好才是最好的还击。"

胡掌柜深以为然，可几日过去，来书局售故事的人明显减少了，起因便是那落魄书生到处宣扬。

胡掌柜愁得叹气，而听闻了书局情况的段少卿总算有了话说。

"母亲，我就说不能由着青青胡闹吧。"

"明日旬假，青青也会回来，到时候我说说她。"

转日六月二十，辛柚刚来书局前边，段云朗就进来了。

"青表妹，一起回家啊。"

随着段云朗进来，辛柚下意识地看了一眼门口。

段云朗反应得格外快："大哥说要再温一会儿书，咱们不管他，先回去。"

"好。"

见辛柚答应，段云朗松了口气，回去的路上感叹道："青表妹，我都听说了，前几日竟然有人纵火，开书局这么难啊！"

辛柚挑着车窗帘，对骑马走在一旁的少年笑了笑："读书也很难啊。"

听到这个话题，段云朗立时皱了眉，想着马上要来的月考唉声叹气起来。

"二公子、表姑娘回来了。"随着门人的通禀，二人走进如意堂。

老夫人见外孙女与孙儿一起回来的，面上带了笑意，她本来要说的话也暂时压了下去。

"青青，来外祖母身边坐。"

辛柚唇边含笑地走到老夫人身旁坐下。祖孙俩亲热的样子让人全然看不出前些日子的不愉快。

"一个人在外边吃住可习惯？"

"劳外祖母惦记，一切都好。"

如此回答了一通，辛柚再去二太太朱氏的院子给朱氏请了安，这才回了晚晴居。

晚晴居静悄悄的，让人有种空寂的感觉，可她明明离开没多久。

这感觉，随着小莲一声喊被打破："姑娘回来了。"

王妈妈和李嬷嬷两个仆妇快步走了出来，齐齐地向辛柚行礼："姑娘。"

小莲纳闷儿："含雪呢？"

王妈妈小心翼翼地道："前两日含雪被调去了老夫人院子。"

"哟，这是走运了，竟被老夫人看中了。"

听出小莲语气中的讽刺，王妈妈不吭声了。

"听说是她娘求了管人事调配的杨管事。"这一次开口的是李嬷嬷。

辛柚不由得看了李嬷嬷一眼。

她还记得她看到的画面中那双掐住小莲脖子的手。这个李嬷嬷是乔氏的人，随着乔氏被休，乔氏在少卿府的势力土崩瓦解，留在晚晴居的李嬷嬷更成了不起眼的存在。

李嬷嬷这番回话，倒是让辛柚觉得有意思。

本来要害小莲的人，却传递了向她靠拢之意。人的选择，果然是会变化的。

小莲听了撇嘴："还真是有本事……"

"人往高处走。"辛柚淡淡地说了一句，抬脚往屋里走去。

小莲没有跟进去，而是拿出钥匙开了当作库房的那间屋子的门，清点了一下东西。

这些被留下的东西也值不少钱呢。她以后回来一次就清点一次，省得让人惦记。

快到中午时，如意堂派人送来消息，午饭一起在如意堂吃。

辛柚略一收拾出了门，路上遇到了明显在等她的三姑娘段云灵。

"青表姐，这几日在书局怎么样？"

"遇到了一点儿小麻烦，不过都解决了。"

段云灵面露赧然："我本想去看看你的，祖母说大姐、二姐不像话，让我规矩点儿少出门。"

提到段云华，段云灵眨眨眼，小声道："自打二姐被罚跪祠堂，祖母就不许她出院门了，今日青表姐应该也见不到她。"

辛柚对会不会见到段云华丝毫不放在心上，表姐妹随意聊着就到了如意堂。

午饭被摆在厅中，老夫人、段少卿、朱氏母女、段云辰与段云朗两兄弟，再就是辛柚和段云灵，人就齐了，二老爷段文柏今日有事不在府中。

吃饭时大家都没有言语，等饭后喝着茶水，老夫人就问起话来。

"辰儿、朗儿，这些日子功课怎么样？"

段云辰一脸淡然："劳祖母惦念，功课还好。"

段云朗就心虚多了，也干笑着说了声还好。

老夫人睨他一眼："每次都和你大哥一样说还好，每次成绩出来就傻眼。"

段云朗猛喝一口茶，不吭声了。

以他对祖母的了解，他越说越会挨训，还是闭嘴为妙。

老夫人重点也不在段云朗身上，视线一转看着辛柚："青青啊，外祖母听说书局有人纵火？"

辛柚把茶盏放下："是有这么回事，人已经送官了，受何人指使没有查出来。"

"早就说过，经营书局可不简单，里里外外要操心的可太多了。"

辛柚微微低头，显出几分乖巧之意："青青现在知道了。"

老夫人嘴角不觉上扬："书局生意怎么样？"

"生意十分冷清。"

"早就说过……"

没等老夫人劝她老实回少卿府的话说出来，辛柚一下子红了眼圈："是青青之前想得太简单了，以为这么大一间书局，多少能赚些零花，没想到竟是亏本的，才这么几日就把以前攒的月钱都填了进去。外祖母再给我一些钱吧，不然才接手的书局就要关门了。"

老夫人嘴角的笑意一下子凝住。

段少卿把茶盏一放，皱眉道："青青，你外祖母说得没错，经营书局可不是简单的事，你一个小姑娘应付不了的，还是回家来……"

辛柚委屈地抿了抿唇："经营书局是不简单，可从一开始青青就没有经营书局的钱啊，外祖母只给了我买书局的钱。"

段云朗震惊："青表妹，你竟然没带着经营周转的钱？"

段少卿本就被辛柚一番话堵得没话说，听了侄儿这话更是气个倒仰。

这个蠢材！

"刻板印刷、买故事、工匠工钱，各种吃用……处处都需要钱。"辛柚一一数着，眼巴巴地望着老夫人，"青青也是经历了才知道不光需要买铺子的钱，经营也是要本钱的。"

围桌而坐的人也都看向了老夫人。

在场还有几个孙辈呢，老夫人到底要脸，暗吸一口气用平静的语气问："需要多少钱？"

"我想着，五千两定是够了。"

老夫人手一晃，控制不住地沉了脸："青青，你年纪小对银钱没有数，可知五千两是怎样一笔巨款？"

"青青知道啊。可我都花两万两买书局了，若是因为没有经营周转的钱没几日就要关门，那多可惜啊，想想也会不甘心。"

听到"不甘心"这三个字，老夫人太阳穴跳了跳，忍着心痛道："给你支两千两，若还是经营不下去，就关了书局回家来。"

辛柚扬唇："多谢外祖母。"

回书局的路上，小莲望着辛柚的眼神满是崇拜之色："姑娘，您太厉害了，回少卿府吃了顿饭就拿回了两千两！"

比起小莲的兴奋，辛柚就淡定多了。

两千两啊，是很多，可和寇青青的家财相比又那么少，离她向小莲许诺的拿回六成还差得远。

小莲激动没多久，又担忧起来："两千两是不少，可那么大一个书局呢，要是一直亏下去也支撑不了太久吧？"

"那就努力盈利。"辛柚拍拍小莲的胳膊，让她别发愁。

"那要有好的故事呀。都怪那穷酸书生，自己写得狗屁不通，还到处说咱们书局的坏话。姑娘您怎么不让人拦着他？"

"没事，他到处说，别人就记住咱们书局了。"辛柚从车壁暗格中取出一份手稿，递给小莲。

"这是——？"小莲好奇地接过。

"你先看看。"

小莲的目光落在书名上，上面只有两个字：《画皮》。

这个名字好古怪，是什么意思呢？

小莲好奇地读下去，很快连眨眼都忘了。

"小莲——"

她们到青松书局了，辛柚喊了一声看得入迷的小丫鬟，对方却毫无反应。

她只好拉拉小莲的衣袖："小莲，下车了。"

小莲如梦初醒，目光灼灼地盯着辛柚，激动得声音发抖："姑娘，这故事是哪儿来的？"

"好看吗？"辛柚问。

"好看！太好看了！"小莲压根儿忘了要下车这回事，"啊啊啊，后面发生了什么？怎么没讲完呢？"

小莲的语无伦次让辛柚更安心了些。

看来她写的故事，确实是受欢迎的。

"故事分上下部，现在只有上部。"

"只有上部？"小莲一脸不可置信的神情，"那……那什么时候有下部？"

辛柚莞尔："上部先发售，卖得好的话，再出下部。"

小莲的眼泪唰地流下来："那岂不是要好久才知道王生到底从窗户里看到了什么……"

"别人要等很久，小莲你不用等。"

小莲的神色茫然。

辛柚一笑："我知道下部讲了什么。"

"啊，姑娘，快给婢子讲讲！"

"王生从窗户往里偷看，发现他救回的绝色女子竟然是一个脸皮碧绿的恶鬼，正拿着彩笔在人皮上仔细描画……"

"唑——啊——"小莲全神贯注地听着，情绪随故事的进展而起伏，她时不时掩嘴发出惊呼声。

等到辛柚把《画皮》的故事讲完，小莲愣怔良久，揪住辛柚的衣袖："姑娘，这个故事太吸引人了，虽然有点儿可怕，但比那些花妖和狐仙与书生情情爱爱的故事有趣多了！"

"这个故事，应该会受欢迎吧？"

"肯定会的！"小莲激动得脸色通红，"绝对比平安先生的故事还要受欢迎！"

"希望如此。"

小莲突然反应过来:"姑娘,这故事哪儿来的?啊,该不会是您自己写的吧?"

低头看看那风流飘逸的字体,小丫鬟眼神晶亮:"姑娘,您竟然会写书!"

辛柚摇头:"不是我写的。"

"不是您?"小莲愣了,"那是谁呀?"

她整日与姑娘在一起,怎么不知道这手稿哪儿来的!

"写这个故事的人是松龄先生,我是听着先生的故事长大的。正好开书局,就把先生讲过的故事写出来,让大家都能看到。"

"原来是这样。"小莲想问松龄先生住在哪里,但想到姑娘的神秘,就把疑问压了下去。

不管松龄先生在哪里,反正她有故事听就够了。

辛柚轻声交代:"等会儿我会把手稿交给胡掌柜,到时……"

小莲不时点头。

二人下了马车,没急着回东院,直奔前边书局。

胡掌柜正与伙计大眼瞪小眼。

短短几日,那些出售故事的,凑热闹的人都不见了,就像是一场梦。

"掌柜的,要不我把那穷酸书生套上麻袋打一顿吧。"

"别乱来,东家自有主张。"

"东家有什么主张啊?到现在连好故事的影子都没见着。"

"不知道,反正东家自有主张。我跟你说,东家可不是一般人。"

伙计立刻来了精神:"东家怎么不是一般人了?快说说。"

"哦,这不能说。"

伙计:"……"他要不把掌柜的套麻袋打一顿吧。

"东家。"一见辛柚,胡掌柜忙迎了上去。

"掌柜的,进里边说。"

等进了一侧房间,辛柚把手稿递过去:"掌柜的看一看。"

"这是——?"胡掌柜心有猜测,接过手稿迫不及待地看起来。

时间一点点流逝,辛柚耐心地等着。

不知过了多久,胡掌柜猛然清醒,手抖得险些握不住手稿:"东家,这……这是从何得来的?"

"回少卿府的路上遇到一位先生,他知道我是青松书局的东家,就拿给我过目了。我觉得这个故事不错,便买了下来,掌柜的觉得如何?"

"这故事定会大火的!"胡掌柜激动得一拍桌子。

辛柚弯唇:"我没走眼就好。"

"可这故事还没讲完,剩下的呢?"胡掌柜急不可待地问。

"那位先生说剩下的还没写完,等写好会来找我。"

"那位先生如何称呼?"

"他自称松龄先生。"

胡掌柜长叹:"京城竟有如此有才华的写书先生,从前竟未有耳闻。"

"或许是才来京城的吧。"

"松龄先生为何不直接来书局?"

辛柚摇头:"松龄先生不愿让人知晓他的身份样貌,我向他保证不会泄露,他才把手稿交给我的。掌柜的不必想太多,书局有好故事发售最要紧。"

"东家说得是。"胡掌柜激动不已,转了一圈突然停住,"东家,那王生从窗户看到了什么?"

《画皮》的上半部就停在王生听了道士说他身绕邪气的话心生怀疑,悄悄回到书斋从窗户向内偷看那里,正断在让人挠心的地方。

"那就要等松龄先生的下半部书出来,才知道了。"

胡掌柜一听,如遭雷劈:"这让人怎么睡得着觉?!"

辛柚:"……"

小莲则悄悄地拍了拍胸脯。

还好,还好,她是姑娘的亲丫鬟!

一想到胡掌柜抓心挠肝的心情,小莲对他投以深深的同情。

胡掌柜却顾不得好奇后面的情节了,把手稿往怀中藏好,冲辛柚拱拱手:"小人这就去印书坊,安排刻板印刷!"

伙计刘舟一个人在大堂都快待睡着了,就见胡掌柜从侧间出来脚底生风地往后边去了。

掌柜的这是干吗去,他怎么感觉掌柜的像要飞起来了?

第六章　钓　鱼

胡掌柜脚底生风，手却死死地捂着胸口。

他可不能把手稿掉了！

"掌柜的，怎么走这么急啊？"赵管事见胡掌柜这个模样，纳闷儿地问道。

胡掌柜停下来，缓了缓道："没……没事。"

赵管事将视线落在胡掌柜捂着胸口的手上，不由得大惊："掌柜的，你心口疼？"

"谁心口疼了？"胡掌柜左右扫一眼，放低声音，"赵老弟，来，我给你看一样东西。"

印书坊有赵管事歇息的房间，二人进去后胡掌柜把手稿小心翼翼地拿出来："看看。"

"还神神秘秘的……"

赵管事伸出手，突然被胡掌柜拍了一下："小心点儿拿。"

"什么宝贝，这么在意？"赵管事不以为然，等看进去后眼神就变了。

时间有点儿久，胡掌柜等得焦灼，整个人又很兴奋，终于忍不住催促："看完了没？看完了没？"

"别说话。"赵管事目光不离书稿，伸手精准地捂住胡掌柜的嘴。

这要换了平时，胡掌柜就开骂了，但想想自己看书稿时的心情，他忍了。

终于等到赵管事看完，胡掌柜目露期待之色："如何？"

赵管事拍案而起："后面的呢？"

胡掌柜呵呵笑了："没了。"

看赵管事这样的反应，他就知道没问题了。老赵不是那么爱看话本子的人，就连平安先生的书，也就爱看个《牡丹记》。

"没了？怎么能没了？那王生从窗子看到的到底是人是鬼啊？"赵管事完全无法接

受故事不但没完，还停在了关键之处的残酷事实。

"是人是鬼只能等下部书出来才知道了。你就说东家买的这份书稿如何？"

"这是东家买来的？"赵管事震惊。

胡掌柜长叹："是啊。赵老弟，你说东家一个小姑娘怎么这么厉害呢？老哥我天天在书局守着，狗屁不通的故事看了上百本，也没发现一本像样的，东家出个门的工夫就能遇到惊才绝艳的写书先生。"

"人和人哪儿能一样呢，掌柜的你也没两万两买书局啊。"赵管事满脑子还想着那未完的故事，"这故事买得值，要快点儿把书印出来。"

"我找赵老弟就是商量这个。李力的事给咱们敲了警钟，这次刻印新书不能大意了，工匠只找身契在东家手中的，书稿要严防泄露……"

胡掌柜与赵管事商量起刻印的安排。

辛柚在前头书局，坐在胡掌柜的位置随意拿了本书翻看。

小莲小声对伙计道："刘舟，我觉得应该在这里放几把椅子，方便坐着读书。"

"那可不成，椅子放多了，蹭书看的人就多了。"

小莲撇嘴："一天都不见几个人进来，谁蹭书看啊？"

正说着，一个人走了进来。

小莲望过去，神情登时微妙。

伙计早就习惯了贺清宵时不时地出现在这里。贺大人不忙的时候，很喜欢来书局打发时间。

"贺大人来了。"伙计热情地迎上去。

贺清宵微微颔首，发现胡掌柜换成了辛柚，脚下一停。

辛柚把书放下，起身打招呼："贺大人。"

贺清宵点头回应，向着熟悉的那排书架走去。

青松书局的正厅很大，由于一排排书架遮挡，辛柚很快就看不见那道朱色身影。

小莲戳戳伙计，低声道："真有蹭书的呀。"

伙计一脸严肃之色："别瞎说，贺大人那叫蹭书吗？那是赏脸光临，我们书局蓬荜生辉。"

辛柚单手托腮，望着贺清宵所在的方向。

这位贺大人，好像很喜欢游记类的书籍。

随后她将视线收回，重新落回面前的书上。

看书的时光很慢也很快，辛柚沉浸在书中，发现上方有阴影落下。

她抬起头。

"贺大人要走了？"

贺清宵的话却出乎辛柚意料："寇姑娘有没有方便说话的地方？"

辛柚怔了一下，随后道："贺大人随我来。"

她直接把贺清宵领到了胡掌柜临时歇息的待客处，倒了一杯清茶递过去："贺大人喝茶。"

贺清宵道了谢，一手搭在茶杯上。

男子骨节分明的手指白皙如玉，眉眼在袅袅茶香的氤氲下显得越发迤逦。

辛柚很是好奇，这位贺大人要对自己说什么。

上次他提醒她书局买贵了。

贺清宵开门见山地道："听说前几日书局有人故意纵火。"

"是。"辛柚不动声色地回答，心中生出几分古怪之意。

贺大人总不会是因为好奇，专门找她这个东家来打听八卦消息吧？

"需不需要在下帮忙，查一下指使之人？"

这一下，辛柚是真的愣了，甚至不由自主地生出一个猜测：贺大人莫不是对她有想法？

当她看到那双清澈坦荡的眸子，这个猜测便烟消云散，只是疑惑更深。

贺大人是不是过于好心了？

"我当然希望查明指使工匠的幕后之人是谁，只是觉得太过麻烦贺大人了。"辛柚客气地道。

知道自己的话容易让人误会，贺清宵坦然解释："我常来书局看书，对纵火烧书之举十分厌恶。"

他希望青松书局能长久地开下去。

"如此，就麻烦贺大人了。"辛柚起身，大大方方地对贺清宵行了一礼。

李力被扭送官府后挨了一顿板子，因为纵火没有造成实质性伤害，只关上几个月就会被放出来，到现在官府也没查出什么。

辛柚不是逞能的人，自己一时做不到的事，有人愿意帮忙又没抱着不好的目的，她当然不会拒绝。

辛柚的反应让贺清宵不由得放松。

和爽快大方的人打交道，无疑是令人舒服的。

辛柚送贺清宵出去，正遇到匆匆过来的胡掌柜。

"东家——"看到贺清宵与辛柚一起从他临时歇息的屋子出来，胡掌柜眼睛都瞪圆了，"贺大人？"

贺清宵微微点头，抬脚走出了书局。

"掌柜的怎么这么急？"辛柚问。

她平静的模样让胡掌柜觉得自己太大惊小怪了，他忙把刻印新书的安排仔细禀报。

"就按掌柜的安排来。对了，咱们书局游记类的书多吗？"

"先前的老东家喜欢搜集游记，咱们书局倒是存了一些，因为不大好卖都收起来了，只摆了几本在外头。"

辛柚笑道："掌柜的多摆几本出来。"

对贺大人的帮助，她暂时回报不了什么，就先用书聊表谢意吧。

贺清宵再来时，就发现那排书架上多了好几本游记。

他是通透之人，略一琢磨便明白这是寇姑娘借这些书表示谢意。

贺清宵默默地领了这份谢礼，回头便交代手下，加快查找幕后主使。

这时候，加印的《牡丹记》终于完工，被摆上了书架。

雅心书局的古掌柜听说后，大笑几声，对伙计道："不必再理会了。"

他还以为青松书局换了新东家有可能起死回生，原来都是瞎折腾，他们实在没新书出又把《牡丹记》加印了，亏他还关注了这些天。

如果说古掌柜对先前的青松书局是不放在眼里，现在就是不屑一顾了。

平安先生新出的《蝶仙》已经售空了，后边正在加印，但印好后古掌柜也不打算立刻售卖。按照古掌柜的安排，再等两三个月上架，读者又是一番火爆抢购。

至于青松书局，在古掌柜看来能不能撑到那时候都难说。

就在这时，青松书局又贴出了告示。因有先前告示的轰动，这里很快就聚了一群看告示的人。

"呀，竟然已经买到了！"

"什么？买到了？真的花了五百两？"

"是吧，告示上写着买了松龄先生的书稿。"

"松龄先生？没听说过。"

…………

古掌柜站在雅心书局门口看了看，嗤笑一声，转身进了书局。

胡掌柜有些不解："东家，为何不等新书出售那日再贴告示呢，到时这些人中定有不少人好奇买来一看。"

"从第一次张贴告示到新书开售，时间间隔太久，被人说多了会给人造成咱们书局言而无信的印象，中途出这么一个告示刚刚好。"

"还是东家考虑周到。"

青松书局花五百两买了一个默默无闻的写书先生的故事，这个消息再一次被迅速传开。

不知多少想赚这笔银子的人扼腕叹息，有那脾气急的见到先前到处宣扬青松书局五百两买故事是骗局的落魄书生，抡起拳头就给了几下。

都怪这厮误我赚钱！

伙计刘舟听说后眉开眼笑地告诉了胡掌柜。

"真是解气啊！"

胡掌柜淡然地摸了摸胡须："早就说了，东家不是一般人。先前不让我们与那穷酸书生计较，果然就应在了今日。"

在国子监读书的段云朗听了同窗议论后，第一反应却是担心。

表妹竟然真的花了五百两买一个故事，书局生意又不好，那两千两岂不是要花没了？

想想不放心，段云朗趁着午饭的时候溜了出去。

"二表哥没在读书？"辛柚见到段云朗，问了一句。

"午休呢。青表妹，你真花五百两买了个故事？"

"嗯。"

"京城故事写得好的先生我都知道，那个什么松龄先生没听说过啊，表妹你可不要被人骗了。"

"二表哥放心，那是一个好故事，值这个价钱。"

"那就行。表妹你的钱是不是快花完了？"

辛柚实话实说："眼下还在开始阶段，确实入不敷出。"

"我就知道。初一不是马上就到了，等回去你再找祖母拿点儿。"

辛柚忍不住笑了："二表哥说得简单，才拿了两千两，外祖母不会再给的。"

段云朗咧嘴一笑："我帮你啊。表妹看出来了吧，祖母在小辈面前还是挺要面子的，到时候咱们打配合，多了不说，一千两应该能要到。"

"算了，总是要钱，外祖母会觉得我不懂事。"辛柚拒绝了段云朗的提议。

一千两、两千两这么要下去，她要到老恐怕都要不回寇青青那百万家财的六成。她还是先等等，到时候一次多要点儿。

"本来就是你的钱。不过表妹你还没出阁，祖母不放心交给你打理也正常。"

"二表哥说得是。"辛柚看出来段云朗是个心思单纯的，自然也不会多说什么，"表哥快回去读书吧。"

"行，那我回国子监了。"段云朗刚要往外走，就见贺清宵走了进来。

"贺大人来了。"辛柚招呼一声。

贺清宵点头回应，走向书架，背后少年清朗的声音传来："青表妹，你送送我呗。"

辛柚见段云朗使眼色，明白这是有话说，默默地送他出了书局。

段云朗飞快地瞥了书局门口一眼，小声道："那位贺大人，表妹你可别和他走近了。"

"怎么了？"

"他是锦麟卫，得罪不起，名声还不好。"

辛柚本可以敷衍过去，却没这么做："但我上次出事是贺大人救了我。"

段云朗吃了一惊："救表妹的竟然是贺大人？怎么没听家里提起？"

辛柚弯唇，似笑非笑："大概是因为贺大人是锦麟卫，得罪不起，名声还不好。"

段云朗再迟钝也回过味来："表妹，你是不是还在生家里的气？"

"二表哥想多了，快回去读书吧，当心今年留级。"

辛柚提到学业，段云朗登时忘了其他，拉着脸走了。

辛柚回到书局，准备去一趟东院，被贺清宵叫住。

"前几日与寇姑娘说的事，有眉目了。"

辛柚再次请贺清宵去了侧间说话。

"查出指使李力的人了？"

贺清宵颔首，略微沉默留给辛柚做好心理准备的时间，道出一个完全想不到的人："是乔太太的娘家侄女，乔若竹。"

辛柚结结实实地吃了一惊。

这位到目前她只从小莲口中听说过的乔姑娘，竟然是指使李力纵火的人，这也太出乎意料了。

"买通李力的是乔若竹的婢女，因为女扮男装给调查造成不小的难度。"

"我与乔姑娘久无交集，她这么做是为姑母出气？"

贺清宵直言："比起替姑母出气，我觉得对方的目的更可能是让寇姑娘的书局开不下去。其实在寇姑娘不知道的情况下，乔若竹曾多次来过青松书局附近。"

也是这样，乔若竹才进入了锦麟卫的视线。不然锦麟卫又不是神仙，在李力说不出对方身份来历的情况下想要找到人哪儿有那么容易？

"是我疏忽了，竟没留意。"辛柚面上一派平静之色，"贺大人，乔姑娘知道自己被调查了吗？"

"因是一位姑娘，查到后没有惊动她，只让相关人员在供词上按了手印。之后如何做，锦麟卫不方便插手，寇姑娘自行斟酌。"

贺清宵说着，把一份供词交到辛柚手中。

辛柚看过供词，招认的竟是乔若竹的车夫。

"也就是说，车夫是偷偷招认的，乔家还无人知晓？"

贺清宵一笑："他应该不会傻到主动暴露。"

"我知道了，多谢贺大人。"

"寇姑娘不必客气。"贺清宵顿了一下，唇边的笑多了几分真切之意，"希望寇姑娘的书局生意兴隆。"

辛柚扬唇："不会让贺大人失望。"

许是少女自信的神采太盛，贺清宵竟恍了一下神，才一脸平静地离开了书局。

"小莲，乔姑娘是怎么样的一个人？"

"乔姑娘啊，嘴甜能说，很活泼。"小莲说起乔若竹，一脸愤怒之色，"没想到她竟是这种人，果然与乔太太是亲姑侄！"

"书局开不下去，于她有什么好处？"

与辛柚对乔若竹毫无了解不同，小莲略一琢磨，有了猜测："婢子觉得，她是见您买了国子监附近的书局，以为您想近水楼台先得月，与大公子多接触。"

"原来如此。"辛柚恍然。

小莲眨眨眼："姑娘，贺大人为什么这么帮您啊？"

辛柚认真想了想："可能是想一直有地方看书？"

小莲："……"她明明想打趣姑娘几句，可姑娘说的这个理由也太合理了！

"去帮我约一下乔姑娘，在书局附近的茶楼见面。"

"姑娘要与她见面？"小莲吃了一惊。

辛柚摸了摸衣袖，袖中放着贺清宵给她的供词："有的人出手失利会知难而退，也有的人出手失利会再动脑筋。为了避免没必要的麻烦，还是说清楚比较好。去帮我约乔姑娘吧。"

小莲领命而去。

乔若竹接到婢女递来的帖子，大为意外。

寇青青竟然约她在茶楼见面。

以前她有时会去少卿府小住，与寇青青虽有来往，却没玩到一起过。这个时候寇青青约她见面是为什么？

莫不是寇青青见她与表哥没了在一起的可能，特意来看她笑话的？

乔若竹没有往指使李力纵火这方面想。在她看来，就算李力被抓，再怎么招供也查不到乔装成男子的婢女身上。

"姑娘，我看寇姑娘来者不善，您还是别理会了。"

"不，我倒要看看她想做什么。"

尽管辛柚开书局的事让不少人觉得这位少卿府的表姑娘不是那么循规蹈矩，可在乔若竹的印象里，对方还是那个畏畏缩缩、小家子气的人。

对这样的寇青青，她从心理上就有着优越感。

二人见面时，已近傍晚。

茶香弥漫，雅室清幽，乔若竹以审视的目光打量着辛柚，主动开口："先前听说寇姑娘失忆了，一直想去探望，不料后来出了那么多事。寇姑娘是恢复记忆，想起我了吗？"

辛柚捧着茶盏，语气淡淡地说："与乔姑娘有关的记忆，还没有恢复。"

"那寇姑娘今日约我见面，是为了什么？"乔若竹的语气并不客气。

段、乔两家闹成了这样，她没有和寇青青装好姐妹的必要。

辛柚垂眸啜了一口茶，不疾不徐地问："前些日子，我们书局有一个叫李力的工匠蓄意纵火被扭送官府，乔姑娘可听说了？"

乔若竹的瞳孔一缩，她一瞬间绷紧了身体："没听说。我又不似寇姑娘这般出来开书局，整日在家里哪儿会听说这些？"

"整日在家里吗？"辛柚一手放在桌面上，随意敲击两下，"可有人看到乔姑娘经常在我们书局附近出现呢。"

乔若竹猛然起身："你听谁说的？"

辛柚微笑着，没有回答。

乔若竹重新坐下，前倾身体，紧紧盯着辛柚的眼睛："你今日约我来，到底是什么意思？"

"我想劝乔姑娘几句。"

"劝什么？"

"趁还没到乔太太那样无可挽回的地步，乔姑娘收手吧。"

乔若竹脸色大变："你在说什么？我听不懂！"

辛柚看着死鸭子嘴硬的少女，在心里叹了口气，语气中甚至带了几分温和之意："不管乔姑娘承不承认，总之我知道指使李力纵火的是谁了。好在纵火未遂，对我没什么损失，这一次我也不打算深究。但要是再有下一次，那我就不会当没发生过了……"

乔若竹听着辛柚的话，面上的神情有震惊、有恐惧、有愤怒，最后是疑惑："你既然认定是我，又为何对我说这些？"

"因为我觉得，这种仇怨结得毫无意义。乔太太有杀我之心，也因此被休，别说我失去记忆，就于情感上大表哥对我来说已成了彻底的陌生人，便是对他有意，我也绝不会与想要我性命之人的儿子在一起。"

说到这里，辛柚深深地看了乔若竹一眼，语气淡淡地说："正如乔姑娘，因姑母被休而断了与大表哥的缘分一样。你我都是不会再与段云辰有牵扯的人，又何必因为一个注定成为其他女子夫君的男人，争来斗去，变得丑陋不堪呢？"

乔若竹一下子无话可说，怔怔地望着面前神色平和的少女。

"言尽于此，乔姑娘好生思量。"辛柚放下茶盏，起身走出了雅室。

乔若竹的婢女在外边等了许久不见自家姑娘出来，轻轻地推门走进去，见到的是失了魂般的乔若竹。

"姑娘。"

乔若竹缓缓地转了转眼睛，冰凉的手用力抓住婢女手腕，却虚脱般使不上力气。

"回家。"

婢女见乔若竹如此，不敢多问，扶着她走出茶楼。

天还是亮的，彩云在天际铺展，美不胜收。

乔若竹脚步虚浮，一步步走向停在路边的马车。

"竹表妹？"一道温润的声音从背后传来。

乔若竹猛地顿住，要回头的那一刻耳边突然响起辛柚的那番话："……你我都是不会再与段云辰有牵扯的人……"

她抹了一把泪，如逃命般钻进了车中。

这是乔氏被休后段云辰第一次与乔若竹见面，本来他还犹豫着该说什么，见乔若竹头也不回地上了马车不由得忘了顾虑，下意识地追了几步。

"竹表妹——"

眼见乔若竹进了车中，段云辰只好问婢女："连夏，你们姑娘怎么了？"

婢女并不知道雅室中发生了什么，只能说："寇姑娘约了我家姑娘见面，也不知道说了什么……"

车中传来乔若竹的声音："走！"

段云辰还没来得及问清楚，那马车就驶远了。

段云辰望着远去的马车，想到婢女的话。

青表妹约了竹表妹见面？

他四顾，看到了青旗招展的茶楼。

青表妹为何约竹表妹见面，她们见面后又发生了什么？

段云辰一直回避这位姑家表妹，可看着伤心离去的乔若竹，略一犹豫还是抬脚去了青松书局。

书局中安安静静的，连掌柜都不见，只有一个伙计在发呆。

听到动静，伙计忙迎上来热情招呼。

"我找你们东家，我是她表哥。"

"哦，您稍等。"伙计一边去禀报一边在心里嘀咕，今天怎么这么多表哥来找东家？

"表哥来找我？"辛柚听了伙计禀报，第一反应来人是段云朗。

伙计紧跟着道："和先前来的不是一个人。"

那就是段云辰了。

辛柚抬脚去了前边。

段云辰等待的时间并不长，听到脚步声转身，喊了一声"青表妹"。

"大表哥有事找我？"

段云辰点头。

"那大表哥来这边说吧。"辛柚走向书架尽头。

段云辰默默地跟上。

守住门口的伙计摸了摸下巴。

东家好像不太待见这位表哥的样子。

"大表哥请说吧。"辛柚站定，背靠着书架。

段云辰是聪敏之人，轻易地便从辛柚的姿态中看出了防备，而这在他看来正是心虚。

微微沉默，段云辰问："青表妹约竹表妹见面了？"

辛柚扬了一下眉梢，点点头。

"不知是什么事见面……"

辛柚语气冷淡地打断段云辰的话："大表哥不觉得这个问题有些冒犯吗？如果你与一个人见面，我问你们见面做了什么，大表哥如何想？"

段云辰一滞，面上有了薄怒之色："若只是正常来往，我当然不会多嘴，可竹表妹是哭着走的。青表妹，母亲确实做了对不住你的事，可这些与竹表妹无关，你若心中有气可以找我说……"

辛柚静静地听着，等段云辰说完，唇边挂了讥笑："原来大表哥觉得我欺负了乔姑娘，来找我算账了。"

"青表妹不要说得这么难听……"

辛柚弯唇："那大表哥跑过来说这些话，不是算账是什么呢？"

段云辰尽量使语气温和些："我只是希望青表妹与竹表妹井水不犯河水，毕竟你们以后也不会有什么交集。"

说到这里，段云辰心头一痛，苦涩蔓延至眼中。

以后不会再有交集的，还有他与竹表妹。可人又不是冷冰冰的石头，有些情感哪儿是说斩断就能斩断的呢？

辛柚看出来了，原来段云辰与乔若竹还真是两情相悦。

"首先，我不会因为乔太太的行为迁怒不相干的人。再者，别人犯了我这井水，我也不会忍气吞声。大表哥看到乔若竹掉眼泪就断定我欺负她，会不会让人觉得你的书白读了，有那么一点儿蠢？"

段云辰震惊地望着轻启薄唇言辞犀利的少女，一时连生气都忘了。

面前的她与他印象中的青表妹完全不一样……失忆真的能让一个人改变这么大吗？

辛柚决定趁着这次机会说清楚。

"我失忆了，想不起以前如何了。坦白讲，大表哥对现在的我来说就是完全的陌生人，所以大表哥千万不要觉得我会因为你，或者乔太太，而刻意针对乔姑娘。"

段云辰一张俊脸浮现出尴尬之色。

辛柚看在眼里，微微地扯了扯唇角。

这位大表哥拔腿就来质问，何尝不是因为潜意识里知道寇青青心悦他，定会包容和忍受他的偏见呢？

只可惜，她是辛柚。

"我应该说得很明白了，大表哥请回吧。"

段云辰对上那双平静清澈的眼睛，尴尬瞬间更甚了，狼狈地离开了书局。

回东院的路上，小莲很是不平："大公子还有脸来问姑娘，怎么不说说乔姑娘做的恶心事。姑娘，您就不该替她瞒着！"

"就当给她一次机会吧。"辛柚淡淡地道。

有些错犯下就不能回头，比如乔氏，就算想回头，寇青青也活不过来了，没有任何人能替寇青青原谅她。

乔若竹也犯了错，不管是不是因为她的干预，最终并没造成严重后果，她不介意给对方一次回头的机会。

过了两三日贺清宵都没听说有关乔若竹的传闻，便明白这是寇姑娘有意放对方一马了。

一时间，贺清宵对开书局的寇姑娘有了新认知：除了寄人篱下的处境，大方坦率的性情,她还有些心善。

只不过有一个谜团,贺清宵觉得大概永远无法弄清了,就是第一次遇见她时,对方身上若有若无的尸臭味是从何而来?

对于与差事无关的事,贺清宵没有深究的习惯,甚至因为锦麟卫镇抚使这个职位,让他时刻提醒自己,不要养成这样可怕的习惯。

再次去青松书局发现又有新游记摆出来时,贺清宵心中冒出一个想法:等与寇姑娘再熟悉些,或许可以问问被她买走的那本游记能借他看看吗?

贺清宵离开书局后,伙计找胡掌柜聊天儿:"掌柜的,你有没有发现贺大人比以往来得勤了?"

胡掌柜点头:"以前就摆那么几本游记,现在足足有两排,贺大人可不就来得勤了?"

伙计后知后觉地产生了好奇:"那你以前怎么不多摆点儿?"

"你懂什么?"胡掌柜高深莫测地捋了捋胡须。

锦麟卫天天来逛书局,他们还做不做生意了?以前那个时间间隔正好。至于现在,东家那么能干的人都没说什么,那就没事。

扫一眼空荡荡的书局,胡掌柜咳了两声。

书局主要也是没生意,锦麟卫想影响也影响不了。

胡掌柜正自嘲,瞥见一人脚步迟疑地停在书局门口。

"石头,你在门口磨磨蹭蹭干什么呢?你娘好了吗?"

原来石头就是那日为了给母亲买药求胡掌柜预支工钱的少年。

石头听胡掌柜这么说,鼓起勇气走了进来。

"我娘好多了。掌柜的,我听说书局换了新东家。"

"嗯,还记得那日赠了你二两银子的姑娘吗?那就是咱们新东家。"

石头眼睛一亮,而后又被忐忑之色填满:"掌柜的,换了新东家,我还能继续在书局做事吗?"

叫石头的少年紧张地等着胡掌柜的回答。

"这要请示东家再说。"胡掌柜虽然觉得问题不大,却没有自作主张,打发伙计刘舟去请示辛柚。

辛柚对这少年还有印象,反正闲着无事,干脆去见见。

石头一见辛柚,就跪下磕了个头:"多亏了您赏的银钱,我娘没有断药,挺过来了……"

胡掌柜在一旁道:"东家,这孩子叫石头,他娘现在好多了,能离开人了,他想回来做事。您看……"

"石头,你先起来。"

石头非常听话地爬了起来,望着辛柚的眼神满是渴望与忐忑。

"我听掌柜的说,你之前在书局跟着师傅学刻板?"

辛柚闲话家常的语气令石头放松了些："是。"

"喜欢刻板吗？"

"喜欢……"

尽管石头很快就回答了，辛柚还是感觉到了少年的迟疑。她弯弯唇："其实现在需要一个招呼客人的伙计。"

小伙计刘舟错愕地望着辛柚，眼泪都快流下来了。

东家，您是要抛弃小人了吗？

石头也不由得看了刘舟一眼。

辛柚笑道："刘舟一个人忙不过来。"

一听这话，刘舟狠狠地松口气，连连点头："没错，我一个人忙不过来！"

胡掌柜："……"他这不是睁眼说瞎话吗？

"只要东家要我，让我干什么都行。"石头立刻表态。

"那你以后就和刘舟一起招呼客人，工钱比照刘舟的八成拿，三个月后做得好，就与刘舟一样。"

"多谢东家，多谢东家！"

石头又想跪下磕头，辛柚摆手阻止："掌柜的，你交代一下石头要注意的事。"

等辛柚一走，胡掌柜就仔细交代起来，特意强调一点："看到那架子上的《牡丹记》了吗？如果有人来买，尽可能弄清对方的身份，来买的若是女子，只要东家在书局，就第一时间去禀报她。"

石头虽觉这个要求很古怪，却一个字都没问："掌柜的你放心，我都记下了。"

胡掌柜露出欣慰的笑容："别看咱们东家年轻，却不是一般人。石头啊，你是个机灵的，以后用心做事，前程差不了的。"

一旁的刘舟默默地翻了个白眼。

又来了又来了，掌柜的天天说东家不是一般人，他再问掌柜的就说不能告诉你。哼，他还知道东家不是一般人呢，一般人买书局能赚一万两差价吗？

等到私下，石头向刘舟请教："刘哥，遇到买《牡丹记》的客人，你是怎么打听对方身份的？"

"这个嘛——"面对少年充满求知欲的眼神，刘舟拍了他脑袋一下，"没看《牡丹记》上面落了一层灰，哪儿来的客人？"

《牡丹记》是大卖的书不假，可也正是因此，当初几乎人手一本，现在平安先生的《灵狐记》《蝶仙》都出来了，谁还买《牡丹记》啊？好些人买新书手头还紧巴巴呢。

依他看，这加印的《牡丹记》是要砸手里了，他们还是指望印书坊正在忙活的新书吧。

对于要出的新书，除了看过上半部全部内容的胡掌柜与赵管事，书局其他人都心中没底，书局的冷清让他们有种随时要喝西北风的焦虑感。

一个普普通通的上午，一张普普通通的告示往青松书局外普普通通的墙壁上一贴，很快就吸引了不少人围观。

不奇怪，谁让青松书局两次贴告示都有稀奇的消息呢。

"哟，有新话本发售了。《画皮》？这名字好古怪，是什么意思啊？"

再往下看，那人不禁念出声："绝色女子是人是鬼？是世人艳羡的绝美情缘，还是命中注定的情路劫难？答案尽在《画皮》……"

"咦，这听着有点儿吸引人啊。"一名书生打扮的青年嘴里说着，腿不由自主地迈进了青松书局。

"呵，这松龄先生寂寂无名，真能写出好故事来？"质疑作者的人皱眉嘀咕着，也走向青松书局。

"哎，不是说写书先生没名气，不靠谱儿吗？"

那人轻咳一声："说是这么说，但这告示上写的还有点儿意思，反正就几百文，买来随便翻翻呗。"

问话的人露出了酸溜溜的眼神。

他明白了，这厮不差钱。

也有一部分特别喜欢看话本子但手头不宽裕的，知道对面书局的《蝶仙》过段时间要加售，没赶上第一拨，决定还是把铜板捏紧了。

饶是如此，陆续走进来的买书人也足以令胡掌柜热泪盈眶了。

"东家，您是怎么想到在告示上写那些的？效果也太好了！"

明明告示上写的与读后的感受有十万八千里的差别，胡掌柜仔细一想，好像又都对，不用担心买了话本的人看完后往书局大门上砸臭鸡蛋。

辛柚笑而不语。

她实在不好意思自夸，都是从小听娘亲讲故事养成的习惯。一开始娘亲为了勾起她听故事的好奇心，这些词信手拈来，久而久之她也会了。

娘亲曾说，她的家乡很远很远，是回不去的那么远。她也不知那是什么样的地方，会有那么多有趣的人，有趣的故事。

国子监里，段云朗正游说同窗。

"今日青松书局新话本开售，去看看啊。"

"不了吧，我不觉得一个听都没听说过的写书先生能写出多好看的故事。浪费钱不说，还要耽误午休时间。"

"雅心书局的《蝶仙》当时没赶上买，听说也快要加售了，还是到时候买《蝶仙》吧。"

"就当给小弟一个面子，给我表妹捧捧场。"段云朗冲同窗团团作揖。

他昨日见到青表妹，无意间听说今日会发售新话本，那怎么也要支持一下。

唉，天天亏钱的表妹太可怜了。

一个生着凤目的少年听段云朗这么说，不由得笑了："你早这么说不就得了，走吧。"

不管青松书局的新话本好不好看，朋友的面子他们还是要给几分的。

段云朗和几个同窗往外走，途中遇到人询问，仗着脸皮厚把人叫到队伍中，等到走出国子监时，浩浩荡荡的队伍竟有十几人了。

看着人头攒动的青松书局，凤目少年表情古怪："云朗，令妹似乎不太需要专门捧场的样子。"

段云朗缓缓地扶了扶下巴。

"生意看起来不错啊。"一个同窗好奇地凑过去，念起告示上的宣传语，"绝色女子……"

"绝色女子"四个字立刻让跟着段云朗过来的学生们心动了。

正是十几二十来岁的少年，谁不想看绝色女子的故事呢？倘若这绝色女子是个鬼啊、妖啊之类的，那他们就更想看了。

十几个学生当即拥进了青松书局。

"贵客们当心踩着，一个一个结账啊。"刘舟手脚麻利递书收钱，那叫一个眉飞色舞。

一旁的石头虽然年纪小，人却机灵，忙起来也不见乱。

两个伙计偶尔对视，心中皆想：东家说得果然没错，一个伙计忙不过来啊。

胡掌柜看着书局里的热闹场景，又是激动，又是担心。

激动的是新话本开售第一日的生意远比他预料中要好，担心的是后续到底卖得怎么样，就要看这第一拨买的人看过之后觉得如何了。

等到书局晚上关门，胡掌柜算完这一日一共卖出去多少本《画皮》，拱手向辛柚报喜。

"还不错。"辛柚淡然地点头，从袖中抽出一本书稿递了过去。

"这是——？"胡掌柜翻开后眼睛一亮，"《画皮》的下半部？"

"对，掌柜的看看如何？"

其实不用辛柚说，胡掌柜已经迫不及待地读起来。

天知道这些日子他是怎么抓心挠肝的，他甚至有一日做梦还梦到自己成了王生，扒着书斋的窗户往里看。可惜他还没看到窗户里是什么，梦就醒了。

那一刻他深深地意识到一点：作为一个爱看话本子的人，最痛苦的是什么？那就是话本子好看，却没完结！

接下来辛柚就旁观到了胡掌柜的各种表情，时而恐惧、时而震惊、时而感慨……她从没想过老掌柜表情能这么丰富。

见胡掌柜翻到了最后一页，辛柚问："掌柜的觉得如何，可保持了上半部的水准？"

胡掌柜猛拍桌子："何止保持了上半部的水准啊，这下半部情节恐怖曲折，结局不落俗套，又吸引人，又有警示作用，可谓神书啊！"

这么高的评价令辛柚弯了唇:"既然掌柜的也觉得好,那就安排刻印吧。"

"现在?"胡掌柜愣了一下。

"一本书从刻板到成书所需时日不短,现在开始安排,等《画皮》上部卖得差不多了,空上一段时间正好推出下部。"

胡掌柜面露迟疑之色:"东家时间上的安排确实合适……"

"那掌柜的觉得哪里有问题,我们可以商量。"

"小人只是有些担心咱们的银钱会不会紧张,等《画皮》上部卖得差不多了,回笼一些本钱再刻印下部更稳妥……"

辛柚莞尔:"掌柜的对《画皮》还不够有信心吗?"

胡掌柜其实对《画皮》很有信心,可书局冷清了这么久,他不得不谨慎,不敢把步子迈得太大。

辛柚理解胡掌柜的心态,笑道:"掌柜的尽管安排下去,不必担心钱不够,钱我这里有。"

做生意稳扎稳打没错,但她需要尽快扭转青松书局门可罗雀的局面。登门的客人多了,她找到那本《牡丹记》主人的可能性才会更高。

想着那本染血的《牡丹记》,辛柚眼神一黯。

她孤身来到京城,想要的从来不是风生水起地做生意,而是找到杀害娘亲的凶手。

辛柚这话给胡掌柜吃了一颗定心丸:"既然银钱上没问题,小人这就安排下去。"

国子监的一间号房中,住着包括段云朗在内的四个学生,此时正人手一本《画皮》随意翻看,权当熄灯前打发时间了。

没办法,国子监管理严格,话本虽是白日买来的,他们却只有这个时间才能看,不然让师长发现读闲书要打他们手心的。

一开始四个人还有一句没一句地聊着,渐渐地就没有声音了。

不知过了多久,熄灯的铃声响起,凤目少年懊恼地骂了一句:"该死,还没看完!"

另一人也道:"我也没看完!"

看到结尾的段云朗更难受:"啊啊啊,这话本子没写完!"

外面传来巡视监吏的声音:"熄灯,勿大声喧哗!"

各号房的灯火陆续熄了,看了《画皮》的监生都睡不着。

"孟斐,别凑窗口看书,被发现了我们都要挨板子。"

名叫孟斐的凤目少年目光粘在话本上一动不动:"就一点儿了,让我借亮看完。"

段云朗仰面盯着屋顶,重重叹气:"完了,睡不着了,好想知道后面发生了什么。"

"可不是,谁能告诉我那王生到底看到了什么啊?"

孟斐突然想起来:"云朗,你表妹身为东家,应该知道后面发生了什么吧?"

"我表妹又不是松龄先生。"

"但她要出松龄先生的故事，肯定问过啊。换你看了一半能忍住不问？"

段云朗摇头。

那必须不能啊，他恨不得现在就去问表妹！

于是第二日到了能出国子监的时间，段云朗肩负着同窗们的厚望，跑去了青松书局。

"二表哥想知道后面的情节？"辛柚一口拒绝，"不能说。"

若不是想到男女有别，段云朗恨不得扑到辛柚身上："表妹，求求你了，你忍心看我吃不香睡不着吗？"

辛柚不为所动："那也不行。世上没有不透风的墙，二表哥知道了下半部的内容，会不会对同窗说？同窗会不会对旁人说？一传十，十传百，那下半部还怎么卖呢？说不定还被别的书局钻了空子，抢先印出来卖，到时我不是要亏惨了。"

段云朗一听，拍了拍额头："都怪我太想知道后面的内容，一时糊涂了。"

辛柚笑了："二表哥别急，过段时间下部就出来了。"

回到国子监，段云朗摊摊手，表示没问到。

同窗一听，表示理解。

他们确实不能害人家书局生意受影响。

"不行。"孟斐摸了摸下巴，"不能只让我们难受，把《画皮》拿给其他同窗看看，大家一起难受。"

段云朗忙提醒："不能让他们把上部都看完啊，只给看两章，再想看就自个儿去我表妹的书局买。"

几个同窗齐齐投以鄙视的眼神。

他真会给表妹拉生意啊！

但不得不说，孟斐与段云朗合起来的这一招儿十分管用，晚上多了许多睡不着的同窗不说，转日青松书局的门槛险些被国子监的学生踩破了。

贺清宵不过是忙了个案子，再腾出空去青松书局，就发现书局已经大变样。

本来冷冷清清能让他安静看书的好地方，现在人头攒动，好不热闹。

贺清宵一时以为走错了，转头看向对面，看到的是雅心书局门口孤零零站着的古掌柜。

他没走错，确实是青松书局的生意好起来了。

贺清宵本不想凑这个热闹，转身欲走时听到进出书局的人讨论，才知道青松书局的新话本《画皮》开始售卖了。

贺清宵并不喜欢读话本故事，可想到那个无论面对什么都淡然处之的少女，决定买上一本，权当捧场。

贺清宵排在了这拨来买话本的队尾，轮到他结账时伙计刘舟还以为眼花了。

"贺大人，您要买这本书？"刘舟担心他拿错了，忍不住确认。

"嗯。"

"哦,哦,您拿好。"

等贺清宵走出书局,刘舟蹿到胡掌柜面前:"掌柜的,今儿个真稀奇,贺大人买了《画皮》!"

胡掌柜瞥小伙计一眼,一脸淡定之色:"稳重点儿,贺大人买本《画皮》怎么了?"

刘舟默默地望天。

也没怎么,就是他头一次见到贺大人掏钱买书。

要不是人家那么大一个锦麟卫镇抚使,还是个侯爷,他会忍不住怀疑贺大人穷得揭不开锅了。

这时胡掌柜突然喊了一声"少东家"。

门口走进来一个青年,正是青松书局的原东家沈宁。

沈宁轻摇折扇,纠正胡掌柜的话:"我可不是什么少东家了。掌柜的,以后叫我沈公子。"

嗯,以后他就是纯粹的喜欢看话本子的人。什么立场,什么骨气,都和他没关系,哪家书局的话本好看他就能大大方方地买哪家的。

"沈……公子。"胡掌柜适应了一下新称呼,"您是来买《画皮》吗?"

"早打发人来买过了。掌柜的,今日我过来是想悄悄地问问,《画皮》的下部有了吗?"

"已经在刻板了。"

沈宁的眼睛猛地亮了:"掌柜的,那你一定看过后面的内容了吧?快给我讲讲……"

胡掌柜毫不犹豫地拒绝:"这个要保密的。"

"掌柜的,你不能这么无情啊!"

这一刻,沈宁第一次为卖了书局而感到后悔。他要还是青松书局的东家,那不是想怎么看就怎么看,就算松龄先生没写完都不怕,把松龄先生往屋子里一关,写不完不给吃饭!

听了前东家的碎碎念,胡掌柜用事实给了他无情一击:"松龄先生是东家挖掘的。"

没有东家千金买马骨,哪儿来的松龄先生这样的千里马呢?

"确实,你们新东家不一般啊。"沈宁撂下这句话,带着遗憾离开了书局。

胡掌柜茫然了一下。莫非沈公子也知道东家懂相术了?

偏偏刘舟还附和了沈宁一声,胡掌柜终于起了疑心:"你说说,东家哪里不一般?"

"掌柜的不也说东家不一般嘛。"

掌柜与伙计对视。

"要不都说说?"

亲掌柜与亲伙计有什么不能说的呢。

刘舟先说出来："其实东家买咱们书局只花了一万两……"

什么？东家和沈公子合伙忽悠家里，互利互惠，赚了一万两差价？

胡掌柜听得眼睛都直了，最后想到一点：难怪东家说让他放心大胆地刻印，不差钱。

等胡掌柜也说出了秘密，刘舟同样直了眼。

东家竟然懂相术！

他也想到一点："掌柜的，你说松龄先生是不是东家用相术发现的？东家一看松龄先生的面相，就算出他注定要成为故事大家？"

哟——这小子说得有道理！

交换了秘密的掌柜与伙计再看到辛柚，眼神就更热烈了。

他们跟着东家的脚步走，书局前途无量啊！

辛柚一脸莫名其妙地看着他们。

她怎么觉得胡掌柜和刘舟看她的眼神和小莲有点儿像了呢？

与青松书局上下的喜气洋洋不同，对面雅心书局气氛就不怎么样了。

"对面买《画皮》的人就没断过，就连那位贺大人，手里都拿着一本《画皮》出来了。"

听了伙计的汇报，古掌柜脸色阴沉。

他又不瞎，对面什么情况能看不到吗？

这样下去不行。

"去把加印的《蝶仙》摆出来。"

有了古掌柜吩咐，伙计把本该再过一段时日才会加售的《蝶仙》提前摆了出来，甚至还学青松书局那样，也在外边墙壁上贴了一个告示。

"《蝶仙》加售了？可惜了，本来留着买《蝶仙》的钱，听他们说《画皮》如何如何好看，没忍住买了《画皮》……"

"我也是。"

"啊，我也是。"

"别可惜了，我听两个话本都买过的朋友说了，《画皮》比《蝶仙》好看多了……"

"真的？"

"咱们常买话本的人，能在这上面瞎说吗？"

"那我这就去买《画皮》，之前差点儿没忍住，想留着钱买《蝶仙》的……"

古掌柜看告示前围了不少人暗自高兴，可很快就见看完告示的人不但没进他们书局，反而奔着青松书局去了，等出来时，手里拿的赫然就是《画皮》。

"这是为什么？"遭受巨大打击的古掌柜喃喃。

他不懂，不理解，不明白！

可有一点古掌柜是清楚的，雅心书局若不拿出应对之策，那就完了。

思来想去，古掌柜还是拿不定主意，不得不去请示东家。

雅心书局的东家是一位与沈宁差不多大的青年，看起来要比沈宁靠谱儿得多。

听了古掌柜的禀报，男子冷冷地一笑："掌柜的不要乱了阵脚。青松书局搞了这么多名堂，又趁着咱们书局刚出过新书的时间开售，人们难免图个新鲜，《画皮》下部还不一定如何。咱们多出些银钱请平安先生抓紧写一部新书，以平安先生的声势还能被一个寂寂无名的写书先生比下去？"

"东家说得是。"古掌柜当即请来平安先生，催他写新书。

平安先生才写出《蝶仙》不久，正是脑中空空之时，原想好好休息几个月的，却还是抵不住雅心书局的高价诱惑，绞尽脑汁地写起来。

雅心书局的新动作没有声张，一时间京城议论的都是青松书局的新话本，甚至不少茶楼的说书先生开始讲《画皮》了。

去青松书局买《画皮》的人络绎不绝，而架上落尘的《牡丹记》在这日终于等来了光顾之人。

在放置《牡丹记》的书架前停留的是一位少女，一副小家碧玉的打扮，发现《牡丹记》时一脸惊讶之色。

"咦，不是说不再版了吗？竟然还有售。"

刘舟给石头使了个眼色，上前招呼客人，石头则悄悄离开大厅，飞奔去禀报辛柚。

"姑娘喜欢《牡丹记》吗？"

看着走过来的伙计，少女点点头："是啊，几个月前我来贵书局想买一本《牡丹记》的，结果却说卖没了，没想到今日又有了。"

刘舟笑着："是我们东家要加印的。"

"原来如此。"少女拿起《牡丹记》走到柜台处，"结账吧。"

刘舟扫了后门一眼，有些急。

这姑娘买东西太利落了，东家再不来，人就要走了。

"姑娘不再买本《画皮》？《画皮》是我们书局新推出的话本，可好看了，买的人特别多……"

少女心道这伙计话好多，淡淡地道："下次吧，《牡丹记》多少钱？"

她说着，去掏荷包。

"四……四两银子！"刘舟硬生生地改口，把四百文说成了四两银。

"多少？"少女将声音陡然拔高，满是气愤之意，"你们书局抢钱不成？《牡丹记》新出来时才只要四百文！"

她只带了几百文，本来是听说《画皮》好看来买《画皮》的，意外发现有《牡丹记》卖，这才临时改了主意。

"我从没听说一个话本子能卖四两银子，还是再版的！"少女一抹《牡丹记》封面上的灰尘，更气了，"落了这么多灰，这是好不容易碰上买主儿，把人当冤大头呢？！"

辛柚赶过来时，就听到了少女脆生生的质问。

"怎么了？"

见辛柚来了，刘舟暗暗松口气，忙喊了声东家，心道，您再不来，咱们书局黑店的名声可就要传出去了。

"你是这书局的东家？"少女看向辛柚。

辛柚笑着点头："我是。"

少女脸色不大好看："你们再版的《牡丹记》要四两银子？"

辛柚看了刘舟一眼。

刘舟赶紧道："小人一时口误，说错了，不是四两银子，是四百文。"

少女杏目圆睁："什么说错了，你就是想赚黑心钱！"

刘舟作势打了一下嘴巴："姑娘哟，小人真的是口误。"

"既是口误，你刚才为何不解释？"

"您一直在说，小人想等您说完再解释的。我们东家说了，客人说话时不许插嘴。"

少女并不怎么相信，冷哼一声，指了指《牡丹记》："四百文对吧，结账。"

辛柚阻止了刘舟收钱的动作，对少女歉然一笑："今日是我们伙计的失误破坏了姑娘的好心情，这本《牡丹记》就送给姑娘，算是我的赔礼了。"

少女意外地睁大了眼，忙拒绝："这怎么行？该是多少就是多少，我可不占这种便宜。"

辛柚把《牡丹记》塞入少女手中，笑吟吟地道："怎么是占便宜呢？四百文能买来好心情吗？姑娘把这本书收下，我这心里才过意得去。"

少女显然不太擅长这种拉扯，听辛柚这么说没再推辞，又觉得不好意思，于是道："我再买本《画皮》，哦，《画皮》多少钱？"

刘舟看了辛柚一眼，见她没有示意，就照实说了："三百文。"

少女暗暗松口气。

还好，她带够钱了。

京城话本的定价大多在两百文到五百文之间，具体价格与写书先生的名气以及话本页数有关。半部《画皮》售价三百文，是人们比较能接受的价格。

刘舟去拿《画皮》的工夫，辛柚貌似随意地问："我看姑娘也是爱看话本的，怎么当初没买《牡丹记》呢？"

同为女子的身份让少女不自觉地放松，笑道："早就买过了，这本是买来送人的，还要感谢东家的大方，直接送我了。"

四百文，对她这种零花钱有限的小家碧玉来说，不算少了。

辛柚顺势道："我姓寇，名青青，姑娘叫我名字就是。"

少女一听人家都报姓名了，没多想就报了名字："我叫纪采兰。"

"纪姑娘看起来与我差不多大。"

二人又自然而然地报了年龄，纪采兰要比辛柚大一岁。

辛柚笑道："纪姐姐，你身边有很多喜欢《牡丹记》的朋友啊？那可要帮我多宣传宣传。"

她指了指那排《牡丹记》,无奈地道:"我刚接手书局不懂事,加印了不少《牡丹记》,结果无人问津,架子上都落灰了。"

纪采兰不好意思地说:"我身边喜欢看话本子的朋友早就买过了,这本《牡丹记》是我买来送表妹的。表妹其实也有本《牡丹记》,可惜进京的路上弄丢了。"

辛柚听到这里,心头一跳。

她说进京的路上——

她要找的人,是纪采兰的表妹吗?

压下心头的疑问,辛柚还是闲聊的语气:"纪姐姐的表妹不是京城人吗?没想到《牡丹记》这么受欢迎,都卖到外地去了。"

纪采兰眼里有了几分自得之色:"当时《牡丹记》可抢手了,表妹那本也是我买来让人带给她的。"

"那以后纪姐姐带表妹一起来买话本,给你们打九折。"

"这怎么使得?"纪采兰忙摆手。

辛柚一笑:"我与纪姐姐一见如故,说话投机,纪姐姐可不要拒绝,再说薄利多销嘛。"

"那就谢谢寇妹妹了。"纪采兰只觉眼前的美貌少女十分顺眼,叹道,"可惜表妹脚伤还没好利落,不能和我一起来逛书局,不然能与寇妹妹交朋友,她肯定很高兴的。"

辛柚听着纪采兰的话,收在袖中的手用力地紧了紧,面上却半点儿不露:"没关系呀,平日我就在书局,纪姐姐你们以后有空随时来玩。哦,纪姐姐家离这儿远吗?"

"不算远,我家就在吉祥坊的猫儿胡同。"

打探得差不多了,辛柚没有再问,等纪采兰结了账,亲自送她出去。

刘舟用胳膊肘碰了碰石头。

"刘哥,怎么了?"

刘舟一脸佩服地望着书局门口:"石头啊,之前你问遇到买《牡丹记》的客人怎么打听对方身份,学到了吗?"

东家真是天生做生意的料啊!

辛柚定定地望着纪采兰离去的背影许久,才转身回了书局。

"东家——"

辛柚对刘舟笑了笑:"做得不错,这个月给你和石头发赏钱。"

"多谢东家。"两个伙计齐声道谢。

辛柚回到东院,独自坐在里屋的床榻上,把那本染血的《牡丹记》拿了出来。

春天时,娘亲救了一个女孩儿。那是一个随家人进京的女孩儿,路上意外摔出马车,断了腿。

娘亲恰好遇上了,出手相救,等那女孩儿乘车离开,见地上落了一本书就带回了家。

那本书便是《牡丹记》。娘亲把《牡丹记》拿给她看,笑说原来如今京城受人追捧的是这样的故事,并随口提起了救助女孩儿的事。

她随手翻了翻,觉得不如娘亲讲的故事有意思,就没再留意。

那时的她与娘亲,都以为这不过是平静生活中一点点小涟漪,很快就没了痕迹。

没过多久的一日,她从外边回来,看到的却是满地尸体。

她的娘亲,做饭特别好吃的夏姨,每一季都会给她裁漂亮衣裳的燕姨,手把手教她武艺的蓝姨……全部遇难了。

她不知道为什么会发生这种事,祥和清静的山谷变成人间炼狱,她爱的人变成一具具冰冷的尸体。

她几乎到了崩溃的边缘时,看到了落在娘亲手边的《牡丹记》。

那本该在架子上的《牡丹记》出现在娘亲手边,理智回归也好,自我安慰也罢,她脑中瞬间有了一个猜测:娘亲是在提醒她这突如其来的惨祸与此书有关。

这个猜测或许只是她的自以为是,她却只能抓住这蛛丝马迹,抓住这哪怕只能查出杀害娘亲凶手的一丝线索。

于是她来到了京城。

纪采兰的表妹就是娘亲救助的那个女孩儿吗?

《牡丹记》的主人,她找到了?

一滴泪落下,砸在辛柚的手背上。

眼泪很凉,她却终于从春寒料峭、满目血腥的那一日走了出来,感受到了一丝属于这个季节的热度。

重新把《牡丹记》放好,辛柚喊来方嬷嬷。

"奶娘,有件事要麻烦你。"

"姑娘有什么吩咐?"方嬷嬷一听有事交代,第一反应是欣喜。

与大宅院里的错综复杂不同,书局东院总共就这几个人,还都是做粗活儿的,根本不需要怎么管教,这些日子她悠闲得和养老差不多,能帮姑娘多做些事可太好了。

"吉祥坊的猫儿胡同有一户姓纪的人家,这家的姑娘和我年岁相仿,名叫纪采兰。奶娘,我想让你去打听一下这家的情况,特别是纪采兰有一个从外地进京来的表妹,如能打听到是哪一家就最好了。"

方嬷嬷认真地听着,点点头:"姑娘交给老奴就是,老奴定会打听清楚。"

辛柚拉住方嬷嬷的手:"奶娘要慢一些,不要引起人注意,自身的安全放在第一位。"

"姑娘放心吧。"方嬷嬷想问为何打听姓纪的人家,话到嘴边还是咽了下去。

不得不承认,她对姑娘的心虽然没变,可几年的分别还是改变了许多。姑娘在她眼里不再是那个单纯的小姑娘,但她看不透深浅了。

姑娘长大了,如果她还是把姑娘当小孩子看待,最终主仆离心就悔之晚矣。

过了几日，方嬷嬷把打听来的消息向辛柚禀报。

"纪家就在猫儿胡同的第三户，当家的男人在东城兵马司当差，有两子一女，纪采兰是唯一的女儿。她确实有一个表妹，几个月前才随母进京。这位表妹姓周，闺名凝月，父亲原是驻守外地的一名锦麟卫总旗，年初升了百户留京当差，后来就把妻女都接到了京城……"

她父亲是锦麟卫？

辛柚心头一动："可打听到周凝月的父亲在锦麟卫哪个衙门当差？"

锦麟卫分十四所二司，其中镇抚司又分南北，这就超出了方嬷嬷一个奶娘的眼界范围了。

"这个老奴没有打听到。倒是那位周姑娘，在街坊邻舍中稍一打听就都知道。"

"怎么说？"

"据说周姑娘进京路上伤了腿，养了好几个月，这段时间才能走动，因为这个脾气不大好呢。他家又是新住户，这不有点儿动静就都盯着了……"

一户新来的人家，毫无疑问是会引起左邻右舍关注的。

"奶娘辛苦了。"

"姑娘还需要打听什么吗？是不是要问清楚周姑娘父亲当差的地方？"

"不用了，奶娘好好休息吧。"

周凝月的父亲是锦麟卫，那她就要更加谨慎，之后的事还是她自己来吧。

辛柚谢过方嬷嬷，去了前边。

经过这些日子的口碑发酵，每日来买《画皮》的人络绎不绝，书局只有临近傍晚的时候才能有几分清净。

辛柚看到了站在书架前看书的贺清宵。

光线有些暗了，他把书举起，姿态悠闲又专注。

辛柚默默地望着他，心道，这位贺大人在书局看书时，完全看不出一丝锦麟卫的影子，更让人忘了他还是一位侯爷。

可是，他确确实实是一名锦麟卫，掌握的还是令百官勋贵闻风丧胆的北镇抚司。

她想要知道周凝月的父亲在何处当差，想必只要问一下贺大人，就很快会有答案吧。

贺清宵握着书卷，察觉到了那道落在他身上的视线。

寇姑娘好像在看他。

他微微侧头，用余光扫去，他确定了这不是他的错觉。想了想，贺清宵把游记放回原处，抬脚向辛柚走去。

书架深深，晚霞流泻，犹如玉琢的青年走来的那一刹那，整个书厅似乎都亮了一些。

辛柚微微抿唇，让头脑保持清醒。不能因为贺大人几次相助，又一副谪仙模样，

147

她就忽略了他是锦麟卫镇抚使的事实。要想从贺大人这里打探周凝月父亲这条捷径，她绝不能走。

辛柚心中转念间，贺清宵已走到面前。

"寇姑娘是不是有什么事？若是遇到了麻烦……"

"没有，没有麻烦。"辛柚不等对方话音落下，就开了口。

贺清宵沉默了一瞬，含笑点头："那就好，我还以为寇姑娘遇到了为难事。那我告辞了。"

辛柚抬手轻按眼角，对着贺清宵的背影喊了一声："贺大人留步。"

贺清宵闻言转身，神色平静地望过来。

辛柚举步走近，放低声音："贺大人，我观你印堂发黑，恐要有血光之灾……"

贺清宵："……"

"贺大人？"察觉贺清宵走神儿，辛柚唤了一声。

贺清宵回神，以拳抵唇咳了一声，随意找了个借口："不好意思，我突然想到一桩案子。寇姑娘刚刚说什么？"

"我说贺大人恐要有血光之灾，办案时要留意犯案之人。"辛柚正色道。

就在刚才的画面中，她看到贺清宵带着手下去抓人，被抓的人突然从袖中抽出匕首，刺中了他的腹部。

鲜血当即就溅了出来。

辛柚看着眼前如松如竹的男子，微微摇头。

按说能坐上锦麟卫镇抚使这个位子，武艺是要过得去的，那日救她时贺大人的身手也不错，可怎么每次的画面中他都不是很灵光的样子呢？

不过人总有大意的时候。辛柚找到了理由。

看着神色认真的少女，贺清宵心情微妙。有那一次提醒在先，他倒不怀疑寇姑娘的话，只是寇姑娘如此精通相术的话，他以后恐怕要时不时听到"贺大人恐有血光之灾"这种话了。

贺清宵从小就发现他的运气有一点点差，各种意外状况层出不穷，好在习武后反应灵活，心态也被磨炼出来，倒是很鲜少再有见血光的事了，这也让旁人留意不到他格外倒霉。

贺清宵整理好微妙的心情，不露声色地道谢："多谢寇姑娘提醒，我会小心的。"

"贺大人慢走。"

送走贺清宵，辛柚也走出了书局。

京城的傍晚十分热闹，正是茶楼酒肆上客之时。

辛柚穿过大街小巷，来到了吉祥坊。

纪采兰与周凝月是姑表姐妹，纪采兰的母亲是周凝月父亲的姐姐。周父被调到京城后，因姐姐的关系就在吉祥坊赁了房子。

纪、周两家同在吉祥坊，辛柚来到此处是奔着周凝月来的。

她要看一看周凝月长什么样子。

各家升起炊烟，饭菜的香气随风飘来，呼唤孩子回家吃饭的喊声时不时地响起。

辛柚四处打量，发现一棵大树。

那树的树干笔直光滑，离地近两丈才生出树冠。这样的树几乎杜绝了寻常人爬上去的可能，好在对辛柚来说问题不大。

辛柚悄悄地上了树，在繁茂枝叶的遮掩下，俯瞰一处民居。

这是个一进的宅院，有正房、倒座房，以及东西厢房，辛柚推测周家是人口简单的中等之家。

院中有婢女打扮的人在收衣裳，厨房处炊烟袅袅，她还能看到一只猫懒洋洋地卧在台阶上。

辛柚耐心地望着。许是运气好，她等了一会儿，忽听一道声音传来。

"琥珀——"

台阶上的猫动了动，又继续趴着。

没多时就从西厢房走出一位少女，直奔正房外的台阶处而去。

"喊你你也不应，懒不死你。"少女弯腰把猫抱了起来，不满地揉了揉猫的脑袋，转身往西厢房走去。

辛柚居高临下，终于看清了少女的模样，圆脸杏眼，肌肤如雪，单看她走路，也瞧不出她腿脚不便利来。

这会是周凝月吗？

辛柚觉得应该是了。

这时突然响起敲门声，抱着猫的少女脚下一顿，望向院门处。

很快从屏门走进来一位提着篮子的少女，正是纪采兰。

"表姐来了。"见到纪采兰，少女脸上有了笑模样。

纪采兰一举手中提篮："我娘做了些桂花糕，让我送来。"

辛柚藏身的这棵树并没有紧挨着周家院墙，甚至还有一段距离，但这棵树极高，居高望远，辛柚耳力又好，便把二人对话听了个清楚，因而确定圆脸少女是周凝月无疑。

"表妹，《画皮》你看完了没？好看吧？"

周凝月点头："好看，表姐帮我买一本回来吧，我时不时就能翻看。"

"表妹这么喜欢，我陪你一起去买呀。我跟你说，青松书局换了东家，是个和我们差不多大的女孩子，人可好了……"

周凝月看起来有些意动，却摇摇头："还是不了，出门好麻烦。"

"表妹，去吧去吧，你的腿都好了，总不能一直不出门。"

"我总觉得走路不自在。"

"那是你的错觉。说好了，明天我来找你，咱们一起去青松书局……"

辛柚望着表姐妹二人走进正房，院中安静下来。

纪采兰似乎是被留下吃饭了，过了好一阵子才从正房出来，被周凝月送到院门口。

天暗了，蚊虫绕着飞舞，辛柚又等了一阵子没见再有什么动静，借着夜色的遮掩下了树，回了青松书局。

书局已经打烊，辛柚从角门直接进了东院，看到小莲正来回走动。

"姑娘，您可回来了！"见到辛柚，小莲眼里迸出喜悦的光芒。

"家里有事？"

"没事。就是天都黑了还不见您回来，婢子有些担心。"

等到服侍辛柚沐浴时，看到她身上那些被蚊虫叮咬出来的红包，小莲又忍不住念叨："您这是去哪儿了啊？怎么被蚊子咬了一身包？"

"等下涂上消肿的药膏就好了。"辛柚一想不出意外明日就能见到周凝月，心情还不错。

一个外地的女孩儿手中有京城发售的话本子，当时她便推测这个女孩儿是很爱看话本的人。

她能确定的是这个女孩儿随家人进京了，那么当一个书局出售的话本很受欢迎，这个女孩儿会来买书的可能性就很大了。这个女孩儿就算没来买《画皮》，早晚也会来买别的。

对辛柚来说，自然是她越早找到这个女孩儿越好。周凝月浮出水面，让她觉得运气没那么糟糕。

第一次，辛柚心急地入睡，盼着明日的到来。

第七章　刺　杀

转日一早，辛柚就去了前头书局。

刘舟与石头还在擦桌扫地，见辛柚来了有些意外。

"东家今日这么早啊？"

"没有别的事，来看看客人多不多。"

"那您来早了，怎么也要再过个大半时辰才会来客呢。"刘舟虽这么说，心情却美滋滋的。

最近生意真好啊，要是换了以前，到下午都不一定有客上门。

"是吗？"辛柚将目光投向门口。

刘舟望着大清早走进来的贺清宵，再看看辛柚，八卦之火腾地点燃。

东家和贺大人莫非约好了？

辛柚看到贺清宵的惊讶，并不比伙计刘舟少。

她甚至忍不住扫了一眼那排书架，心道，贺大人为了蹭——哦，看书，也太拼了。

贺清宵看到辛柚其实也很意外。

他嫌书局平时没了清净，特意一早过来把那本游记的结尾看完，没想到寇姑娘这时候就在了。

寇姑娘对书局如此上心，难怪能使青松书局起死回生。

刘舟见二人都没说话，一边反省是不是他和石头碍事了，一边迎上去："贺大人早啊，快快里面请。"

贺清宵对刘舟客气地点头，往里走去。

辛柚笑着打了声招呼："贺大人早。"

"寇姑娘早。"

打过招呼的二人，一个坐回椅子，一个走向书架。

刘舟迷惑了。

他们不是约好的？

他悄悄地瞄了辛柚一眼，就见辛柚在面前摊开一本书，眼睛却闭了起来。

小伙计眼睁睁地看着东家眯到贺大人离开，无语地望天。

贺大人是趁清净来看书的，东家好好的大床不睡跑到这里打盹儿，这是图啥呢？

胡掌柜过来看到辛柚，纳闷儿地问："东家，您这么早就过来了？"

辛柚揉揉眉心，笑道："过来看看。昨晚没睡好，一坐下就犯困了。印书坊那边怎么样？"

胡掌柜是从印书坊过来的，提到这个可就来精神了："东家放心吧，都很顺利，小人和赵管事好好盯着，保证一个错字都不会有。"

错字这些都是小事，主要是他们要杜绝纵火事件再发生。

"掌柜的辛苦了。等忙完这阵子，请你们去酒楼吃饭。"

胡掌柜和刘舟忙道谢，石头笑着挠了挠头。

纪采兰与周凝月过来的时间比辛柚预料的要早。

见辛柚在厅里，纪采兰一脸惊喜之色："寇妹妹，这么巧你也在。"

"我是书局东家嘛，没事就会过来。"辛柚看向周凝月。

纪采兰忙介绍："这就是我表妹，叫周凝月，比寇妹妹你小一岁。表妹，这就是我和你提到的青松书局东家，你叫她寇姐姐就是。"

"周妹妹。"辛柚笑着打招呼。

见辛柚果然如表姐所说的那样温和可亲，周凝月也露出了笑意："寇姐姐。"

介绍完了，纪采兰就握住了辛柚的手："寇妹妹，你们书局的《画皮》太好看了，什么时候出下部啊？"

这个时候书局已经陆续进来人了，大家听了这话都竖起了耳朵。

周凝月自伤了腿就有些敏感，察觉后悄悄地拉了拉纪采兰的手，示意她别乱问。

辛柚莞尔一笑："咱们进里边说话。"

胡掌柜临时歇息的地方经过一番改动，更适合用来待客了，辛柚带着纪、周二人往里走，就听客人不满的声音传来。

"怎么还去说悄悄话呢？《画皮》下部到底什么时候出来啊？"

这间待客室与书厅只用半截布帘相隔，声音一大，就清楚地传进来。

纪采兰露出不好意思的神情："寇妹妹，是不是给你惹麻烦了？"

"怎么会？"辛柚给二人倒茶，"这又不是什么秘密，我还巴不得大家都留意着新书开售时间呢。"

胡掌柜安抚客人的声音传来："快了，快了，最多不超过两个月啊……"

纪采兰放下心来，接着说："实在是《画皮》太好看了，我表妹也是来买《画皮》的。"

周凝月笑道："表姐借了《画皮》给我，一看就入了迷。我喜欢的书常会翻看，所以来买一本。"

"那日纪姐姐来买《牡丹记》，听说也是送给周妹妹的。"辛柚自然而然地提到了《牡丹记》。

周凝月一听《牡丹记》，下意识地蹙了眉。

辛柚露出抱歉的神色："是不是我说错话了……"

周凝月对辛柚印象很不错，忙道："寇姐姐别多心，是我突然想到进京路上的事了。"

辛柚面露疑惑之色。

周凝月抿了抿唇，显然那不是什么令人愉快的回忆，但还是说了出来："我本住在宛阳，年初我爹进京后就被留在京城当差，随后我娘带我来京城与我爹团聚，没想到路上我意外摔出马车，把腿摔断了……"

"很严重吗？"辛柚语气中带着关切之意。

"当时疼得厉害，好在遇到一位心善的太太，帮我接了骨……"

听着周凝月的讲述，辛柚一颗心沉了下去。到现在，她差不多能确定娘亲的死，周凝月并不知情，不然心虚之下，周凝月绝不会随意对刚认识的人提起这件事。

不是周凝月的话，那给娘亲带来横祸的会不会是周凝月的母亲，还是说，她一开始就找错了方向？

后一种可能令辛柚心头发冷，手脚冰凉。

一杯茶喝完，纪采兰笑道："书店生意这么好，我们就不打扰寇妹妹了，改日我和表妹请你喝茶。"

辛柚压下心头的波澜，若无其事地起身："好呀，回头再约。"

她欲把《画皮》送给周凝月，周凝月坚决不答应，一番客气后辛柚按九折收了钱。

"多谢寇姐姐了。"

"周妹妹客气了，你们来买话本，就是照顾我的生意，是我该谢你们才是。"

辛柚送二人出了书局。

走出一段距离后周凝月随意回头，见辛柚还立在书局门口，冲辛柚摆了摆手，好心情地道："表姐，寇姐姐确实不错。"

纪采兰一笑："所以表妹你不要整日闷在家里，现在腿也好了，常出来走走，多交些朋友。"

"嗯。"

表姐妹说笑着远去了。

辛柚敛了笑意，微微垂眸，摊开的手心里躺着一枚小小玉佩。

她当然不会就这么放弃，既然周凝月有问题的可能性不大，那她就见见周凝月的母亲吧。

回到书局随便看了一会儿书，估计时间差不多了，辛柚赶到吉祥坊的猫儿胡同。

胡同口坐了不少纳凉闲聊的人，辛柚客客气气地问："请问这附近是不是住着一位姓纪的姑娘？"

"你是不是要找采兰丫头啊？"

"对，我找采兰姐姐。"

见辛柚与纪采兰年纪相仿，街坊邻居自然认为辛柚是纪采兰的玩伴，非常热心地指了路："喏，她家就在胡同里第三户。"

辛柚道了谢，走进胡同敲响第三户的大门。

"谁呀？"随着纪采兰的声音传来，大门很快被打开了。

见是辛柚，纪采兰又惊又喜："寇妹妹，你怎么来了？快进来。"

辛柚立在门口没动，把玉佩拿出来："我在书局待客室里发现了这个，想着不是纪姐姐就是周妹妹的。那日纪姐姐说你家就住吉祥坊的猫儿胡同，我就过来问问看，一问就问到了。"

"呀，这是我表妹的玉佩。"纪采兰一眼就认了出来，登时不好意思地道，"还麻烦寇妹妹特意送过来，真是给你添麻烦了。"

"纪姐姐客气了。我闲着也是闲着，正好出来透透气。不瞒你说，你和周妹妹没来书局时，我一直在书厅打盹儿，还被伙计嫌弃了。"

听辛柚这么说，纪采兰一下子放松了，特别是"闲着也是闲着"这句话，让她的邀请脱口而出："寇妹妹要是没事，要不要和我一起去找表妹？"

"好啊。"辛柚笑着点头，心中落定。

周家与纪家只隔了两条胡同，辛柚一副从没来过的样子："纪姐姐和周妹妹家离得好近啊。"

纪采兰笑道："表妹家的宅子还是我娘帮着寻的呢，就是想着两家离得近些，来往方便。"

"那你们是姑表姐妹？"

"对，表妹的父亲是我母亲的弟弟。以前我舅舅在外地，年初才来京城的。"

"那挺好，有亲人相互照顾，还有京城繁华热闹，去处也多。"

听辛柚这么说，纪采兰不由得点头："是呢，以前表妹最羡慕的就是我在京城能买到各种好看的话本子。不过话本子也贵呢，我娘总念叨我乱花钱。"

对寻常人家来说，几百文花在纯消遣上可不少了。但也没办法，纸张笔墨从来不是便宜东西，再加上人工，书籍的成本低不了。

"我其实还羡慕表妹呢，舅舅就她一个女儿，表妹的零花钱比我多多了。"

眼见周家就要到了，辛柚不动声色地搭话："令舅一定很有能力，能在京城安顿家眷。"

辛柚提到周凝月的父亲，纪采兰羡慕地说："舅舅确实很厉害，不但升了职，进的还是锦麟卫北镇抚司。"

"北镇抚司？"辛柚一脸茫然之色，心中想到了贺清宵。

周凝月的父亲竟然就在贺大人辖下。

见辛柚不懂，纪采兰带着几分小得意地解释："别看都是锦麟卫，差别可大了，这里面最风光的就是北镇抚司了……"

对寻常百姓来说，锦麟卫要抓也是抓当官的，没工夫管他们小老百姓，大名鼎鼎的锦麟卫离他们遥远着呢。也因此，普通人对锦麟卫的印象是风光威风，而不像百官勋贵那样还多了一层厌恶。

辛柚时不时地点头，当一个完美的听众。

说话间周凝月家到了。与纪家不同，周家还有一个守门人，辛柚由此也能看出周家比纪家的日子宽裕。

不用禀报，门人就放纪采兰和辛柚进去了。

纪采兰知道这时候舅舅不在家，挽着辛柚的手踏上台阶，喊道："舅母、表妹，我来了。"

很快脚步声响起，周凝月走了出来，见到站在纪采兰身边的辛柚，面露惊讶之色："表姐，你又去找寇姐姐了？"

纪采兰笑道："是寇妹妹专门来找我们的。表妹，你就没发现丢了什么？"

"丢了什么？"周凝月下意识地低头，看来看去惊呼一声，"我的玉佩！"

辛柚把玉佩递过去："周妹妹看一下是不是这块？"

"是这个！"周凝月接过去，松了口气的同时有些纳闷儿，"什么时候掉的？我竟然不知道。"

"我在待客室发现的。"

"多亏寇姐姐了。"周凝月拉着辛柚的手道谢。

"来客了吗？"一道温和的女声传来。

辛柚看过去。挑帘出来的是一个三十多岁的秀美妇人，与周凝月一样圆脸杏眼，母女二人足有八分像，不过神色间难掩憔悴。

"娘，是我新认识的朋友寇姐姐。"周凝月语气轻快地介绍。

辛柚屈膝行礼："伯母好。"

妇人露出和善的笑容："真是个仙姿玉貌的孩子。月儿、采兰，你们好好招待朋友，中午就留下一起吃饭。"

正是喜欢交友的年纪，周凝月一听高高兴兴地应了。

"去西厢房玩吧。"妇人笑着。

"打扰伯母了。"辛柚才说了一句客气话，就被周凝月与纪采兰一人拉着一只手，带去了西厢房。

妇人回了屋，交代婢女："给姑娘们送一份果盘，再和王大娘说一声，午饭多添两个菜。"

婢女领命而去。妇人靠在床头收了笑，面上的疲色更明显了。

西厢房完全就是闺阁少女的布置，周凝月身为主人，比在书局时话更多些。

三个人吃着水果说说笑笑，很快就到了中午。辛柚客气地要告辞，被周凝月拦住。

"我娘定然交代厨房了，寇姐姐若不吃，岂不浪费了？"

二人正说着，婢女就端了饭菜进来。

"姑娘，太太让您招呼好寇姑娘，她就不和你们一起了，免得拘束。"

没有长辈在场，午饭的气氛很轻松，辛柚明显地感觉出纪、周二人对她更亲近了。果然吃喝闲聊是拉近关系的利器。

她再提出告辞，周凝月与纪采兰陪着去见周母。

"怎么不多玩一会儿？"周母温和地问道。

"家里还有些事，改日再来拜访伯母。"

周母态度十分和善："月儿一直闷在家里，难得交了合得来的朋友，寇姑娘一定要常来啊。"

"伯母不嫌打扰，我会常来的。"辛柚大大方方地应了，眸光闪了闪。

画面突然而至：圆月之下，风吹树动，周母跪在树下烧着纸钱。一名男子把她拉起，恼怒地说着什么。

周母神情激动地推开男子，拉扯间不小心跌倒，一手按在了盛放燃烧着纸钱的盆中。

辛柚还没来得及看清周母的痛苦神色，眼前画面骤然消散，映入眼帘的是周母挂着和善笑意的秀美面庞。

辛柚定了定神，面不改色地向周母道别。

周凝月送辛柚与纪采兰出门，瞥见走来的人很是意外："爹，您怎么这时候回来了？"

辛柚侧头，看向走来的周父。

来人身材高大，相貌堂堂，赫然是画面中与周母发生争执的男子。

这就是周凝月的父亲，一名在北镇抚司当差的锦麟卫。

辛柚不动声色的打量间，周父开了口："回家拿东西。月儿，你这是要和朋友出去玩？"

周凝月看向辛柚："我送朋友出去。寇姐姐，这是我爹。"

辛柚行了一礼："伯父好。"

周父点点头："你们好好玩。"他说完抬脚走进了家门。

"周妹妹不必送了。"

"那寇姐姐得闲再来找我玩。"周凝月心情不错，笑盈盈地邀请。

"好。你们也随时来书局玩，我一般都在的。"

辞别周凝月与纪采兰，辛柚回了书局。

小莲见辛柚脸色不太好，端来一杯放了蜂蜜的温水给她润喉。蜜水入口，辛柚顿觉口腔清润甘甜。

"小莲，今日是不是十四了？"

小莲不料辛柚突然问这个，愣了一下道："对，今日是十四。"

辛柚捧着茶杯，目光投向窗外，喃喃道："中元节到了呢。"

时人都有在中元节这几日拜祭故去亲友的习俗，她看到的画面中，周母是为谁烧纸钱，又惹得周父恼怒呢？

画面中的事情，是发生在今晚，还是明晚，或是后日？

辛柚慢慢地喝着蜜水，有了决定。

周母烧纸钱背着周父，显然不会是为了周家先人烧的。周凝月的性情，也不像是长期生活在父母争执的环境中能养成的，那周母为娘家故去的人烧纸钱的可能性也不大。

蹊跷事必有因，可惜她只能看到画面听不到声音。那她就去亲耳听听吧，或许会有收获。

"姑娘，您还喝吗？婢子再去倒一杯？"小莲猜测中元节这种特殊的节日勾起了辛柚的伤心事，说话时小心翼翼的。

"不用了。"辛柚笑了笑，"把先前让奶娘做的那套黑色衣裙取来吧，晚上我要穿。"

小莲眨眨眼，反应过来："您晚上要出去？"

她就说姑娘怎么会让方嬷嬷做一套全黑的衣裳，原来是夜行衣！

这一刻，听来的那些话本故事发挥了作用，小莲生出一个大胆的猜测："姑娘，您该不是会功夫吧？"

"会啊。"辛柚平静地道。

小莲掩口堵住尖叫声，目光灼灼地望着辛柚。

啊，姑娘竟然真的会功夫，话本故事中的侠女真的存在！

难怪姑娘爬树那么利落，难怪姑娘遇到什么事都那么淡定。

"姑娘，您是仗剑走江湖的侠女吗？"小莲压低声音问。

辛柚伸手拍拍一脸激动神情的小丫鬟："我不是侠女，只是会些功夫。话本故事看看就好，不要当真。"

"哦，哦。"小莲嘴上应了，心中的小人儿还在尖叫。

啊啊啊，姑娘是"十步杀一人，千里不留行"的侠女！

辛柚不知小莲的胡思乱想，笑道："所以我出门你就不必担心了，晚上我出去办点儿事。"

等入了夜，辛柚换上一身黑衣，在小莲的目送下悄然离开书局，直奔吉祥坊。

圆月当空，夜风微凉，大街小巷退去了白日的热闹，空荡荡的。打更声传来，偶尔有醉汉摇摇晃晃地走过，也有脚步匆匆的零星行人。

辛柚小心地避开，到了周家院墙外从白日悄悄观察好的位置攀上墙头，悄无声息地跳了进去。

她躲在柴堆旁，望向正房。屋里的灯还没熄，她时而能看到映在窗上的人影一晃而过。

柴堆旁少不了蚊虫，辛柚一动不动地耐心等待着，这一等就等到半夜。

她抬眼看了一下圆月在空中的位置，与画面中对比，确定了不是今晚。回去后，辛柚一觉睡到日上三竿才爬起来，入夜换上黑衣再次出了门。

中元节当晚，路上连一个行人都没有，空气中弥漫着烧纸钱的味道，这让白日里繁华喧嚣的京城多了几分阴森感，变得陌生起来。

又是喂了蚊子无功而返的一晚，辛柚只能白日补觉。胡掌柜都忍不住来找小莲打听，问东家这两日都没去前头是不是身体不舒服。

十六日这晚，看着换上黑衣的辛柚，小莲终于忍不住问："姑娘，您每晚都要出去吗？"

辛柚抬头看了一眼天上的圆月，微微摇头："明晚应该不出去了。"

等辛柚走进夜色，小莲突然生出一个猜测：姑娘该不会在中元节这两天装鬼去了吧？

不知怎么的，姑娘行事越神秘，她对姑娘能要回寇家家财的信心越足。

辛柚轻车熟路地进了周家，藏身在老地方。空等了两日没有让她沮丧，反而越发冷静。

她看到的画面都会在近期发生，周母偷偷烧纸钱的情景既然不在前两日，必定就是今晚了。

辛柚的判断没有错，这么等了个把时辰，万籁俱寂之时，正房的门悄悄地被打开。

一个人提着篮子轻手轻脚地走出来，辛柚在月色下能看出出来的人正是周母。

她看起来很小心，频频回头看向门口，确定没惊动什么人，奔着墙角的桂树去了。

辛柚目不转睛地看着，就见周母跪在那里，从篮子中拿出叠好的纸钱点燃，小声地说着什么。

黄纸在盆中燃烧，火苗映亮周母悲伤的面庞。

辛柚掉转视线，看向正房门口。一道高大的身影走了出来，他先是驻足了一瞬，而后大步走向墙角。

周母听到动静警惕地转身，但因为院子不大，周父已经来到了面前。

辛柚从周母脸上看到了惊慌之色，然后就如画面中那样，她被周父一把拉了起来。

与无声的画面不同，她听到了二人的对话声。

"你烧纸钱干什么，不怕惹祸吗？"

"我在家里悄悄地烧，又没人看见，怎么会惹祸？"

"没人看见？你难道不知锦麟卫的厉害？"月光下，周父神色阴沉。

周母也来了火气，推开他的手："锦麟卫，锦麟卫，如果不是我信了你，辛皇后根本不会死！呜呜呜，是我害了皇后娘娘……"

周父脸色大变，压低声音斥责："你疯了吗？想要全家死无葬身之地不成？"

"你放开！"

二人拉扯间，周母不小心跌倒，一只手按进了燃烧着纸钱的盆中。

惨叫声响起，惊动了睡下的人，几个下人陆续出来，连周凝月都披着衣裳匆匆地跑了出来。

周凝月看到跌坐在地的周母，惊呼出声："娘，您怎么了？"

她飞快地跑过去，脸一下子白了："娘，您受伤了？这是怎么回事？"

周父冷着脸训斥女儿："三更半夜的不要大呼小叫，让街坊邻居听到怎么想？"

"可是娘受伤了啊。"周凝月放低声音，带着哭腔。

周母在周凝月的搀扶下站了起来，温和地安慰女儿："娘没事，只是有些灼痛，涂些清凉药膏就好了。"

周父一扫被惊动的下人，沉声道："春芽把这里打扫一下，其他人回去睡吧，没有什么事。"

周家下人不多，一个门房，一个厨娘，一个丫鬟，还有一个做粗活儿的仆妇。

春芽就是唯一的小丫鬟，听了主家交代收拾起来，其他三人不敢多问，默默地回屋去了。

"月儿，你也回屋吧。"周父看向泫然欲泣的周凝月。

周凝月没有动："我帮娘上了药再睡。"

"不用，去睡吧。"周母用没受伤的那只手抚了抚女儿的头发，声音温柔，"听话。"

周凝月看看忍痛的母亲，又看看皱眉的父亲，最终点点头，举步往西厢房去了。

"进去吧。"如墨的夜色中，传来周父微凉的声音。

院中渐渐地归于沉寂。

柴堆旁，辛柚一动不动，心中掀起惊涛骇浪。

周父和周母的对话是什么意思？

周母说她害死了辛皇后，这纸钱是为辛皇后而烧。

辛皇后……辛柚……

当把所有信息归拢，无论那个猜测多么惊人，也都自然而然地浮出水面。

她的娘亲好像就是周母口中的辛皇后……

辛柚顾不得消化风暴般的情绪，动作轻盈地来到正房东屋的窗下，借着那丛芭蕉的遮掩侧耳聆听。

东屋的灯亮着，时而传来女子的吸气声，应是周母在处理手上的烫伤。除此之外，就是静默。

直到熄灯后好一会儿，夫妇二人的对话声才再次响起。

"我知道你不好受，可你也要为咱们家想想，为月儿想想，再不好受也要放在心里，以后不要再做这种事了。"

"周通，你难道就一点儿也不内疚吗？"

周母的情绪没有因为意外受伤而化解："是你说那位多年来都没放弃寻找皇后娘娘，一直空着中宫之位就是等着皇后娘娘回来呢。结果呢，那人却派人害了皇后娘娘的性命……早知如此，我就不该把进京路上遇到的女子好像是辛皇后的事告诉你了……"

"现在说这些有什么用？我只是一个小小的百户，怎么知道上头原来是这么打算的。我得知这么大的事能不向上禀报吗？动杀心的是那位，下杀手的是贺大人，你和我闹，一旦传出什么风声，咱们能有好下场？"

周通一口气说了这么多，语气软下来："素素，你就是不为我想，也想想月儿。咱们家虽不是大富大贵，也是把月儿当掌上明珠养大的，难道你忍心看着她受苦，甚至……"

周母似乎被说服，没再吭声。

周通长长地叹了口气："睡吧，睡一觉起来就把这个事忘了。咱们一家人在京城，好日子在后头呢。"

周母依然没吭声。

这之后，周通没再说话，过了一阵子，屋里响起微微的鼾声。

风吹芭蕉动，除了鼾声，似乎还有隐约的抽泣声。

天上乌云飘过，遮住明月，院子里变得漆黑不见五指。

辛柚慢慢地起身，挪动着有些麻的双腿，跌跌撞撞地走向院墙。

立在黑暗中微微仰头的少女，头一次发觉周家院墙竟那么高，以至于第一次纵身跃起竟跌落下来，好在没弄出什么动静。

辛柚缓缓地呼吸，用尽浑身力气调动不听指挥的手脚，再一次攀上墙头，向外跳去。

长街空寂，是望不到头的黑暗，一身黑衣的少女深一脚浅一脚地前行，仿佛踩在泥沼里。

不知过了多久，适应了黑暗的眼睛终于望见了青松书局的轮廓。

陷入沉睡的书局与其他屋舍没有什么不同，却让冻结了表情的少女轻轻地眨了眨眼睛。

东院一盏灯还为她亮着，小莲听到叩门声飞快地拉开了门。

"姑娘——"后面的话在看清辛柚惨白的脸色时戛然而止，小莲面上有了慌乱之色，"姑娘，您怎么了？"

她还从没见过姑娘如此失魂落魄的样子！

"小莲。"辛柚喊了一声。

"姑娘您说。"小莲眼里不觉有了泪，慌得手心全是汗。

这一刻，她无比清楚地意识到，在不知不觉间姑娘早已成了她的主心骨，是她面对各种情况时的底气。

"小莲，给我弄些热水吧，我有些冷，想泡一泡澡。"

"好，好，您等等。"

小莲动作麻利地准备好热水，辛柚把自己浸在大大的木桶里，只露出肩膀以上的身体。

小莲的视线不受控制地落在她的肩头上。肩头肌肤如雪，水滴形的红色胎记分外鲜明。这是小莲笃定眼前人不是她家姑娘的依据，可是这一刻，看着瑟缩在浴桶中的少女，她却觉得辛柚与她家姑娘的身影重合了。

原来，姑娘伤心无助的时候与寻常女孩子是一样的。

"小莲，你出去吧，我想自己待一会儿。"

小莲欲言又止，最后只应了一声"是"，默默地退了出去。

小小的室内只剩下自己，辛柚轻轻眨眼，放任泪珠落下，砸进热水里。

四肢百骸有了暖意，僵化的头脑开始缓缓地转动。

她从小就知道，她是没有爹的。娘亲说，她爹是个穷小子，他们白手起家，创下好大一片家业。可她爹成了土财主后就变心了，说好的一生一世一双人，居然悄悄地养了好几个外室，被娘亲发现时连孩子都有了。

娘亲失望之下带了贴身丫鬟远走，生下了她。

她及笄时，娘亲曾问她想不想去找爹，如果想去她不会阻拦，被她一口拒绝。

这样的爹，她才不想要。

现在她知道了，她荆钗布裙的娘亲是皇后娘娘，她那土财主的爹是当今圣上。

她爹十多年前负了娘亲，十多年后杀了娘亲。而多次帮助她的贺大人，喜欢静静看书的贺大人，便是砍向娘亲的那把刀。

这是怎样荒谬的真相啊。

辛柚整个人沉入水中，无声地痛哭。

翌日，辛柚起得很早，在梳妆镜中清楚地看到眼下的黑影。

小莲默默地拿来水煮蛋，剥了壳轻轻地在她眼下滚。

"不用了，我去前头看看。"

"姑娘不吃早饭吗？"

"等回来吃。"辛柚没让小莲跟着，一个人去了前边。

这个时候书厅一个人都没有，书局的大门还锁着。辛柚走在一排排书架间，最后在摆放游记的书架处站定。

她随手拿起一本游记，却一个字都看不进去，脑中一时是贺清宵站在这里看书的画面，岁月静好，一时是娘亲浴血倒地的场景，宛如炼狱。

她把游记放回原处，从角门走了出去。

虽然时间还早，街头却有不少人了，大多为了生计开始一日的奔波。

晨风清凉，辛柚漫无目的地走在街上，时而会有错身而过的人投来好奇的目光。

她走了不知多久，突然有喧闹声传来，辛柚下意识地望了过去。

一户大门打开，几名锦麟卫按着一个披头散发的人往外走，那人突然挣脱束缚，举起匕首向着为首的朱衣男子刺去。

朱衣男子似是早有准备，轻巧地避开了这突如其来的袭击，一手攥住那人的手腕。

匕首落地，发出金石相击的声响。

"大胆，竟敢袭击我们大人！"

"带走，带走。"

那人被锦麟卫推得一个趔趄，眼睛发红瞪着为首之人："贺清宵，你这种助纣为虐的走狗会遭报应的，一定会遭报应的！"

一名锦麟卫利落地用布巾堵住了那人的嘴。

身后，是那人的家眷悲切的哭声。

贺清宵似有所感，望向辛柚所在的方向。

二人视线交汇，一个面无表情，一个微微诧异。

惊讶辛柚出现在这里的贺清宵微微颔首算是打了招呼，带着手下离去。

辛柚一直盯着他的背影，直到看不到人，才转过头看向那些绝望哭泣的家眷。

原来，那个态度温和、在书局看书的是贺大人，眼前对缉拿之人冷漠至极的也是贺大人。

那些家眷的哭声让辛柚越发喘不过气来，她转了身一步步地向书局走去。

青松书局的大门已经打开，石头正打扫着门前的路面，见辛柚从外边走来，乖巧地问好："东家早啊。"

"早。"辛柚应了一声，走进去。

石头提着扫帚直起腰，眼里露出几分担心之色。

东家好像不太开心。

擦书架的刘舟见到辛柚，笑呵呵地打招呼："东家这么早就出去啦？"

胡掌柜自觉地让出位子："东家坐着歇会儿。"

"不用了，掌柜的你坐。"辛柚将视线投向书架，声音微冷地说，"刘舟，去把那些游记收起来。"

刘舟愣了愣，很快应了，走过去把几本游记一抱："东家，收到哪里去啊？"

辛柚盯了小伙计满怀的书册一瞬，改了口："算了，还是放回去吧。"

有这些游记在，贺清宵就会常来，她便能寻到机会为娘亲报仇。

她先折了杀人刀，再砍了负心汉，倘若都能做到，那她去见娘亲也无憾了。

辛柚到底是心性坚韧之人，有了决定，沉寂的眸光便恢复了清亮。

等辛柚去了东院，刘舟挪到胡掌柜身边，掩不住好奇地问："掌柜的，你说东家是不是和贺大人闹别扭了？"

胡掌柜一拍刘舟的脑袋："注意用词，东家和贺大人又不熟，闹什么别扭？"

"那怎么好好的要把游记收起来？先前还是东家让摆出来的呢。"

"东家的行事要是你都能猜到，你还当什么伙计？好好干活儿，我去印书坊看看。"

对胡掌柜来说，《画皮》下部可是重中之重，他们一点儿都不能马虎。

贺清宵再来书局时，就发现有几本游记被动了顺序。当然这不算什么，他拿起未看完的那本游记，静静地翻阅。

黄昏时分，书架深处光线有些暗，那张白净的脸庞有一半被笼罩在阴影里，使他的气质越显沉静。

他忽然侧头，看向近在咫尺的少女，用眼神表达询问。

辛柚的神色波澜不惊："光线不好，贺大人不要伤了眼睛。"

原来她是来提醒他这个。

贺清宵黑沉的眼里有了淡淡的笑意："多谢寇姑娘提醒……"

说到这里，他语气一顿，再次道谢："也多谢寇姑娘先前的提醒，让我避开了血光之灾。"

辛柚抿了抿唇，只觉得扎心。

她倒是没有后悔，知恩图报是她为人的准则。贺清宵帮助过她两次，她提醒过贺清宵两次，算是扯平了。

此后她和他只剩杀母之仇。

她该怎么折断这把杀人刀，又能全身而退呢？

刚刚那一瞬，她险些克制不住汹涌的杀意，冲动行事。

心念百转间，一幅画面忽然出现：那是一间茶楼，贺清宵似乎在等人，手里端着一杯茶，之后面露痛苦之色，口鼻流出鲜血来。喝了大半的茶杯落地，被摔得粉碎。

辛柚再眨眼，令人心惊的画面消失，眼前还是那唇边挂着浅笑的俊美青年。

辛柚后退半步，扬了扬唇角："贺大人客气了。以贺大人的本事，便是没有我的提醒，也会安然无恙的。"

或许她只需要什么都不说，她想做的事就能完成一件了。

"不，寇姑娘的提醒很重要。"贺清宵语气真诚，眼眸清亮。

辛柚垂眸避开那双含笑的眼："那不打扰贺大人看书了。"

她转身欲走，被贺清宵叫住。

"听说平安先生在写新书，发售日期可能会与《画皮》下部撞上，寇姑娘留意一些。"

辛柚闻言沉默片刻，直接问出来："贺大人为何屡次帮我？"

"我习惯在青松书局看书，不愿看到书局因经营不善而关门。再有，我觉得寇姑娘是个不错的人，机缘结识，自然希望你过得好。"

说到这儿，贺清宵笑了一下："对我来说只是举手之劳，不需要费什么力气。"

眼前男子说这番话时的态度那般坦荡，眼神那般清澈，辛柚冰冷的心有了一丝动摇，抱着说不清的期待问："四月时，贺大人是不是出过远门？"

贺清宵怔了怔，眼里有了疑惑之色："这也是寇姑娘看相看出来的吗？"

辛柚没有回答贺清宵的疑问，再问一句："是去了南方？"

如果没有辛柚前两次以相术为名的提醒，又都发生了，贺清宵听了这话定会猜测对方调查了他。

现在，他则震惊于眼前少女高深的相术。

这是不是有些太神奇了？

"对，出公差去了一趟南边。"

"具体地方可以说吗？"

贺清宵抱歉地笑笑："这个不方便说。"

辛柚牵动唇角扯出一个笑容，继续打着相术的幌子套话："不方便就算了。贺大人这趟公差，见了血光吧？"

贺清宵眼神一缩，没有回答。

辛柚在他的沉默中知道了答案，用力握了一下拳，面上不露声色："就是想提醒一下贺大人，这次南方之行，恐在将来为你带来厄运，贺大人可要当心些。"

"多谢寇姑娘提醒，我会小心的。"贺清宵眼里重新有了笑意。

这让辛柚肯定，刚刚的话题对贺清宵来说是不愿与人提起之事。

公差、密事、四月的南方之行，她问出的一切还真是让人毫无侥幸。

辛柚自嘲地一笑，要转身时鬼使神差地问了出来："是宛阳吧？"

贺清宵瞳孔巨震，一贯云淡风轻的面上满是惊讶之色。

那就是宛阳了。

辛柚心中那丝隐秘的说不清道不明的期待感彻底灰飞烟灭，归于死寂。

她转了身，脚步缓慢却坚定地向前走去，她能感觉到有一道视线一直落在她身上。

她知道，最后忍不住问出来的话会让贺清宵震惊，甚至怀疑。

可有什么关系呢。杀母之仇，不死不休，她总不能找错了人。而任由这位贺大人如何查探，她都是世人眼里少卿府的表姑娘寇青青。

贺清宵目送辛柚离开，心绪起伏。

相术真的能精准到如此程度吗？寇姑娘一个寄人篱下的孤女，又是如何习得相术的？

如果说那次的花盆跌落还有提前设计的可能，前日缉拿的官员抽出藏在袖中的匕首袭击他，不可能受寇姑娘所控。

贺清宵再觉得不可思议，也只能接受寇姑娘是不世出的算命大师的事实。

贺清宵再想到辛柚又一次的提醒，唇边不觉地染了笑。

辛柚没有回东院，而是回想着画面中的细节，走上夜色将近的街道。

街上人来人往，旗帜招展，酒香、茶香与人声交织成烟火气浓郁的京城。

辛柚走过一间间酒肆茶舍。

画面中，贺清宵身在雅室，并不能看出是哪家茶楼。但从雅室的窗子望出去，能望见一面写着悦来酒楼的青色酒旗。

她停下脚步,问一名看上去像酒客的中年男子:"请问大叔,你知道悦来酒楼吗?"

"悦来酒楼?"中年男子看着辛柚的眼神有些古怪,"小姑娘问哪家悦来酒楼啊?京城里我知道的叫悦来的酒楼就有三家。"

辛柚客气道:"我只知道悦来酒楼,不清楚是哪家,大叔能说说这三家悦来酒楼的位置吗?"

"这附近就有一家,还有一家在南城……"

听中年男子说完,辛柚施了一礼:"多谢大叔告知。"

见辛柚要走,中年男子忍不住提醒一句:"天马上就黑了,你一个小姑娘最好别到处跑。"

辛柚再次道谢,往附近那家悦来酒楼走去。

不远处的墙根下,两个闲汉对视一眼,神色兴奋。

"那个小丫头好像就一个人。"

"啧,胆子够大,不但一个人,还敢随便和陌生人搭话。"

"胆子大好啊,胆子小的老实待在家里,怎么会被咱们碰到呢?走,来活儿了。"

年轻和貌美,这两点只要占了一点,就能让这种闲汉动歪心思了,何况辛柚两点都占了。

辛柚察觉到有人跟踪,并没有停下脚步。

这种街头混子,以前她独自到处跑时见多了,本事不大,心却够坏,她一般都是打晕了丢到衙门口。

眼下她没闲心与这种人计较,辛柚便专拣人多的地方走,不给对方下手的机会。

悦来酒楼到了。

辛柚侧头看向酒楼对面,是一家当铺。

她要找的地方不是这里。

辛柚本也没想过会一下子找到,轻轻地叹口气,向下一家悦来酒楼的方向走去。

她拐弯离开主街后,路上一下子冷清不少,身后的脚步声近了。

辛柚皱皱眉,还未转身就听到惨叫声响起。

"大人饶命,大人饶命!"

贺清宵面无表情地吩咐手下:"把这两个宵小送去兵马司衙门。"

"是。"

两个闲汉被锦麟卫带走,贺清宵大步向辛柚走来。

"寇姑娘怎么一个人?"

"没事出来走走。那两个人……"

"刚刚见那二人神色鬼祟,一直跟在寇姑娘身后,估计是拐子之流。天晚了,寇姑娘一人在外行走不安全,我送你回书局吧。"

拒绝的话到了嘴边，被辛柚咽下去："这太麻烦贺大人了。"

"不麻烦，我也没旁的事。"贺清宵抬脚往书局的方向走，特意放慢脚步。

万家灯火已经亮起，与天上的星光交相辉映。入夜不久的京城还充满着活力，有别于白日的忙碌，氛围松弛悠闲。

辛柚默默地走着，余光扫着走在身边的男子。

京城的悦来酒楼估计不止问到的那三家，贺清宵去的会是哪一家呢？

贺清宵微微动了动眉梢。

寇姑娘好像在看他，莫不是有什么不妥？

此时此景，他没来由地感觉有些不自在，但还是装作什么都没发现的样子目不斜视地往前走。

二人一路沉默，到了青松书局角门处。

贺清宵停下来："寇姑娘快进去吧。以后若是出门，最好带着婢女护卫。"

"我知道了，多谢贺大人相送，贺大人也早些回去休息吧。"辛柚屈了屈膝，从角门进了东院，一路没有回头。

贺清宵立在原处，若有所思。

不知道是不是他的错觉，寇姑娘对他的态度好像与前些日子不一样了。她虽然看起来还是那么客气，却不经意间流露出冷淡。

他不是说她不能对自己冷淡，但这样的变化不会毫无缘由。

莫不是她嫌他经常来看书，只看不买？

贺清宵思来想去，只能想到这种可能。

翌日，辛柚正要出门，遇到了神情恍惚的刘舟。

"东家，告诉您一件稀奇事，贺大人把那几本游记都买走了！"

比起小伙计的难以置信，辛柚就淡定多了，毕竟她没经历过贺大人长期蹭书的日子。

"那就再摆上几本新的。"辛柚说罢，向外走去。

刘舟眨眨眼，忍不住跑去和胡掌柜嘀咕："掌柜的，你说东家遇事怎么这么云淡风轻呢？贺大人一口气买了那么多书，她竟然一点儿不惊讶。"

胡掌柜乐滋滋的："我看你是闲的，干活儿去！"

东家果然是带财运的，一接手书局就发现了松龄先生不说，连贺大人都大手笔地买书了。有东家在，何愁书局生意不红火。

书局这边一切顺当，辛柚却没那么顺利，一连跑了两家悦来酒楼，都没找到那家茶楼，只得再找路人打听。

第四家悦来酒楼说来也巧，就在太仆寺附近。

站在酒楼门外的路边，辛柚转身抬头，看到了一家茶楼。

茶楼分上下两层，楼上布置成雅室，几间雅室临街都开了窗。

辛柚仔细比对，推测出画面中的那间雅室是第二间或第三间。

具体是哪一间其实不重要，她找到贺清宵出事的茶楼就够了。

她从画面中日头的位置看，出事的时候应当是晌午。

那会是今日吗？

辛柚微微仰头，望向挂在天上的太阳。

初秋的骄阳威力不减，她很快收回视线，闭了闭眼。

身后有声音传来："青青？"

辛柚转过身去，就见三四个穿长袍的中年男子正往这边走来，其中一位正是寇青青的大舅段少卿。

段少卿是很不耐烦与这个越来越乖张的外甥女多说话的，但在这个时候这个地方碰到，不可能装作看不见。

看到辛柚的正脸，段少卿确定没认错人，蹙眉问："你怎么会在这里？"

辛柚其实也意外会在这里遇见段少卿，但她把这份吃惊压在心里，眨眨眼露出惊喜又委屈的表情。

"舅舅，我正要去衙门找您，没想到就遇上了！"

段少卿眉头拧得更紧了："找舅舅有什么事？"

与段少卿一起的三个人已然露出好奇的眼神。

辛柚抿了抿唇："我没钱了。"

段少卿：……

这丫头怎么能把没钱说得这么直白？

辛柚可不管这话给段少卿带来多大冲击，继续道："真没想到经营书局投入这么大，花钱如流水啊……"

段少卿尴尬得脸热，忙阻止辛柚说下去："家里事等吃饭时再说。"

辛柚配合地闭了口。

段少卿下意识地松了口气，对三个同僚拱拱手："外甥女来找我，我带她吃顿便饭，就不与你们一起了。"

三个人笑着回礼："段兄自便。"

段少卿从三位同僚的眼里看到了好奇之意，也没心思在悦来酒楼吃了，抬腿走向对面的茶楼。

他竟然带她去这间茶楼……

辛柚心头一动，突然生出一种直觉：贺清宵恐怕就是在今日出事了。

有别于酒肆的热闹，茶楼清幽雅致，丝竹声不绝于耳。

楼上雅室已经被订满，段少卿只好带着辛柚往大堂角落一坐，尽量不引人注意。

伙计端来茶水点心，等伙计退下，段少卿压低声音问："怎么又缺钱了？你外祖母不是才给了你两千两？"

"舅舅有所不知，青松书局亏空太久，竟欠了工匠许多工钱未发，从外祖母那里支来的银钱一部分用来发了工钱，一部分用作书局经营运转，一下子就花没了……"

段少卿的眉心拧成川字："舅舅听说青松书局推出的《画皮》大受欢迎，进益应该不少吧？"

辛柚没有否认："是不少，但我又向松龄先生买了《画皮》下部，刻板印刷也要投入不少，再有一些卖得不错的书籍要再版，还要寻觅合适的新书来印……这样一来银钱上就捉襟见肘了。"

看着外甥女可怜巴巴的模样，段少卿暗暗地吸口气。

他怀疑这丫头就是想着明目要钱，偏偏从话里又寻不出破绽来。

"要是手头紧，就回去对你外祖母说，你一个小姑娘跑到衙门来找舅舅要钱，让人瞧见要笑话的。"段少卿决定把皮球踢到老母亲那里。

他是要脸面的人，外甥女跑来找他要钱，传出去像什么样子。

既然他们有缘碰上了，辛柚可不准备让段少卿把皮球踢走："舅舅也说了，我才从外祖母那里支了两千两。青青也是要脸面的人，哪儿好意思再去找外祖母要钱，想着舅舅到底是疼我的，就来找您了。"

说到这儿，她啜了一口茶。

茶水入口回甘，对得起茶楼这份清雅。

"青青盘算着，也不用两千两，一千两应该就够了。"

段少卿的太阳穴突突跳，好在没有旁人，他把搪塞的话说了出来："青青啊，咱大夏官员俸禄不高，一千两是舅舅好几年的俸禄了。你来找舅舅，舅舅可没办法拿出来啊。"

辛柚一笑："舅舅误会了。我是想着请舅舅帮我向外祖母开个口，支的是外祖母替我保管的钱。哦，也不急在今日，明天我再来找舅舅拿。"

段少卿一听明天她还要再来，脸一下子黑了，对上那双盈盈笑眼忍着火气道："你一个女孩子不要到处跑，今日下衙回去舅舅跟你外祖母说一声，打发人给你送去就是。"

"多谢舅舅。"

段少卿怕开了这个口子以后没完没了，语气带着警告之意："只此一次。青青啊，那些钱是你父母留给你的不假，可你还小呢，现在要是胡乱糟蹋了，将来可怎么办？所以当年你娘才要委托你外祖母保管……"

辛柚听着段少卿的长篇大论面不改色，等他说完，乖巧地点头："青青知道了。"

突然茶室一静，辛柚的声音明明不高，却一下子显得很突兀。

再然后，她听到伙计的招呼声："大人里面请。"

贺清宵目光一转，投向那道熟悉的声音来处，撞上了辛柚的视线。

他有些意外，见与辛柚对坐的是段少卿，收起惊讶冲她轻轻颔首。

辛柚点头回应，目送贺清宵在伙计的引领下带着两名手下迈步上了楼梯。

看样子，贺清宵出事就是今日了。

段少卿见外甥女一直盯着楼梯处，心一沉。

这丫头该不会对长乐侯有意吧？

"青青。"

辛柚收回目光："怎么了，舅舅？"

段少卿咳了一声，试探着问："你和贺大人熟悉吗？"

"不熟。"

段少卿第一反应是不信，可见辛柚一脸冷淡的样子，倒是打消了怀疑。

少女怀春，不是这个反应。

不会与长乐侯那样的麻烦人物牵扯上，段少卿狠狠地松了口气，一时连那一千两银子都顾不得心疼了。

辛柚喝着茶水，有些心不在焉。

她从画面中得不出更多细节，从贺清宵进了雅室到毒发，用了多长时间呢？

现在那毒是不是已经进了他的口中？

辛柚用力地握着茶盏，脑海中闪过的是贺清宵几次帮忙的情景，有他从马背上飞身而起阻止惊马，有他主动提出帮她查出纵火主使，有他吩咐手下带走闲汉……

与他有杀母之仇的是辛柚，得到他善意相助的是"寇青青"。可承受这些的只有她一人，她想到那人很快就要出事，说心里没有一丝波动是不可能的。

她不是冷血之人，会不忍，会挣扎，会难受，但所有情绪都建立在他会死的前提下。如果他不死，她想要的还是他的命。

辛柚灌了一口茶。茶已经凉了，只有苦，没有甜。

段少卿乐得少说两句，省得一不留神又被坑了银子。

伙计端来饭菜。

"吃吧，吃了饭早点儿回书局。"

辛柚点点头，拿起筷子。

段少卿点的这几道菜偏清淡，吃起来没什么滋味，辛柚余光向楼梯口瞥去。

"青青，是不是舅舅点的菜不合口味？"

伙计耳朵灵，闻言立刻看了过来。

什么，他们嫌茶楼的饭菜不好吃？

辛柚握着筷子的手一顿，她点点头："舅舅，我想吃松鼠鳜鱼。"

段少卿的嘴角狠狠一抽。

他嘴欠，先不说价格，等她吃完松鼠鳜鱼至少还要半个时辰！

段少卿面露难色："这茶楼……"

伙计拍着胸口把话接过来："我们茶楼有，味道保证不让姑娘失望！"

段少卿："……"有这伙计什么事？

可有旁人看着，他再不情愿也只好点了一道松鼠鳜鱼。

她要是自己的儿女，他一口拒绝就是，可换了外甥女就不行了。不然传出他当舅舅的舍不得给无父无母的外甥女点松鼠鳜鱼吃，那就难听了。

辛柚默默地夹了一筷子青菜。

时间宽裕，她可以慢慢等了。

等松鼠鳜鱼的工夫，有新的食客进来，有用过饭的客人离开。对辛柚和段少卿来说，时间都有些难熬。

段少卿问起书局的事："那位松龄先生是何许人？"

辛柚答："是位特别有才气的写书先生。"

段少卿愣了愣，以长辈的姿态叮嘱："青青啊，你那书局是靠着松龄先生的故事好起来的，可要把人笼络好了，不然像平安先生一样被其他书局高价请走，那就麻烦了。"

辛柚微笑："舅舅说得是，所以我对松龄先生说了，以后他写的故事都花高价买，还给他按月发薪水。就是我这手头有点儿紧……"

段少卿的表情瞬间有些扭曲，他恨不得给自己一嘴巴子。

"松鼠鳜鱼来喽。"伙计把一盘形如松鼠的鳜鱼摆上桌。

段少卿挤出一个笑容："趁热吃。"

"舅舅也吃。"辛柚夹了一筷子鱼肉，忽听上头有重物落地的声音传来。

那一瞬，尽管早有心理准备，她还是不受控制地猛然起身，心被无形的手狠狠捏住。

辛柚这般反应吓了段少卿一跳。

"青青？"

她这么突然站起来引来不少目光，好在很快"噔噔噔"的脚步声响起，快步从楼梯走下来的锦麟卫把人们的视线吸引过去。

辛柚缓缓地坐下，目不转睛地盯着楼梯处，在看清走在两名锦麟卫后面的人时，瞳孔一缩。

他没事！

辛柚下意识地闭了眼，沉浸在那个画面中：贺清宵手握茶杯，鲜血从口鼻冒出，滴落在衣襟上。

辛柚睁开眼，定定地望着站在楼梯上的男子。

两名锦麟卫走下楼梯，拔刀对准大堂中的人，口中喝道："都留在原地不许动！"

有的人站了起来，有的人碰倒了茶杯，场面一时乱了，唯有立在楼梯上的朱衣男子面色平静，俯视大堂中的人。

他的视线落在辛柚的面上，沉静的眼神起了波澜。

辛柚想露出紧张担忧的样子，却不知为何，在刚刚短暂的对视中，她有种被看穿的感觉。

这让她一时不知如何反应，表情有些麻木。

贺清宵走了下来。

茶楼掌柜小心翼翼地问："大人，出什么事了？是不是小店哪里招呼不周……"

一名锦麟卫不耐烦地打断他的话："有人在茶水里给我们大人下毒，在场的都脱不了嫌疑！"

下毒？

一听这话，人们更慌了。

段少卿想要表现得轻松些，却知道被锦麟卫寻麻烦有多可怕，心中一万个懊悔来了这家茶楼。

"大人，要不要把这些人先带回衙门？"一名锦麟卫向贺清宵请示。

"不用了，先问问上茶的伙计。"

伙计腿一软，跪下了："大人饶命，大人饶命，小人就是给您上了茶水，绝对没有下毒啊！"

"在你上茶水的过程中，有没有什么特别的情况？"贺清宵语气温和，完全看不出刚刚险些出事的样子。

"没有啊，就是等茶水沏好就端上去了。"

"是谁负责沏茶？"

掌柜忙道："负责给楼上雅室沏茶的茶博士在咱们茶楼干了多年了，绝对不会有问题的……"

锦麟卫很快把那人带来，是一名年近五旬的老者。

大堂中有不少熟客，不少人小声道："不会吧，老杨可是茶楼多年的老伙计了……"

辛柚突然站了起来，抬脚向贺清宵走去。

"青青！"身后传来段少卿压抑着震惊的低呼声。

辛柚恍若未闻，走了过去。

她的靠近引来锦麟卫的呵斥："站住！"

贺清宵示意手下退开，眸光深深看向面前站定的少女。

"寇姑娘有事吗？"他的声音有些轻飘，不知道自己会听到什么答案。

而站在此处的辛柚终于可以确定，贺清宵的衣襟上一滴血渍都没有。

这与画面中不一样。

这怎么和画面中不一样呢？

先前她看过贺清宵被天降花盆砸得头破血流的画面，看过贺清宵被缉拿之人用匕首刺中腹部的画面。

她为了回报贺清宵的帮助特意提醒，这些事并没有发生。可这一次，她什么都没有说。

等等——

辛柚心头一动，电光石火间想到一种可能：或许贺清宵避开画面中的灾祸，与她根本毫无关系！

没有她的提醒，他也会避开从天而降的花盆；没有她的提醒，他也会避开刺向他的匕首；没有她的提醒，他也会避开茶水中的剧毒……

从一开始，她的提醒于他就用处不大。

辛柚的脑海中闪过这些念头，苍白着脸开口："我先前无意间看到，这小二端着茶水上楼途中曾把茶水往那处台子上放过。"

这话一说出口，众人的视线都落在了伙计身上。

"说，到底怎么回事？！"一名锦麟卫把伙计提起来。

伙计哆嗦着："小人想……想起来了！小人端着茶水从后堂出来，正好有一桌客人说茶水洒了，我就顺手把要送的茶水往台子上一放，去擦了一下桌子。"

"哪一桌？"

伙计眼神移动，看向一张桌子。

那张桌子离台面很近，就是两三步的距离。

那桌的人吓得脸色煞白，急忙道："我们没有洒过茶水啊！"

伙计仔细瞧了瞧，迟疑道："是坐在这里的客人，但不是他们。可能后来换了客人，小人主要负责楼上的，也不太清楚……"

另一个在大堂忙活的伙计赶紧道："小人还有点儿印象，之前这桌客人有两个人，现在的客人是那两位客人结账离开后才来的。"

先前的伙计忙补充："小人去擦桌子时就只坐着一位客人。"

"他坐在哪个位置？"贺清宵淡淡地问。

"坐这张椅子。"伙计指了一下，是面对着台面的方向。

也就是说，坐在这里的人正好把台子尽收眼底。

贺清宵微微沉默，而后看向辛柚："寇姑娘看到小二放下茶水去擦桌子时，有没有留意到台子这里是否有人经过？"

"看到一个男人往那边去了。"辛柚伸手指了指。

既然贺清宵没有如画面中那样死去，那她就没有隐瞒的必要了，找出下毒的人或许会有新收获。

何况，大堂中留意到这些的不一定只有她一人。

正如辛柚所料，大堂里还有两个人注意到了经过台面的男子，一人是偶然留意到的，另一人是从净房回来的路上遇到的。

可惜包括茶楼掌柜、伙计在内的人都说不出那一桌客人的身份。

贺清宵吩咐手下："把在场之人的姓名住处都记下，先放他们回去。"

两名手下对视一眼。

大人真是心慈，要是换了其他大人，会把这些人都抓去大牢再说。

锦麟卫询问到段少卿时，贺清宵示意手下去问旁人。

"惊扰段大人了。"

面对贺清宵的客气，段少卿可不敢托大，忙道："贺大人无事就好。"

"还要多谢寇姑娘提供的信息。"贺清宵看向辛柚。

辛柚到这时终于收拾好情绪，露出无懈可击的笑容："贺大人客气了，希望你能早日找出下毒之人。"

"这里忙乱，寇姑娘早点儿随令舅回去吧。"

段少卿抽了抽嘴角。

年轻男女，非亲非故，当着他这个长辈的面就聊得火热，真是不成体统。

他再一想贺清宵的身份，也只能这么腹诽，面上是不敢流露的，段少卿客气两句，迫不及待地带着辛柚走出了茶楼。

茶楼外人来人往，对面的悦来酒楼传来酒香。

段少卿大大地松了口气，叫了辆马车送辛柚回青松书局。

马车启动时，一只素手掀起车窗帘，露出少女沉静的面庞。

"舅舅，别忘了跟外祖母说。"

没等段少卿回应，辛柚就放下素青的布帘。马车吱吱呀呀地往前去了。

段少卿的脸上像刷了一层黑漆，他大步向太仆寺衙门走去。

回到东院，辛柚进了里屋往床榻上一坐，陷入了沉思。

既然贺清宵能避开那些祸事，画面中的情景就不会存在，那她为何能看到那样的画面？

这不是矛盾吗？

辛柚头一次对自己特殊的能力产生了怀疑。

门外传来小莲的声音："姑娘，要喝茶吗？"

听到"喝茶"二字，辛柚自嘲地笑了笑。

果然，她没有走捷径的运气，贺清宵的命还是要靠她自己来取。

她坐等贺清宵毒发时的不忍、挣扎、矛盾这一刻都化为了可笑。过了一会儿，辛柚冷静下来。

"端进来吧。"

小莲端着托盘走进来，把一杯茶递给辛柚。

辛柚接过，喝了一口。

"姑娘。"

"怎么了？"

小莲的眼里是藏不住的担忧之色："要是有什么婢子能做的，您尽管吩咐。"

辛柚微微弯了唇："好。"

"婢子说真的！婢子虽然没什么本事，但只要是姑娘吩咐的，一定会尽最大努力去做的。"

辛柚放下茶杯："那你这两日留意一下外头的风声吧，看有没有关于贺大人的。"

"贺大人？"

"嗯。今日贺大人在茶楼被人下毒，目前正在追查凶手……"

"贺大人没事吗？"小莲掩口惊呼。

看出小莲的担心，辛柚心情复杂："他没事。我当时也在那家茶楼，所以比较好奇后续。你不要刻意打探，免得引起不必要的误会。"

"婢子明白。"

沉默了一会儿，辛柚问："小莲，你觉得贺大人是一个什么样的人？"

"贺大人是个好人啊。"小莲毫不犹豫地道。

辛柚笑笑:"这么笃定?"

"像贺大人那样不求回报地救助陌生人的人,总不会是坏人吧?"

"是啊,不是坏人。"辛柚喃喃。

可好人也会听命于人,欠下血债。

接下来几日,辛柚没有出门,小莲悄悄留意,也没听到关于贺清宵的议论,茶楼中那场毒杀仿佛没有发生过。

直到这日,贺清宵一脚踏进青松书局,看到正在书架深处翻阅书籍的辛柚。

正值黄昏,贺清宵却一眼认出她翻阅的是他先前在看的游记。

贺清宵抬脚走过去。

辛柚看了过来。

贺清宵在她身边站定:"光线不好,寇姑娘别伤了眼睛。"

贺清宵这话说得平淡,却在辛柚心头投下一道惊雷。

同样的话,不久前她才对贺清宵说过。

那时她心生冲动,恨不得直接动手,这话是她靠近贺清宵后给出的借口,而现在贺清宵说了同样的话是何意?

他察觉到了她的心思了吗?

辛柚不确定,抬眸与贺清宵对视。

男人那双好看的眼似乎被遮了一层迷雾,令人看不透深浅。

辛柚面上不露异色:"多谢贺大人提醒。下毒的人查到了吗?"

"查到了。"

辛柚扬了一下眉,有些意外贺清宵如此痛快的回答。

"能查到就好,免得以后再对贺大人不利。"

辛柚本以为这个话题到此为止,却不想并没有。

"寇姑娘还记得那日的提醒吗?"贺清宵的语气很淡,他仿佛在说别人的事,"我逮捕一名官员时,被他用藏在袖间的匕首偷袭,在茶水中下毒的人是他的子侄……"

辛柚默默地听着,猜测贺清宵对她说这些的用意。

从这几日外头没有任何风声来看,贺清宵并没有把下毒事件传开的意思。

"寇姑娘。"

"贺大人你说。"

贺清宵眸光深沉,落在少女莹白如玉的面上,不错过她一丝神色的变化:"茶楼那日的事,你没有算出来吗?"

辛柚的心急促地跳了两下。

尽管她竭力控制着表情,却明白定然被对方看出了异样。

贺清宵果然怀疑她了!

手收紧,指甲陷入掌心,令她保持着镇定。

"贺大人有所不知，我这相术与寻常相术不同，不是仅凭面相推算一个人的福祸，还要靠玄妙灵光。"

"玄妙灵光？"

辛柚颔首："所以这会造成一个问题。"

"什么问题？"

辛柚正色道："时灵时不灵。"

贺清宵沉默片刻，以十分复杂的心情道："寇姑娘对我的两次提醒，都十分灵验。"

辛柚露出不好意思的笑容："不灵的时候，我一般不说。"

贺清宵："……"

他心头滋生的怀疑并未消散，却又寻不出证据。

或许就如寇姑娘的说法一样，他也是凭着直觉出现在这里，问出这些话。

那日在茶楼里，他站在楼梯上与坐在角落里的寇姑娘对视，心中便生出一个念头：寇姑娘是知道的。

就如她知道他走在街上会遇到从天而降的花盆，知道他拿人时会遇到刺向他的匕首。她定然也知道刚刚在楼上，他经历了怎样的危机。

那她的沉默代表了什么，不言而喻。

可他想不通的是，寇姑娘对他的态度因何有了翻天覆地的变化。

一阵沉默后，贺清宵轻笑："相术一道，果然玄妙。"

"那贺大人要看游记吗？"辛柚暗暗提起的心并没有放下，面上却露出风轻云淡的笑。

贺清宵深深地看了书架上那排游记一眼，摇摇头："不了，还有事忙。今日过来就是和寇姑娘说一下后续，也感谢当日寇姑娘提供的线索。"

"贺大人客气了，那日能留意到可疑之人纯属巧合。"

"那告辞了。"贺清宵的目光蜻蜓点水地在辛柚面上停留，然后他大步向外走去。

辛柚目送那道背影消失，垂眸摩挲着一本游记。

贺清宵怀疑她了，那接下来怎么办？

她的手一顿，视线久久地落在那本游记上。

她若是在他常看的游记上涂毒……

这个念头一闪而过，就被自己否定。

要是误伤他人，她就罪孽深重了。

何况这书局干干净净，书局的人也无辜，她不能为了私仇连累他们。

辛柚思来想去，决定大胆一搏。

贺清宵来书局看书习惯一个人，那他离开的路上她或许有机会。

辛柚以为这一次碰面后贺清宵短时间内不会再来，没想到不过两日，他的身影又出现在书局中。

这次是小莲悄悄禀报给辛柚的："姑娘，贺大人又来看书了。"

"知道了，你去忙吧。"

辛柚走进里屋，从柜中取出一套男子衣裳换上，对着梳妆镜一番涂涂抹抹，美貌少女变为清秀少年。

少年的额角甚至有一道浅浅的疤痕，任谁看了都想不到这其实是一位女郎。

看着梳妆镜中的人，辛柚满意地点了点头。

她喜欢四处跑，有时不太方便就会乔装成这样，好在上妆的手艺没有生疏。

窗外已是黄昏，夕阳将要落下，清秀少年走到街上，回望青松书局。

自从书局生意好起来，这位贺大人便几乎只在清晨或傍晚来看书了。

在国子监附近，如辛柚乔装后这种十几岁的清秀少年一抓一大把，她站在街头可以说毫不起眼，这自然为之后行事提供了极大的便利。

男装打扮的辛柚甚至连走路姿势都变了，大大方方地走进一间茶肆，选了临窗的位子一坐，慢慢喝茶。

贺清宵虽然常来书局看书，每次停留的时间却不长，一般不会超过半个时辰，两刻钟左右是常态。

辛柚预计等待的时间不会太长，果然一杯茶喝完没多久就见贺清宵走出了书局。

她结了账，从茶肆中走出去。

街道两侧商铺林立，到了傍晚十分热闹。辛柚自然而然地融入人流，跟在贺清宵身后。

她跟了一段距离，做过功课的她发现这是回长乐侯府的路，当机立断加快脚步，走到了前面。

前边拐弯后没多远有一条小胡同，胡同口恰巧有一棵枣树，多少能阻隔一下视线，是个埋伏的好地方。

辛柚躲在树后，摸了摸缚在小臂内侧的袖箭，耐心地等着贺清宵的到来。

没过多久，那道熟悉的身影出现在视线里。

辛柚屏住呼吸，目不转睛地盯着那道身影走近。

一步，两步，三步……终于，他走到了最合适的位置。

素指纤长，拨动箭匣上的蝴蝶片，暗箭飞射而出。

那一瞬，辛柚心中一片空荡，种种情绪早已被她死死压下，脸上只剩下麻木的冷静。

她眼睁睁地看着那道暗箭飞向贺清宵，却没有如愿地没入他的咽喉。

他避开了！

意识到这一点，辛柚转身便跑。

胡同幽暗深长，前方有从另一条街上照进来的光亮，身后是追来的脚步声。

辛柚从胡同的另一端冲了出去。

第八章　怀　疑

比起青松书局所在的那条街，这条街上要冷清一些，辛柚一头扎进另一条巷子，七绕八绕，贴着冰冷的墙壁微微喘息。

她总算把他甩掉了。

袖箭还牢牢地被缚在小臂上，提醒着她刚才的失败。

辛柚望向巷口，自嘲地笑了一下。

贺清宵的反应远比她预料中要敏锐，恐怕他听到暗器破空声的同时身体就做出躲避反应了。

她大意了，一个能避开那么多次危机的人，他的反应速度定然不是一般快。

难道她只能近身，杀对方一个出其不意？

可若是这样，她就很难全身而退。

辛柚寻思着这些，恢复了一些体力，往巷子尽头看了看。

这是一条死胡同，围墙的另一面应该是一户人家的院子。

辛柚放弃了翻墙而过的想法，转身往回走。

胡同深长，远比街上要暗。快要走到胡同口时，辛柚轻轻地吸了口气。

突然一只手向她伸过来。

辛柚反应同样不慢，瞬间转身就跑，可挡在前方的墙让她无路可逃。

追在后面的人一身朱衣，几乎与夜色融为一体。

辛柚一咬牙，抽出匕首刺过去。

贺清宵侧身避开，招式凌厉地攻向辛柚。

短短时间二人过了数招，辛柚招招刺向贺清宵的要害，却意识到时间一长她定会落败。

教她武艺的蓝姨曾多次说过，除非天赋异禀，女子体力先天不及男子，尤其是遇到身手不相上下的男子，尽量避免硬碰硬，而是以灵巧取胜。

可如今她避无可避，只能……

手扬出的一刹那，镯子上的机关被触动，石灰粉洋洋洒洒地扑了贺清宵一脸。

趁着贺清宵闭眼时，辛柚拔腿就跑，一口气跑出胡同，悄悄地回了书局东院，才顾得上把撒石灰前的念头接上。

既然打不过又没机会跑，她只能不要脸了。

小莲听到轻轻的叩门声一拉门，神情转为惊恐："你——"

辛柚立刻捂住小莲的嘴，低声道："是我。"

小莲听到熟悉的声音，惊恐的表情下意识地缓了缓，她满眼不可置信之色：这个登徒子的声音怎么和姑娘一样？！

"别出声，我乔装过的。"

小莲狠狠地松了口气，陪着辛柚进了里边，按捺不住满腹好奇："姑娘，您女扮男装怎么这么像？！"

话本故事里大家闺秀女扮男装，不都是换身衣裳换个发型吗？可姑娘这是变了个人啊。

小莲仔细看看，轮廓其实还是像的，可就是给人的感觉完全不同了。

"等会儿再说。"

卸妆梳洗，辛柚恢复了原本模样。

小莲从头到尾旁观，下巴一次次掉了又捡起来。

"不要对任何人提起。"喝了一杯水缓解体力上的消耗，辛柚轻声叮嘱。

"婢子知道。姑娘，您那是易容术吗？"

看着小莲的星星眼，辛柚不由得一笑："算不上。据说易容术能让一个人有千副面孔，我这只是根据自身特点稍加修饰，熟能生巧罢了。"

"那还是好厉害啊。"小莲看出辛柚的疲惫，体贴地问，"姑娘，要泡澡吗？"

辛柚点点头，在热气腾腾的木桶中泡过后，她的脸色好了许多。

小莲又端来特意给她留的清淡饭菜。

干净的衣裳，可口的食物，辛柚的一颗心渐渐静下来。

取贺清宵性命这件事，她恐怕要从长计议了。

她披散着长发坐在梳妆镜前，默默地端详镜中人。

如黛的长眉，秀气的鼻子，流畅的面部弧度，任谁都看不出那清秀少年的影子。

贺清宵便是对她生了怀疑，也不会想到她就是巷子中与他交手的人吧。

她需要沉住气，慢慢来。

辛柚闭目又睁开，眼神彻底恢复了平静。

转日一早，她如常出现在前边书厅。

刘舟和石头两个伙计才打开书局的门不久，一个在外头打扫，一个擦着柜台。

辛柚走在摆着满满书籍的书架间，鼻端萦绕着淡淡墨香，特别庆幸当初买下书局的决定。

"贺大人，早啊。"刘舟热情的招呼声传来。

随后是男子温润的回应声："早。"

辛柚一手搭在书架上，微微蹙眉。

从她接手书局以来，贺清宵一般隔几天才会来一趟。可他昨日来过，今日又来了。

尽管辛柚觉得对方不会认出昨日与之交手的是她，心里还是生出了一丝警惕之意。

贺清宵走进来，看到了立在书架旁的辛柚。

"贺大人早。"辛柚扬唇，露出明媚的笑容。

贺清宵脚下一顿，随即走过来。

"寇姑娘这么早就忙书局的事了？"

"自己的书局，不得不上心。"辛柚说着，有些不适。

贺清宵离她似乎太近了。

不提其他，她与贺清宵打交道以来，他一直很有分寸，没有仗着身份居高临下，也没有言行轻佻。

辛柚才想着这些，贺清宵突然倾身，几乎凑到了她的耳边。

辛柚猛然后退，险些控制不住出手，暴露会武的事实。

"贺大人？"她压下怒气，面露疑惑之色。

贺清宵看着浑身紧绷的少女，好一会儿都没吭声，直到二人间的气氛已是能感觉出来的尴尬，他才开了口："昨晚在巷中偷袭我的人，是寇姑娘吧？"

辛柚的眼神一缩，脸色变了。

她下意识地想否认，可是对上那双仿佛看透一切的眸子，冲到嘴边的话咽了下去。

到了这个时候，她再不承认就是自取其辱了。

辛柚垂眸，语气冷淡："贺大人是来抓我归案吗？"

"我是来确定，昨日想要我性命的少年与寇姑娘是不是同一人。"

辛柚抬眼看他，问出心头的疑惑："贺大人是怎么认出我来的？"

"气味。"贺清宵没有卖关子，"我与那少年交手，闻到了有些熟悉的气息，后来想起似乎和寇姑娘身上的气息是一样的。"

辛柚一下子明白了贺清宵刚刚突然靠近的原因。

她竟然是因为气味而暴露了。

辛柚不甘又郁闷。

这个人，是狗鼻子吗？

"我有一个问题，希望寇姑娘为我解惑。"

辛柚沉默了一瞬，平静地问："贺大人是想问，我为何对你下杀手？"

贺清宵颔首："寇姑娘能告诉我原因吗？"

辛柚沉默着。

难道她要告诉贺清宵，她就是山谷血案中那条漏网之鱼？

可给不出理由，对贺清宵来说她是暗杀他的凶手，他同样不会放过她。

她深深地看着近在咫尺的男子。

他有着女子都不及的容颜，看起来与魁梧、强壮毫不沾边，也因此让人下意识地低估他自身的实力。

辛柚懊恼自己的心急，却不会逃避失败后该承受的后果。

"贺大人现在确定我就是偷袭你的人，为何不把我带到衙门问话？"

辛柚的避而不答没有出乎贺清宵的意料，他的面上不见愠色："锦麟卫诏狱里关的都是犯事的官员。寇姑娘这般对我应是出于私怨，我觉得私下解决更合适。"

"我要是给不出理由呢？"

贺清宵微微勾了勾唇角，语气听不出是讽刺，还是自嘲："贺某应该不至于让人厌恶到无缘无故就取我性命吧？"

他眸光清澈，神色平和，丝毫不见对暗杀者的愤怒与狠厉之色。

面对这样的他，辛柚明知说多了会打草惊蛇，还是忍不住问了一句："贺大人南方之行，出的是什么差？见的是什么血？"

贺清宵立刻问："寇姑娘昨日所为，与此有关？"

辛柚的沉默让他知道了答案。

"抱歉，南方之行是奉的皇命，不能对外透露。"

"是不是皇帝让你杀谁，你便杀谁，无论那人是善是恶？"

这一次，换贺清宵沉默。

辛柚也勾了勾唇角："所以有不平之人想要贺大人性命，也不是稀奇事了。"

贺清宵探究的目光落在少女面上，他实在想不出初夏的那趟南方之行与眼前父母双亡寄居在少卿府的寇姑娘有什么关系。

或许，他该查一查寇姑娘的双亲？

贺清宵脑中闪过这个念头，目光恢复了淡然："寇姑娘既然不愿说，我也不勉强。只是希望寇姑娘就此罢手，免得无法收场。"

辛柚怔了怔。

贺清宵这话的意思是他不打算追究？

看出她的疑惑，贺清宵笑笑："不瞒寇姑娘，我天生较常人敏锐，虽然遇到的各种意外比较多，但大半能避开。你若仅凭自身要取我性命，恐怕是有些难度。"

"我想不通，贺大人为何对我说这些？"

"大概是因为我希望每次来书局都能单纯地看书，而不是与寇姑娘剑拔弩张。"

明明有些离谱儿的理由，辛柚竟觉得很合理。

这是时常蹭书的贺大人会做出来的选择。

"寇姑娘，告辞了。"贺清宵留下神情复杂的少女，大步离去。

许久，辛柚才从书架深处走出来，一言不发地往东院去了。

胡掌柜过来时见刘舟哼着小曲儿干活儿，纳闷儿地问："遇到什么高兴事了？"

刘舟嘴角咧得老大："没事没事，我就是觉得咱们书局前途无量。"

贺大人和东家说了好久的悄悄话，这可大大超出了寻常客人与书局东家的关系。将来要是贺大人成了他们姑爷，书局不就有了大靠山？

胡掌柜虽不知道小伙计思绪放飞到天际，却很赞同这句话："这还用你说？好好干活儿。"

贺清宵到了衙门，吩咐手下："查一下少卿府的表姑娘寇青青双亲的情况。"

没多久，手下把初步调查出来的情况向贺清宵禀报。

"寇青青的父亲名叫寇天明，寇天明的父亲擅经商，积累了不少财富，但只有寇天明一子，亲近族人于乱世中或死或散，后来天下安定也仅与一支族人相聚，但论血缘已十分远了。寇天明与其妻段氏只有一女，便是寇青青……"

手下说了寇家三口人的大致情况，重点说到寇父："寇天明是兴元五年的进士，四年前调任宛阳知府，于赴任途中失足落江……"

贺清宵抬手示意手下先停下。

"宛阳？"

他想到了那日黄昏的书架旁，寇姑娘欲走时问他，他南方之行的目的地是不是宛阳。

宛阳，对寇姑娘来说定是极为特殊的地方，而她父亲四年前赴任之地正是宛阳。

"继续说。"

"寇天明出事的噩耗传回后，段氏受不住打击病逝，临终前变卖家财，送独女寇青青进京投靠外祖家……"

后面的事，便是手下不说，贺清宵也知道一些。

思量片刻，贺清宵有了决定："深入调查一下寇大人赴任时的情形。"

已经过去四年，锦麟卫也不是无所不能，贺清宵不认为一定能查到什么，但寇姑娘对他的态度确实引起了他的好奇。

还有——贺清宵思绪顿了一下，却不回避自己的真实想法：他不想寇姑娘视他如仇敌。

他希望朝中风雨外，青松书局一直是能让他稍稍放松之处，书局的主人还会如以前那样默默地让伙计摆上新的游记，回报他不过举手之劳的帮助。

辛柚虽想不通贺清宵为何没有追究，却不会自寻烦恼，很快调整好心态，决定再与周凝月接触一番。

那夜她听到周通夫妇的对话，周通虽称他不知道上边的态度，却也可能是为了安抚妻子的情绪扯了谎。

而周通是否知情，将决定她之后的打算。

比起活泼爱玩的纪采兰，周凝月不知是因为腿伤的阴影还是本性文静，并不怎么出门，辛柚先见到的还是纪采兰。

引纪采兰主动来找她并不难，一张写了《画皮》下部大概出售时间的告示往书局外墙上一贴,消息就传开了。

蜂拥而来的国子监学生把青松书局围得水泄不通,引得对面雅心书局的伙计眼睛都红了。

古掌柜见伙计长他人志气灭自己威风,冷笑一声:"不过是一时风光,慌什么?"

小丫头还是不够沉得住气,早早透露了《画皮》下部出售时间,正好让他们好好准备。

辛柚往与书厅相连的那间待客室一躲,无视外面的热闹,直到两日后纪采兰踏进书局大门。

"东家,您的朋友来了。"石头早就得过辛柚叮嘱,一见纪采兰进来,就跑进待客室禀报。

辛柚起身,拉了拉衣摆走出去。

"纪姐姐来了。"

辛柚的出现令纪采兰目露惊喜之色:"寇妹妹在啊?我听说《画皮》下部出售的时间出来了,忍不住来看看。"

"纪姐姐进来说话。"

辛柚带着纪采兰进了待客室。

待客室的布置乍一看与以往没有什么变化,若看细节却处处不同。比如靠墙的案上插着鲜花的大肚花瓶,椅子上铺的青布软垫。

用伙计刘舟的话说,以前待客室让掌柜的那糟老头儿用真是糟蹋了。

"纪姐姐坐啊。"辛柚笑着招呼,提起茶壶倒了两杯茶。

菊花茶放了两粒冰糖,喝起来甘甜清爽。纪采兰连喝好几口,毫不吝啬地赞叹:"寇妹妹这里的茶水真好喝。"

"那纪姐姐可要常来。"

"寇妹妹不嫌我总来打扰你忙就行。"

"怎么会?我也不忙。书局有掌柜、有伙计、有工匠,只有我是闲人。"

纪采兰只觉得新朋友处处合意,脸上的笑容更多了:"那就好。寇妹妹,《画皮》下部已经写出来了吗?真的能在九月初出售?"

"应该没问题。"

"太好了!"纪采兰抚掌,强忍着没问那王生从窗户看到的到底是美娇娘还是獠牙恶鬼。

她可没那么不识趣,问这种为难人的话。

辛柚抿了一口茶:"对了,周妹妹怎么没有一起来?"

听辛柚提到周凝月,纪采兰叹口气:"表妹最近心情不太好,问她怎么回事又什么都不说。今日我是约她一起来的,奈何她不想出门。"

"那次我看周妹妹的心情还不错。"

"是啊,谁知是怎么了?"纪采兰有些愁。

她只有两个哥哥,一直把表妹当亲妹妹待的。表妹不开心,她玩起来也有些没滋味。

"我有个东西,周妹妹见了没准儿会开心。"

"什么东西？"

"纪姐姐稍等。"

辛柚走出去，低声吩咐待在书厅的小莲几句。小莲点点头，快步走了。

"寇妹妹不能先告诉我是什么吗？"纪采兰按捺不住好奇心，问道。

辛柚莞尔："说了就没惊喜了，等会儿纪姐姐就看到了。"

小莲没让二人等多久，就挑帘进来了，把一个青布包裹的物件递给辛柚，默默地退出去。

辛柚把外面的青布打开，露出一本没有封面的小册子。

纪采兰瞳孔一震。

这是什么？！这该不会是传说中的小人儿书吧？这种小人儿书里的人都没穿衣裳！

她虽然没看过，但这些年看了那么多话本可积累了丰富的经验，偶尔也会在那些故事人物偶尔提到的一两句话中知道那种小人儿书的存在。

这……寇妹妹要是邀请她看，她是看还是不看呢？

纪采兰慌忙扫了门口一眼，一时矛盾极了。

辛柚虽懂得不少，小人儿书什么的实属她的认知盲区，看纪采兰的反应，心里生出大大的疑问。

纪姑娘怎么突然有些鬼鬼祟祟？

"纪姐姐怎么了？"

"没……没什么。"

辛柚把小册子推过去："打开看看。"

"啊，这……这合适吗？"纪采兰有些语无伦次。

她还没做好准备呢！

辛柚越发一头雾水："怎么不合适呢？是我拿给纪姐姐看的，纪姐姐又不会随便给别人看。"

纪采兰："……"

可寇妹妹盛意难却，要不……她就看看吧。

纪采兰心一横，打开了小册子。

入目就是一个书生打扮的男子停在路上，正与一名女子搭话。那女子身段婀娜，美貌非常。

这幅画画面竟不是黑白的，而是上了颜色，无论是女子发间的花钗，还是绣了花朵的罗裙，都被描绘得十分细致，栩栩如生，好似这对男女就在眼前。

纪采兰不觉翻到第二页，又是另一幅惟妙惟肖的画面。

"怎么样，好看不？"辛柚带着笑意的声音响起，把纪采兰的心神拉了回来。

纪采兰猛地抬头，指着小册子上的画面："这……这莫非是王生路遇媚娘那一幕？"

"还挺还原文中的描述吧？我心血来潮就把《画皮》上部的一幕幕故事画了出来，

纪姐姐觉得如何？"

纪采兰尴尬地眨了眨眼。是她想多了，她刚刚一直往后翻，还以为没穿衣裳的在后面！

不过很快兴奋就压过了尴尬，纪采兰双手按着小册子："寇妹妹，你也太厉害了，怎么想到把故事画出来的？！"

"可能是太闲了吧。纪姐姐，你说周妹妹看到这个，心情会不会好一些？"

"那肯定会。"纪采兰用力点头，邀请的话脱口而出，"寇妹妹要是没事，我们一起去找表妹吧，给她一个惊喜。"

"好呀。"辛柚欣然答应。

二人一起走出书局，也没雇马车，边说边聊，不知不觉地就走到了周凝月家。

"表妹，你看谁来啦？"还在院子里，纪采兰就欢快地喊起来。

辛柚虽心事重重，但与纪采兰这样单纯活泼的女孩子在一起也不觉地露出真切的笑意。

西厢房的门被推开，周凝月走出来，见到纪采兰身边的辛柚面露惊讶之色："寇姐姐？"

辛柚没有立刻回应，眼前出现了一幕：那是个白日，周凝月站在门外似乎看到了什么，手中提篮落地，跌跌撞撞地边跑边回头，跑到院中摔倒在地，一脸的痛苦与惊恐色。

从屋中追出来的，是她的父亲周通。

"寇姐姐——"见辛柚不语，周凝月又喊了一声。

辛柚回神，眼前笑容甜美的少女与画面中惊骇欲绝的少女重合，那种反差让人的心情格外复杂。

好在辛柚从小就是这么过来的，对那些突如其来的画面虽做不到心如止水，面上却能风平浪静。

"一些日子不见，周妹妹好像瘦了些。"辛柚不动声色地寒暄，心中则飞快地分析着看到的画面。

周凝月从失手摔落提篮到跌倒，动静绝不会小，可是周父追到院子里时并无其他人出现。

周母、婢女、门人、厨娘、仆妇，没有一个人出现。

难不成那时只有周通与周凝月父女二人在家？

这种情况好奇怪。

辛柚带着疑惑留意到了摔落在地的提篮。

柳条编的小提篮侧翻着，盖着篮子的碎花布滑落，月饼撒了一地。

月饼——辛柚恍然大悟。

那日难道是中秋？

若是中秋，其他人不说，周母不在家中的可能性就十分小了。

再想到周凝月站在门外突然摔了竹篮、惊恐地往外跑的情景，辛柚心中便有了猜测。

周凝月在门外看到的，恐怕就是周父伤害周母的骇人情景。

那么周母呢？

她既然能看到周凝月摔倒的画面，那很可能也会看到周母出事的场景。

辛柚定了定神，自然而然地道："突然来找周妹妹，有些冒昧了，我去向伯母问个好。"

"我娘出去了。"周凝月拉住辛柚的手，并没有因为这些日子没见面而显得生疏，"寇姐姐、表姐，去我屋中坐吧。"

辛柚压下失望，随周凝月进了西厢房。

叫春芽的婢女端来茶点，乖巧地退下。

辛柚不由得多看了春芽一眼。

周凝月心思细腻，见她如此就问道："寇姐姐怎么啦？是不是春芽哪里不妥当？"

"不是，我就是瞧着春芽有些像我小时候身边伺候的一个丫鬟。"

"寇姐姐以前不在京城吧。"

"嗯，那时还随父母住在外地，后来我进了京，只带了奶娘和一个贴身丫鬟，家里那些仆从都散了。从第一次来周妹妹家见到春芽我就觉得面熟，刚才就忍不住多看了她几眼。"

"原来如此。"

辛柚顺势问："春芽是京城人吗？"

周凝月一笑："是呢。先前我家也在外地，本来有个丫鬟的，后来搬来京城，我娘说别让人家骨肉永不得相见，就把她放回家了，春芽是来京城后才买来的。"

"那看来与原先伺候我的小丫鬟没什么关系。"

"应该没什么关联。春芽她娘是因为没钱治病，不得已才卖了她。她家离着也不算远，我娘还说中秋、过年这样的日子许她回家住一日呢。"

"伯母真是心善。"辛柚笑着称赞。

看来那日是中秋无疑，画面中没有春芽出现，她是回家与父母团聚去了。

至于其他下人没有出现，或许也是这个原因。

没等辛柚再打探，周凝月就主动说了："王大娘他们都是雇来的佣工，假日就更多了。"

"那到了中秋这样的日子，岂不是要自己弄吃食？"

辛柚的问题令周凝月"扑哧"一笑，纪采兰也笑得不行。

"寇妹妹，我们这种普通人家，大部分事本来就要自己做呀。表妹家还好，像我家就只有一个做粗活儿的帮佣，白日干活儿，晚上都要回去呢。"

辛柚露出了不好意思的微笑。

纪采兰怕她尴尬，忙岔开话题："表妹，你猜我们为什么一起来找你？"

"为什么？"

"你一定想不到寇妹妹有多厉害。"纪采兰从怀中把小册子拿出来，递给周凝月，"看看。"

"什么呀？"周凝月把小册子打开，一下子被吸引了，"啊，这是把《画皮》画出来了！"

"寇妹妹画的。"

周凝月看向辛柚的目光里有了崇拜之色，爱不释手地摸着小册子："寇姐姐，你真的好厉害。"

辛柚莞尔一笑："你们要是喜欢，这一本就送你们了。"

纪采兰与周凝月都不是爱客套的人，欢欢喜喜地道了谢，又为小册子的归属发了愁。

最后还是纪采兰主动放弃："表妹你留着吧，以后寇妹妹要是画了《画皮》下部，我再厚颜讨要。"

周凝月心知表姐是让着她，又实在喜欢这图画版的《画皮》，忍着不好意思收下了。

"寇姐姐和表姐留下吃饭吧，我让王大娘烧几样拿手菜。"

辛柚客气地推辞。

"寇姐姐可不要拒绝，就当给我一个道谢的机会。"

辛柚应了，心头微喜。

留下用饭，她就有可能等到周母回来了。

果然还没到吃午饭的时候，周母就回来了。

周凝月看到周母从窗外走过，快步走了出去，立在西厢房门口喊道："娘，表姐和寇姐姐来了。"

辛柚与纪采兰也走了出去。

纪采兰笑盈盈地喊了一声"舅母"，辛柚则规矩地行了一礼："伯母好。"

周母显然对辛柚的印象不错，语气很是温和："别多礼。那日我还说月儿怎么总在家里窝着，让她多去找你们玩。这丫头就是个闷性子，难得寇姑娘不嫌她。"

"娘，寇姐姐还送了我特别好的礼物，我让寇姐姐留下吃饭……"

辛柚含笑听着母女二人的对话，实则心神全被新的画面引走了：看光线还是白日，这一次是在屋中。

周母后背抵着书桌边沿，前方被高大的身影笼罩，正是周父。

只不过这可不是什么夫妻在书房交谈的温馨画面，而是周文正在行凶。

周父双手放在周母的脖子上用力收紧，周母竭力去推周父的手却挣脱不开，终于双手往下一垂，碰到桌面上不动了。

到这里画面并没有结束，周父骤然回头，一脸狰狞地盯着门口，再然后大步向门口走去。

骇人的画面消失，重新出现在眼前的是虽然憔悴却一脸可亲的周母、笑盈盈地拉着母亲说话的周凝月。

辛柚心里生寒，用力握了握拳。

至此，两幅画面对上了。

周凝月于门外撞见了父亲杀死母亲的情景，惊惧之下失手摔了提篮。提篮落地的声音惊动了周父，周父便追了出来。

周父为何会杀周母？

如果是因为娘亲的事，那晚周母不是被安抚住了吗？

还是说，周母后来有了新发现，与周父对质，夫妻二人争执中，周父一时失去理智杀了周母？

不，他也不一定是冲动，也可能就是灭口。

在知道了娘亲就是失踪多年的皇后娘娘的前提下，辛柚不得不以最大的恶意揣测与此有关的人。

那她接下来该怎么做？

直到被周凝月和纪采兰一左一右地拉着回了西厢房，辛柚还在想这个问题。

时间可以明确了，是中秋节的白日。她看周凝月的样子是从外边买了月饼回来，周母与周父吵起来应该是没想到女儿会这么早回家，再结合画面中的景物，时间可以更具体些，应是上午。

"我去一下茅厕。"在舅舅家纪采兰完全不拘束，还贴心地问辛柚，"寇妹妹要去吗？"

"纪姐姐去吧，我还不想去。"

"那我去了。"

纪采兰一走，屋中就剩下辛柚与周凝月二人。

"寇姐姐，我看你脸色有些不好，是不是哪里不舒服？"

辛柚闻言，露出凝重的神色。

辛柚严肃的神情令周凝月越发担心："寇姐姐，怎么了？"

"我要说的话，周妹妹可能会觉得很奇怪……"

"寇姐姐你说啊。"周凝月的担心转为了好奇。

她从南到北，也算行过万里路的人，能有什么话让她觉得奇怪的？

"我其实……会看相。"

周凝月的表情有一瞬的呆滞。

她会看……看相？

寇姐姐这样和她差不多大的女孩子会看相，确实好奇怪……

辛柚把周凝月的反应看在眼里，神色更严肃了："伯母前些日子是不是遭过火厄？"

周凝月眼睛猛然睁大，脱口而出："寇姐姐怎么知道？"

她的第一反应是纪采兰告诉辛柚的，可很快想到母亲那晚手被烫伤的事根本没有对表姐说。

辛柚笑了一下，严肃的表情缓和了些："刚刚不是和周妹妹说了，我会看相呀。"

周凝月保持着震惊的神情，一时忘了反应。

辛柚话锋一转："不过伯母遭受的火厄并不严重，是不是？"

"是。"周凝月下意识地点头。

"应该只是小烫伤。"

周凝月猛点头："是！"

"我见到伯母后神色凝重，倒不是因为伯母遭过火厄，而是……"

"而是什么？"到这时，周凝月彻底信了辛柚的话，语气中有自己不曾察觉的紧张。

"我观伯母面相，血光之灾就在近日。"

"什么？"周凝月站了起来。

纪采兰恰好走进来，见到屋中的情形不由得诧异："发生什么事啦？"

周凝月一把抓住辛柚的手腕："表姐你先坐，我和寇姐姐去茅厕。"

纪采兰坐下，望着二人离去的背影有些感叹。

表妹和寇妹妹这么快就一起去茅厕了吗？

周家的茅厕是屋后另搭的一间矮房，周凝月带着辛柚站在离茅厕挺远的地方，急切地问她："寇姐姐，你说我娘有血光之灾是什么意思？"

"就是字面的意思，若不防范，会有流血的事情发生。"

"那该怎么办？"

辛柚沉默着。

"寇姐姐，你说呀。"周凝月急得眼里有了泪。

"我需要和伯母聊一聊，又怕伯母听了觉得我是胡言乱语，说不定连朋友都不让我们做了。"

"不会的，我娘最温柔了。"周凝月想了想，"那我先和我娘说一下。"

辛柚回去陪纪采兰，周凝月去了正房见周母。

"怎么不陪朋友？"见女儿进来，周母笑问。

周凝月凑过去，挽住周母的胳膊："娘，您知道吗？寇姐姐懂相术。"

"懂相术？"周母听了忍俊不禁，"我记得你前几年看了一个话本子后还说你突然会解梦了呢。"

"娘！"周凝月瞪了周母一眼，"我那是人来疯，人家寇姐姐是真本事。寇姐姐一见到您，就看出您前些日子被烫伤过。"

"当真？"周母收了笑，脸色变得微妙。

"这还有假？您手被烫伤的事都没对姑姑他们说，寇姐姐若是不懂相术，怎么会知道的？"

"那你来找娘，是因为什么？"不比女儿的单纯，周母一下子就明白周凝月来找她另外有事。

"寇姐姐说您近日会有血光之灾。"

周母皱了皱眉，略一沉吟道："月儿，你去把寇姑娘请过来，你在西厢房陪你表姐。"

"哦。"周凝月没想到还没提，周母就主动要见辛柚了，忙应了一声回了西厢房。

"寇姐姐，我娘请你过去一下。"周凝月送辛柚去了正房又回来。

"表妹，舅母找寇妹妹干什么？"

周凝月一脸无辜的神情："我也不知道啊。"

正房的东屋中，辛柚对着周母福了一礼："伯母。"

周母打量姿态优雅的少女，眼神带了探究之意。

"寇姑娘请坐。"

辛柚大大方方地坐在了绣墩上。

"听月儿说，你精通相术。"

"略有涉猎。"

周母见辛柚痛快承认，眼中的探究之意更深："寇姑娘看我将有血光之灾？"

辛柚颔首："是，且是有性命之忧的血光之灾。我与周妹妹有缘相识，虽知这话说出来让人难以相信，还是不忍周妹妹伤心。"

"那寇姑娘能具体说一说我会遇到什么样的血光之灾吗？又该如何避免？"周母语气温和，让人看不出真实态度。

辛柚微微摇头："我只能看出伯母的血光之灾就在近日，具体如何并不清楚，但与亲近之人有关。"

听辛柚说与亲近之人有关，周母眸光微闪，那一瞬表情有些异样。

辛柚一副没有看到的样子，面露迟疑之色："至于如何避免，只能伯母您多加小心了。尽量不要与人有口舌之争，应该就能避开这场祸事。"

"多谢寇姑娘提醒了。"周母微笑道谢。

辛柚看不出对方的真实想法，也不强求。

她提醒一下周母，算是出于道义，也是不希望周母死于周父之手，让后续调查越发困难。

而她真正的打算，是等中秋那日提前潜入周家，若能听到周母与周父争执的原因就更好了。

她可以肯定，能给周母引来杀身之祸的争吵与她娘亲有关。

"寇姑娘去和月儿她们玩吧。"

等辛柚一走，周母的神色转为凝重。

女儿认识的新朋友是真的懂相术，还是另有所图？

假如那女孩儿说的是真的，什么样的血光之灾与亲近之人有关呢？

周母心念转动，一时怀疑辛柚的目的，一时琢磨血光之灾会是什么，加之多日来被愧疚折磨得吃不好睡不好，越想越心浮气躁，甚至有了呕吐之感。

中午时，周母没吃下几口饭，西厢房这边周凝月也食不下咽，等送走辛柚与纪采兰就迫不及待地跑到周母面前。

"娘，寇姐姐和您说了什么？"

"就说要谨慎些，不要与人争吵。"

"这样就能避开？"

周母抬手替女儿理了理碎发，笑容温柔："是，这样就能避开了，所以你就不要胡思乱想了。"

周凝月大大地松了口气："那就好，我还担心您听不进寇姐姐的话呢。"

"怎么会？寇姑娘也是好意。"周母顿了一下，不动声色地叮嘱女儿，"寇姑娘说的话，可不要对你爹提起。"

周凝月没想那么多，笑道："我知道。爹又不信这些，让他听说了肯定会训我的。"

"是，男人都不怎么信这个。"叮嘱好女儿，周母面露倦色，"娘睡会儿，你也回房睡吧。"

周凝月离开，屋中安静下来，周母却辗转反侧、毫无睡意。

回书局的路上，辛柚与纪采兰有一段路同行，不动声色地打探："周妹妹一家才从外地来，他们过中秋会不会与本地人习俗不同？"

纪采兰立刻来了谈兴："听表妹说南北是有些区别，他们在南边吃的月饼是肉馅儿的呢。"

说到这里，纪采兰脸上不由得露出嫌弃之色："月饼明明要吃豆沙的、枣泥的、五仁的，肉馅儿的月饼简直让人无法下咽！"

"肉馅儿的月饼？"辛柚配合地露出好奇之色。

见她如此，纪采兰仿佛找到了知音："稀奇吧？"

辛柚点头："确实和咱们惯吃的不同。"

"不止呢！表妹他们在南边不但月饼吃肉馅儿的，粽子也吃咸的，春卷也是咸的，偏偏豆腐脑放糖吃！寇妹妹，你能想象甜豆腐脑吗？"

辛柚摇头："难以想象。"

事实上，她不但能想象，还吃得贼香。

当然了，夏姨做什么菜都好吃，天南海北，煎炒烹炸。所以她既吃得惯甜的，也吃得惯咸的。

"那等中秋节，周妹妹吃得惯甜月饼吗？"

"早年舅舅他们在京城住过，肯定也能吃的，不过这些年吃惯了咸口的，有肉月饼更好。前两日我还对表妹说，离吉祥坊不远有一家点心铺，每年中秋这几日不但有常见的月饼，还有肉月饼卖呢。表妹说她到时候买一些回去，还不让我对舅母他们提，说是要给他们一个惊喜。"

辛柚恨不得给纪采兰一个拥抱。

世上怎么会有这么贴心的女孩子呢？

她面上露出惊讶之色："京城也有肉月饼卖吗？"

"有呀，那家点心铺叫五香斋，原本也没肉月饼卖的，据说少东家娶的妻子是南边人，后来就卖肉月饼了。生意居然还不错，客人大多是南边人。"

纪采兰提到"生意不错"时那嫌弃的模样实在太明显，令辛柚不觉弯了唇。

二人站在路口分别时，纪采兰拉着辛柚的手依依不舍："寇妹妹，你一直在书局吧？回头我再去找你玩。"

"非年非节的时候我一般都在的，纪姐姐随时可以去找我。"

回到书局，辛柚就交代方嬷嬷："吉祥坊附近有一家叫五香斋的点心铺，奶娘你去打听一下具体位置。"

有了店铺名和大概位置，方嬷嬷打听起来十分容易，没多久就把打听到的信息报给了辛柚。

"那铺子与吉祥坊就隔了两条街，开在路边，生意十分红火，到了下午点心卖完就早早关门了……"

方嬷嬷的话也验证了辛柚对凶案发生在上午的推断。

这一晚，辛柚睡得并不好，在心里一遍遍地盘算着中秋那日的行动。

周家的布局她大概摸清了，今日去见周母是在东屋，布置与她画面中所见并不相同，那案发之地就只剩西屋了。

周家正房一共三间，西屋与堂屋相连，堂屋中没有能躲避之处。屋外窗下更不合适，时间没把握好的话会被从外面回来的周凝月一眼发现。

她思来想去，最适合的藏身之处就是西屋梁上，看来她要当一回"梁上君子"了。

有了打算，辛柚这才迷迷糊糊地睡去。

翌日，她窝在东院，石头从前边跑了过来送东西，竟然就是五香斋的点心。

"是您的朋友，那位纪姑娘送的。"

见辛柚准备去见纪采兰，石头忙道："纪姑娘听说您在东院，放下点心就走了，说是去别处正好路过这里，就顺便把点心给您送来，让您尝尝喜不喜欢。"

辛柚打开点心盒子，拿了几块糕点给石头："你和刘舟也尝尝。"

对石头这样日子过得艰难的孩子来说，点心可是过年才吃不到的好东西。

"多谢东家。"小少年拿着点心高高兴兴地走了。

辛柚静坐了一会儿，拿起一块桃花状的点心放入口中，慢慢品尝。

点心细软香甜，味道很不错，可她的心并没有被甜蜜浸透。

吃下一块点心，辛柚微微叹了口气。

她就算改变周母被杀的结局，这对夫妇反目已是必然，不知到时纪采兰与周凝月这对表姐妹该如何相处了。

至于她与二人的友谊……本就是建立在虚假上的友谊，她想太多便是自寻烦恼了。

转眼到了八月十四，辛柚去前边书局逛了一圈就出了门，往五香斋的方向而去。

她要提前去看看，好估算从周家到点心铺的距离。

如纪采兰所言，五香斋离吉祥坊果然不远，辛柚因为不赶时间慢慢走过去，那里已排了长长的队伍。
　　这家的点心还真受欢迎——辛柚的脑袋里才闪过这个念头，脚下猛然一顿。
　　周凝月为何会在队伍里？
　　月白色的小衫，丁香色的百褶裙，手上挎着一个小提篮……周凝月的穿戴与画面中一模一样。
　　辛柚定定地望着排在队伍中的秀美少女，一颗心陡然沉下去。
　　她错了！
　　那画面中的时间原来不是中秋当日，而是八月十四！
　　辛柚顾不得懊恼，快步走向周凝月。
　　"寇姐姐？"见到辛柚，周凝月惊喜地问，"你也知道这家点心铺啊？"
　　"那日听纪姐姐说这家点心铺味道不错，想着要过节了买几样点心带回外祖家。"辛柚解释一句，拉住周凝月的手，"可见了周妹妹，点心不能买了。"
　　"怎么了？"周凝月一头雾水。
　　辛柚拉着周凝月往周家方向走，压低声音道："我观周妹妹面相，乃怙恃有危之兆，且近在眼前。"
　　怙恃代指父母，周凝月当即想到辛柚那日说母亲有血光之灾的话，不由得变了脸色："我娘——"
　　不用辛柚再拉，她提着裙摆就往家跑。
　　辛柚默默地追了上去。
　　周凝月担心父母出事，跑得飞快，可还是用了一刻钟才跑到家门口。
　　周家大门紧闭，但并没有上锁，周凝月推开门冲进去，直奔堂屋。
　　周凝月要去的是东屋，可刚进了堂屋，就听到了惨叫声，是一道从西屋传来的男声。
　　周凝月直接冲向了西屋，用力地把门推开。
　　屋内，周母一只手举着匕首，茫然地向女儿望过来。
　　那匕首还滴着血，周父倒在地上挣扎着，还有气息。
　　也是因为这样，他看起来越发骇人，一脸扭曲地瞪着突然出现的周凝月，向她伸出手。
　　周凝月连尖叫声都没发出，双眼一翻软软地倒了下去。
　　辛柚跟在周凝月身后，及时扶住了她。
　　"当"的一声，周母手中的匕首落到了地上。
　　"月儿！"周母冲到女儿面前，伸手想去扶，手上的鲜血令她猛地顿住。
　　那是丈夫的血。
　　许是天性比寻常妇人沉稳，抑或是在女儿面前激发了为人母的坚强，周母没有特别慌乱，眼神直直地望过来。

"寇姑娘，你为何会在这里？"

"伯母，院门没落锁。"

周母愣了一下，用力地在衣服上蹭了蹭手，快步地向外走去。

辛柚扶着昏倒的周凝月，低头看向躺在地上的周通。

周通已经不动了，一双眼睛圆睁着充满了不甘之意，显然没有料到自己会死于柔弱的妇人之手。

这是与画面中截然相反的结果，辛柚对这个结局有点儿意外。

或许在她特意提醒周母时，潜意识中已经对不同的结果有了心理准备。

男人固然在体力上强于女子，但一个毫无防备，一个有所提防，结局可能就会与正常情况截然相反。

辛柚环视被布置成书房的西屋。靠墙的架子上有不少书，书桌上亦堆了一些书册纸张和笔墨，是看起来十分寻常的一间书房。

周母与周父的争执发生在这里，而不是起居的东屋，必然有原因。

那是因为什么呢？

还没等她细想，周母就回来了。

"寇姑娘在看什么？"

辛柚听出了周母声音中的冷意，对此并不奇怪。

她的出现在对方眼里确实太巧，巧到惹人怀疑。

"伯母，要不要先把周妹妹扶到东屋炕上，免得她醒了受惊？"

周母立刻把各种情绪抛在脑后，与辛柚一起把周凝月扶到东屋躺好，站在与西屋一门之隔的堂屋，脸色变得凝重苍白。

"寇姑娘，你为何与月儿在一起？"

辛柚平静地回答："那日从伯母家离开，听纪姐姐提起附近有一家点心铺的糕点味道很好，还有肉月饼卖，想着明日就是中秋了，提前过来买一些孝敬长辈，没想到遇到了周妹妹。"

说到这里，辛柚扫了西屋门口一眼，坦然道："至于来伯母家，是我观周妹妹的面相，发现她面上显出双亲有危之兆，不放心于是随她一起过来了。"

周母听了这话，也不说信，也不说不信，沉默半晌问："西屋的情景，寇姑娘也看到了，你打算如何？"

"伯母有什么打算呢？"辛柚反问。

周母神色冷静，如实说道："我不想背上杀夫的罪名。我自己的死活无所谓，可月儿不能有一个杀害亲夫的母亲，不然她这辈子都毁了。求寇姑娘高抬贵手，就当今日没来过吧。"

周母说着，重重地跪了下去。

辛柚静静地站着，好一会儿才垂眸看向跪在面前的妇人。

"我想知道，为什么不一样了？"

周母一时没反应过来,面露疑惑之色。

辛柚一字一顿地道:"先前观伯母面相,出事的本该是你。"

周母浑身一颤,神情不断变化,沉默了一会儿才道:"寇姑娘没看错,出事的本该是我。我因为一件事找他理论,突然想起寇姑娘那番话,鬼使神差地把匕首带在身上,结果争执时他勒住我的脖子,拼命挣扎之际不知怎么就……"

"娘——"突然有声音传来,周凝月扶着门框,脸色惨白如雪,"什么事?究竟什么事会让爹对您下杀手,又让您反抗之下杀了爹?"

她松开死死抓着门框的手,一步步走过来,看起来随时要倒下。

"娘,您说啊,到底是什么事?!"周凝月扑到周母身上,用力地摇晃着她的手臂。

周母抬手碰了一下周凝月的头发,看到手上的血迹,针扎般把手收回。

"月儿,你不要问了,这是大人的事……"

"娘,都这时候了您还说是大人的事?"周凝月的声音扬起,眼泪簌簌落下,"爹死了,我没有爹了啊!"

这话如一记重锤,狠狠地砸在周母心上。

周母的脸色看起来更加苍白,手控制不住地抖:"死的本该是我……"

"娘,我不是怪您,我只想知道为什么啊!"周凝月抱着周母哭。

对这个经历单纯的小姑娘来说,朝夕相处、对她疼爱有加的母亲自是比早出晚归,甚至经常见不到面的父亲亲近得多。

"月儿,你只要知道你爹做错了事就够了。不是娘不想告诉你,是不能告诉你。当然,你怪娘也是应该的,娘只希望你能好好的……"周母哽咽着,却一直没掉泪。

周凝月摇着头,神色浑浑噩噩:"我不明白……"

周母看向辛柚:"寇姑娘,你能替我们母女保守秘密吗?"

"伯母觉得,可以瞒住尊夫的死讯?"

周母下意识地看了女儿一眼,轻声道:"瞒不住死讯,能瞒住死因就够了。我们一家才从外地来,与街坊邻舍来往不多,他的同僚也是才认识不久的,唯有……"

周母顿了一下,没有说下去。

周凝月已反应过来,捂嘴哭道:"姑姑知道了该怎么办?"

纪采兰的母亲,正是周通的亲姐姐。

"等……等收拾好了,就报丧说是急病而亡……"周母艰难地对女儿说出安排,以乞求的目光望向辛柚。

辛柚看着衣衫上溅了丈夫鲜血的妇人,心头生出一个疑问。

一个普通的妇人,失手杀了丈夫后能这么冷静吗?

还是说,周母的来历也不简单?

等等,周母能认出娘亲是失踪十几年的当朝皇后,本来就不可能是普通妇人。

那周母是什么人?

辛柚眼里藏着探究之意，她看向周母。

室内一时无人开口，只有周凝月压抑的抽泣声。

许久后，辛柚微微点头："我可以当今日没来过，但我有一个要求。"

"什么要求？"周母先是神色一松，而后心又提了起来。

"等这件事过去，我想找伯母好好聊一聊。"

听辛柚只是要求这个，周母毫不迟疑地点了头。

在她看来，这位突然与女儿成为朋友的少女处处透着神秘感，恐怕没有那么简单。

但这些都比不过当前的难关，对方不把今日所见说出去已是她们母女幸运。至于对方回头找她聊一聊，那些说不得的，谁也不能撬开她的嘴。

辛柚看一眼周凝月，问周母："需要我帮忙吗？"

周母立刻心领神会，面露感激之色："多谢了。月儿，你去西厢房吧。"

"我……"

"听话，去西厢房。"周母的语气不容置喙。

她反抗之下杀了丈夫，为了善后还顾不上有各种情绪，可让女儿再看到西屋的情景就太残忍了。

这一刻，周母对辛柚生出了真切的感激之情。

不管这姑娘有什么目的，至少现在能帮帮她。

她真的很需要有一个人在这时候帮帮她。

"谢谢，谢谢。"周母再次道谢，到这时一滴泪才从眼角缓缓地淌下来。

周凝月哭着跑了出去。

西屋中，血腥味浓郁，周通还是保持双目圆睁的样子，已经彻底没了气息。

周母蹲在地上，用抹布擦着地上的血迹，刚开始还有些慌乱，渐渐地竟利落起来。

辛柚看在眼里，越发觉得周母的来历不简单。

她觉得周母必是见过血的。

辛柚默默地整理掉落的毛笔，散乱的书册。

她主动提出帮忙，当然不是纯粹为了帮周母渡过难关，更主要的目的是她想借此机会看看能否发现有价值的线索。

以她先前的推测，争执发生在书房而非起居室，说不定是周母在书房里发现了什么。

辛柚心里想着这些，捡起一张信纸，可还没等仔细看，一只手就突然伸过来。

辛柚立刻后退一步把信纸收到背后，却没想到那只手的目标不是她手里的信纸，而是另一张。

周母以迅雷不及掩耳之势把那张纸塞入口中。

辛柚蹙眉看着因为吞咽信纸而显得表情痛苦的妇人。

周母努力把纸咽了下去："寇姑娘，看到不该看的，对你没有好处。"

辛柚没说什么，蹲下收拾破碎的青瓷笔洗，心中对周母的机敏有了进一步的认识。

她难怪是能反杀了丈夫的人。

"伯母，家里仆从都不在吗？会不会突然回来？"把碎瓷收好，辛柚看似随口问了一句。

"想着明日就是中秋，今早就放他们各自回家了，等十六才回来。"周母说到"中秋"时，声音明显颤了一下。

辛柚暗暗叹气。

那日听周凝月说等中秋会放春芽回家住一日，没想到周母多放了一日假，十四就放人回家了。

可见人的行为最难测，以后她要更谨慎。

时间总是能掩盖许多东西，不过一个时辰过去，西屋除了少了一个笔洗，看起来已经恢复如常。

周通的尸体被清理过血迹后，二人将其移到东屋炕上，重新换过了衣裳，再盖上薄薄的被子，乍一看似乎只是睡着了。

辛柚心知徐徐图之的道理，悄然离去。

回到书局东院，辛柚第一件事就是沐浴更衣，然后拿出那张信纸慢慢地看着。

其实她也没什么可看的，这是一封信的末页，只有寥寥几句体面话，是写信收尾时大多会写上的那种，唯一有价值的就是落款处的名字：冬生。

但她想要通过这个连姓都没有的名字找到人，无异于大海捞针。

辛柚把信纸折起来收好，安排方嬷嬷去吉祥坊那一带留意关于周家的风声。

傍晚时，方嬷嬷带回了消息。

"姑娘是怎么知道的？还真出了件让人唏嘘的事，那周家男主人午休的时候竟在梦中猝死了，留下妻女哭得可惨了，那男主人的姐姐一家都过去了，当姐姐的也哭得不行……"

辛柚想了想，有了打算。

转日一早，辛柚刚要出门，就遇到了段云朗。

"表妹，一起回家啊。"

"二表哥先回吧，我去买点儿东西再回。"

"表妹要去买什么啊？"段云朗好奇地问。

"吉祥坊附近有一家点心铺的糕点味道不错，还有南边传来的肉月饼卖，我打算买些回去给外祖母尝尝。"

那里有好吃的糕点？

段云朗立刻道："我和你一起去买吧，反正不着急回家。"

辛柚略一迟疑，点了点头："好呀。"

有段云朗跟着,她的行事更不显得刻意。

表兄妹二人加上小莲直奔五香斋,到那里时见到的是长长的队伍。
"看来这家点心真好吃。"段云朗满怀期待地排到了队尾。
辛柚默默站在他身旁,留意周围的声音。
排队无聊,周家出了这么大的事,再加上周通锦麟卫百户的特殊身份,人们一直议论不断。
"听说了吗?燕子胡同新来的那家男主人午睡的时候睡死了!"
"我知道,那是纪家嫂子的弟弟呀,纪家嫂子眼都哭肿了。"
"真惨啊!"
"是呢,真惨啊。"
段云朗竖耳朵听完,赶紧找辛柚讨论:"表妹——"
才开口,他就发现辛柚的脸色不对劲。
"表妹,怎么了?"
"他们说的好像是我朋友家!"辛柚咬了咬唇,转身就走。
段云朗愣了一下,急忙追上。
辛柚走得很快,老远就看见周家门外挂了白,时不时有人进出,断断续续的哭声传过来。
走到周家门外,辛柚略停了停,从敞开的大门向内望去。
院中有不少来吊唁的人,堂屋已设起灵堂。
她走了进去,这种时候没人拦着,她一直走到纪采兰身边。
纪采兰见到辛柚很是意外:"寇妹妹,你怎么来了?"
"我和表哥今日回少卿府,想着纪姐姐提到的点心铺,就过去打算买些糕点带着,没想到听人说周妹妹家出事了,就过来看看。"
纪采兰红了眼圈:"寇妹妹有心了。"
"纪姐姐节哀。我想给令舅上一炷香,看望一下周妹妹。"
这种白事对吊唁的人主家一般不会拒绝,纪采兰没有多想,带着辛柚与段云朗进了灵堂。
灵堂正中摆放着一具黑棺,周凝月与周母紧挨着跪在一侧,披麻戴孝,一片素白。
辛柚吊唁时与周母视线相碰,周母眼里藏着疑惑之色,不解辛柚登门的理由。
辛柚怔了一下,眼前又有了新画面:
天是黑的,明月当空,微风吹动缟素,为灵堂添了几分阴森感。
一个妇人突然推开棺盖,周母冲过去阻拦,推搡之下摔倒在地。妇人完全不管摔倒的周母,掀起棺中人的寿衣。
再然后,画面消散,眼前重归真实。
辛柚走向周母时迅速用余光环顾,看到了画面中的妇人。

妇人双眼红肿，显然极为伤心，辛柚一眼就瞧出妇人与周通长相有几分相似。妇人的身份不问可知，她是周通的姐姐，纪采兰的母亲。

画面中的明月已没有那么圆，但也不到下弦月的样子，事情应该发生在十七以后到出殡前这段时间。

是什么引起了纪母的怀疑，让她移开棺盖查看弟弟的尸体？

辛柚脑中飞速转动着这些问题，走到周母与周凝月面前。

"伯母节哀，周妹妹节哀。"

周母微微倾身致谢，哑声交代女儿："月儿，招呼一下你的朋友。"

周凝月红着眼点点头，把辛柚带到一旁。

没等她问，纪采兰就说了辛柚出现在这里的原因。

"多谢寇姐姐记挂。"周凝月心里清楚辛柚是特意找机会过来的，但没往深处想。

"周妹妹，令尊何时下葬？"

"我娘和姑姑商量了，要停灵七日。"

那事情应该就发生在八月十七到二十这几日之间了。

"周妹妹也要注意身体，不要熬坏了。"

周凝月惨笑："还好有姑姑一家帮忙。"

纪采兰拍了拍周凝月的背："表妹你别这么说，我们是亲人啊。"

周凝月听了这话，越发难受了。

若是姑姑一家知道父亲死亡的真相——每当脑海里闪过这个念头，她就不由得浑身发抖。

这时纪母喊了一声"兰儿"。

"我娘喊我，我过去看看。"纪采兰撂下一句，走了过去。

辛柚有了机会，挨着周凝月小声道："今日再观伯母面相，麻烦就在近前，周妹妹对伯母说一声……"

周凝月的脸色微变，她轻轻点头，回到周母身边后悄悄地把辛柚的话转告。

辛柚是在周家屋后的茅厕旁与周母碰的面。

这里虽一时无人，她们却不能久待。周母直接问："寇姑娘说的麻烦是什么？"

辛柚便直接如实相告："在伯母对面的妇人是尊夫的姐姐吧？过两日她会心生怀疑，查看尊夫的尸体。"

周母身体一晃，脸色变得惨白："这也是寇姑娘观相看出来的？"

"是。"辛柚给出肯定的回答，毫不心虚。

这确确实实是她"看"到的。

"伯母会化妆吗？"

周母愣了愣，完全猜不透辛柚为何突然问这个："会一点儿。"

"要想渡过难关，尊夫身上的伤口需要修饰。可用面团、黏土等物堵好伤口，再涂以与周围肤色接近的脂粉……"

听辛柚讲完，周母的脸色更加难看："我……我做不到……"

她甚至都没想过会杀了周通，原本只是找他对质而已啊！

为了女儿，她把杀人的恐惧、对未来的恐惧都死死地压在心里，实在没余力做更多。更何况，她也想象不出如何把伤口处理得让人瞧不出来。

"我可以试试。"

周母紧紧地盯着淡定说出这话的少女："寇姑娘所求为何？"

她可不信一个与女儿新结识的朋友会做到这种地步。更别说这位寇姑娘的种种表现，绝非寻常少女。

辛柚不意外周母有此一问。

周母是个聪明人，聪明人想的自然多。

"我想知道伯母与尊夫争执的秘密。"

辛柚刻意加重的"秘密"二字令周母眼神一缩："寇姑娘是不是知道什么？"

"不知道呀，所以才问伯母。"

"寇姑娘为什么想知道？"

"主要是好奇。我的好奇心与相术大概相辅相成，看到的越多好奇心越重，好奇心越重越容易看到。"

"寇姑娘知道了，可能会有杀身之祸。"

"伯母嘴严，我也不会到处嚷嚷，别人怎么会知道我知道呢？伯母不必为我担心，毕竟我这么好奇，还一直好好地活到现在。"

周母的神色不断变化，然后她点头："好，若能渡过难关，我就把这个秘密告诉你。"

辛柚弯了弯唇。

"寇姑娘不怕我反悔？"

"不怕，我相信伯母是有敬畏之心的人。"

周母也不知想到什么，脸色变了变，低声与辛柚约好时间，二人一前一后离开。

"表哥久等了。"与周凝月和纪采兰道别后，辛柚走向等在院中的段云朗。

"这有什么？"段云朗不以为意地摆摆手。

表兄妹二人刚走出周家大门，就见几个锦麟卫走了过来。

辛柚避至一旁，回头看去。

几名锦麟卫走进院中，一名中年男子立刻迎上去招呼，看起来应对自如，应是招呼过不少锦麟卫这样身份的吊唁者了。

周通是百户，不管那些同僚下属与他熟不熟悉，来送一程都是礼仪。

辛柚不由得想到了贺清宵。

以贺清宵的身份，他应该不会亲自来吊唁，毕竟二者身份相差太大。

辛柚转过头，慢慢往前走。

"怎么还有锦麟卫来呢？"段云朗好奇地问。

"我朋友的父亲是锦麟卫的一名百户。"

"难怪呢。唉，你朋友的父亲突然过世，以后这一家人日子难过了。"

辛柚脚下一顿，没有回应段云朗的话。

段云朗顺着辛柚的目光望去，就见贺清宵带着两名手下迎面走来。

"表妹，贺大人！"段云朗扯扯辛柚的衣袖。

辛柚看着越走越近的人，微微抿唇。

自那日后，贺清宵再没去过书局，这是他们第一次再见。

贺清宵竟然会亲自来周家。有她刺杀他在先，他看到她出现在这里，会不会对周通的死生出怀疑来？

辛柚心中想着这些，面无表情地看着贺清宵走到了近前。

二人视线相碰，她不知那日后还能说什么，只能保持着面无表情，等对方走过去。

她没想到贺清宵脚步一转，停在她面前。

段云朗一下子瞪大了眼。

这个人想干吗？

"寇姑娘是从周家出来的吗？"贺清宵看着辛柚问。

辛柚垂眸："听闻朋友的父亲过世，前来探望。"

"那还挺巧。寇姑娘慢走。"贺清宵说完，大步向周家走去。

辛柚忍着没有回头，走到了街上。

"表妹，还买点心吗？"段云朗看出辛柚心情不好，试探着问。

辛柚一笑："买啊，都到这边了。"

"就是，来都来了。"

二人买了不少点心，回了少卿府。

如意堂中，几个孙辈正陪着老夫人说话，听婢女禀报说二公子和表姑娘来了，齐齐望向门口。

"祖母，我回来了。"段云朗走在前边，把拎着的糕点一举，"我和表妹给您买的点心。"

辛柚稍稍落后，对老夫人屈了屈膝："外祖母。"

老夫人看着二人，语气温和："你们两个回来迟了，就是去买点心了？"

"是啊，表妹说这家点心甜软，适合您吃。"

看着笑容爽朗的段云朗，段云辰微微皱眉。

二弟和青表妹是不是走得太近了？

辛柚察觉到一道牢牢粘在她身上的目光，一眼扫过去，清楚地瞧见段云华眼中的锋芒。

看来中秋节，老夫人没有继续让段云华禁足。

屋中孙辈各有心思，老夫人却一副全然没有察觉的样子，看着表兄妹二人一脸欣慰之色。

中午在如意堂用了午饭，辛柚回了晚晴居，交代小莲准备一些物事。

她与周母约好的时间就是今晚。

没过多久，三姑娘段云灵来了。

"没打扰青表姐休息吧？"

"灵表妹坐。我这里长期不住人，没什么好东西，表妹别嫌招呼不周。"

二人一番寒暄后，段云灵提到段云华："二姐是昨日才被放出来的，倒是比以前话少了。"

辛柚一个月也就回来几次，对段云华如何完全不在意，闻言只是笑笑。

"还有，祖母好像有给父亲续弦的打算了。"这才是段云灵想对辛柚说的。

没有了嫡母那座压在头上的大山后，段云灵这段日子过得很轻松，一想到将来会有不知什么秉性的继母，难免忐忑。

这对辛柚来说也是个有用的消息。

与段云华不同，段少卿的妻子能影响不少事。她答应小莲替寇青青取回大半家财，变数自然越少越好。好在如少卿府这种人家，从有意说亲到最终定下，再顺利也要到明年了。

"灵表妹不必提前烦恼，多陪陪外祖母。"

少卿府有四个姑娘，大姑娘段云婉被送走，四姑娘段云雁年纪还小，老夫人近期需要考虑的只有段云华与段云灵的亲事。

段云华虽占了嫡女身份，鲁莽任性的表现却进了老夫人的眼，段云灵多与老夫人亲近些，没有坏处。

"嗯，我知道了。"

与辛柚聊过后段云灵踏实许多，脚步轻松地离去。

从周家回到衙门的贺清宵喝了口茶，问手下："我印象中周百户是年初才进京的？"

手下想到那个时候贺清宵还没接手北镇抚司，答得很仔细："是，周百户以前驻守宛阳，年初进京后升了百户……"

贺清宵听到"宛阳"二字，眼神沉了沉，立时想到了去周家的路上与辛柚的偶遇。

周通也来自宛阳。

寇姑娘与从宛阳来的周通之女成了朋友，恐怕不是巧合。

那么周通之死会不会另有内情？

贺清宵想到那个傍晚从暗处飞来的毫不留情的一箭，新的疑惑升起：假如是寇姑娘动的手，周通之妻是不知情，还是主动配合？

"去查一下周通进京后与哪些人走得近，还有周通夫妇的出身。"

第九章　女肖其父

　　团圆宴设在如意堂，饭后，辛柚婉拒了赏月活动，回了晚晴居。
　　"姑娘要出去？"一见辛柚换衣束发，小莲就很有经验地问了一句。
　　"对，出去办点儿事，替我守好晚晴居。"
　　"可是这里不比书局，您没钥匙啊。"
　　辛柚笑笑："我想别的办法。"
　　小莲犹豫了一下，小声道："婢子知道一个地方可以出去，就是怕您嫌弃……"
　　"哪里可以出去？"
　　"是个狗洞，婢子偶然发现的。"
　　这种高门府邸院墙都高，能不翻墙当然更好。辛柚没有犹豫，直接钻了狗洞，顺利地来到街上。
　　玉盘当空，月光皎洁，中秋的晚上要比平时亮堂热闹。辛柚一路走着，时不时有谈笑声飘入耳里。
　　节日的喜庆直到她走进周家所在的胡同，才被一片素白的阴森取代。
　　辛柚上前，按照约定学了三声猫叫。
　　按照丧仪，需要彻夜为逝者守灵，周通只有一女，昨晚是纪采兰的两个兄长帮忙守着。辛柚没有直接敲门，就是怕周母没能把纪家人打发走，被纪家人瞧见她大晚上登门就不好解释了。
　　没多久，大门悄悄地开了一条缝儿，周母探头看到辛柚，忙拉开门放她进来。
　　走在辛柚身边，周母压低声音道："门人睡得很沉，春芽在西厢房有月儿留意着，除此就没有其他人了。"
　　纪家人白日都在这边，本来晚上也要留人帮着守灵，被周母以中秋为由推拒了，厨娘与做粗活儿的仆妇因为周家出了事取消了假期，但到了晚上会回家睡。

这也是她们选择在中秋夜行事的原因。

灵堂里点着长明灯,充斥着浓郁的烧纸香烛的味道。漆黑的棺材静静地停在中间,令胆小的人望之胆寒。

好在辛柚与周母都不是胆小之人。二人协力移开棺盖,露出躺在里面的周通尸体。

周母看着辛柚拿出随身带的瓶罐刷子一通忙碌,那匕首留下的骇人伤口一点点地被填补,渐渐地与周围肤色没有了区别。

"伯母要注意,不要让人碰到这里。"

周母用力点头。

这个她还是有信心做到的,就算大姑姐心生怀疑,最多掀开衣裳看一眼,总不可能上手乱摸。

"现在不是深谈的时机,等风波过去,希望能听到那个秘密。"

周母在见识到眼前少女的手段和胆量后彻底没了侥幸,低低地道一声好,把辛柚送到大门口。

市井多闲言,如周通这种正值壮年却突然因急病而亡的事虽然有,但毕竟不常见,加上周家只剩下孤儿寡母,更是让人谈论时没了顾忌。

不知怎么的,就有风声说周母其实有了相好,周通是被她害死的。

春芽出门买东西时听到这些闲话,把嘴碎的人骂了一顿,回去就和周母说了。

周母面上没说什么,心狠狠地一沉。

寇姑娘说的麻烦果然是真的!

虽有那番准备,可事情一日没发生她就难免焦虑。周母心中忐忑,到了十七晚上大门突然被拍响,一颗心突然落定。

麻烦终于来了。

等待与纪母交锋前,周母想到了进京后纪母的种种照拂,她那么周到,那么细心,说是姐姐,其实与母亲无异。

也正是因为这些,周母才清楚地知道丈夫在大姑姐心中的分量。纪母给出的那些好都是因为姐弟之情,一旦怀疑弟弟的死因,她们就是仇敌。

所以,她不能心存幻想。她要尽最大努力渡过这一关,至少看着女儿嫁个好人家。

夜里的拍门声很清晰,门人把门打开,纪母大步走了进来。

她身后跟着丈夫。

今晚守在这边的是纪采兰的二哥,见父母一起过来很是纳闷儿:"爹、娘,你们怎么来了?"

周通一死,周家只剩母女二人,纪家人白天都在这边帮忙,以纪父、纪母的年纪,要是晚上也在这里身体可熬不住。

周母走了出来:"大姐、姐夫,怎么这时候过来了,不在家好好歇着?"

"我来看看。"纪母大步从周母身边走过,直奔停在灵堂的黑棺。

周母不解地看向纪父。

纪父面露尴尬之色:"你大姐就是想一出是一出。"

"弟弟,我可怜的弟弟,你怎么突然就走了啊——"纪母的哭声响起,为灵堂添了几分阴森感。

周凝月拉着周母的衣袖,害怕地说:"娘——"

周母拍拍女儿的手:"别怕,你姑姑是太伤心了。"

母女二人的反应让纪父与纪二郎都感到不好意思。

"娘,您赶紧回去吧。"

"是啊,你说你,想来明天一早再过来,这大晚上的。"纪父显然知道纪母这时候过来的原因,却不好明说。

"不用你们管,我就是想看看我可怜的弟弟。"纪母哭着,突然去推棺盖,"阿弟啊,让姐姐再看看你——"

这种时候,周母再没反应就显得不正常了。

"大姐,你不能这样……"周母去拉纪母的手。

"别拦着我,我要再看我弟弟一眼!"纪母是打定主意要看个清楚的,她不是全信了那些风言风语,可若不亲眼瞧一瞧,会是一辈子的疙瘩。

眼见儿子也伸出手想拦,纪母陡然爆发一股力气把周母甩开,推开了棺盖。

棺盖的摩擦声在寂静的夜中格外刺耳,周凝月僵在原地,捂着嘴簌簌流泪。

纪母看到了面容僵硬的弟弟,立刻拉开寿被,掀起寿衣。

"娘,娘您怎么了?"少女凄厉的哭声突然响起。

纪母回头看去,就见弟媳倒在地上,一脸痛苦之色。

"娘,您怎么流血了?!"周凝月望着母亲身下渐渐流出的鲜血,惊骇欲绝。

纪母手一松,浑浑噩噩地往周母的方向走了一步。

"姑姑,我娘她怎么了?"周凝月一脸无措之色,哭着问纪母。

纪母茫然地蹲下来,手碰到地上的血,如梦初醒:"大夫,快叫大夫来!"

弟妹竟然怀孕了!

周家一时兵荒马乱,纪父默默地把棺盖重新盖好,叹了口气。她这不是没事找事吗?

夜里他们砸门喊来的大夫给周母又是针灸又是灌药,折腾到天亮,遗憾地摇摇头。

周母小产了。

周母躺在东屋炕上昏睡,纪母后悔不已,扇了自己一巴掌。

"我怎么就听信了那些人嚼舌呢?!"

弟弟多年来就月儿一个女儿,弟妹要是没小产,弟弟说不定就能有儿子了啊!

接下来周通的发丧下葬全由纪家一手张罗,周母几日都躺在炕上,看起来越来越虚弱。

"月儿。"

"娘,我在呢,您要喝水吗?"周凝月红肿的眼就没恢复过来。

周母握了握女儿的手："你叫春芽去请寇姑娘过来。"

"嗯。"

辛柚一直留意着关于周家的风声，一开始听到周母为了相好谋杀亲夫的闲言碎语，就明白了那画面因何而来。可是没多久，坊间竟然传出周母因悲伤过度小产了。

这就不在她的预料之中了。

辛柚仔细回想那个画面，只到纪母推倒周母掀起寿衣就结束了，想必就是这一推导致周母的小产。

这出乎辛柚的预料，但并不意外。她从小到大见过的画面无数，但画面从不代表一件事的全部。

辛柚第一个反应是去见周母，只是想到周通下葬前她再去周家有些不合适，尤其那日偶遇贺清宵，由不得她不谨慎，只能耐着性子等待。

春芽的到来令辛柚心中一沉。

周母虽答应把夫妇争执的秘密告诉她，可自始至终都是她在争取。一个被动说出秘密的人怎么会突然打发人来请她？

如果她是周母，对二人间的约定绝不会主动，除非事情又有了变化，且是对周母不利的变化。

再想到周母小产，辛柚心里有了不好的预感。

辛柚再次来到周家。

街上一片喧嚣，周家小院却静得有些瘆人。辛柚发现门人不在了，开门的是周凝月。

一见辛柚，周凝月就红了眼："寇姐姐。"

面对周凝月，辛柚心情有些复杂。尽管还没听到周母的秘密，她也清楚娘亲的死与这对夫妇脱不了关系，可她也清楚周凝月是无辜的。

"周妹妹，伯母怎么样了？"

"我娘她不太好……"周凝月哽咽了一下，带辛柚进屋。

东屋是一个临窗大炕，周母躺在炕头，听到动静睁开眼睛。

"寇姑娘，你来了。"

辛柚看清周母的模样，吃了一惊。

先前周母虽也憔悴，却不到如此地步，眼前之人竟给人油尽灯枯之感。

"寇姐姐喝茶。"周凝月端了茶水过来。

辛柚接过道谢。

"月儿，你先回房吧，娘有话和寇姑娘说。"

周凝月看看辛柚，再看看母亲，虽有许多疑惑还是默默地回了西厢房。

东屋只剩辛柚与周母二人。

辛柚摩挲着温热的茶杯，耐心地等周母开口。

周母凝视着眼前的少女。

这位寇姑娘明明与女儿差不多的年纪，却如此沉稳、镇静。以后月儿没了她这个当娘的护着，也能像寇姑娘这样好好的吗？

周母想到这个问题，心仿佛被刺了一下，尖锐地疼。

不知过了多久，周母虚弱的声音响起："我姓苗，叫素素。"

她没有直接说与丈夫争执的原因，反而说起了自己的名字，然后含着期待望着辛柚。

辛柚不知怎么就明白了周母，不，苗素素的期待，笑道："伯母的名字真好听。"

苗素素笑了："是啊，这个名字真好听。寇姑娘有没有听说过当朝皇后的传闻？"

辛柚心头一紧，摇摇头："没听过。"

苗素素苦笑一下："也是，都过去这么多年了，民间渐渐地没人敢议论了，你们这些孩子自然听得少了。当朝皇后姓辛，'素素'这个名字就是辛皇后赐给我的。"

辛柚震惊地道："伯母的名字是皇后赐的？"

苗素素点点头，陷入了回忆中。

"那是二十年前了，我那时还是前朝的小宫女。有段时间，宫中上下人心惶惶，害怕乱军攻入京城。但那一日还是来了，宫门要破的时候，皇帝下令诛杀后宫，那些平日锦衣华服的娘娘一个个倒在地上，如我这样的宫女也都四处逃窜，随时都有人被砍杀，认识的，不认识的……"

随着讲述，苗素素的脸色越来越苍白："我要被追上时，看到了一队兵马，里面竟然有女兵，我就这么活下来了。后来才知道攻入皇城的兵马中有一支是辛皇后的兵……"

苗素素的嘴角有了笑意："那时我才意识到，原来女子也可以做这样的大事。新朝成立没多久，辛皇后征得新帝同意放我们这些前朝宫人出宫，还赏了我们安身立命的银钱。临出宫时我不知怎么生出勇气，跪求辛皇后赐我一个名字。我想啊，我要走出皇宫开启新的人生了，应该有一个新的名字。"

说到这儿，她微微睁大眼，仿佛那个如天女般的女子还在眼前。

"辛皇后看着我说，我心素已闲，清川澹如此，你就叫素素吧。我出了宫，因为新朝颁布了许多对女子宽容的政策，虽然没有父母亲人，靠自己也过得不错。再后来，经人说合，我嫁给了周通……"

苗素素说起她与周通的婚姻，辛柚默默地听着。

"年初的时候，周通留在了京城当差，他写信回去，让我带月儿进京团聚。能重回京城我可真高兴啊，谁知进京的路上月儿摔断了腿，叫天天不应时遇到了一位热心人。我总觉得她面熟，继续赶路时突然想到这位热心人很像辛皇后。等与周通见了面，我就对他说了……"

苗素素苍白的面上堆起懊悔与愤怒之色："我一直惦记着那位热心人是不是辛皇后，多次追问周通，直到一次他喝酒回来，睡前闲聊时我催他问问上峰，他突然发了火，说辛皇后已经死了，让我不要再问个没完了……"

苗素素咳嗽了几声，眼睛红了："他说原来那位心里一直恨着不辞而别的辛皇后，认为辛皇后伤了帝王尊严，所以有了辛皇后的消息就派人去查证，确认身份后就地格杀……"

辛柚用力攥了攥拳，语气平静地问："既然周通也是不得已，你们夫妇又为何再起争执呢？"

"因为我发现我好像被他骗了。"

"被骗？"辛柚怔了怔。

苗素素的眼里怒意更盛："我在书房意外发现了一沓银票和一封信，写信之人对他提供的消息表示了肯定，虽然没有明说，但我知道一定是辛皇后这件事。我生出了疑问，倘若真如他所说，他只是把情况向上禀报，后来的一切都是上面的意思，那人为何还要给他一个小小的百户这么多钱？我虽只是一个普通妇人，却也知道这不合常理……"

辛柚听到这里，脑海中突然闪过一个人。

那人常穿一身朱衣，在黄昏的书架前静静地看书。

难道说，周通把娘亲的消息报给的另有其人？

可贺清宵为何那个时候去了宛阳？

她恨错了人吗？

苗素素又咳嗽了两声，嘴角挂着惨笑："因为那些钱和那封信，我忍不住找他对质。我问他是不是自始至终都在撒谎，根本没把辛皇后的消息上报，而是卖给了想害辛皇后的人。他恼羞成怒，疯狂地掐我的脖子，等我反应过来，匕首已经刺入了他的腹部。后面的事寇姑娘都知道了。"

辛柚眼帘微微颤了颤，问出一句话："那他有没有说，把消息传给了谁？"

屋中安静许久，苗素素问："寇姑娘为何对此事这么感兴趣呢？"

辛柚坦然地与她对视："伯母因辛皇后之死懊恼悔恨，原本的恩爱夫妻也落得如今结局，难道不想让真正的幕后黑手得到报应吗？"

苗素素咬了咬唇："我自然想。我只是不解寇姑娘为何如此。寇姑娘真的只是好奇吗？还是说……你与辛皇后有不为人知的渊源？"

辛柚沉默半晌，终于点头："我与辛皇后确实有些关系，但我不能说。"

苗素素定定地看着辛柚，吃力地笑了："寇姑娘这样说，我反而放心了。周通对我下手时说辛皇后犯傻放弃了皇后之位，想让她死的人多着呢，他把消息卖给固昌伯换了一大笔银钱，还不是为了我们母女以后衣食无忧……"

她想起来了，就是听到这里，于绝境中爆发出了惊人的力气，捅死了那个恶心的男人。

"固昌伯……"辛柚喃喃地念着这三个字。

苗素素接话："他是淑妃的父亲，二皇子庆王的外祖父。"

曾经的宫女生涯，让她遇到种种事情时会下意识地留意这些寻常百姓不会关注的大人物。

"寇姑娘，我想求你一件事。"

"伯母你说。"

"我的身体恐怕撑不住了。月儿不像寇姑娘这么聪慧坚强，她没了爹，很快也要没有娘了，我想求寇姑娘以后能稍稍关照一下她。"

看着苗素素乞求的目光，辛柚很想告诉她，失去双亲的寇姑娘其实很惨，而自己没了最爱的娘亲，也同样很惨。

她不再是那个无忧无虑四处游玩的小女孩儿了，是少卿府的"表姑娘"，青松书局的东家，唯独做不回辛柚了。

"伯母请大夫了吗？京城应该有不少名医……"

苗素素苦笑："我的身体我清楚，小产只不过把一切加快了。寇姑娘，你能答应我吗？"

她从年初的长途跋涉，害了辛皇后而愧疚失眠的那些夜晚，反杀了丈夫的恐惧无措，怕被别人发现丈夫死因的担惊受怕，成亲十几载却发现看错人的郁结，种种情绪早已令她不堪重负，直到被推小产。

身心重创，油尽灯枯，她再不甘，再放不下女儿，也只能认命。

她知道，大姑姐为了弟弟会对女儿好的，可事有万一，万一女儿没有守好秘密，或是有其他意外，让大姑姐知道了周通是被她杀死的，爱弟如命的大姑姐恐怕就会把对她的恨转嫁到月儿身上了。

寇姑娘绝非一般人，她要尽可能为女儿多求一份保障。

辛柚犹豫片刻，还是点了头："我会在能力范围内照应周妹妹。"

苗素素松了一口气，挣扎着道谢。

"伯母不要动，好好休养。"

二人该谈的都谈了，辛柚提出告辞，苗素素喊来周凝月。

"月儿，替娘送送寇姑娘。"

周凝月带着辛柚走出家门。

"周妹妹不要送了，回去好好照顾伯母。"

"寇姐姐——"周凝月喊了一声。

辛柚看着她。

周凝月嘴唇翕动，最终却只说了一句"慢走"。

转回身走向冷冷清清的家门时，周凝月抹了抹眼泪。

她很想问一问寇姐姐和娘聊了什么，可既然娘不让她知道，那她就不问了。只要娘赶紧好起来，她什么都听娘的。

秋高气爽，街上人流如织，与周家的凄冷截然不同。

辛柚抬头，望一眼蓝天白云，大步往青松书局的方向走去。

男女老少，商贩行人，擦肩而过的人不计其数，辛柚突然觉得不对劲。

好像有人跟踪她。

她转了一个弯儿，贴着墙壁停下，很快就见贺清宵走过来。

贺清宵面上毫无被发现的意外之色，在辛柚面前站定。

"贺大人跟踪我？"

贺清宵看着平静发问的少女，坦然道："算是吧。"

他让手下调查周通夫妇，倒是越查越有意思。

周通的经历乍一看平平无奇，他早早没了父母由长姐照拂，先是在京城当差，后来被调往宛阳，直到年初才回到京城。

周妻苗氏竟是前朝宫女出身。

一个锦麟卫，一个前朝宫女，这样一对夫妻安稳生活十几年，引得寇姑娘靠近的原因只能是宛阳。

宛阳那里究竟发生了什么？

寇姑娘对他下杀手，又接近周通一家，真的是因为她的父亲吗？

可她一个在父亲出事时只有十二岁的小姑娘，又是如何认定父亲的死不简单，并确认仇家的？

她还找错了人，把他当作仇家。

贺清宵怎么分析，都觉得以寇青青的经历有如今所为不合逻辑，可偏偏这就是事实。

今日这一场见面，是他去书局想找寇姑娘谈一谈，然后知道她又去了周家。

"离书局不远了，贺大人要不要去喝一杯茶？"

贺清宵意外地扬了扬眉梢。

他以为他的回答会惹怒她，却没想到她会邀他喝茶。

她该不会要在茶水里下毒吧？

看着神色淡淡的少女，贺清宵默默地想。

"好。"

二人没再说话，并肩走向青松书局。

随着《画皮》的推出，青松书局不再是门可罗雀，白日这时候总有客人进出，辛柚直接带着贺清宵去了通往东院的角门。

贺清宵微微迟疑，再看辛柚一脸淡然的模样，默默地走了进去。

院中摆放着石桌、石凳，十分敞亮。

二人相对而坐，小莲端来茶水，退到远处站着。

"贺大人，请喝茶。"

再见到贺清宵，辛柚一时理不清是什么心情，如果一定要说，那可能就是歉意居多。

从苗素素道出的隐秘来看，贺清宵对周通所为并不知情，她险些伤了无辜之人。

也是因为这样的心情，发现贺清宵跟踪她，她并不恼火。

是她先招惹了别人，又哪儿来资格怪别人盯上她？

看着少女笑意盈盈地递来的茶水，贺清宵沉默了一会儿。

她便是想要他的性命，也不至于这么明目张胆吧？

这般想着，贺清宵道声谢，接过茶水垂眸喝了一口。

辛柚道歉的话涌到嘴边，又咽了下去。

"贺大人为何跟踪我？"

贺清宵握着茶杯的手一顿，他顺势将茶杯放下。

"寇姑娘是怀疑令尊的死并非意外吗？"

今日来找寇姑娘，他就是想开门见山地谈一谈。他实在不愿看到寇姑娘这样的人手上鲜血越来越多，走上不归路。

辛柚结结实实地吃了一惊。

寇青青的父亲不是死于意外？

她还记得小莲说过，寇父于调任途中失足落江而亡，连尸首都没找到。

等一下，贺清宵为何把她刺杀他的事与寇青青父亲之死联系上？

"贺大人为何这么问？"

辛柚的避而不答不出贺清宵所料。

他决定说得更明白一些："我已安排人南下调查令尊的事，寇姑娘不妨耐心地等一等结果。"

辛柚脸上维持不住淡定了："贺大人派人去了南边？"

他的人去了南边哪里？他派人去了宛阳吗？

"嗯，派人去了宛阳。"

辛柚："……"贺大人还真是不"辜负"她的猜测啊。

"做这些事锦麟卫还算擅长，虽然不一定能查出什么，但应该比寇姑娘一个人在京城行事要强些。"

辛柚一时不知该说什么。

虽然贺清宵对她的误会有些大，但这种误会好像也没什么坏处……

"寇姑娘能暂且收手吗？"

辛柚还是觉得哪里不对："贺大人不是早就说过，我奈何不得你。"

他又来劝她收手是什么意思？

辛柚灵光一闪，有了猜测："贺大人是怀疑周通的死与我有关？"

贺清宵的沉默让她有了答案。

辛柚亦沉默了一会儿，正色问："既然如此，贺大人为何不抓捕我呢？"

贺清宵看着认真寻求答案的少女，扬了扬唇："寇姑娘执意想知道答案，真的不怕身陷囹圄吗？"

换了旁人，恐怕乐得装糊涂。

辛柚垂眼，盯着面前的一杯清茶："先前那样对贺大人，贺大人都没为难我。"

她心知贺清宵这次不是来抓她的，才乘机一问。

这样想来，她的行为是有些……得寸进尺？

辛柚后知后觉地感到一丝脸热。

贺清宵突然觉得在他面前向来从容冷静的少女有了些变化。他说不清是什么变化，却比前些日子的剑拔弩张令他感到舒适。

"是因为……"他顿了一下，本想随便扯个冠冕堂皇的理由，可对上那双清凌凌的眼眸，却把真正的想法说了出来，"民间案子归顺天府、刑部这些衙门管，锦麟卫大多奉皇命查案，对于这些案子，我们可以找理由插手，也可以视而不见。而我个人对把寇姑娘抓进诏狱没有兴趣。"

辛柚听了这话，握紧了手中的茶杯，抬眼与贺清宵对视："周通之死，与我无关。"

虽然是有了她的提醒，苗素素有所防备才反杀周通，可归根结底周通是死于他的贪婪和狠毒。

这个答案让贺清宵有些意外，但少女眼里的坦荡不似作假。他的眼中多了些自己都没察觉的笑意。

"那寇姑娘耐心地等一等，令尊当年的事如果有情况，我会告知你的。"

辛柚提起茶壶给贺清宵面前的茶杯续上茶水："多谢贺大人。"

这个误会既没暴露她与娘亲，还能查一查寇青青父亲是不是真的死于意外，也算两全其美了。

贺清宵端起茶杯喝了两口，把杯子放下："那就不打扰寇姑娘了。"

辛柚起身："我送贺大人。"

贺清宵没有推辞，由着辛柚把他送出角门，道了一声"告辞"。

然后辛柚眼睁睁地看着这位贺大人走进了书局。

辛柚在角门处静立片刻，转身回了东院。

小莲正在收拾石桌。

秋阳明媚，被收拾过的石桌、石凳干干净净，谁都看不出刚刚还有人在这里交谈过。

辛柚坐下来，喊小莲也坐。

"小莲，之前我没仔细问过，寇姑娘的父亲在调任路上意外落水，他是调往何处？"

小莲虽不解辛柚为何问这个，还是立马回道："听夫人说，我们老爷是调往宛阳。"

他的调任地点果然是宛阳。

难怪身为锦麟卫镇抚使的贺大人，调查方向会拐进了沟里。

不过辛柚不打算说什么，如果经过贺大人的调查，寇青青父亲之死另有蹊跷，也算是她对寇姑娘的回报了。

复仇这条荆棘之路越是往前走，辛柚越是感到寇青青这个身份给了她特别好的庇护。

"没事了,去帮我把《牡丹记》拿过来。"

小莲应了一声,很快拿来一本《牡丹记》,是书局再版的、封面干干净净的《牡丹记》。

辛柚把书平放在石桌上,沐浴着秋阳慢慢地翻看起来。

贺清宵回到衙门,手下有了新情况禀报。

周通去过固昌伯府。

他虽然只查到去过一次,可是以周通的身份能与固昌伯府有交集,本身就有些奇怪。

贺清宵思索着新获得的消息,心头一动:"查一查四月时固昌伯府有什么异常,特别留意一下是否有人出过京城,注意不要惊动对方。"

周通是锦麟卫的人,他就是查个底朝天都不会有人管,固昌伯却不是一般勋贵。固昌伯的妹妹是代掌后宫的淑妃,外甥是庆王,一个有皇后之实,一个是许多人默认的储君。

他去查固昌伯府,一个不慎就会引火烧身。

"可以慢一些,不要太多人参与调查。"

锦麟卫当然不是铁板一块,看不惯他掌印北镇抚司的人并不少。人人都道坐他这个位子的臣子必是皇帝心腹,可实际上,到现在他都想不通皇帝如此安排的用意。

夜色降临,贺清宵回到长乐侯府。

长乐侯府占地颇广,比大多数侯府还要大一些,建筑更是华丽恢宏,奴婢成群。贺清宵向里走,一路行礼请安声不断。

他唇边挂着浅笑颔首,眼里却没有丝毫波澜,直到一个妇人出现。

"侯爷还没用过晚饭吧?奴婢包了荠菜馄饨,要不要给侯爷煮一碗?"

贺清宵唇边的笑变得真切:"多谢桂姨。"

不多时,一碗热气腾腾的馄饨被摆在了桌上。

馄饨馅儿大皮薄,飘在撒了翠绿葱花与红汪汪辣椒油的海碗里,一旁还有一碟香醋,一盘凉拌鸡丝。

贺清宵不太能吃辣,偏偏又爱吃,先尝了一口汤,如玉的脸颊就有些红了。

妇人见了,忍不住道:"侯爷还是少吃辣,伤胃。"

"知道了。"贺清宵笑着应了,大口吃起来。

妇人默默地看着,在心里叹了口气。

这偌大的侯府看似花团锦簇,谁又知道侯爷的不容易呢。

气派的宅子是皇帝赐的,要打理,成群的奴仆也是皇帝陆陆续续赐的,要养着。处处都需要用钱,可侯爷除了年俸并无什么进益,当了锦麟卫镇抚使的差事后也不像人们以为的那样大肆敛财。

堂堂侯爷，连娶妻的钱恐怕都拿不出。

妇人有时忍不住偷偷想，这该不会就是皇帝的目的吧。

侯爷娶不上媳妇，曾与圣上争天下的义兄这一脉就断了，彻底没了后患。

罪过罪过，她一个小小奴婢不该有这么大逆不道的想法。

可是……

妇人心怀怜惜地看着狼吞虎咽的青年，还是忍不住想：倘若皇后娘娘还在，侯爷定不会过得这般艰难。

她本是娘娘身边的人，娘娘怜惜襁褓中的侯爷，派她去照顾这个无父无母的可怜孩子。

一晃侯爷长大了，娘娘却失踪十几年了。

娘娘……还活着吗？

"桂姨——"

妇人猛然回神："侯爷，怎么了？"

灯下青年人清如玉，眉目舒展："我说荠菜馄饨很好吃。桂姨在想什么，是有心事吗？"

"没有没有。"妇人下意识地否认，看着比女子还要好看的俊美青年，改了口，"是有一件心事。"

贺清宵露出认真聆听的神色。

"侯爷到了娶妻的年纪了，可有中意的姑娘？"

"喀喀喀……"贺清宵咳嗽起来，脸颊不知是辣的，还是咳的，一片绯红。

妇人忙把茶水递过去。

贺清宵喝了口茶压下咳意，有些无奈："桂姨，你早些去休息吧。"

"男大当婚女大当嫁，侯爷也该有打算了。"妇人端详着青年微红的脸，有些不甘心，"侯爷就没有看着合眼的姑娘？"

"真没有。要是有了，我第一时间告诉桂姨。"

贺清宵好说歹说，总算把妇人劝走了。

屋中冷清下来，吃过的碗碟被下人收拾走，刚刚的热闹仿佛没有过。

贺清宵走至窗边，推开窗望向窗外。

夜色深了，繁星满天，风吹着他的衣摆。

贺清宵默默地仰望星空，想到刚刚被问起意中人时的慌乱。

他骗了桂姨。

那一瞬，他的脑海中确实掠过一个姑娘的倩影。

但他不觉得那是钟情，那或许是近来见她的次数太多，下意识的反应。

何况——贺清宵望一眼无际的黑夜与空荡荡的侯府，自嘲地一笑。

他纵是心悦，又何必把一个好端端的姑娘拉进这种不知前程、不知福祸的生活中。

贺清宵走进里室，拿起放在床头的游记静静地看起来。

两日后的傍晚，晚霞在西边天际大片大片地晕开，周家东屋突然响起苗素素急促的喊声。

"月儿——"

正在熬药的周凝月冲进来："娘，您喊我。"

苗素素满脸通红地向女儿伸出手。

周凝月一把握住母亲的手。

"月儿，不要和你姑姑顶嘴，不要和你表姐闹别扭，尽量在你两个表哥娶妻前找个靠谱儿的人家嫁出去……还有，遇到实在解决不了的难题就去求一求寇姑娘，看她能不能帮忙，但也不要总是去麻烦人家……"

苗素素握着女儿的手紧了紧，她用力地问道："娘说的话，你都记下了吗？"

周凝月含泪点头："记下了，女儿都记下了。"

苗素素潮红的脸上有了笑意："那就好，那就好——"

那只紧紧抓住女儿的手一松，落了下去。

"娘？"周凝月喊了一声，愣住了，"娘，娘您怎么了？"

那个总是用疼惜的目光看着女儿的妇人一动不动，毫无反应。

少女凄厉的哭声响起："娘，您醒醒啊，不要丢下我，求求您醒醒啊——"

门人、厨娘、仆妇，短短时日能辞退的都辞退了，只剩一个正在烧火的春芽听到哭声跑进来，看到屋中的情景吓傻了，好一会儿才想起来去纪家报信。

辛柚是三日后从纪采兰口中听说苗素素病逝的消息的。

从苗素素口中了解了那些事后，无论是出于谨慎，还是出于尊重，她都没有再让方嬷嬷继续打听关于周家的消息。那一面后，对苗素素的离世她有心理准备，只是不确定会在哪一天。

纪采兰红着眼，说起来书局的原因："舅舅的离世本就让表妹大受打击，如今舅母也去了，表妹像是丢了魂，不哭也不闹。我想着买两本书给表妹，或许能让她好受点儿。"

辛柚陪纪采兰选了两本书，一起去了周家。

周家旧的缟素还没撤去，如今又添了新的。比起周通停灵时来吊唁者不断，苗素素的离去冷冷清清，几乎只有纪家人在。

"娘，我和朋友去看看表妹。"

纪母点点头，声音嘶哑："去吧。"

辛柚看了纪母一眼。

比起画面中推搡苗素素的凶狠，眼前的妇人神情疲惫，透着伤心过度的麻木。

只要纪母不知道真相，周凝月的日子就应该不会差。

辛柚这般想着，见到了呆坐在西厢房中的周凝月。

本来作为苗素素唯一的女儿，周凝月应该日夜守灵，可双亲相继过世，特别是母亲过世后周凝月一副浑浑噩噩的样子，纪母担心她再有个好歹，一天中大半时间让她待在西厢房。

"表妹，你看谁来了？"

周凝月听到声音，呆滞的目光落在辛柚身上。

辛柚走了过去，握住周凝月的手："周妹妹，节哀。"

"节哀"两个字似乎刺激了周凝月，令她的手一哆嗦，而后干枯的眼眶溢出大滴大滴的眼泪。

她猛地抱住辛柚，放声痛哭："寇姐姐——"

纪采兰目瞪口呆。

表妹这两日好像没了魂儿，任谁喊都没多少反应，怎么一见寇妹妹就哭出来了？

哪怕是纪采兰这样单纯的小姑娘也知道，一个人能哭出来要比憋在心里强。

院中纪母听到哭声也不由得望向西厢房，露出吃惊的神色。

哭声渐渐停了，周凝月胡乱地擦着眼泪，辛柚默默地把一条手帕递过去。

"表姐，我能和寇姐姐单独说说话吗？"

"哦，你们说。"纪采兰愣了一下，转身去了外头厨房准备茶水。

"寇姐姐，那日我娘和你说了什么？能让我知道吗？"

"伯母让我以后多照顾一下你，至于其他，伯母说不必让你知晓。"

这个答案不出周凝月的预料，她这么一问，不过是彻底死了乱猜的心思。娘若想告诉她，有那么多时间可以说……

"我知道了。"周凝月拿帕子擦眼泪，却越擦越多，"寇姐姐，我没有娘了……"

辛柚抬手拍拍她的后背，轻声道："我也没有……所以我们要好好活，不要让娘亲在九泉之下担心。"

周凝月用力地点头。

辛柚离开时，周凝月看起来好了许多，甚至执意把她送到大门口。虽然她把人送走后又坐下发呆，但纪母还是放心不少，悄悄叮嘱纪采兰以后常邀辛柚来玩。

走出周家大门，站在热热闹闹的街头，辛柚缓缓地吐出一口浊气。

几个月前，一辆普普通通的马车转动车轮驶向京城。那时候，无论是坐在马车中对新生活充满向往的周凝月，还是在外游玩打算走遍山河的她，都不会想到一次救助与被救的短暂交集，让她们先后失去了母亲。

好在她进京了，她的方向没有错。

辛柚掉转脚步，一步步走到一座府邸前。

那宅子十分气派，门前两个石狮子威风凛凛。

辛柚抬头，盯着阳光下熠熠生辉的鎏金牌匾。

这里就是固昌伯府。

辛柚站在角落里，默默地望着固昌伯府的大门。

她对固昌伯府的了解还很少，到目前为止得来的信息都来自苗素素，只知道固昌伯是淑妃的胞兄，二皇子庆王的舅舅。再多就没有了。

固昌伯府还有什么人？淑妃在宫中是什么情况？庆王又是什么情况？这些都需要她慢慢打听，且不能靠方嬷嬷一个普通妇人四处打探。

这一切都要靠她自己来，可她能接触到的属于这个圈子的人还是太少了。

辛柚的脑海中闪过一个人。

对这些，贺大人定是清楚的。或许，她可以从他这里入手——这个念头很诱人，但辛柚清楚，这个念头同样很危险。

如果她因为贺清宵对她的几次高抬贵手就与对方开诚布公，那就太天真了。锦麟卫北镇抚司专理诏狱，做的就是皇帝不愿其他人知晓的隐秘之事，如若让贺清宵知道她的真正身份，定会第一时间报到皇帝那里去。

而一旦皇帝知道她的身份，无论会用何种态度对她，皇权难抗，主动权就都在对方手里了。

这不是辛柚想要的。

不过，开诚布公不可为，她旁敲侧击地打听一下还是可以的。

辛柚想着这些，眼神微闪。

固昌伯府的门开了，从里面走出来两个少年，身前身后跟着不少护卫。

辛柚的视线落在两个少年身上。

穿锦衣的少年看起来十七八岁，个头中等，容貌俊秀，举手投足间透着漫不经心的贵气。

走在他身边的蓝衣少年个头儿要高一些，面容却更稚嫩，十五六岁的样子。

二人一路往外走，蓝衣少年的声音不小："表哥，《画皮》你看完了吧？是不是很好看？"

锦衣少年微微点头："那日随手翻了翻，是还不错，这个故事好像没讲完。"

"对，还有下部呢，听说九月初就会发售。"

锦衣少年微微挑眉："这么说，下部已经在印了？"

"应该吧。"

"去那家书局看看。"

一群人浩浩荡荡地走远了。

辛柚慢慢地从角落里走出来，从另一条路赶回青松书局。

青松书局中，胡掌柜正在整理账目，就见两个少年走了进来。

青松书局就在国子监附近，能进国子监读书的绝大多数是百官勋贵子弟，见惯了名门公子的胡掌柜一眼就看出锦衣少年不一般。

他赶紧迎上去，态度极为客气："二位公子想买什么书？"

蓝衣少年扫了一眼书厅："《画皮》下部。"

胡掌柜一愣，忙道："《画皮》下部过几日才会发售，公子喜欢的话，到时小人给您二位留着……"

蓝衣少年不耐烦地打断胡掌柜的话："我们现在就想看。"

胡掌柜心一沉，面上依然堆着笑："实在对不住二位公子，现在还在准备中。"

一声轻笑声响起，来自进了书局不曾开口的锦衣少年。

蓝衣少年当然清楚表哥来这里的意思，当即脸一沉："既然过几天就能发售，说明现在书已经印好了，那让我们提前看看怎么了？掌柜的，你可知我表哥的身份？我劝你不要不知好歹。"

"这——"胡掌柜一脸为难之色，连连作揖，"二位公子，小人只是一个干活儿的，实在做不了主啊，我们书局也没有未发售就把新书流出来的规矩……"

虽然锦衣少年看起来一身贵气，可连个身份都不表露就要书局把未发售的话本奉上，那也太荒唐了。

京城勋贵子弟多如牛毛，今日公侯家的姑娘让他们提前拿出书来，明日宰相家的公子让他们提前拿出书来，书局还开不开？

"掌柜的这是敬酒不吃吃罚酒了？"蓝衣少年冷冷地问。

锦衣少年眼里的不耐之色愈深。

"发生什么事了？"气氛紧张时，传来少女平静的询问声。

那个瞬间，胡掌柜狠狠地松了口气，旋即心又提了起来。

东家只是个小姑娘，要是这位锦衣公子真是哪位贵人，她会吃亏的！

辛柚是先回了东院换过衣裳，再从书局通往后边的门进来的，随着她话音落下，两个少年齐刷刷地看过来。

她大大方方地走过去，对二人客气地行礼："我是这书局的东家，刚刚听到这边有些热闹，来看看。"

"你们书局的东家是位姑娘啊。"蓝衣少年打量着辛柚，有些惊奇。

蓝衣少年是固昌伯的幼子，名叫戴泽，因为十分抗拒读书，没有进国子监，对这开在国子监附近的书局并不熟悉。

比起戴泽的随意搭话，锦衣少年却望着辛柚好一会儿，以至于戴泽都发现不对劲了。

表哥该不会看上这位姑娘了吧？

戴泽不由得多看了辛柚几眼。

美貌是美貌，可这种抛头露面做生意的女子，进不了王府吧。

锦衣少年正是二皇子庆王。

就在戴泽胡思乱想时，庆王开口了："姑娘看着有些面熟，我们是不是见过？"

戴泽："……"

胡掌柜："……"

伙计刘舟："……"

饶是辛柚设想了各种双方对上的情景，也绝想不到庆王对她说的第一句话是这样的。

就在气氛陷入古怪的沉默中时，门口传来脚步声。

庆王的注意力从辛柚身上收回，他看向书局门口。

一道朱色身影从外面走进来，随着他走近，跟在庆王身边的侍卫暗暗戒备。

庆王一眼认出来人："长乐侯？"

贺清宵几步走近，对庆王抱拳："见过庆王殿下。"

"侯爷怎么来这里了？"庆王不冷不热地问。

"臣路过此处，顺便买本书。"

"巧了，小王也是来买书的。侯爷要买什么书？"

"一本游记。"

庆王轻笑："游记有什么意思？小王听说这家书局有《画皮》下部要出售，来买一本打发时间，侯爷不打算买本看看吗？"

"臣记得，《画皮》下部还未发售。"

"规矩是死的，人是活的，本来就印好了，还不能买吗？"庆王这话是问辛柚，眼睛却盯着贺清宵。

显然贺清宵的出现让他觉得不是巧合。

没等贺清宵说话，辛柚就开了口："我们的书能得庆王殿下喜欢，是小店的荣幸。胡掌柜，去印书坊取两本，不，三本《画皮》下部来。"

庆王的目光落在辛柚面上，眼里有了玩味之意。

这可真是让人失望，他还以为一个会不畏强权，一个会英雄救美。

胡掌柜几乎是飞奔着去了印书坊，又飞奔着回来。

没办法，客人来头太大，气氛太紧张，动作不快点儿书局就有大麻烦了！

"东家，书来了。"

"给庆王殿下、贺大人，还有——"辛柚看向蓝衣少年，顿了顿。

蓝衣少年抬了抬下巴："我姓戴。"

"还有戴公子，一人拿一本。"

胡掌柜应了一声，刚要向庆王靠近就被他身边的侍卫阻拦。

"拿过来吧。"庆王懒洋洋地道。

阻拦胡掌柜的侍卫接过书，扯开腰封检查一番，这才双手奉给庆王。

腰封是新上市的书才有的，以话本故事类居多，用稍硬的纸条横向环书一圈，只有扯断才能看到书里的内容。这主要是防止一些人蹭书看，不然话本这类没有反复阅读价值的书籍让人翻上一遍，谁还掏钱买呢。

侍卫扯腰封的动作令辛柚不由得看向贺清宵，心头生出一个猜测：贺大人该不会是因为腰封的存在才不看话本故事，专看游记的吧？

贺清宵默默地接过书，收入怀中。

戴泽则直接翻看起来，一副旁若无人的样子。

"哎，竟然真是一个恶鬼！"看到上部书留的悬念，戴泽一拍大腿。

书厅里的人齐刷刷地看向他。

这种情景，居然有一个真的看书的。

"侯爷不忙吗？"见贺清宵没有离开的意思，庆王笑问。

"今日不忙。"

"看来北镇抚司在侯爷的掌管下很轻松啊。"

"多谢庆王殿下夸奖。"

庆王陡然站起来，脸上带了不快之色："父皇让侯爷掌管北镇抚司，是对侯爷寄予厚望，侯爷可不要令父皇失望才好。"

贺清宵依然神色温和："多谢庆王殿下提醒。"

"表弟，走了。"庆王一甩衣袖，大步往门口走了几步后站定，回头看向辛柚："还不知道东家如何称呼？"

"民女姓寇。"

"这书局不错，以后说不定要常打扰寇姑娘了。"

辛柚扬唇微笑："庆王殿下能常来，小店蓬荜生辉。"

庆王深深地看了笑意盈盈的少女一眼，大步走到门口，却发现戴泽没跟上。

"表弟？"

埋头看书的戴泽茫然地抬起了头。

庆王嘴角一抽："你是要留下吗？"

"啊，不是。"戴泽赶紧站起来，把书往怀里一塞跑了过去。

二人走出书局，庆王侧头问："这个寇姑娘，什么来历？"

这可把戴泽问住了："我很少来这边，不知道啊。"

这里离国子监太近，晦气！

对皇子表哥，戴泽可不敢怠慢，眼一瞟发现了认识的人。

"孟斐——"戴泽冲往这边走的几个少年中的凤目少年招手。

孟斐看清是戴泽微微皱眉，而后看到戴泽身边的庆王，暗道一声"晦气"，不得不走了过去。

与他结伴出来的另外三个人也都是官宦子弟，有见过庆王的，也有没机会见的，认出庆王的不敢视而不见，不认识的见同窗都过去了自然也跟着过去了。

"见过庆王殿下。"孟斐规规矩矩地向庆王行礼。

其他三人紧跟着行礼。

庆王的视线只落在孟斐身上："小王记得，你是孟祭酒的孙儿。"

这话让戴泽默默地翻了个白眼。

这就是他不喜欢孟斐的原因。这令他深恶痛绝的国子监，最大的头子就是孟斐他爷爷！

原本见到孟斐他都躲着走的，直到听说孟斐因为不学无术经常被孟祭酒揍，他才看这小子顺眼了些。

"孟斐，青松书局你去过吗？"

孟斐看向戴泽："去过，怎么了？"

青松书局离国子监这么近，他说没去过也没人信。

"今日我和表哥过去，发现青松书局的东家居然是位姑娘。这姑娘什么来历啊，小小年纪竟开得起这么大一家书局？"

这话一问出口，与孟斐同行的两个同窗不由得看向一人。

段云朗神情僵硬，一时蒙了。

庆王他们为何会关注表妹？

不好，他们该不会是见表妹貌美，想强抢民女吧？

孟斐咳嗽一声，把众人的注意力引过来。

"这我倒是知道一些。青松书局的东家姓寇，是太仆寺段少卿的外甥女，因为没了双亲住在外祖家。据说寇姑娘的祖父在世的时候开过书局，寇姑娘长大了，想继承祖父遗志，就盘下了青松书局……"

辛柚开书局的缘由是少卿府推波助澜传开的，不然投奔外祖家的孤女搬出去住，少卿府丢不起这个人。

"原来这位寇姑娘也是贵女出身。"戴泽一脸意外之色，看向庆王。

出身过得去的话，表哥要是喜欢，倒是能收进王府去。

表兄弟经常来往，庆王哪里不明白表弟在想什么，当即瞪他一眼，淡淡地道："表弟既然遇到了朋友，那你们聊。"

孟斐忍耐地扯了扯嘴角。

他可没什么和戴泽聊的。

戴泽显然也是这么想的："就是遇见说几句话，表哥我们走吧。"

往回走的路上，戴泽呵呵笑道："表哥，再去书局喊我一起啊。"

庆王睨他一眼："你不要想些有的没的。"

"表哥对寇姑娘没意思？"戴泽愣了愣，"你不是还说看着寇姑娘面熟嘛。"

他遇到美貌的小娘子想聊一聊，就常说类似的话。

"以为我是你，见到一个生得好的女子就起心思？你难道没看出来，那个寇姑娘与长乐侯的关系不一般？"

戴泽撇嘴："长乐侯算什么，给表哥提鞋都不配！表哥要是看中了寇姑娘，他还敢和表哥抢不成？"

庆王懒得和满脑子女色的表弟废话："赶紧回去吧。"

而在望不见庆王这些人的影子后，段云朗心慌了："你们先走，我去书局和表妹说几句话。"

孟斐三人十分理解同窗的心情。

"去吧，去吧。"

段云朗飞奔似的冲进书局："表妹，不好了……"

后面的话在看到贺清宵后戛然而止。

辛柚走过去："表哥，发生什么事了？"

段云朗看看贺清宵，压低声音道："我和同窗出来买东西时遇到了庆王和固昌伯府的戴泽，他们一直问你的情况。表妹，我觉得他们在打你的主意！"

贺清宵默默地看过来。

虽然段云朗声音小，但他听得见。

"打我的主意？"辛柚压下上扬的唇角，"他们都说了什么？"

"就说——"段云朗瞄了贺清宵一眼，"表妹，要不我们去屋里聊。"

辛柚微微点头，对贺清宵道："贺大人自便。"

贺清宵："……"

他看着二人走进待客室，默默地走向书架深处拿起了游记。

待客室中，辛柚不紧不慢地给段云朗倒了一杯茶水："表哥慢慢说。"

段云朗喝了几口茶，把遇到庆王后听到的话原原本本地说了。

"表妹，我担心庆王图谋不轨。"

辛柚举着茶杯，气定神闲："表哥不要想太多，我听着他们主要是好奇，毕竟这么大一家书局的东家很少是我这个年纪的女子。"

"如果只是好奇还好，就怕他们好奇之下来得勤，时日久了可就难说了。"

本来段云朗对这方面是个不开窍的，奈何话本子看多了，榆木疙瘩也生出几分心眼儿来。

在他看来，刚刚戴泽打听表妹时的样子，妥妥就是话本子里色迷心窍要棒打鸳鸯的恶霸。

至于和表妹成双成对的另一只鸳鸯——段云朗实在想不出人，于是想到了自己。

啊呸，他们可是表兄妹！

他又想到了贺清宵。

呸呸呸，锦麟卫和戴泽他们算一类！

他不想了，总归表妹以后会有良缘，他不能让表妹被这些人惦记上。

"表哥放心吧，我到底是朝廷命官的亲眷，不会发生这种事的。"

对她来说，庆王和固昌伯之子的上门不但不是麻烦，还是意外之喜。

她正愁没有借口向贺大人打听他们的事，更愁没有接触他们的机会。以后那二人若是常来，再好不过。

"表妹，你真的一点儿都不担心啊？"段云朗看出辛柚的淡定不是作假。

"不会有事的，只要表哥回家后不要乱说。"

段云朗一时想不通其中关系。

辛柚毫不客气地挑明："大舅要是因表哥的话误会了，万一挺乐意与皇家或是固昌伯府扯上什么关系呢？"

"表妹放心，我保证不说。"段云朗立刻道。

"国子监不能出来太久吧，表哥快回去吧。"

段云朗走到门口，后知后觉地反应过来表妹对大伯的看法不怎么样。他张张嘴想劝两句，最后还是作罢。

大伯家弄出来的那些事，不怪表妹警惕。

把段云朗送出书局，辛柚返回来。

"贺大人走了吗？"

一看胡掌柜往书架那里瞄的眼神，辛柚就明白了。

没等她往书架那里走，贺清宵走了出来。

"贺大人，有时间聊聊吗？"

贺清宵一直没走本就是有话对辛柚说，自是不会拒绝。

辛柚请他去了待客室，那桌上还摆着喝过的茶盏。

"刘舟，来收拾一下。"

很快刘舟进来把桌面收拾干净，端来新茶。

辛柚捧着茶杯，微微垂眸："刚刚听了表哥的话，我有些担心，贺大人方便说一说今日登门的两位客人吗？"

贺清宵沉默了一会儿。

说实话，他不但没看出寇姑娘的担心，甚至还看出来她心情不错……

虽这般想，他还是问道："寇姑娘想了解什么？"

"听表哥说，那位蓝衣公子姓戴，是固昌伯之子。不知他性情如何，有没有仗势欺人过？"

"他叫戴泽，是固昌伯的幼子。固昌伯原有两子，长子几年前意外身亡，固昌伯对仅剩的这位公子十分纵容。戴泽拥有纨绔子弟应有的一切品质，做过调戏民女的事……"

辛柚认真地听着，心情有些微妙。

不知道是不是多心，她总觉得贺大人说得太详细了。

嗯，可能这跟贺大人是锦麟卫有关吧。

"戴泽的情况差不多就是这些，寇姑娘还有什么想问的吗？"

辛柚很想多问一问固昌伯，毕竟这些看似随随便便从贺清宵口中说出的信息如果是她自己去打探，恐怕要费许多工夫。

理智还是阻止了她。

她问一问戴泽,还能说是对方今日来书局强买话本,担心日后有麻烦,围着固昌伯问个不停就可能引起贺清宵的怀疑了。

"那庆王呢?他是什么样的人?"

贺清宵看着辛柚,眼神温和,说出的话却带着警告之意:"寇姑娘尽量远离庆王,如果实在避不开,也不要与之起冲突。"

辛柚沉默一瞬,对上那双温和的眼:"庆王如此可怕吗?"

许是担心辛柚不放在心上,贺清宵说起庆王更详细:"今上共有六位皇子,大皇子秀王,今年十八岁,二皇子庆王,今年十七岁,后面几位皇子年龄最大的三皇子也不过十来岁,因而庆王很受今上看重。"

"那秀王呢?秀王是长子,是不是更受今上看重?"

贺清宵的回答出乎辛柚意料:"事实不是这样,今上对秀王比较冷淡。"

辛柚面露疑惑之色,贺清宵突然笑了笑:"我说这些,有些大逆不道了。"

"我不会对第三人透露的,贺大人请放心。"辛柚忙给他添了茶。

贺清宵垂眼,面前的清茶因为添了水正起波澜。

"其实也不是什么秘密,只不过时间越久,便越无人提起了。"

以贺清宵的年纪他能知道这些,还是因为桂姨。

"寇姑娘应该知道,今朝女子地位比前朝大有提高,得益于皇后娘娘吧?"

辛柚微微点头,亦垂了眼。

她不敢让他看出眼中的情绪。

"皇后娘娘是位奇女子,她与今上于微末时结为夫妻,辅佐今上成就大业。而在那些年皇后娘娘一直不曾诞下子女,等到大夏建国,便有许多人担忧今上无后,劝今上充盈后宫。"

"然后今上就广纳后宫,佳丽三千了?"

贺清宵从少女凉凉的语气里听出了浓浓的不悦,不由得想起桂姨对他说起这些时,也是语气愤愤的。

他不禁弯了一下唇角。

辛柚瞳孔一震。

听到佳丽三千,他竟忍不住笑了,这人是不是忘了他又不是皇帝。

察觉到辛柚的神色不对,贺清宵敛了笑意,继续道:"今上拒绝了,后宫只有皇后一人。可随着时间推移,劝谏的人越来越多,太后也发了话。今上登基第二年,到底抵不住后继无人的压力,纳了几名女子安置在怡园……"

辛柚听着,嘲讽地笑了笑。

贺清宵看出辛柚唇边的嘲笑,顿了顿。

辛柚喝了一口茶。

茶水有些凉了,却压不住她心头的火气:"这么说,今上充盈后宫还是被人逼的了？"

触及对方无奈亦无措的眼神，辛柚心头一凛，冷静下来："同为女子，听了有些生气。贺大人继续说吧。"

"具体内情其实也很难说清楚，只是听说在兴元三年的冬日，皇后娘娘看到了大皇子母子，从而发现了今上安置在怡园的诸女。没多久，皇后娘娘就带着几名亲信悄悄地离宫了，从此再没有回来。据说……"

"据说什么？"辛柚暗暗握拳，面上竭力保持着平静。

"据说皇后娘娘离宫时还怀着身孕。"

贺清宵想到桂姨说起这些时的气愤与可惜。

皇后的离开震惊朝野，那几年不知多少人暗地里笑皇后想不开，连年幼的他都听到过这类议论，直到时间慢慢地抚平了一切。

"因为皇后娘娘的离开，这些年来今上对大皇子母子颇为冷淡，直到大皇子被封了秀王，他的母妃才被封为安嫔。"

"所以二皇子庆王才更受看重吗？"听闻大皇子被冷落的原因与娘亲有关，辛柚并不觉得那个人就对娘亲情深义重。

他无非是寻一个发泄口罢了。

娘亲离开是因为大皇子母子吗？明明是因为那个人违背了白首之约，毁诺失信。

"二皇子只比大皇子小数月，这些年后宫一直是他的母妃淑妃在打理。"

本来这些话不该说，可贺清宵有预感，若不多加提醒，眼前的少女什么事都敢做："庆王因为一切顺遂，行事有些随意，寇姑娘尽量避开他。"

辛柚微微点头，以好奇的语气问起："对皇后娘娘的出走，今上又是什么态度呢？"

贺清宵深深地看她一眼。

辛柚笑笑："有些好奇……"

"皇后娘娘刚离开那几年，今上曾大范围找过，这些年没有在明面上寻找了。"

辛柚的身体微微前倾，她没错过对面的人一丝表情变化："暗中还有留意吧？"

贺清宵端起茶杯啜了一口茶，默默地拉开二人间的距离："驻守各地的锦麟卫会留意，但多年来并无皇后娘娘的踪迹，应该算边缘化任务了。至于今上的态度，君心难测，便不是贺某能揣测的了。"

也就是说，今上想找回皇后，是弥补亏欠还是恼怒其不辞而别，都是未知数。

辛柚举起茶杯："多谢贺大人告知这些。"

端茶送客的意思，贺清宵自然明白。

辛柚送贺清宵走出书局。

外面阳光正好，有挎着竹篮卖菊花的小娘子，也有挑着扁担吆喝针头线脑的小贩。

贺清宵在路边停下，压在心里的话还是说了出来："寇姑娘，固昌伯府有什么特别的吗？"

辛柚愣了一下。

她向他了解戴泽和庆王二人，还是引起贺清宵怀疑了吗？

这人疑心是不是太重了些？

贺清宵接下来的话让辛柚明白了原因："寇姑娘若是闲逛，可以去去湖边或是街铺，固昌伯府那边没什么好风景。"

辛柚不由得睁大了眼。

她又被跟踪了！

似乎猜到辛柚所想，贺清宵轻咳一声解释："最近有个案子，与固昌伯府有些关联，我无意间留意到了寇姑娘。"

辛柚沉默了。

在贺清宵这里，她似乎总是不顺利。

她的沉默令贺清宵敛了探寻答案的锋芒，温和地道："寇姑娘，不管你为了什么，总之要以自己的安全为重。"

他说完，大步走进川流不息的人群里。

街上行人来来往往，辛柚很快就看不见那道朱色身影了。

辛柚抿着唇，久久地立在原处。

"姐姐买花吗？"清脆的女声传来。

辛柚回神，看着提起竹篮的少女。

那竹篮里挤满了秋菊，红的、粉的、紫的、黄的……

"新采来的秋菊，无论是用来插瓶还是做菊花饼都好呢，姐姐要不要买几枝？"

"哦，好。"辛柚本以为自己没有摆弄花草的心情，可看着那篮五彩缤纷的鲜花，鬼使神差地点了头。

她直接把一篮菊花买下，提着回了书局。

刘舟看到东家提着一篮花进来，脱口而出："贺大人送了您一篮花啊，这花真好看。"

那可是整整一篮呢！

辛柚面无表情地把花篮递过去："我买的。挑一些好看的插瓶摆在书厅和待客室，剩下的我带回东院。"

"啊，是。"刘舟想打自己的嘴，接过花篮灰溜溜地跑了。

等辛柚提着半篮菊花回东院，胡掌柜揪住刘舟的耳朵："兔崽子，以后再贫嘴就去印书坊扛木头。"

"疼疼疼，掌柜的快松手！"小伙计揉着耳朵，很是委屈，"谁能想到呢，明明一起出去的……"

贺大人白拿一本《画皮》没给钱，居然还让东家自己掏钱买花！

走在街上的贺清宵也遇到了卖花娘。

"公子买花吗？可以插瓶，可以簪花，还能赠友人……"

225

很少在外花钱的贺清宵看了看鲜艳的菊花,摸出了铜板。

"卖花哟,新鲜的菊花——"卖花娘提着花篮走远了。

贺清宵看着手中的菊花,不好带回衙门,干脆回了侯府。

看到拿着菊花回来的贺清宵,桂姨大为震惊:"侯爷,您怎么这时候回来了?"

"买了几枝菊花,没处放就带回来了,麻烦桂姨找个花瓶把花插好。"

桂姨接过菊花,打量从小看到大的孩子。

这孩子一定是开窍了!

到底是哪家的姑娘呢?

知道问不出来,桂姨抱着菊花恍恍惚惚地走了。

九月初一,辛柚要回少卿府,出宫的皇子也到了进宫请安的时候。

庆王与秀王在宫门口遇到了。

与神采奕奕的庆王相比,秀王整个人沉静许多,从小被忽视的境遇让他的眉眼过早地染上几分深沉之色。

"大哥,好巧啊。"庆王漫不经心地打了声招呼。

"二弟。"

兄弟二人没再有交谈,同去了乾清宫。

"陛下,秀王殿下与庆王殿下来了。"

兴元帝微抬眼皮:"让他们进来。"

很快两个少年走进来,齐齐行礼:"请父皇安。"

"免礼。"兴元帝淡淡的声音传来。

庆王直起身,露出笑容刚要说些什么,对上兴元帝那张脸愣了一下。

兴元帝生得甚好,脸型流畅,五官精致,尤其一双眼睛大而长,到眼尾处微微勾起来。哪怕到这个年纪了,他给人留下的印象也是俊朗非凡。

庆王也生得好,秀王亦长得不错,但二人相貌上都随了各自的母妃,与兴元帝相似之处不多。

庆王行完礼这么一看,突然就反应过来他为何瞧着那位开书局的寇姑娘眼熟了。

她长得像父皇啊!

她竟然长得像父皇!

兴元帝看出了庆王的走神儿:"二郎?"

庆王回神,忙道:"父皇看起来好年轻,儿子一时看愣了。"

严肃如兴元帝,听了这话都忍不住弯了下唇角:"老大不小了,说话别这么滑头。"

"儿子是真这么觉得。"

兴元帝问了几句宫外的事,淡淡地道:"去看看你们母妃吧。"

"儿子告退。"

庆王与秀王一起退下,自始至终兴元帝都没单独和秀王说一句话。

他们出了乾清宫，庆王对秀王的态度就更加随意了，说了声"回见"就向淑妃所在的寝宫走去。

秀王望着走路都显得神采飞扬的弟弟，轻轻地扯了扯嘴角，低垂着眉眼往另一个方向去了。

菡萏宫里，淑妃早就准备好吃喝等着儿子过来。

"娘娘，庆王殿下来了。"

宫人话音才落，庆王就大步走了进来："母妃，我来了。"

淑妃眉眼间都是笑意："在王府怎么样？最近天气转凉了，可不要贪凉。"

与兴元帝时常能见到儿子不同，庆王与秀王这样出宫开府的皇子一般只在初一、十五这样的日子才会进宫探望生母，面对半个月没见的儿子，淑妃自是惦念。

"知道了，儿子都多大了，每次见了都说这些。"

面对儿子的不耐烦，淑妃丝毫不往心里去，笑着问："去过你舅舅家吗？"

"去了。"

"他们都可好？"

"好着呢。我和表弟还去了一家书局，那书局……"对上淑妃兴致盎然的眼神，庆王咽下了书局东家是个长得像父皇的姑娘这些话，"那书局新出的话本子还挺好看的，叫《画皮》，母妃看过没？"

淑妃一笑："宫里又不比宫外，哪儿有这些书看？二郎你也大了，少看这些闲书……"

"知道了，知道了。母妃，我突然想起还有事，先走了。"庆王不愿听淑妃啰唆，准备走人。

"不留下用午膳了？"

"下次吧，儿子真有事。"

淑妃走到宫门口，眼巴巴地望着儿子走远，满脸不舍之色。

"小明子，回头从宫外买两本《画皮》，本宫看一看。"

"是。"

庆王离开皇宫，一时不想回王府，一个闪念往青松书局的方向去了。

辛柚回到少卿府，还没待多久，前边传信说一个叫石头的伙计来找她。

辛柚一听就知道有事，立刻去了前边。

"东家，不好了，有好些国子监的监生来咱们书局闹事！"

"是因为《画皮》？"

石头忙点头："对，他们听说有人提前买到了《画皮》下部，觉得不公平，来闹呢。"

"不急，你先回去，告诉掌柜的我马上就到。"

辛柚去了如意堂。

"外祖母，书局突然有事，我要赶回去处理，就不在家吃饭了。"

"什么事啊？"

"来了难打交道的客人，我去看看。"

老夫人皱眉："就说做生意不简单，去吧。"

再多的话就没有了。

辛柚当然不会指望少卿府的人做什么，而是乐得无人插手，往外走时遇到了段云朗。

"表妹去哪儿啊？"

"回书局。"

段云朗一听转了身："回书局？不是才从书局回来吗？"

"有国子监的监生来闹事。"

"不会吧！"段云朗震惊，"表妹，我和你一起去看看。"

辛柚没有拒绝，赶去书局的路上提醒段云朗："会来书局闹事的监生估计身份不简单，表哥若是认识只需要告诉我对方身份，不要和他们起冲突。"

段云朗一口答应。

第十章　重阳踏秋

表兄妹二人赶到时，书局门口已经围了不少人。

吵闹声传出来："你们《画皮》下部既然已经印好，凭什么区别对待？难不成是觉得固昌伯府的人比我们都高贵，看人下菜碟？"

"就是，就是！亏我们还守规矩地苦苦等着新书发售，结果早就往外卖了……"

都是年轻气盛出身不错的学生，胡掌柜连连擦汗，一眼瞧见了辛柚。

"东家！"

堵着门的人下意识地让开，辛柚走了进去。

领头的监生一见辛柚就打量一番："你就是青松书局的东家寇姑娘？"

辛柚同样打量对方："贵客是——？"

其实在进来时，辛柚已经从段云朗口中知道了此人的身份。

这个看起来十六七岁的少年名叫章旭，乃当朝首辅的孙儿。再具体的，辛柚就来不及了解了。

"我是谁不重要，重要的是你们书局区别对待！"章旭冷哼一声。

天知道戴泽那小子拿着《画皮》下部在他面前炫耀，他有多气。怎么，戴泽可以有，他就不配有？要不是祖父不让他仗着家世压人，他早就逼着这破书局把《画皮》下部交出来了，还轮得到戴泽得意扬扬？

"区别对待？"被不满的监生们围着的少女微微睁大眸子，一脸无辜的表情，"没有区别对待啊，不是谁都没卖吗？"

章旭一听更气了："你是没卖给我们，但卖给固昌伯府的戴泽了！"

辛柚面露恍然："你说戴公子啊？那贵客误会了，我们书局没有卖给他，而是我个人送他一本。嗯，身为主人把自己的东西送人，应该不违背律法吧？"

"送他的？"章旭愣了一下。

戴泽那小子为什么没说是送的？！

发现误会了，章旭这种贵公子可拉不下脸道歉："我怎么没听说戴泽和寇姑娘有交情呢？"

"是没交情，但他与庆王殿下一起来的。听闻庆王殿下喜欢《画皮》，正好《画皮》下部印好了，我这当东家的一激动就送了庆王殿下和戴公子一人一本。"辛柚说到这里，面露难色，"贵客如果觉得不公平的话，那我也可以送各位一人一本。"

"这——"章旭眼尖地看到门口处的庆王，猛咳一声，"这怎么行？"

章旭虽不学无术，也不会没脑子到认为他和皇子不该被区别对待。毕竟他只是不爱学习，不是傻，尤其是庆王就在这里啊！

他赶紧目不斜视，装作没看到庆王的样子："我们怎么能和庆王殿下相提并论呢？是我们没弄清楚，闹了误会，寇姑娘你别往心里去啊。"

跟着来闹的都是章旭的小跟班，听他这么说，自然不说什么了。

"也是我这个东家不对，低估了大家对《画皮》的喜爱。这样吧，择日不如撞日，今日就开售《画皮》下部，省得贵客们跑空。"

听辛柚这么说，章旭反而有些不好意思了："今日就开售？这……这不影响你们安排吧？"

辛柚嫣然一笑："其实都准备好了，只是做生意都图个好兆头，想挑吉日发售新书。今日来了这么多贵客，在我看来就是上好的吉日了。掌柜的，写个发售新书的告示贴出去，准备起来。"

来的监生都是十几岁的少年，这个年纪大多吃软不吃硬，尤其说这话的还是和他们年龄相仿的美貌少女，当即火气就都消了。

章旭更是觉得辛柚给他面子，不仅收起了一身刺，还露出了灿烂的笑容："那我买八本，今日一起来的朋友一人送一本。"

"多谢贵客捧场。"

章旭往庆王所在的方向瞄了一眼，准备硬着头皮去打招呼，却发现庆王的身影早已不见了。

他在心里夸了自己一句。果然他刚刚装作没看见庆王是对的，现在都不用去行礼了！

对章旭这样的人来说，最怵的就是和远比自己身份尊贵的人打交道，尤其是年龄差不多的人。

刘舟与石头两个伙计很快从印书坊抱来一摞书。

章旭痛快地买下八本书送给同来的朋友，拿着书往外走时看到了段云朗。

他隐隐地觉得这个少年有些眼熟，不由得多看了两眼。

段云朗拱手："章公子。"

章旭挑眉："你认识我？"

段云朗微笑："我也是国子监的学生。"

"我想起来了！"章旭扶额，"你常和孟斐在一起。"

在官宦子弟云集的国子监，太仆寺少卿的侄儿不起眼，国子监祭酒的孙儿就十分惹人注目了。

尤其孟斐因为不好好学习经常挨孟祭酒揍，章旭和对方虽无深交，印象却好得很。毕竟章首辅训他的时候，他就能说虽然他考倒数第一，可国子监祭酒的孙子考倒数第二啊。

"你怎么也在这儿？今天国子监不是放假吗？"和段云朗说话，章旭就随意多了。

难不成段云朗是听说他来讨不平，特意来助威的？

这么一想，章旭看段云朗就顺眼不少。

"书局东家是舍妹。"青松书局东家与少卿府的关系不说尽人皆知，至少对热衷买话本子的人来说不是秘密，既然被章旭瞧见了，段云朗自然不会隐瞒。

"哟，那不好意思了。"章旭看了一眼辛柚，对段云朗轻飘飘地赔了个不是，招呼着朋友走了出去。

"表妹，你真厉害！"段云朗亲眼瞧着辛柚几句话就把国子监出名难惹的人打发走，满心钦佩。

刚写完告示的胡掌柜往段云朗这里看了看，心道这还用你说。

见辛柚望过来，胡掌柜忙问："东家，告示写好了，您看看妥不妥当？"

辛柚看了看，忍着可惜点头："可以，贴出去吧。"

若是在告示开头提一句因为受到庆王殿下喜爱而提前发售，想必会大大提升人们的购买热情。

不过辛柚想到贺大人的提醒，心想还是算了。

赚钱不是她开书局的真正目的，若因此给她招来不必要的麻烦，那就得不偿失了。

因为越来越推崇新东家，胡掌柜对辛柚的反应格外上心。

他怎么觉得东家有些遗憾的样子呢，是哪里写的有欠缺吗？胡掌柜在心里嘀咕着走了出去。

"表哥，去待客室说话。"

辛柚带段云朗走进待客室，给他倒了一杯茶："今日来闹事的人，表哥还了解别的吗？"

"你说章旭？"

辛柚点头："章旭这样性子的人，青松书局既进了他的眼，以后恐怕少不了打交道，我多了解一些也好应对。"

"他就是出身好，祖父是当朝首辅，父亲早就不在了，章首辅就这么一个孙儿，国子监敢招惹他的人不多，哪怕次次考倒数，先生们也管不了。"

"他和戴泽很熟吗？"辛柚不动声色地问出关键问题。

"固昌伯府的戴泽？他们是挺熟的，不过戴泽不在国子监。"

本来以段云朗的圈子，他和戴泽没什么交集，奈何这位戴公子的事迹在国子监太有名了，届届相传。

"据说戴泽一进国子监就头晕，一开始固昌伯不信，还打了他几次，结果他一进国子监就吐了，然后孟祭酒把他们父子一起赶出去了。"

辛柚一时无语。

"表妹你不要觉得孟祭酒这样，就看轻戴泽。别看戴泽只是出身伯府，但固昌伯府可是庆王的外祖家……"

辛柚认真地听着，得出几个信息，一是在国子监读书的章旭与戴泽常打交道，二是这两个人都不爱学习，但爱看话本故事这类闲书，三是孟祭酒敢扫固昌伯的面子，是个清流人物。

辛柚还有一个发现，因为有在国子监读书的便利，性情开朗的段云朗知道的还不少。

送段云朗出去时，辛柚顺手拿起一本刚摆到书架上的《画皮》："表哥带回家看吧。"

段云朗眼睛一亮，毫不客气地收下了："多谢表妹。表妹和我一起回去吃饭吗？"

"不了，突然改在今日出售新书，我还是在这边守着，表哥帮我和外祖母说一声。"

段云朗一口答应，走出书局吃了一惊："表妹，告示前好多人！"

辛柚弯唇一笑。

"择日不如撞日"这话可不是一句空话，有一群监生闹事，怎么会不引起人们的好奇呢？

好奇就是最好的宣传。

而在对面的雅心书局，古掌柜望着拥向青松书局的人，一张脸黑如锅底。

这青松书局好不要脸，怎么突然就发售新书了？！

"掌柜的，咱们怎么办？"伙计苦着脸问。

"还能怎么办，叫印书坊赶紧把书送过来，咱们也发售新书！"

雅心书局对平安先生的新书还是很有信心的。本来古掌柜的打算是紧盯对面，一旦对面有要开售的迹象，就抢先一步把平安先生新书发售的消息传出去。

挥金如土的人终归是少数，大部分人买这类闲书还是精打细算的，平安先生的新书把这些客源一抢，对面的新书就只能积压着慢慢卖了。

今天青松书局来了一群闹事的监生，明明他们该焦头烂额，怎么就发售新书了呢？

眼见走进青松书局的人越来越多，古掌柜急匆匆地把告示往外一贴。

让他感到欣慰的是，告示前很快就围了不少人。

"哟，平安先生的新书也在今日开售了。"

"《鬼婢》——看起来不错啊！"

"哎，带的钱只够买一本，是买《画皮》下部呢，还是买《鬼婢》呢？"

"这还用说，肯定是平安先生的《鬼婢》啊，平安先生的书错不了。"

"可我还挺想知道《画皮》后面发生了什么……"

于是一部分人走向青松书局，更多的人走向雅心书局。

看到这个情景，古掌柜大大地松了口气。

呵，青松书局出其不意又如何，再多花样也撼动不了平安先生的地位。

"东家，对面书局在抢客人呢。"刘舟小声地把情况报给辛柚。

"不影响。你找个脸生的人去买一本平安先生的新书来给我瞧瞧。"

辛柚淡定的样子安抚了刘舟的担忧，他忙去找人买书。

青松书局与雅心书局所在的这条街一下子热闹非凡。望着青松书局门口进出不断的客人，庆王歇了与辛柚接触的心思。

其实到这时他都说不清离开皇宫后会来这里的原因，大概是发现一个人长得像父皇的那点儿新鲜感吧。

庆王随口吩咐侍卫去对面书局买一本新书，低调地往王府的方向去了。

不久后，辛柚拿到了平安先生的新书《鬼婢》。这书名虽然直白，对喜爱志怪类故事的人来说，倒是有点儿意思。

辛柚秉着知己知彼的心思认真地把书读完。

她高估对方了，这本书也就书名有点儿意思了。

这一日，兴冲冲地买了《鬼婢》的人把书看完，看之前的万分期待化为了失望、后悔、气愤等种种情绪。

"浪费时间啊！"青松书局的前东家沈宁把《鬼婢》往桌上一丢，重新拿起了《画皮》下部，"还是把《画皮》再看一遍吧。"

亏他想着雨露均沾，两本都买了。

转日，段云朗回到国子监，一脸兴奋的神情："孟斐，《画皮》下部你们看了吗？"

孟斐茫然地摇头："《画皮》下部出来了？"

"昨天开售了啊，我都看完了。太好看了，太出乎意料了！"

一些看完了的同窗听到段云朗说话，也谈论起来。

因为昨日放假，不知道《画皮》下部开售的学生才是大多数，很快更多的人加入了议论。

"快说说后面发生了什么事？"孟斐一手搭在段云朗的肩膀上。

"不行，不行，想知道的话自己赶紧去买。"段云朗坚定地拒绝。

孟斐嗤地一笑："我们都知道，青松书局是你妹妹开的。"

这时一道声音响起："哎，你们都看的《画皮》吗？我买的平安先生的新书《鬼婢》。"

"我也买的《鬼婢》……"

233

"嗯，我也是……"

不知为何，这些自暴买《鬼婢》的人声音都有点儿小。

孟斐是个特别爱看话本故事的人，立刻问道："《鬼婢》讲了什么？"

被问的人一脸恍惚的神情："我看完还以为又看了一遍《蝶仙》……"

另一个人就直接多了："无聊、无趣、无味！白瞎了我那几百文啊！"

"真有这么难看吗？我还想着先买《鬼婢》呢，毕竟是平安先生的书。"

"太好了，那我就直接去买《画皮》了。能不能透露一下《画皮》怎么样……"

段云朗跳起来："不能说不能说，想看的都去买。我表妹一个小姑娘开书局不容易，兄弟们多捧场啊。"

在一片起哄声中，先生板着脸走进来："闹什么？"

少年们赶紧闭嘴，竖起书本。

等到午休时间一到，一大群学生齐齐冲出国子监，直奔青松书局。

很多时候就怕对比，《鬼婢》若与《画皮》发售时间有个较大的间隔，就算故事一般，凭着平安先生的名头也能有个不错的销量。可偏偏两本书选在同一日发售，人们越是比较，越觉得《鬼婢》是毫无诚意的骗钱之作。

随着两本书截然相反的口碑发酵，青松书局前排起大长队，雅心书局则变得门可罗雀。

古掌柜急得头发掉了一大把，翻来覆去地看着《画皮》下部，有了主意。

话本故事这个市场可不光是读过书的男人，还有那些待字闺中的姑娘和打发时间的妇人呢，而这些人往往没有男子消息灵通，买书会落后几日。

比起情意绵绵的《鬼婢》，《画皮》多吓人啊，他们抓住这点宣传宣传，就能吓退那些女子了。

很快《画皮》下部如何恐怖的言论就传开了。这样一来，还真有不少胆子小的女子犹豫了。

胡掌柜听了这些风声觉得不对，仔细一打听，就知道是对面书局在搞鬼。

"雅心书局惯爱用这些不地道的手段！"老掌柜在辛柚面前气呼呼地诉苦。

辛柚经营书局虽另有所图，可谁嫌银子咬手呢，何况这种恶意竞争不能惯着。

"掌柜的别急，既然他们放出这种风声影响女客，那我们也可以宣传一下《画皮》的优势。"

"东家是指——"胡掌柜诚心求教。

"比如王生喜爱的美貌女子实际上是披着人皮的恶鬼，恶鬼被发现后就掏出王生的心吃掉了。"

胡掌柜一脸茫然之色："外面传《画皮》下部太过恐怖，就是这么传的啊。"

辛柚莞尔一笑："我们可以换个方向宣传。王生被恶鬼掏了心，虽然恐怖，但也说明见色起意是没有好下场的，养外室更是没好下场的，没了好下场最终还要靠糟糠之妻挽救。那些胆子小的女客就是自己不敢看，也可以买来让父兄夫君多看看呀。"

胡掌柜："……"

很快看《画皮》能让不老实的夫君改邪归正的说法就传开了。

话本故事还能有这个作用？

听说《画皮》太过恐怖的一些女客，或是不信，或是好奇，还是忍不住买了。

一户殷实人家，婢女把刚刚买来的《画皮》拿给女主人，有些担心："您真的要看啊？听说很吓人的。"

女主人接过来，犹豫了一下把书翻开："一本书而已。"

其实她的胆子很小，特别是丈夫时常不在家，晚上只有她一个人就寝，窗外树影晃动都会让她胡思乱想，要叫婢女陪着睡。

可听说这本书能让男人老实些，想想这些日子的猜测，她还是想看一看。

女子咬了咬唇，鼓起勇气看起来。

她读到王生从窗子往内瞧，青面獠牙的恶鬼拿着笔在人皮上细细地描画时，她仿佛直接看到了画面。

寒意爬上脊背，让她不觉地打了个哆嗦，可情节又吸引着她看下去。等看到王生被恶鬼撕破胸膛掏出心，女子害怕的同时又生出微妙的爽快。

看到最后，女子舒了口气，对婢女道："这故事不错，我读来你听听。"

女子把《画皮》读了一遍，笑着问婢女："你听了这故事有什么感受？"

婢女知道女主人脾气好，实话实说："婢子觉得王生的妻子好不值得啊，王生色迷心窍被恶鬼害死，她为了救王生竟忍受乞丐那般侮辱……"

女子听完掩饰般一笑，伸手点了点婢女额头："小小年纪，总有这么多稀奇古怪的想法，去做活儿吧。"

等到晚上，男主人难得回来了。

女子闲话家常般聊起："我买了《画皮》下部，夫君要不要看看？"

与女子特别爱看话本故事不同，男主人的爱好不在此处，不过无事时用来打发时间还是可以的。

于是他伸手接过，慢慢地看起来。

胡掌柜见来买《画皮》的女客越来越多，笑得合不拢嘴，感慨道："还是东家有本事啊。"

刘舟点头附和："可不，就连原先的东家都说应该早早把书局转卖给东家，还催我问问东家，松龄先生什么时候再出新书。"

胡掌柜嘴角一抽。

原东家那个崽卖爷田的败家子就不要提了，不然他替老东家心塞。

突然一道声音传来："请问贵东家在吗？"

胡掌柜一抬头，就见一名梳着妇人髻的年轻女子站在厅中，身边跟着个小丫鬟。

"我们东家出去了，贵客有什么事可以和我说，等东家回来小老儿转告她。"

"我是来感谢贵东家的。"年轻妇人犹豫了一下，扫一眼婢女。

235

婢女忙把带来的礼品放到胡掌柜身边的柜台上。

"这是——？"胡掌柜有些糊涂了。

"我丈夫这半年来经常不回家，前两日他看了《画皮》，突然回来向我赔不是。原来半年前他和一名女子有了来往，常在那女子家留宿。他看了《画皮》后起了疑心，多加留意发现那女子竟是与人合谋，想谋夺我家铺面……"

年轻妇人说完，冲胡掌柜福了一礼："幸亏贵东家买下《画皮》这样的好故事发售，让我们一家避开了这场劫难。"

胡掌柜："……"他万万没想到他们为了还击雅心书局而传出的风声竟然真起了作用！

而听到这番话的不只胡掌柜，还有走进书局的其他客人。

对热衷八卦消息的京城百姓来说，这件事毫无疑问集中了所有值得传播的特性，于是短短时间就传开了。

事件中的男女主人公是谁没几人知晓，关键是这件事太有意思了。一时间不说蜂拥而至的女客，就连原本不看话本子的人都凑热闹跑来买上一本。

没办法，如今人们见面就谈《画皮》，没看过这本书的人都插不上嘴。

青松书局上下忙得脚不沾地，一人恨不能生出八只手。

石头鼓起勇气问胡掌柜："掌柜的，我娘身体好得差不多了，能回来做事吗？"

石头娘没生病的时候本就在青松书局做事，胡掌柜一听就点了头："没问题，不过要和东家说一声。"

辛柚也没想到换了个方向宣传《画皮》竟有这等效果，忙得她连调查固昌伯都没时间了。

一听胡掌柜说起石头娘，她毫不犹豫地点了头："掌柜的看着安排，各处缺人手的话就雇一些，不要把人累坏了。"

胡掌柜虽感动东家的体贴，却没有立刻招人的打算。

青松书局如今是惹人眼红的大树，急着雇人很可能招来一些不安好心的人。书局这么好的形势，他宁可这段时间累一些也不能出差错。

很快石头娘被石头领着来到辛柚面前，结结实实地给辛柚磕了个头。青松书局从此多了一名精于缝补的妇人。

青松书局红红火火，雅心书局却越发冷清了。

古掌柜被东家骂了个狗血喷头，按照东家的指示把平安先生扫地出门。

"先生对不住了，小店经营不善，还请您另谋高就。"

平安先生是个四十来岁的男子，高个子，山羊胡，一脸文人的清高，听了这话顿觉受到莫大侮辱。

"掌柜的，当初你请鄙人来雅心书局时可不是这么说的。"

"此一时彼一时啊，当初也没想到先生的新书竟被一个寂寂无名的写书先生打得一败涂地，给我们书局造成好大的损失。"

"你们不讲信用！"平安先生气愤地指着古掌柜。

古掌柜脸一沉："我劝先生一句，大家好聚好散，免得彼此难看。"

平安先生知道古掌柜背后的东家不是什么善人，冷哼一声，拎起包袱走出了雅心书局。

古掌柜特意选的一大早赶人，对面的青松书局还没开门。

平安先生提着包袱站在秋风萧瑟的街头吹了一会儿凉风，大步走向青松书局。

刘舟听到拍门声把门打开："谁啊，大清早的……"

看清店门外的人，小伙计先是一愣，而后语气带了几分古怪之意："哟，这不是平安先生嘛，一大早有什么事吗？"

看这拎着包袱的样子，平安先生该不会被雅心书局赶出来了吧？

嘿！

平安先生忍着尴尬道："我找你们掌柜。"

刘舟神色微妙，却没拒绝："那进来吧。"

随着小伙计侧开身子，平安先生走了进去。

他不觉地环视四周，书厅的布局还是印象中的样子，只在细节处多了一些雅致，除此之外就是书册的变化。他转投雅心书局时青松书局已经在走下坡路了，书架上虽也摆满了书，却远不是眼前这样连角落都摆得满满当当，全是《画皮》。

刘舟察觉到平安先生的失神，面露得意之色。谁能想到书局的生意竟好成这样呢！如今不只《画皮》下部供不应求，上部也有许多新客来买，后边的印书坊从早到晚就没停过。

他听掌柜的说，这是因为那位女客的故事传开了，引得许多从不看话本故事的人好奇来买。而这些人可比爱看话本故事的人多多了，现在京城流行的风潮就是从上到下谈《画皮》。

其实不用掌柜的说，从东家买书局他就看出来了，他们东家就是点金圣手！

"石头，去请掌柜的，就说平安先生来了。"

石头应了一声，往西院去了。

不多时胡掌柜踱着步进来了，一扫平安先生，露出个微笑："平安先生清晨前来，有何贵干啊？"

当初平安先生的离开可不怎么愉快，在胡掌柜看来就是插了青松书局一刀，还是要害。

平安先生拱了拱手："掌柜的，鄙人想见一见松龄先生。"

他倒是要瞧瞧，令他一败涂地的人究竟什么样。

胡掌柜愣了愣。他还以为平安先生被对面扫地出门，想吃回头草，原来是想见松龄先生。

"那真是抱歉，松龄先生不在我们书局。"

"掌柜的可否告知松龄先生的住处？"

胡掌柜心道别说不知道，就是知道也不能告诉你啊，不然你去寻松龄先生麻烦怎么办？

"小老儿也不知道松龄先生家住何处。"

平安先生眼里有了怒火："鄙人只是想见松龄先生一面，掌柜的何必百般推托！"

胡掌柜也烦了，淡淡地道："松龄先生的情况，小老儿什么都不知道，先生如果没有别的事就不要在这里浪费时间了。"

"你！"

刘舟一摊手："先生请吧。"

平安先生一张脸涨成猪肝色，他狠狠地瞪了二人一眼，拂袖而去。

"什么人呢？"刘舟对着空荡荡的门口翻了个白眼。

"我去把门口扫一扫。"石头提着扫帚跑了出去。

对石头来说，青松书局那段灰暗的日子也是他灰暗的日子，幸亏掌柜的心善，后来又有了新东家。与对面书局沾边的都是坏人！

等辛柚从后边过来，胡掌柜便把平安先生登门的事说了。

"掌柜的做得对。松龄先生一开始就说了，不愿让人知晓他的身份样貌。如今松龄先生名声大噪，想要打听他的人定会越来越多，咱们在这方面定要注意。"

"东家您放心，谁也别想从咱们书局打听到松龄先生一个字。"

毕竟他们确实什么都不知道。

随着来买书的客人越来越多，平安先生登门的事很快就被大家抛在脑后。辛柚忙了一阵回到东院，没过多久门人就禀报说少卿府的三姑娘来了。

辛柚命小莲把段云灵请进来。

"青表姐，我看书局都挤不进去，就直接来这边了。"

小莲端来茶水点心。

"灵表妹喝茶。"

段云灵端起菊花茶，道明来意："明日就是重阳，祖母要带着我们去踏秋，让我来叫表姐回家准备着。"

"踏秋？"辛柚这几日忙忙碌碌，都忘了重阳节到了。

"是呀，去年重阳恰好祖母身体不爽利，只有咱们几个去的，祖母说今年只要没事的都一起去。"

辛柚对和少卿府的人一起踏秋毫无兴趣，但京城如果有重阳合家踏秋的习俗，或许值得一去。

"外祖母有没有说去哪里踏秋？"

"就是去年咱们去过的白露山啊。"

辛柚叹气："去年的事，我都不记得了。"

段云灵这才想起表姐失忆的事，不好意思地笑笑："就是登高望远嘛，还会吃菊糕、饮菊酒、互赠茱萸，可有意思了，表姐去吧。"

瞧着书局生意这么红火，她还真怕表姐拒绝。

段云灵不愿往段云华身边凑，与段云雁年龄差距又大，心里是很想让辛柚一起去的。

"一般都是什么人家去白露山？"借着"失忆"，辛柚放心大胆地问。

"主要是百官勋贵之家。"

辛柚点了头："灵表妹先回吧，我忙完书局的事就过去。"

段云灵成功请到人，高高兴兴地走了。

"小莲，先不忙着收拾。"辛柚摆了摆手，"去年重阳，寇姑娘和少卿府几位姑娘去了白露山？"

"嗯，那时姑娘才出孝期不久，算是第一次正式出门游玩呢。"

"那日来书局要强买《画皮》的戴公子，他也去了吗？"

小莲努力回忆了一下，摇摇头："婢子没什么印象了。去白露山的人太多，姑娘许久不出门有些不习惯，没往热闹的地方凑。不过听说昭阳长公主去了，许多主母带着晚辈去给长公主请安。"

辛柚听到昭阳长公主，心头一动。

娘亲曾提过，她还有一个姑姑，和娘亲感情很好。昭阳长公主会是娘亲提到的那个姑姑吗？

到这时，便不是为了固昌伯府，辛柚也打算去看看了。

少卿府中，老夫人听了段云灵的回禀，笑着对二太太朱氏道："真没想到青青这么有本事，竟真把一家书局经营得风生水起。"

老太太近来听了一耳朵的青松书局，于是趁出门远远地看了一眼，发现买书的人竟从店里一直排到街上去。

生意好成这样，说是日进斗金也不夸张了。

朱氏笑着应和："是。"

"你现在操持着家里，等青青回来好好给她补一补，免得那丫头光顾着忙亏了身体。"说到这儿，老夫人意味深长地笑笑，"青青是个有心的，你当舅母的对她好，她会记在心里的。"

"老夫人放心，照顾好青青是儿媳的本分。"朱氏应着，心里冷笑。

老夫人还想把表姑娘这尊金佛留在家里呢，却不看看人家天高任鸟飞，怎么会愿意重回牢笼？

辛柚回到少卿府，迎来了极为丰盛的晚膳。

"青青啊，外祖母瞧着你都瘦了，是不是这些日子太累了？"

"让外祖母惦记了。我不累，要做什么只需要吩咐下去就是了。"

"那就好。这花胶炖鸡不错，你多吃点儿。"老夫人一脸慈爱地看着外孙女。

"多谢外祖母。"辛柚垂眸喝了一口鸡汤,余光扫一眼同在喝鸡汤的段少卿。

若不是桌上人人都吃了,她简直要怀疑这鸡汤有毒。而现在,她只能将老夫人的关心归为无事献殷勤,非奸即盗。

难道是老夫人见书局生意红火,想插一手?

辛柚暗暗提防着,直到碗盘被撤下,老夫人端着婢女奉上的清茶发了话:"玉珠,去把给姑娘们准备的东西拿来。"

不多时,玉珠端着托盘过来了。

老夫人笑道:"金项圈的这套是雁儿的,另外三套金手镯的你们三个一人一套。"

随着老夫人示意,玉珠把托盘举到辛柚面前,请她先选。

段云灵对此没什么反应,段云华不由得咬了唇。

祖母越来越偏心了,明明她才是嫡亲的孙女,选首饰却要先紧着寇青青。

三套首饰各包含一支花钗、一只手镯、一对耳坠,用料看起来差不多,只在花纹、款式上有些区别。辛柚随意挑了一套,道了谢,收到金首饰的孙女们也纷纷道谢。

"你们明日打扮得齐齐整整,我就高兴了。时候不早了,都回去歇着吧。"

回到晚晴居,小莲忍不住嘀咕:"姑娘,老夫人怎么突然送首饰呢?该不会明日有什么打算吧?"

"明日且看吧。"对辛柚来说,只要老夫人别碰她的书局,其他都好说。

转日天高云淡,数辆马车停在垂花门外。

"青青,你陪外祖母坐吧。"老夫人向辛柚伸出手。

辛柚扶着老夫人上了最前头的车,朱氏带着女儿上了后面那辆,剩下段云华与段云灵对视一眼,一个黑着脸、一个满心无奈地上了第三辆车。

再后面,就是丫鬟仆妇乘坐的马车了。

马车启动,前头三个车厢中的气氛各不相同。

"今日人多,等到了可不许乱跑,不然像你表姐那次出了意外就糟了。"朱氏温和地叮嘱女儿。

段云雁乖巧地点头。

朱氏从盒子里拿出糕点递给段云雁,摸了摸女儿的小抓髻。

跟在后面的马车里,段云华与段云灵各靠一角,一时无人开口。

"吱呀"的车轮转动声传入耳中,枯燥得令人心烦,段云华终于憋不住火气:"怎么,没能和寇青青同乘一辆车很失望?可惜人家有祖母疼,你就是想往前凑也没机会呢。"

段云灵睫毛微颤,没吭声。

段云华的火气腾地上涌,她说话越发不客气:"段云灵,你是哑巴了吗?"

段云灵曾经在她面前唯唯诺诺,现在却对她视而不见,一心往寇青青身边凑,真是个捧高踩低的贱人。

段云灵依然没吭声。

段云华一下子气炸了,伸手去拧段云灵的胳膊。

一只手伸出,用力地抓住那只伸来的手。

"你——"

段云灵与那双错愕的眼睛对视,冷冷地问:"二姐还想打我不成?"

"你觉得我不敢?"段云华气得身体发抖。

"然后呢?再被祖母禁足吗?"

段云华一滞,放低声音冷冷地问:"你以为自己是寇青青,祖母会为你做主?"

段云灵看段云华的眼里有了怜悯之色:"我就是我,和以前一样。二姐呢,还以为是以前的二姑娘吗?祖母固然不会为我做主,但也不会为你做主,大不了就一起被禁足好了。"

段云灵的话如重锤,狠狠地砸在段云华的心上,令她一时没了反应。

段云灵拨开段云华的手,掀起了车窗帘。

晚秋的风吹进来,卷走一车厢燥意,少女露出了轻松的笑容。

最前头的马车里,老夫人脸上一直挂着笑意:"青青啊,今天你就还住在家里,别折腾了,明天你表哥他们就放假回来了。"

"好。"辛柚乖巧地应了。

老夫人又问了一些书局的事,靠着车厢闭目养神。

辛柚也如段云灵那般,掀起了车窗帘。

秋风吹了满面,令人神清气爽,有马蹄声嗒嗒地传来。

不多时,一个少年策马而过。

枣红马踏起烟尘,马背上的少年肆意至极。辛柚一眼就认出来,那是固昌伯之子戴泽。

戴泽没在国子监读书,今日出门踏秋的可能性极大,这也是辛柚愿意凑这场热闹的原因。

说不定除了戴泽,她还能见到固昌伯府的其他人。

这个念头刚晃过,又有马蹄声传来。

辛柚往后一瞄,骑在马上的是个魁梧男子。

这个人她也一眼认了出来,正是戴泽的父亲固昌伯。

这些日子书局虽忙,辛柚还是耐心地摸清了固昌伯府关键人物的长相,固昌伯毫无疑问排在第一位。

顾不得想太多,辛柚立刻从荷包里摸出颗石子儿,使巧劲儿射向那匹马。

正在奔跑的马儿突然吃痛,猛地扬起两只前蹄,就见固昌伯身子一倾伏贴着马背,他发现马儿不好控制,果断地翻身跳了下来。

马儿往前跑去,跳下马的固昌伯单手撑地站起身来,沉着脸掸掸身上的灰尘。

因为这番变故，辛柚所乘的这辆马车的车夫扯着缰绳避到路边停下，后边的马车也都跟着停了。

老夫人睁开眼："怎么了？"

辛柚探着头往外看，尽显小姑娘的好奇："有人的马惊了，那人从马上跳了下来。"

她从贺清宵口中得知，固昌伯追随今上打天下，武艺出众。有暗杀贺清宵失败的教训在先，她不能轻举妄动，找机会试试固昌伯的身手再说。

她没想到今日偶遇，机会来得这么快。而试探的结果，正验证了贺清宵的话。

这样一来，她以后就要更谨慎了。

老夫人听闻有人惊马，也透过车窗往外看，这一看就把固昌伯认了出来。

"青青，扶我出去。"

辛柚面上不露声色，心中生出期待。

莫非少卿府与固昌伯府还有渊源？

老夫人下了马车，走向固昌伯。

"伯爷需要帮忙吗？"

固昌伯看了一眼老夫人，不认识。

老夫人当然知道对方不认识她，主动道："太仆寺段少卿是犬子。"

"原来是少卿府老夫人。"固昌伯客气地拱手，"多谢老夫人关心，我的家眷就在后边，等会儿就赶过来了。"

二人正说着，前方骏马嘶鸣，戴泽骑马返了回来："父亲，您的马怎么跑前边去了？"

"突然受惊了。"

"难怪呢。我还以为您追不上我，就放马追呢。"

固昌伯脸一黑："少胡说八道。"

戴泽的注意力一下子到了辛柚身上："咦，你不是青松书局的东家寇姑娘吗？"

辛柚微微屈膝："戴公子。"

朱氏等人也出来了，段云灵与段云华就站在辛柚不远处。

固昌伯一眼望去，三个青春正好的少女站在一起，很是赏心悦目，更令他吃惊的是，儿子竟然与其中一位姑娘认识。

"寇姑娘，还一直没向你道谢，多谢你赠的书啊。"再见到辛柚，戴泽心情很不错。

这丫头还挺会做人，让他在章旭那小子面前大大露了脸。

"戴公子客气了。《画皮》能得戴公子喜欢，也是我们书局的荣幸。"

她提到《画皮》，戴泽的眼睛亮了："真没想到《画皮》下部这么出人意料，松龄先生太有才了！对了，松龄先生的新书什么时候出来啊？到时候我第一个去买。"

"还不清楚，都是松龄先生主动联系书局。"

二人说着话，一个旁若无人，一个落落大方。完全不熟的两家人陷入了尴尬的沉默。

这时后边马车到了近前，当头一辆最为华丽，两个婢女一个挑帘一个上前搀扶，一名满头珠翠的妇人下了马车。

"伯爷，发生什么事了？"

辛柚看过去，认出妇人的身份，正是固昌伯夫人。

"马突然发了狂。"

固昌伯夫人疑惑地看向老夫人。

固昌伯解释道："正好遇到太仆寺少卿府的老夫人，老夫人下车来问我需不需要帮忙。"

老夫人笑着跟固昌伯夫人打招呼。

固昌伯夫人一扫水灵灵的几个小姑娘，矜持地笑了笑："老夫人真是心善。老夫人也是去踏秋的吗？"

"对，带儿媳和几个孙女去白露山踏秋。"

听老夫人提到自己，朱氏福了福身子："伯爷、伯夫人。"

固昌伯夫人客气几句，笑道："那巧了，我们也去白露山。老夫人，到了地方咱们再聊。"

老夫人自然知道这是场面话，笑着道别。

受惊的马虽然跟着戴泽跑了回来，固昌伯夫人出于谨慎叫上丈夫一同乘车，并叮嘱儿子："路上人越来越多，不要再跑快了。"

"知道了，知道了。"戴泽不耐烦地应了，眼神往老夫人所乘的马车那里一瞟，放松了缰绳任由马儿慢慢地跟在固昌伯夫人的马车旁。

固昌伯夫人放下车窗帘，这才与固昌伯交谈。

"伯爷，马怎么好端端地受惊了？"

固昌伯刚刚趁妻子与少卿府老夫人寒暄时已经检查过，没发现那匹马有什么问题，因而并没多想："也算不上受惊，就是突然跳了几下。毕竟是畜生，难免有捉摸不定的时候。"

"没伤着就好。泽儿胡闹，伯爷还纵着，爷儿俩非要骑那么快……"

"怎么还啰唆得没完了？别说那匹马只是跳了几下，就是真的发了狂，以我的身手还能伤着？"

固昌伯夫人见状转移了话题："那少卿府老夫人倒是有意思。"

"怎么？"固昌伯是武将，习惯直来直去，对女人们的心思没什么研究。

"她一个上了年纪的老太太，带着一群女眷，伯爷若是受伤也就算了，明明什么事都没有还要下车帮忙，难道纯粹是出于心善？"

"夫人的意思是——"

固昌伯夫人勾了勾嘴角："伯爷没瞧见那三个水灵灵的小姑娘？"

固昌伯忙摆手："我可没别的意思！"

固昌伯夫人瞪了固昌伯一眼："你想到哪里去了？"

"那夫人还担心什么？"

"伯爷忘了泽儿吗？"

固昌伯震惊："居然会看中泽儿？"

固昌伯夫人："……"

缓了好一会儿，固昌伯夫人才道："泽儿虽然对读书兴趣不大，行事也随意了些，可他是咱们伯府唯一的子嗣，难道不值得有些人打主意？"

固昌伯认真地想想，实话实说："好像也没有人表示过这方面的意思，自从泽儿在国子监吐了，连带我一起被孟祭酒赶出来，泽儿又时常在大街上调戏民女……"

"伯爷别说了！"固昌伯夫人表情一瞬间扭曲。

哪儿有人这样说自己的儿子！

固昌伯却因为固昌伯夫人这番话盘算起来："夫人再疼孩子也该知道，泽儿确实不是个省心的孩子，要是讨个门当户对的媳妇，将来他胡闹咱们也不好办啊。反倒是少卿府这样的门第，怎么也不会掀起风浪来。"

戴泽的顽劣闻名京城，固昌伯早就没了娶门第相当的贵女的心思。不然两家真要闹翻，说不定还要影响二皇子。

对固昌伯来说，只要外甥坐上那个位子，固昌伯府的富贵就不用担心，唯一的儿子娶妻不需要锦上添花，只要安安分分就够了。

固昌伯夫人听愣了。

在她心里，儿子就是娶公主都不为过，不过听丈夫这么一说，倒也有道理。

固昌伯夫人心中有了动摇，语气就松动了："泽儿还小，娶什么样的慢慢看吧。"

固昌伯随手拿起个果子咬了一口："他又不像国子监的那些学生要把心思全放在读书上。与其整日游手好闲，不如早早成亲多生几个孩子，说不定就懂事了。我看他和那位寇姑娘挺聊得来，夫人趁着这次踏秋接触接触。"

"少卿府的表姑娘？"固昌伯夫人当即沉了脸，"别人也就罢了，这位表姑娘还是算了。"

"怎么？"

"听说寇家就剩她一个人，连近一些的族人都死绝了，我可不想泽儿娶命这么硬的姑娘。"

"也是，那就看看其他的。"

固昌伯夫妇闲谈的时候，老夫人也在与辛柚聊天儿。

"青青与那固昌伯世子很熟吗？"

她下车与固昌伯接触，可不是为了把外孙女折进去！

在老夫人探究的眼神下，辛柚淡淡地道："一个难应付的客人罢了。"

"哦，原来是这样。"老夫人脸上的皱纹舒展开来。

辛柚察觉到老夫人的放松，暗暗琢磨。

看样子，老夫人并不想外孙女与戴泽走得近。可既然这样，老夫人主动接触固昌伯是为了什么？她总不能是单纯出于好心吧？

辛柚不觉得把金钱看得比外孙女重的老夫人是这种人。

难道是——

辛柚想起固昌伯夫人打量的目光，生出一个猜测：老夫人莫非是为孙女的亲事打算？

那是段云华，还是段云灵？

这个猜测，令辛柚心情有些复杂。

老夫人若有这个打算，定会找机会多与固昌伯府接触，于她来说是好事。

可这门亲事落在女子身上，就难说了。一心求富贵的人还好，若更看重夫君人品，嫁给戴泽这样的人就是灾难。

再有就是，一旦确定固昌伯是害死娘亲的人，她与固昌伯府必是不死不休……

辛柚决定找机会探一探段云灵的意思，如果对方没有攀权富贵的打算，她就提醒一下。至于段云华，她就不多管闲事了。

不知过了多久，马车停了下来，白露山到了。

辛柚扶着老夫人下了马车，一眼就瞧见骑马跟在固昌伯夫人马车旁的戴泽。

许是巧合，戴泽也往这边望来，对上辛柚的视线，眉眼乱飞露出个自以为风流倜傥的笑容。

辛柚："……"

老夫人跨了一步挡住那道视线，等着儿媳、孙女们聚过来，往山上走去。

固昌伯夫妇也下了马车，见儿子不像往常那样一溜烟儿就跑得不见了踪影，反而磨磨蹭蹭地走在他们身边，固昌伯夫人心里就有数了。

儿子这是看上少卿府的姑娘了，且很可能是那位表姑娘。

若是寻常百姓家的女儿，固昌伯夫人并不往心里去，毕竟这两年类似的事太多了，闹一阵也就过去了，可要是沾上官宦人家的姑娘，就只能娶回家了。

有了固昌伯那番话，固昌伯夫人也想通了，儿媳门第差点儿没什么，但这种孤女绝对不行。

既然他们放低了要求，可选的多着呢，她正好趁踏秋多看一看。

存了这个念头，固昌伯夫人更不愿与少卿府的人走近，刻意放慢了脚步。

眼看着辛柚越走越远，戴泽有些急了："父亲、母亲，你们慢慢走，我先去挑个好位置……"

固昌伯夫人一把拽住儿子："别一个人乱跑，今日都是一家人一起登高祈福。"

戴泽还想再说话，被固昌伯瞪了一眼："等上去再说！"

"哦。"戴泽不情不愿地应了。

白露山不算高，山势缓和开阔，山顶已搭起许多纱帐。

老夫人到底上了年纪，与相熟的人寒暄后就坐进了搭好的帐子里。

"难得一起出来，你们随意玩一玩吧。"

看固昌伯夫人在山脚下疏远的态度，老夫人就知道为两个孙女谋划的希望不大了。她倒也没有失望，毕竟两个孙女都有不足，二丫头母亲被休，三丫头是庶出。

对老夫人来说，这家试探不成就另选目标，只要成了就是赚的，不成便慢慢来，真正决定段家前程的还是在国子监读书的长孙。

"青表姐，咱们去那边吧，那里有好多野花。"段云灵挽住辛柚的手。

辛柚正想与段云灵私下聊聊，道一声好，二人手拉手往野花烂漫的地方去了。

留在原地的段云华一张俏脸像结了霜。

她们竟然在外面公然排挤她，这是一点儿脸面都不给她了。

可心里再气，段云华也不可能当众追上去算账，只得冷着脸往另一个方向走去。

晚秋的山花种类并不多，倒是许多棵茱萸结了圆滚滚的果子，晶莹剔透好似一串串红宝石。

段云灵抬手折了一枝，笑盈盈地道："青表姐，送你的。"

"多谢。"

"那我帮你戴头上。"

辛柚微微低头，配合段云灵把一串茱萸插进自己发间，然后也折了一串茱萸给段云灵戴上。

"希望表姐无灾无难。"

"也祝灵表妹无灾无难。"

二人望着彼此发间红彤彤的茱萸果，相视一笑。

气氛正好，辛柚轻声问："灵表妹觉得固昌伯世子如何？"

段云灵一怔，而后变了脸色："青表姐，你莫非……喜欢那登徒子？"

"登徒子？"

段云灵小声道："去年春天，我和大姐她们一起出门，瞧见他当街调戏小娘子。那小娘子气得要报官，他自报了身份威胁人家，然后甩下一锭银子走了……"

"如果让灵表妹嫁给固昌伯世子……"

段云灵脱口而出："那我情愿去死！"

辛柚确定了段云灵的想法，心头微松。

倘若段云灵一心追求富贵，她还要费些口舌。

"青表姐，你怎么突然提起这个？是有什么情况吗？"段云灵冷静下来，觉得不对劲。

"今日偶遇固昌伯一家，我担心外祖母有与对方结亲的念头。灵表妹若无意，尽量避开些。"

以两家的差距，即便固昌伯府愿意与少卿府结亲，选择权也在对方，而不是老夫人想选哪个就选哪个。这样的话，只要段云灵别往固昌伯夫人面前晃，再避开与戴泽接触，问题就不大了。

"多谢表姐提醒，我一定离他们远远的！"

接下来段云灵连闲逛的心情都没了，拖着辛柚往人少的地方走。

奈何来白露山踏秋辞青的人越来越多。她们本以为的人少处，前方突然一阵喧闹涌现一群人，原来是昭阳长公主到了。

昭阳长公主是兴元帝唯一的胞妹，驸马过世后没有再嫁，有一子一女。

辛柚心知这应该就是娘亲提到的姑姑了，好奇地望了过去。

看了这一眼，她不由得愣了愣。

她与昭阳长公主，竟有几分相像……

这种因血缘关系而带来的相像，令辛柚心情微妙。

昭阳长公主由一群人簇拥着渐渐走近了，她身边一个眉目如画的女童看到了辛柚，拉一拉昭阳长公主的衣袖。

"怎么了，芙儿？"昭阳长公主低头问。

"母亲，那个姐姐长得好像您呀。"

童音清脆，无数道视线投向辛柚。

许多视线落在辛柚身上，而辛柚眼里只有那个女童。

倒不是女童的话如何，而是一个画面猝不及防地在她眼前出现：一个人狼狈地往旁边一扑，追着他的野兽来不及转弯，直直地往前冲去，野兽的前方正是吓呆了的女童。

几乎是一瞬间，女童被野兽撞飞了，而后重重地摔在地上。

辛柚只来得及看到长刀砍向野兽，画面就消失了。

眼前是可爱的女童向她投来好奇的目光。

昭阳长公主脚下未停，目光也不由得投在辛柚的面上。

无他，这个少女与她确实很像，单从样貌看，倒是比芙儿还像她的女儿。

哪怕昭阳长公主这样的身份，见到一个与自己相像的人也难免生出几分新奇。新奇之后，就是疑惑。

看穿戴也是贵女，她怎么从不曾见过？

见昭阳长公主走近了，辛柚与段云灵躬身退至一旁，让开去路。

昭阳长公主却停下来，问辛柚："你是哪家的姑娘？"

辛柚微低着头："民女是太仆寺段少卿的外甥女。"

一听是段少卿的外甥女，拥着昭阳长公主的不少人就反应过来了。

咦，这不是传说中那位表姑娘嘛，还开了书局，最近大出风头来着。

那些视线粘在辛柚的面上，因有女童的话在先，大家越看越觉得她与昭阳长公主相像。

不少人暗暗交换视线。这位表姑娘与长公主长得像，也不知是麻烦，还是造化。

"少卿府上的？"昭阳长公主一听就不觉得奇怪了。

她一年来出席宴会不多，与少卿府的圈子几乎没有交集。

"你叫什么名字？"

"民女姓寇，闺名青青。"

"青青——"昭阳长公主笑笑，"名字很好听。去玩吧。"

说完这话，昭阳长公主向前方的帐子处走去。

等一群人走远了，段云灵狠狠地松了口气："天哪，青表姐，长公主竟然与你说话了！"

"灵表妹以前没见过长公主吗？"

"咱们这样的府第，哪儿有机会与长公主来往啊？就是去年踏秋，祖母带着我们去给长公主请安也是跟在许多人后面，祖母都没能与长公主单独说上话呢。"

段云灵仔细打量辛柚，仿佛第一次认识她："去年表姐要是跟着一起去请安，说不定早就被别人瞧出来与长公主长得像了。"

"有几分像也不能改变什么，世上相似之人本就不少。"辛柚淡淡地说着，心情不怎么好。

她与长公主相像，也就说明她与那个素未谋面的爹相像。

她只要想想就懊恼。

至于会不会因为与长公主相像引人怀疑，她并不担心。谁会因为少卿府的表姑娘与长公主相像就往有血缘那方面想呢，人家寇青青一直长这个样子。

昭阳长公主在帐子中坐下，问旁人："寇姑娘住在舅舅家，是有什么缘故吗？"

寇青青四年前进京，开始长达三年的守孝，直到去年孝期结束才出门两三次，所以见过她的人很少。能与昭阳长公主常来往的贵妇人，与少卿府交集就更少了。

不过在场的人虽没见过寇青青，对这位表姑娘的事迹却如雷贯耳。

很快昭阳长公主就了解得差不多了，再想到刚刚那落落大方的女孩子，就多了几分怜惜。

陆续有人前来请安。这些人都是结伴而来，远远地向昭阳长公主问个好就离开，免得打扰长公主清净。

其中一拨人来时，就有人在昭阳长公主的耳边提醒："那位穿褐色褙子的就是少卿府老夫人了。"

昭阳长公主召老夫人上前来，笑道："刚刚本宫遇见令外孙女，真是个仙姿玉貌的孩子。"

老夫人满心茫然，面上不敢怠慢："那丫头笨拙鄙陋，万不敢当殿下如此夸赞。"

"本宫倒是瞧着投缘。"昭阳长公主也没多说，放老夫人离开。

如果不是听说那女孩儿是寄人篱下的孤女，长公主并不会召少卿府老夫人说话。而在场之人也明白，有了长公主这句话，少卿府定会对那位表姑娘更周到些。

老夫人一肚子疑惑地离开，立刻打发婢女去寻找辛柚。

"外祖母找我。"

"青青，你刚刚遇到长公主了？"

辛柚点头。

"在长公主面前都说了些什么？"老夫人提到长公主的另眼相待。

"就问了我是哪家的。至于让长公主注意到，可能是因为殿下的爱女童言童语，突然说我与殿下有几分相像。"

这话让老夫人结结实实地吃了一惊，不由得仔细打量起外孙女，再努力回想一下长公主的样子，她们果然有几分相似。

老夫人的心情一下子复杂了，喃喃地道："还真是不曾发现……"

与老夫人说了类似话的，还有固昌伯夫人。

固昌伯夫人心知自己不受昭阳长公主待见，只去请了安就躲开了，但这种消息向来传得快，没多久她就从旁人口中听说了。

"今日遇见寇姑娘，我说怎么隐隐觉得面熟呢。"固昌伯夫人笑着说了一句。

"可不是。"旁人也附和着。

实际上，若无长公主之女指出来，这些贵夫人并不会把一个出身一般的小姑娘看进眼里，更不会将小姑娘与长公主联系到一起。

固昌伯夫人想到了昭阳长公主曾几次因为辛皇后的出走对包括淑妃在内的那些嫔妃冷言冷语的事，对少卿府表姑娘就更没好感了。

她断不能让儿子与这位寇姑娘扯上关系。

泽儿又跑哪去了？固昌伯夫人环顾四周。

此时，成为今日话题中心的辛柚拉着段云灵，正寻找画面中的事发地。

她通过回想，画面中的野兽她认出来了，是一头山猪。被山猪追赶的人她也认出来了，正是固昌伯世子戴泽。

也就是说，戴泽不知怎么招惹了山猪而被其追赶，自己避开了，却害那个叫"芙儿"的小姑娘被山猪撞飞，生死不知。

若是寻常人，辛柚还能打着相术的幌子提醒一下，可这是长公主的女儿，恐怕才开口就要被人撵走了。

她思来想去，觉得提前等在事发地附近，等意外发生时及时救下女童最稳妥。

辛柚望着一丛野菊，停下脚步。事发地就是这里了。画面中女童被撞飞后重重地摔进了野菊丛里。

山上野菊当然不止这一片，但与画面中的场景都能对上的只有此处。

"灵表妹，我们采一些菊花吧。"

段云灵高高兴兴地应了。

"姑娘，慢一些。"

辛柚闻声望去，就见那叫"芙儿"的女童蹦蹦跳跳地跑着，身后追着几个婢女。

这山上处处都是人，女童又有婢女照顾，按说不会有什么危险，可变故往往就发生在一瞬间。

辛柚也不过是刚直起身，就见戴泽从不远处的林子里飞奔而出，不知道是看到了女童还是情急之下什么都没注意，恰恰在那一刻扑向一旁。

女童呆愣在原地，面对迎面冲来的庞然大物一动不动。

四面八方响起了惊叫声。

千钧一发之际，一道身影冲过去，抱住呆立不动的女童滚到一旁。

山猪冲了过去，在一片尖叫声中被赶到的护卫围住，一番艰难砍杀山猪才倒地死去。山猪凶悍，还伤了两个护卫。

"姑娘您没事吧？"几个婢女冲过来，个个吓得花容失色。

辛柚松开抱住女童的手，站起身来。

女童一脸呆滞的神情，还处在极大的惊吓中。

"姑娘，您受伤了没？"一个婢女情急去拉女童的手。

女童身体一抖，用力地拽住了辛柚的衣袖，却还是不哭也不闹。

几个婢女不由得看向辛柚。

顺利地救下女童，辛柚心里其实颇为轻松，面上却不好流露，肃然道："你们姑娘可能是受惊过度，需要时间缓缓。"

几个婢女当即不敢再乱动。

发生这么大的事，往这边来的人越来越多。昭阳长公主听到婢女的禀报也匆匆赶来。

"芙儿！"远远地看到一动不动的女童，昭阳长公主喊了一声。

女童听到母亲的喊声，缓缓转头。

昭阳长公主奔到近前，一把抱住女儿："芙儿，你怎么样？"

女童终于"哇"的一声哭了出来："母亲，我好怕……那么大……那么大一个怪物……"

"芙儿不怕，那不是怪物，只是一头山猪。"昭阳长公主安抚着女儿，眼风凌厉地扫向婢女："到底是怎么回事？"

一名婢女战战兢兢地回道："姑娘往这边跑，婢子们在后面跟着，突然有人从林子里蹿出来，快要撞上姑娘时往旁边一躲。不料那人身后追着一头山猪，那山猪就直直地向着姑娘冲过来了，幸亏寇姑娘冲过来抱着姑娘滚到了一旁……"

昭阳长公主听得心绪起伏，这才看向辛柚。

辛柚屈膝问好。

"多谢寇姑娘了。"昭阳长公主道了谢，此时不是多聊的时候，脸色一冷，她问婢女，"把山猪引来的人是谁？"

"是固昌伯世子戴泽。"

惊魂未定的戴泽不知被谁一推，出现在昭阳长公主面前。

知道闯了祸，戴泽赶紧赔罪："殿下，我当时被山猪追着什么都顾不得了，真的没看到令爱在前面……"

"你是怎么惹得山猪追赶的？"

戴泽眼神闪烁，吭哧道："我进林子小解，没想到惊动了山猪……"

固昌伯夫妇也匆匆赶到了。

"混账东西！"固昌伯甩了儿子一巴掌，赶忙给昭阳长公主赔不是。

固昌伯夫人虽心疼儿子挨了巴掌，却不敢有任何不满，跟在固昌伯后边道歉。

他们虽是淑妃的兄嫂、二皇子的舅舅、舅母，可昭阳长公主是今上唯一的手足，是真正不能得罪的人。

"孽子胡闹，等回去定会好好教训，还请长公主殿下恕罪……"

女童的哭声拉回了昭阳长公主的注意力。

"芙儿别怕，先和母亲回帐子。"昭阳长公主对固昌伯夫妇冷淡地点点头，拉着女童走了。

见昭阳长公主带女儿离开，戴泽松了口气，随即被固昌伯拎走了。

回帐子的路上，昭阳长公主叫来侍卫，低低地叮嘱几句。

死去的山猪还躺在地上，留下两个人看守，看热闹的人也没有散去的意思，甚至不少人凑过来和辛柚搭话。

"寇姑娘，刚刚是你救了长公主殿下的爱女啊？"

"凑巧罢了。"辛柚应付几句，拉着段云灵离开。

段云灵从来没被那么多人围住过，逃离人群后松了口气，望向辛柚的眼神亮亮的："青表姐，你太厉害了。那种时候我吓得脑子里一片空白，你竟然能救人。"

"本能反应罢了，我也没想到自己动作那么快。"在段家人面前，辛柚当然不能暴露自己会武的事实。

"青表姐，你救了长公主的女儿，长公主定会好好感谢你的，以后就没人敢怠慢你了。"段云灵是真心为表姐感到高兴。

她虽是长在内宅的花朵，但也知道一个年轻女子在外会遇到许多风雨。

"救人就是救人，不用想别的，我们回外祖母那里吧。"辛柚说得平淡，心里却没有这么平静。

对她来说，单纯的救人当然是第一位，但救人之后的利益她也不想拒之门外。

她需要走入这个圈子，方便调查与复仇。

回到帐中，昭阳长公主把女儿揽在怀里，温和地安慰。

奉命去调查的两名侍卫回来了。

"有没有查出什么异常？"昭阳长公主问。

固昌伯世子劣迹斑斑，她不认为他是不小心惊动了山猪这么简单。

"回禀殿下，我们在林中发现一窝山猪崽，那些猪崽……"回话的侍卫顿了一下，似乎不知道该怎么说。

昭阳长公主脸一沉："说。"

侍卫把头低下："那些猪崽身上有尿臊味。"

以昭阳长公主的阅历，这一刻都听愣了。

猪崽身上有尿——臊——味！

另一个侍卫直接说出结论："应该是固昌伯世子小解时对准了那些猪崽，从而招来了母猪追赶。"

昭阳长公主沉了脸。

这就是那狗东西说的不小心惊动了山猪！

倘若没有寇姑娘相救，芙儿恐怕就……

昭阳长公主越想越气，下山后连长公主府都没回，直奔皇宫而去。

兴元帝今日也登了山，不过登的是皇城范围内的青山。这才回宫休息没多久，他就听内侍禀报说昭阳长公主求见。

多年乱世，不算后来的子侄，兴元帝的血脉亲人就只剩一个老母亲和一个妹妹。他一听长公主求见，立刻让人请进来。

兴元帝一见冷着脸的昭阳长公主，就疑惑了："皇妹今日没有出门踏秋吗？"

"出门了。"

"那是谁惹皇妹不高兴了？"

"固昌伯世子！"

兴元帝一听，顿觉脑仁疼。

妹妹不待见他那些嫔妃，他是知道的。可别人也就罢了，固昌伯是次子的舅舅，他就算不看淑妃的面子，也不好让已经开府封王的儿子没脸。

兴元帝摸了摸短须："戴泽那小子又惹祸了？"

一看兄长准备大事化小的态度，昭阳长公主冷笑："芙儿今日在白露山，险些因为戴泽丢了性命！"

"什么？"兴元帝脸一沉，神情严肃起来。

芙儿可是他唯一的外甥女。

"戴泽小儿在林中小解时溺山猪幼崽，招致母猪追赶。可恨他直接奔着芙儿跑去了，到了近前却避到一旁，令那山猪直直地冲向芙儿。"

兴元帝听得心惊肉跳，忙问："芙儿没事吧？"

昭阳长公主红了眼："幸亏被一个姑娘及时救下才没事，可芙儿受惊过度，现在还回不过神儿来。皇兄，你可要为芙儿做主啊。"

"岂有此理！"兴元帝一张脸黑如锅底，立刻命内侍传固昌伯进宫。